降边嘉措 / 著

《格萨尔》初探

（修订本）

青海人民出版社

图书在版编目（ＣＩＰ）数据

《格萨尔》初探 / 降边嘉措著 . -- 修订本 . -- 西宁：青海人民出版社，2021.11（2022.10重印）

ISBN 978-7-225-06273-0

Ⅰ.①格… Ⅱ.①降… Ⅲ.①《格萨尔》—诗歌研究 Ⅳ.① I207.914

中国版本图书馆 CIP 数据核字 (2021) 第 249831 号

《格萨尔》初探（修订本）

降边嘉措 著

出 版 人　樊原成

出版发行　青海人民出版社有限责任公司

西宁市五四西路 71 号　邮政编码：810023　电话：（0971）6143426（总编室）

发行热线　（0971）6143516 / 6137730

网　　址　http://www.qhrmcbs.com

印　　刷　青海新宏铭印业有限公司

经　　销　新华书店

开　　本　787 mm × 1092 mm　1/16

印　　张　21

字　　数　350 千

版　　次　2022 年 5 月第 1 版　2022 年 10 月第 2 次印刷

书　　号　ISBN 978-7-225-06273-0

定　　价　68.00 元

《〈格萨尔〉初探》修订本前言

时光冉冉，光阴似箭，转眼之间，《〈格萨尔〉初探》出版到现在已经 35 年了。35 年来，新中国的《格萨尔》事业取得了举世瞩目的巨大成就。《〈格萨尔〉初探》这本书，伴随了整个《格萨尔》事业发展的历程，见证了这一历史进程，又为《格萨尔》事业的发展尽了一份责任，做了一份贡献。

35 年前，青海人民出版社帮助我出版了《〈格萨尔〉初探》。35 年后的今天，青海人民出版社又决定修订再版这本书。感谢青海人民出版社对作者的关心和厚爱。同时也说明《〈格萨尔〉初探》这本书是有价值、有生命力的。

借修订再版的机会，我想讲讲以下几个问题。

一、为什么要写《〈格萨尔〉初探》这本书?

大家知道，新中国成立之初，党和国家就对《格萨尔》工作非常关心和重视。当时，西藏、原西康省以及其他涉藏地区刚刚解放，各项工作尚待开展。而青海是全国涉藏地区解放比较早的地区，各项事业走在前面。于是，在党中央有关部门的关心和指导下，青海省委宣传部决定在青海省文联成立"《格萨尔》工作组"，开展《格萨尔》的搜集和研究工作。这是我们国家成立的第一个《格萨尔》研究机构。

正当《格萨尔》工作在正常进行的时候，由于"左"的错误政策的影响，受到严重干扰。到了"文革"时期，《格萨尔》工作被迫停顿。

粉碎"四人帮"不久，在党中央的关怀下，中国文联于1979年召开了第四次文代会。这是一次非常重要的会议，被称作文艺界的"十一届三中全会"，具有划时代的意义。就在这次会议上，老专家和民族民间文艺界的领导同志，强烈呼吁要重新开展《格萨尔》搜集和研究工作。

专家学者们的意见，引起党中央的重视。次年，即1980年4月国家民委和中国社科院在四川峨眉山召开《格萨尔》工作会议，被称作"峨眉会议"，开启了《格萨尔》工作新的历程。同年，中国社科院成立少数民族文学研究所，院领导明确指示要把《格萨尔》工作作为少文所的一项重要工作，以此来带动其他学科的发展。

1984年将《格萨尔》的搜集整理和学术研究纳入"六五"期间国家重点科研项目。这充分体现了党和国家对《格萨尔》事业的高度重视和亲切关怀。

新中国的《格萨尔》事业，出现了前所未有的大好局面。面对这种情况，中国社科院和中国文联，少数民族文学所和中国民间文艺研究会的有关领导和前辈专家们认为，新中国的《格萨尔》事业，从新中国成立之初到改革开放，历经几十年，取得了很大的成绩，也经历了不少的坎坎坷坷、风风雨雨，应该系统地总结一下，回顾过去，展望未来，从理论到实践的结合上，把一些问题讲清楚，以便使以后的路子走得更好，事业发展得更顺利。周扬同志、钟老（钟敬文）、贾老（贾芝）、马老（马学良）、王平凡同志，就把这个任务交给了我；还有北京大学研究印度两大史诗专家季羡林教授也认为写这样一本书非常必要，鼓励我一定要写好这本书。

我长期从事翻译出版工作，没有做过学术研究，对于承担这样一个重要任务，缺乏信心。我认为自己是"半路出家"，缺乏系统的专业训练，怕完不成这样一个重任，辜负了领导的信任和前辈专家学者的重托。但是，周扬、钟老等前辈专家鼓励我、支持我，说我一定能够胜任这个任务，有什么困难，他们可以帮助解决。

于是，我下决心承担这个任务。

二、我怎样写《〈格萨尔〉初探》

研究《格萨尔》，首先必须了解《格萨尔》，学习《格萨尔》。

《格萨尔》历史悠久，内容丰富，流传广泛，深受藏族人民的喜爱。藏族有句谚语："岭国每人嘴里都有一部《格萨尔》"，这句谚语形象地反映了这种文化现象。

我的故乡巴塘，就有很多关于《格萨尔》的传说和遗迹。巴塘在金沙江畔，位于茶马古道的重要地段，与四川、云南、青海、西藏相连。巴塘县城到竹巴龙渡口直线距离只有 18 公里。自古以来，马帮商旅来往频繁，络绎不绝；朝佛的香客，东去西归，不绝于途。传说当年格萨尔大王征战姜国时，就是从巴塘渡过金沙江，征服姜国，因而留下了许许多多传说和遗迹。《格萨尔》说唱艺人云游四方，到处说唱。但是，新中国成立前的西藏和其他涉藏省份交通不便，气候恶劣，社会也不太安宁，盗匪横行，因此，《格萨尔》说唱艺人不敢单独出行，必须与马帮商旅或朝佛的香客结伴而行，人身才能有安全，生活才能有保障。说唱艺人走到什么地方，就在那里说唱，边说唱，边乞讨。这也是《格萨尔》说唱艺人的一个重要特点。我小的时候，就跟着大人们去听故事，看他们指画说唱，留下深刻印象。因此，可以说我是听格萨尔的故事长大的，从小受到《格萨尔》文化的熏陶。

但是，孩童时代关于《格萨尔》的记忆和熏陶，对于一个决心献身于《格萨尔》事业的人来说，是远远不够的。因此，必须大量地阅读《格萨尔》原著，认真了解和研究《格萨尔》说唱艺人，虚心向他们学习。1981 年 1 月初，我正式到少数民族文学研究所报到，3 月底即到西藏，拜访扎巴老人和玉梅等民间艺人，后来又结识了桑珠等众多优秀的说唱艺人，向他们学习。

同时，我还收集国内外有关《格萨尔》的研究资料。实事求是地讲，20 世纪 80 年代初，关于《格萨尔》的研究资料还真不多。那时就全国范围来讲，刚刚实行改革开放，而西藏和其他涉藏省份总是慢半拍，比较闭塞。

建所之初，我们连固定的地方都没有，搬了几次家，大家风趣地自我解嘲：我们少数民族真是游牧民族，到处择地而居。所里更没有任何资料，必须从零开始，从头做起。

幸好我在北京工作多年，对有关情况还比较熟悉。我们社科院民族研究所，是个老所、大所，早在 20 世纪 50 年代就已成立，而且由中国科学院学部与中央民委双重领导。他们那里有很多资料，我就与民族所的黄灏和吴碧云同志合作，跑遍了北京的有关部门，到中央民族学院图书馆、民族文化宫、北京图书馆、北京大学等单位，凡是能够找到的资料，我们都搜集了，然后汇编成册，共两辑。基本上汇总了我国从民国时期到新中国成立至 20 世纪 80 年代初《格萨尔》研究的全部有价值的资料，又请四川民族出版社出版，公开发行。我们认为，这些资料对所有从事《格萨尔》工作的人来说，都有参考价值。

我意识到，我们从事学术研究，必须尽可能全面地了解前人走过的路和他们取得的成就，必须充分吸收前人的研究成果。"前人的终点，是你的起点。"这样做有两个好处：首先，你研究的起点就高了。其次，避免重复，再走前人走过的路，说前人说过的话。

在做了田野作业和资料研究两个基础性工作之后，我再开始学术研究，撰写专著。

三、《〈格萨尔〉初探》的主要内容是什么?

我们研究什么问题，首先要了解研究对象。我们研究《格萨尔》，首先应该弄清楚《格萨尔》是什么样一部书。我们说《格萨尔》是一部伟大的英雄史诗。"史诗"这种艺术形式，对我们中国来说，还很陌生。藏族文化里，也没有"史诗"这么一个概念。藏语里称《格萨尔》叫"仲"，就是"故事"的意思。"史诗"是外来词汇。黑格尔说："中国没有史诗。"我们必须用事实有根有据地、科学地回答这个问题。

因此，《〈格萨尔〉初探》在《前言》里开宗明义写道：

凡是关心我国文学事业、研究中国文学史的同志，在很长一段时间里，都因为我国没有史诗，尤其是没有长篇英雄史诗而感到遗憾。

黑格尔曾经断言：中国没有民族史诗。他在《美学》这部巨著中，论述世界史诗发展的历史时说：

中国人却没有民族史诗。他们的关照方式基本上是散文性的，从有史以来最早的时期就已形成一种以散文形式安排的井井有条的历史实际情况，他们的宗教观点也不适宜于艺术表现，这对史诗的发展也是一个大障碍。

黑格尔这位被恩格斯称作"奥林帕斯山上的宙斯"的哲学家，以权威的口吻，郑重其事地做了这样的断语，其影响是非常之大的。从那以后，"中国没有民族史诗"几乎成了无可争议的定论。从鲁迅的《中国小说史略》《汉文学史纲要》，到目前数以百计的文学史著作，史诗部分一直是个空白。

这个空白能不能填补，是大家关心的一个问题。

可以说，这部30多万的专著，就全面地回答了这个问题。明确指出：中国有民族史诗，而且有《格萨尔》这样可以与欧洲的《荷马史诗》、印度的两大史诗媲美的伟大史诗。

我在《前言》里写道："鉴于我国的史诗研究工作历来十分薄弱，浩如烟海的'诗话''词话'中，无一字一句论及史诗；即使是现代读者，对史诗这种文学形式依然十分陌生，因此，有必要首先对史诗和史诗研究的情况，做一个概括的叙述。这将有助于我们从世界文化发展的高度，更全面、更深入地了解《格萨尔》，正确认识它在中国文学史和世界文学史上的重要地位。"

我在第一章里，从理论到实践的结合上，对这个问题做了全面而概括的回答。在研究世界史诗和国内的民族史诗之后，我提出了"世界五大史诗"这样一个概念，把我们藏族的英雄史诗《格萨尔》与古代巴比伦史诗《吉尔伽美什》、古希腊的《荷马史诗》、印度的两大史诗《罗摩衍那》和《摩诃婆罗多》相提并论，认为堪称"世界五大史诗"，其目的是要阐述《格萨尔》在世界史诗发展历史上的地位和影响，提高《格萨尔》的学术地位，扩大它的社会影响，以提高民族自尊心和自豪感，增强大家的爱国主义情怀。

接着，我用几章的篇幅，对《格萨尔》产生年代、流传演变、人物形象、语言风格、结构艺术等有关方面做了概括的论述，用浓彩重笔论述了《格萨尔》说唱艺人在《格萨尔》发展过程中的崇高地位和重要作用。

我在《说唱艺人》这一章里，开篇就明确提出：

在《格萨尔》的流传过程中，那些才华出众的民间说唱艺人，起着巨大的作用。他们是史诗最直接的创作者、最忠实的继承者和最热情的传播者，是真正的人民艺术家，是最优秀、最受群众欢迎的人民诗人。在他们身上，体现着人民群众的聪明才智和伟大创造精神。

那些具有非凡聪明才智和艺术天赋的民间艺人对继承和发展藏族文化事业做出了不可磨灭的贡献，永远值得我们和子孙后代怀念和崇敬。若没有他们的非凡才智和辛勤劳动，这部伟大的史诗将会湮没在历史的长河中，藏族人民乃至整个中华民族，将失去一份宝贵的文化珍品。因此，对《格萨尔》说唱艺人进行研究，是整个史诗研究中一个很重要的课题，对于做好搜集整理和编纂工作有十分重要的意义。

在这一章里，我在分析藏族文化和民间艺术的基础上，提出了藏族有三种主要的民间艺术这样一个观点，即藏戏艺术、热巴歌舞和《格萨尔》说唱，突出藏族人民、主要是作为藏族主体的劳动人民的聪明才智和艺术创作。强调这一点，对于长期处于封建农奴社会、在意识形态领域神权占统治地位的藏族社会来说，具有特殊而重要的意义，既有学术价值、政治意义，又有现实意义。

关于《格萨尔》与宗教的关系，过去有一种说法，在藏传佛教里，宁玛派（红教）比较喜欢《格萨尔》，而格鲁派（黄教）对《格萨尔》是采取排斥和压制的态度。好像《格萨尔》与其他宗教和教派没有什么关系。我经过深入研究，《格萨尔》这部伟大的史诗，与宗教的关系并不是那么简单，因此，辟专章论述了《格萨尔》与宗教的关系。

我在这一章里指出：

马克思主义的理论告诉我们，宗教是一种社会意识形态和文化现象。作为文化现象的宗教，它的产生，是历史之必然。

从现有的藏文文献资料看，藏族在远古时代信奉原始宗教，崇拜自然神。但关于这方面的记载非常零散、非常之少，使得我们无法对藏族的原始宗教有更多的了解，做更深入的探讨。随着社会生产力的发展，宗教观念日趋明显和复杂，更加系统化，也更加理论化了。社会上开始出现了一批宗教职业者——巫师。这时，就逐渐形成了藏族特有的民族宗教——苯教。

从氏族社会末期到奴隶制国家政权建立后的一个相当长的时期内，苯教在藏族社会中占统治地位，在国家的政治生活中，起着重要作用。

自从佛教传入藏族地区之后，一千多年来，它对藏族社会的各个方面，包括文学艺术，产生了极为广泛而深刻的影响。解放前的西藏，还处在封建农奴制社会阶段，实行政教合一的政治制度，居民的绝大多数都信奉佛教。

产生在这样一个社会的文学巨著《格萨尔》，不可能不受到宗教的影响。由于史诗产生的年代久远，地域广阔，流传的形式多种多样，内容纷繁复杂，丰富多彩，因此，它同宗教的关系也呈现出极为复杂的现象，从内容到形式，从流传、演变到发展，从搜集整理到加工修改，都受到宗教广泛而深刻的影响。不仅不同的宗教对它产生了不同的影响，在同一种宗教里，不同的教派也对它采取了不同的态度，呈现出错综复杂的现象。同时，由于《格萨尔》规模宏大，卷帙浩繁，在长期流传过程中，又经历了重大的演变和发展，各种分部本所表现的宗教观点也不尽相同，甚至互相矛盾。

书中把宗教对《格萨尔》的影响归纳为"对自然神的崇拜"，万物有灵的观念，是产生原始宗教的思想基础。恩格斯曾经指出，"宗教是在最原始的时代从人们关于自己本身的自然和周围的外部自然的错误的、最原始的观念中产生的。"[1] "一切宗教都不过是支配着人们日常生活的外部力量在人们头脑中的幻想的反映。在这反映中，人间的力量采取非人间力量的形式。"[2]

万物有灵观念，主要表现在对自然的崇拜。在远古时代，生产力极为低下，人们对自然界的依赖性很大。藏族人民生活在世界屋脊之上，那里高寒缺氧，气候恶劣，地质构造复杂，忽而雷电，忽而风暴，忽而雪崩，忽而冰雹，忽而冰湖决堤，忽而泥石流突奔，忽而强烈地震，忽而火山爆发。刚刚还是冰雹倾盆，暴雨如注，

---

① 《路德维希·费尔巴哈和德国古典哲学的终结》，《马克思恩格斯选集》第四卷，第250页。

② 《反杜林论》，第311页。

转眼之间又是蓝天万里，阳光灿烂，彩虹横空，天地间出现许多壮丽景观。各种自然现象既严重地威胁着古代藏族人民的生产劳动和日常生活，也为他们造成各种有利条件，造福人类。自然界的各种变化，都同人们的生产、生活有着密切联系。人们无法解释，更无法控制这种自然现象，便觉得在他们周围布满了超自然的存在物，认为自然力就是神灵，每一种自然现象都有不同的"神灵"主宰着。他们按照对人们生产、生活的不同影响，把各种自然现象分为"吉兆"和"凶兆"，并以此为依据，决定自己的行为。

《格萨尔》中关于各种自然神的描写，正反映了古代藏族人民的宗教观念，是符合当时人们的认识水平和客观实际的。

《格萨尔》里对古代藏族人民的"灵魂"观念，也有非常具体、非常形象的描写。灵魂观念，在古代各民族中曾经普遍产生过。恩格斯说："在远古时代，人们还完全不知道自己身体的构造，并且受梦中景象的影响，于是就产生一种观念：他们的思维和感觉不是他们身体的活动，而是一种独特的、寓于这个身体之中而在人死亡时就离开身体的灵魂的活动。从这个时候起，人们不得不思考这种灵魂对外部世界的关系。既然灵魂在人死时离开肉体而继续活着，那末就没有任何理由去设想它本身还会死亡，这样就产生了灵魂不死的观念。"[①]

史诗里认为，人的肉体和灵魂可以分离。肉体可以死亡，灵魂却永远存在，人死后，灵魂即离开肉体到另一个世界去了。不仅普通人是这样，被称作天神之子的格萨尔大王也是这样。他的灵魂寄托在玛沁雪山上，如果谁要杀害他，仅仅伤害他的肉体是不行的，只有摧毁巍峨高大的玛沁雪山，才能夺取他的生命。珠牡的灵魂寄托在扎陵湖中，辛巴·梅乳泽的灵魂寄托在红野牛身上。其他人物的灵魂，也各有所寄托。

然后论述了《格萨尔》与苯教的关系，以及与佛教的关系。

这种论述，不但有助于广大读者和关心《格萨尔》的人士更全面、更完整地了解《格萨尔》丰富的文化内涵，而且极大地提升《格萨尔》的文化地位和学术价值。真正把《格萨尔》作为一部反映藏民族历史的英雄史诗来认识和理解，正如黑格尔所说：一部优秀的史诗，"会成为一种民族精神标本的展览馆"，能够"显示民族精神的全貌"。《格萨尔》正是这样一部伟大的民族史诗，她反映的是藏民族发展的艰

---

① 《路德维希·费尔巴哈和德国古典哲学的终结》，《马克思恩格斯选集》第四卷，第219—220页。

难而辉煌的历史，歌颂的是伟大的民族精神，而不是一个土司头人的家谱，不是为土司头人歌功颂德的传记。

恩格斯在《路德维希·费尔巴哈和德国古典哲学的终结》这部经典著作中指出：每个民族都有自己民族的神。假若说英雄格萨尔是藏民族的民族之神，那么，他不可能诞生在一个狭窄的小山沟里，只能诞生在离太阳最近的、辽阔壮美的雪域高原。反过来讲，一个小山沟托不起格萨尔这样伟大的英雄，只有辽阔壮美的雪域高原才能够托起格萨尔这样伟大的英雄。

书中还深入地探讨了藏文文献中关于《格萨尔》的论述，资料比较全面，比较准确，后来的研究，在个别问题上有所发现，有新的资料。但是，实事求是地说，从总体来看，没有超出我研究的范围。

这是因为，我长期在民族出版社担任翻译编辑，从20世纪50年代、60年代到80年代初，藏文古籍文献都是我们民族出版社编辑出版的。有一些典籍，由我们藏文室的副主任刘立千先生和资深编辑郭和卿先生翻译成汉文。民族文化宫与民族出版社是一个系统，我们的社长兼总编辑萨空了，同时担任民族文化宫主任，我们可以资源共享。这种条件是别人所没有的。

与此同时，我长期给很多高僧大德担任翻译，为他们服务，与他们一起从事翻译、编辑和出版工作，潜移默化，耳濡目染，受到熏陶和影响。

特别值得一提的是，改革开放之初，与全面开展《格萨尔》工作的同时，我国藏学界的一件大事是在著名藏学家扎西泽仁同志的主持下，集中了一批专家学者，在成都编辑《藏汉大辞典》，这是一件具有重要意义的文化工程。在扎西泽仁同志的关怀下，我住在四川省民委招待所，与《藏汉大辞典》编纂组的专家学者们住在一起，就近向他们学习和请教，使我获益匪浅，终身受益。

这样的机会是可遇而不可求的。在这一点上说，我是幸运的。这样的机会以后再不可能有了。

35年前，当《〈格萨尔〉初探》出版之时，这些专家学者都健在。现在，除个别专家外，扎西泽仁等当年参加《藏汉大辞典》的专家学者们都已过世，永远地离开了我们。在《〈格萨尔〉初探》修订再版之时，我回顾这段经历，也是对他们表示最深切的怀念、最崇高的敬意！

四、《〈格萨尔〉初探》的价值和意义

《〈格萨尔〉初探》是我们中国社会科学院少数民族文学研究所关于《格萨尔》研究的第一部专著，也是我国学术界关于史诗研究的第一部专著。它填补了我国《格萨尔》研究，乃至新中国史诗研究的一个空白。《〈格萨尔〉初探》的问世，结束了中国没有研究《格萨尔》的专著，没有研究史诗的专著的历史。正因为这样，实事求是地讲，《〈格萨尔〉初探》可以称之为我国《格萨尔》研究，乃至史诗研究的开山之作，立碑之作。它的价值和意义也正在于此。

新中国成立以来，党和国家对《格萨尔》事业非常关心和重视。党的十八大以来，习近平总书记多次发表重要讲话，对藏族英雄史诗《格萨尔》给予高度评价。2018 年 3 月 20 日，习近平总书记在十三届全国人大一次会议上，在庄严宏伟的人民大会堂，发表了重要讲话。

习近平总书记在讲话中回望几千年中华民族文明发展的波澜壮阔的历史，满怀豪情地说："中国人民是具有伟大创造精神的人民。在几千年历史长河中，中国人民始终辛勤劳作、发明创造，我国产生了老子、孔子、庄子、孟子、墨子、孙子、韩非子等闻名于世的伟大思想巨匠，发明了造纸术、火药、印刷术、指南针等深刻影响人类文明进程的伟大科技成果，创作了诗经、楚辞、汉赋、唐诗、宋词、元曲、明清小说等伟大文艺作品，传承了格萨尔王、玛纳斯、江格尔等震撼人心的伟大史诗，建设了万里长城、都江堰、大运河、故宫、布达拉宫等气势恢弘的伟大工程。"

在这篇重要讲话中，习近平总书记把中国人民的伟大创造精神，概括为五个方面，即伟大思想巨匠、伟大科技成果、伟大文艺作品、伟大史诗、伟大工程，使我们深受鼓舞。

在习近平总书记重要讲话的鼓舞下，我国的《格萨尔》事业又发展到一个新的阶段。《〈格萨尔〉初探》在这个时候修订再版，具有重要的现实意义。35 年前，我在《没有结束的结束语》里，说了这样一段话：

历史上往往会出现这样的情况：有些事情，从一开始就为人所注目，它的重要性，它的深远意义，大家看得清清楚楚、明明白白。因而能得到各有关方面，乃至整个社会的关心、支持和赞助，使这一事业顺利进行下去，得到圆满成功。

有些则不然。它的意义，它的全部作用和价值，往往要经过一个很长的历史时期，才能逐渐被人们所发现、所认识。其间要经历七沟八坎，重重困难，甚至做出重大牺牲。

当荷马和他的同伴——那些卓越的行吟诗人，在希腊半岛到处行乞，吟诵古老的希腊史诗时，有谁会想到，这部史诗后来竟变作具有"永久魅力"的不朽诗篇，成为"欧洲文学的土壤和源泉"？一代又一代的哲人、诗人和文学家，都吮吸过它的乳汁，来滋养自己。文艺复兴时代灿若群星的伟大的诗人、文学家和艺术家们，毫无例外地都受益于这部不朽的诗篇。

当埃利亚斯·隆洛德这位刚刚走出校门的穷大学生，身背行囊，孑然一身，在芬兰东部卡累利阿地区的穷乡僻壤艰难跋涉，搜集"鲁诺"——古老的芬兰民歌时，有谁会想到他是在从事一件具有划时代意义的事业？！隆洛德曾先后十一次采风，访问了数百名民间歌手，行程达13000英里。他以顽强的毅力，克服重重困难，终于完成了《卡勒瓦拉》的搜集和编纂工作。

《卡勒瓦拉》的问世，不仅是芬兰民间文学工作中最卓越的成果，也是芬兰复兴民族文化运动中最辉煌的成就。它的出现，犹如在漆黑的夜空，升起了一颗灿烂的明星，不仅唤醒了芬兰人民的民族精神，激发了他们的民族自信心和自豪感，而且成为芬兰文学和艺术永不枯竭的源泉。

隆洛德自己也因此而获得了崇高的荣誉。一百多年来，他一直受到芬兰人民的尊敬和怀念。芬兰人民在反对异族统治、争取民族独立的斗争中，把隆洛德看成是自己的民族英雄，把他当作唤醒民族意识、激发民族精神的一面旗帜。

《卡勒瓦拉》也为芬兰文学赢得了世界地位和声誉，吸引了世界各国的学术界和广大的读者，促使他们重新认识和评价芬兰及斯堪的纳维亚各个民族的历史和文化。现在，它已在全世界广为流传，被翻译成三十三种文字，还用上百种文字出版了简写本或片断。仅在我国，就出版了三种不同的汉译本。

《格萨尔》在自己发展的历史上，也走过了艰难的、不平坦的道路。它的重要意义，它在文学史和文化史上的地位和影响，并不是大家都理解、都认识的。新中国成立以来，尤其是粉碎"四人帮"以来，《格萨尔》工作取得了重大成绩，我将它称为藏族文化史上空前未有的壮举。但是，就整个《格萨尔》工作来讲，目前所取得的成就，只能说是万里长征走完了第一、二步，至多也只能说是走了第三、四步。大量艰苦细致的工作，还在后头。真是任重而道远。即使在今天，也不是所有的人都清楚地认识它的重要意义，真正关心和重视抢救工作。我们面前还有很多困难，真可谓举步维艰。后人很难想象得到，今天我们每做一件事，每向前迈出一步，都要付出多么辛勤的劳动，做出多么艰苦的努力。

35 年的时间过去了。我国的《格萨尔》事业已取得了前所未有的辉煌成就。因为，时代毕竟在进步，我们的事业在不可阻挡地向前发展。而今，在习近平新时代中国特色社会主义思想指引下，在习近平总书记关于《格萨尔》工作重要指示精神的鼓舞下，《格萨尔》事业又一个发展机遇期已经到来。在这个时候，修订再版《〈格萨尔〉初探》，希望这部著作，在《格萨尔》事业发展的历程中，继续发挥它应有的作用。

最后，从 20 世纪 80 年代到现在，对于青海人民出版社的领导和编辑同志给予本书持续不断的关怀和支持，我表示衷心的谢意。

2021 年 1 月 20 日于北京

前　　言

凡是关心我国文学事业、研究中国文学史的同志，在很长一段时间里，都因为我国没有史诗，尤其是没有长篇英雄史诗而感到遗憾。

黑格尔曾经断言：中国没有民族史诗。他在《美学》这部巨著中，论述史诗发展史时说：

"中国人却没有民族史诗。他们的关照方式基本上是散文性的，从有史以来最早的时期就已形成一种以散文形式安排的井井有条的历史实际情况，他们的宗教观点也不适宜于艺术表现，这对史诗的发展也是一个大障碍。"①

黑格尔这位被恩格斯称作"奥林帕斯山上的宙斯"的哲学家，以权威的口吻，郑重其事地做了这样的断语，其影响是非常之大的。从那以后，"中国没有民族史诗"几乎成了无可争议的定论。从鲁迅的《中国小说史略》《汉文学史纲要》，到目前众多的文学史著作，史诗部分一直是个空白。

这个空白能不能填补，是大家关心的一个问题。

藏族英雄史诗《格萨尔》，以及蒙古族史诗《江格尔》、柯尔克孜族史诗《玛纳斯》的发现（用"发现"一词是很不确切的。因为这些史诗早已在我国少数民族中流传，只是没有翻译成汉文和其他民族的文字，不为外界所知。由于不少研究者都这么讲，这里沿用习惯说法），一改过去的看法，填补了这个空白，为我国多民族的文学史

---

① 黑格尔著：《美学》第三卷（下），第170页。

增添了新的光彩。

从目前掌握的材料看，《格萨尔》是世界上最长的一部史诗。但是，由于历史的原因，我们至今没有能把有关《格萨尔》的全部资料搜集起来，弄清这部史诗的全貌。解放以后，党对《格萨尔》的搜集整理工作十分关心和重视。现在，又把《格萨尔》的搜集整理工作列为国家重点科研项目。这充分体现了党对少数民族人民的亲切关怀，表现了党对发展少数民族文化事业的高度重视。

那么，《格萨尔》究竟是一部什么样的史诗？为什么要把它的搜集整理工作摆在这样重要的位置，列为国家重点科研项目？它在藏族文学史和我国文学史上有什么样的地位和影响？所有这些，是很多同志感兴趣的问题。本书想就这方面的问题做一些初步的探索。由于搜集整理工作尚在进行，资料十分缺乏，本书所论述的，远不会是全面而深刻的。我只希望，我的分析和探索，能给读者一些虽然浅薄但不谬误，尽管粗疏却不模糊的印象，使广大读者和有关同志对这部伟大的史诗有一个初步的、概括的了解，以便更好地开展对《格萨尔》的搜集整理工作和学术研究活动，完成国家交给我们的光荣而艰巨的任务。

基于这样的考虑，我在写法上也与一般的学术著作有所不同，坚持理论联系实际的原则，一切以能够讲清问题、有利于搞好《格萨尔》工作为前提。章节的划分，按内容需要，有话则长，无话则短，不勉强取齐划一；在行文上，力求简明扼要，通俗易懂，不玩弄概念，故弄玄虚。

我的想法是：别人讲过的，就不讲或少讲；别人没有讲过的，适当多讲一点。尽可能做到言之有物，言之有据，而不做空泛之论。

鉴于我国的史诗研究工作历来十分薄弱，浩如烟海的"诗话""词话"中，无一字一句论及史诗；即使是现代读者，对史诗这种文学形式依然十分陌生，因此，有必要首先对史诗和史诗研究的情况，做一个概括的叙述。这将有助于我们从世界文化发展的高度，更全面、更深入地了解《格萨尔》，正确认识它在中国文学史和世界文学史上的重要地位。

目　录
CONTENTS

史诗与史诗研究

什么是史诗?

史诗一词源于古希腊语,意为字、叙述和故事。古希腊著名的哲学家、文艺理论家亚里斯多德在《诗学》中对史诗,尤其是荷马史诗,作了全面而深刻的论述。他认为:"史诗和悲剧、喜剧和酒神颂以及大部分双管箫乐和竖琴乐——这一切实际上是在摹仿,只是有三点差别,即摹仿所用的媒介不同,所取的对象不同,所采的方式不同。"①

在谈到史诗的特点时,亚里斯多德指出:"史诗和悲剧相同的地方,只在于史诗也用'韵文'来摹仿严肃的行动,规模也大;不同的地方,在于史诗纯粹用'韵文',而且是用叙述体;就长短而论,悲剧力图以太阳的一周为限,或者不起什么变化,史诗则不受时间限制。"②

按照亚里斯多德的观点,史诗至少有这样一些特点:

第一,用叙述体的韵文;

第二,摹仿(表现)严肃的行动,规模也大;

---

① 亚里斯多德著:《诗学》,人民文学出版社 1962 年版,第 1 页、第 17 页。

② 亚里斯多德著:《诗学》,人民文学出版社 1962 年版,第 1 页、第 17 页。

第三，不受时间限制。

他还把史诗分为几种类型。他说："史诗的种类也应和悲剧的相同，即分简单史诗、复杂史诗、'性格'史诗和苦难史诗；史诗的成分也应和悲剧的相同，因为史诗里也必需有'突转'、'发现'与苦难。史诗的'思想'和言词也应该好。荷马第一个运用这一切种类和成分，而且运用得很好。他的两首史诗各有不同的结构，《伊利亚特》是简单史诗兼苦难史诗，《奥德赛》（即《奥德修纪》——引者）是复杂史诗（因为处处有'发现'）兼'性格'史诗；此外，这两首诗的言词与'思想'也登峰造极。"[①]

黑格尔在他的巨著《美学》中，对史诗的性质、特征和发展历史，作了专门的论述，他把史诗分为"一般史诗"和"正式史诗"两大类。

一般史诗里又分两类：（一）箴铭，格言和教科诗。（二）哲学的教科诗，宇宙谱和神谱。

他所说的正式史诗，就是我们通常说的英雄史诗。黑格尔认为："史诗就是一个民族的'传奇故事''书'或'圣经'。

"每一个伟大的民族都有这样绝对原始的书，来表现全民族的原始精神。在这个意义上史诗这种纪念坊简直就是一个民族所特有的意识基础。如果把这些史诗性的圣经搜集成一部集子，那会是引人入胜的。这样一部史诗集，如果不包括后来的人工仿制品，就会成为一种民族精神标本的展览馆。"他认为印度史诗和荷马史诗能够"显示出民族精神的全貌"[②]。

黑格尔把史诗的发展分为三个阶段，他说：

"全部史诗艺术，特别是正式史诗，基本上分成下列三个重要的发展阶段：

第一是东方史诗，其中心是象征性的；

其次是希腊古典型史诗以及罗马人对希腊史诗的摹仿；

第三是基督教的各民族的半史诗半传奇故事或诗歌的丰富发展。这类诗开始出现在日耳曼异教民族中。"[③]

意大利文艺复兴时期的著名诗人塔索在论述史诗的特点时，认为它有四个因

---

① 亚里斯多德著：《诗学》，人民文学出版社 1962 年版，第 85 页。

② 黑格尔著：《美学》第三卷（下），第 108 页、第 109 页。

③ 见该书第 169 页。

素。他指出：

"我们可以说，英雄史诗是对于光辉的伟大的和完美的行为的模仿；文采用卓绝的韵文描述情节；借助惊奇来激动人的心灵；从而以这种方式来给人教益。

"英雄史诗如同其他任何完整的诗一样，具有自己的因素；这些可以叫作特点的因素无疑是四个。第一个因素是情节，根据亚里斯多德的定义，它是行动的模仿，而极重要的是对于表达这些行为的人物的模仿。亚里斯多德把情节称作诗的根源和灵魂。第二个因素，是情节中叙述的人物的特征。第三个因素是思想，第四个因素是修辞。"①

后来的文艺理论家们，从形式和作者出发，将史诗分为两大类：

一是"民间的"或"民族的"史诗，如《伊利亚特》、荷马史诗和印度史诗。我国的《格萨尔》《江格尔》和《玛纳斯》也属于这一类。

另一类是"个人撰写的"或"文艺的"史诗，如维吉尔的《伊尼德》、弥尔顿的《失乐园》等。

在亚里斯多德和贺拉斯之后，对史诗的研究日益深入，关于史诗的理论也不断得到丰富和发展。一般认为，史诗是以传说或重大历史事件为题材的古代民间长篇叙事诗，它用诗的语言，记叙各民族有关天地形成、人类起源，以及民族迁徙的传说，歌颂每个民族在其形成和发展过程中战胜所经历的各种艰难险阻、克服自然灾害、抵御外侮的斗争及其英雄业绩。所以，它是伴随着民族的历史一起生长的。从某种意义上讲，一部民族史诗，往往就是该民族在特定时期的一部形象化历史。

各民族的史诗，有以下一些共同点，成为区别于别的文学样式的特点：

第一，史诗产生在各民族形成的童年时期。

史诗与民族的历史密切结合，但并不是所有歌咏历史内容的都是史诗。作为一个特定的文学现象，它又能产生于各民族的童年时代。很多史诗都表现了部族战争，以及有关民族起源、创世传说的内容，正说明了这一点。马克思在谈到史诗存在的历史条件时指出：

"就某些艺术形式，例如史诗来说，甚至谁都承认：当艺术生产一旦作为艺术生产出现，它们就再不能以那种在世界史上划时代的、古典的形式创造出来；因此，在艺术本身的领域内，某些有重大意义的艺术形式只有在艺术发展的不发达阶段上

---

① 转引自段宝林编：《论史诗》。

才是可能的。"[1]

俄国著名的文艺批评家别林斯基在论述史诗的特征时，曾经指出："史诗是在民族意识刚刚觉醒时，诗领域中的第一颗成熟的果实。史诗只能在一个民族的幼年期出现。"[2]

高尔基在论述产生史诗的历史原因时，曾经深刻地指出："征服大自然的初步胜利，唤起了他们的安全感、自豪心和对新胜利的希望，并激发他们去创作英雄史诗。英雄史诗是人民对自己的认识和要求的宝藏。"[3]

从以上论述，我们可以知道，史诗的产生、流传、演变和发展，是一个漫长的过程，由于世代传唱，往往融进许多后世的东西，呈现出比较复杂的情形。但一般来讲，它的产生却只能在人类的早期阶段。

当然，也有例外的情况。不仅在远古时代，在氏族社会解体时期和奴隶制刚刚兴起的时期产生史诗，在一些已经进入封建社会的民族中仍然继续产生着，如法国的《罗兰之歌》、德国的《尼伯龙根之歌》、俄罗斯的《伊戈尔远征记》等。这些史诗也以民间传说和历史传说为依据，但它们产生于这些民族高度封建化之后，反映的是这些民族建立封建国家之后的社会关系和政治要求。

但是，史诗和一般的叙事诗还是有区别的。近代产生的一些歌颂民族英雄的叙事长诗，虽然也具有某些史诗般的规模和气魄，有史诗的某些特性，却不能看作是严格意义上的史诗。

我们这样说，丝毫也不意味着要贬低或者否认这些优秀的民间叙事长诗的思想意义和艺术价值，只是想说明，它们与史诗是属于不同范畴、不同类型的文学作品。

到了资本主义时期，产生史诗的社会基础已经消失，史诗即被黑格尔称之为"资本主义史诗"的长篇小说所代替。正如雨果所说的那样，"史诗在最后的分娩中消亡了，""世界和诗的另一个纪元即将开始"[4]。

现代人喜欢把那些内容丰富、气势雄浑、结构复杂、画面广阔的作品，如优秀

① 《〈政治经济学批判〉导言》，《马克思恩格斯选集》第二卷，第113页。

② 《别林斯基论文学》，新文艺出版社1958年版，第179页。

③ 高尔基著：《个人的毁灭》，《论文学（续集）》，人民文学出版社，第54页。

④ 雨果著：《〈克伦威尔〉序》。

的长诗或长篇小说，称作史诗或史诗式的作品，但那是另一个范畴的问题了。

第二，史诗与神话有密切的联系。

因为史诗产生于人类的童年时代，它和古代的神话、传说有着密切的联系。人类早期丰富优美的神话，为史诗的发展提供了丰富的素材，使史诗的艺术表现带上了浓厚的神话色彩。马克思说："希腊神话不只是希腊艺术的武库，而且是它的土壤。"茅盾称史诗是"神话之艺术化"。这些话准确而透彻地阐明了神话和史诗的渊源关系。在史诗里，主人公差不多都是半人半神的英雄，人和神的行为常常是交相混杂的：人可以通晓神道法术，变幻身形，可以死而复生；而神又常常被赋予人的行为和品格，甚至连战马、武器、山水、江湖、鸟兽鱼虫等都可以具有人的感觉和意志。这一特点，在世界第一部史诗《吉尔伽美什》，在荷马史诗、印度史诗以及《格萨尔》《江格尔》和《玛纳斯》里，都表现得十分明显。吉尔伽美什被说成是大神阿鲁鲁所创造的"三分之二是神，三分之一是人"的半神半人的人物。在荷马史诗和印度史诗里，不仅大量运用了古希腊和古印度的神话传说，主要英雄人物的一切活动，也都是由天神安排和指挥的。格萨尔则被说成是神的化身。

这里需要提及的是，一方面，由于史诗同神话有密切联系；另一方面，解放以后，由于我国少数民族史诗的大量发掘，依据不同的内容和题材，我国学术界又将史诗划分为两大类，即创世史诗（又称原始性史诗，或神话史诗）和英雄史诗。也有人认为，创世史诗不是史诗，它属于远古神话的范畴，因为跟神话在内容和实质上没有多大差别，所不同的，仅仅表现为前者是韵文，后者是散文。笔者认为，创世史诗虽然同神话有密切联系，但从总体来看，它已经具备了史诗的基本特征，仍然应该把它看作是史诗，而有别于远古神话。

创世史诗，顾名思义，其内容主要表现了人类的祖先"创造世界"的历程，它围绕"创世"过程，对"史诗世界"作了动人的艺术描绘。如苗族的《古歌》，哈尼族的《奥色密色》，彝族的《查姆》《梅葛》，以及苦聪人的《创世歌》，都属于这类作品。

从产生年代看，创世史诗早于英雄史诗，它表现的主要是人类同大自然的斗争，包括了天地形成、人类起源和人类发展等方面的内容。创世史诗同远古神话、传说有密切联系，可以说是在神话和传说的基础上产生和发展起来的。正是在这个意义上，有人把创世史诗称为"神话史诗"。但是，史诗毕竟不同于神话，神话所表现、所歌颂的是神。史诗则突破了神话的局限，开始形成了熔神话、传说、记事于一炉的丰富内容和以人类为描写中心的思想倾向。

英雄史诗一般产生在原始社会解体到奴隶制确立这一历史时期，是民族崛起时代的产物。一切优秀的英雄史诗，往往表现了民族崛起的发皇精神，是民族精神的象征。

第三，史诗凝聚着一个民族的智慧，成为特殊形态的知识总汇。

人们常常把优秀的史诗称作一个民族特定历史条件下的"百科全书"，是很有道理的。史诗不同于民歌和一般叙事诗的最大特点，就在于它能够在广阔的历史背景下，多方面地表现一个民族在一定历史阶段的社会生活。史诗，顾名思义，可以理解为用诗歌形式书写的一个民族的历史——当然，它不同于一般的史书，而是艺术地再现该民族的历史。史诗里，反映了古代人民的生活和斗争、理想和愿望。它不但反映了一个民族发展的历史，也汇聚着该民族千百年积累下来的智慧和经验。别林斯基认为史诗"是这样一种历史事件的理想化的表现，这种历史事件必须有全民族参与其间，它和民族的宗教、道德和政治生活融汇一起，并对民族命运有着重大的影响"①。

在一切优秀的史诗里，还有大量古代社会生活的真实图景，我们可以从中看到各该民族古代历史、生产、地理、军事、宗教、医学、天文等方面极有科学价值的珍贵资料。正如黑格尔所说的那样，一部优秀的史诗，能够显示出"民族精神的全貌"，"会成为一种民族精神标本的展览馆。"《格萨尔》就是这样一部伟大的英雄史诗。它是在藏族古老的神话、传说、故事、诗歌和谚语等民间文学的丰富基础上，产生和发展起来的。

这一史诗传入蒙古族之后，很快得到广泛流传，并同蒙古族悠久的文化传统相结合，经过蒙古族人民的再创造，终于发展成为一部为蒙古族人民所喜闻乐见的、具有独特风格的民族史诗，在蒙古族文学史中占有崇高的地位。它同《蒙古秘史》《江格尔》一起，被誉为蒙古族古典文学的三大高峰。

在《格萨尔》里，凝聚着藏族和蒙古族人民的聪明才智和伟大创造力，是他们智慧的结晶、知识的宝库。

它不仅是一部杰出的文学作品，而且有很高的学术价值和认识价值，是研究古代藏族和蒙古族的社会生活、民族历史、经济文化、阶级关系、民族交往、意识形

《格萨尔》初探（修订本）

① 《别林斯基论文学》，第197页。

态、道德观念、风俗习惯、宗教信仰等问题的一部百科全书。同希腊史诗、印度史诗和芬兰史诗《卡勒瓦拉》等许多优秀的史诗一样，《格萨尔》是世界文化宝库中一颗璀璨的明珠，是我国人民对人类文明的一个重要贡献。

第四，史诗叙述的庄严性。

从内容上看，史诗歌咏的不是个人身边的琐事，不是抒发一己的喜怒哀乐，它歌颂的是国家民族的重大事件。正如雨果所说的那样，从内容到形式，都显得伟大、庄严、雄伟。史诗"反映这些巨大的事件；它由抒情过渡到叙事。它歌唱这些世纪、人民和国家"[①]。在史诗的主人公身上，凝聚着神圣的民族精神，而且借助某些神话和宗教观念，加强了它的威严，蒙上了一层神秘的色彩。

其次，从演唱形式上看，一般都在重大活动或隆重仪式及祭典时演唱。在古代希腊，每当举行泛雅典娜节时，都有朗诵荷马史诗的节目。在印度，在欢庆全民族的重大节日时，把《罗摩衍那》和《摩诃婆罗多》当作"圣书"或经典，朗读其中的章节。

藏族民间艺人在说唱《格萨尔》时，先要焚香祈祷，举行一定的仪式。连史诗的格调也不同于民歌和一般的民间文学作品，要浑厚、深沉、庄重一些。亚里斯多德说："至于格律，经验证明，以英雄格最为适宜。如果用他种格律或几种格律来写叙事诗，显然不合适。英雄格是最从容最有分量的格律。"[②] 所有这些都增加了史诗的庄严性，在说唱时，也给人以肃然起敬之感。

世界五大史诗

在古代世界文学的历史长河中，曾经出现了一系列脍炙人口、对后世产生深远影响的史诗巨著。从目前知道的材料看，世界上最早的英雄史诗是《吉尔伽美什》，它代表着古代巴比伦文学的最高成就。

巴比伦位于美索布达米亚的中心地带，正当底格里斯河和幼发拉底河两河流域的接近地点，是人类文明最古的发源地之一。

在古代巴比伦文学中，神话传说和英雄叙事诗占着重要地位。其中流传较广、

---

① 雨果著：《〈克伦威尔〉序》。

② 亚里斯多德著：《诗学》，第87页。

影响较大的则首推史诗《吉尔伽美什》。

据研究巴比伦文学的专家认为，《吉尔伽美什》在一定意义上可以说是古代两河流域的神话传说和英雄故事的总集。这部史诗的基本内容早在公元前3000多年就已初具雏形了。大约最后完成于原始公社制社会末期和奴隶制社会的形成期。从史诗内容的丰富性和复杂性来看，它显然不是出于某一人之手，而是人民群众的集体创作，是在长期的口头流传的基础上逐渐定型的。《吉尔伽美什》共有3000多诗行，用楔形文字分别记述在12块泥板上。

1872年，英国人乔治·司密斯从清理尼尼微宫殿遗址出土的泥板残片里，偶然发现了"洪水传说"的有关部分。这正是《吉尔伽美什》的第11块泥板，是这部史诗里最大的插话。同年12月，司密斯在新成立的圣经考古协会上，以《关于洪水传说的迦勒底版的记述》为题，作了发掘报告，引起了世人的注意，从此便开始了史诗《吉尔伽美什》的整理编纂工作。大约经历了半个世纪之久，才将史诗的面貌大体弄清。随着考古工作的进展和楔形文字译读的成功，史诗的各种文字的译本也相继出现。

尽管《吉尔伽美什》是目前所能看到的世界最古老的英雄史诗，但由于本身残缺较多，译读困难，辅助资料缺乏，加之发现较晚等原因，在文学史上的影响，没有希腊史诗和印度史诗那样深远。

茅盾同志曾将巴比伦史诗和荷马史诗进行比较。他指出：

"一个民族总有点神话和传说，……但每一个民族不一定都能够产生伟大的史诗。像《伊利亚特》和《奥德赛》那样雄伟奇瑰的史诗更不多见。巴比伦的古文明在上古时代并没有比希腊人逊色，可是现在所见巴比伦的不完全的史诗《吉尔伽麦西》（即《吉尔伽美什》）远不及《伊利亚特》和《奥德赛》那样富有文艺的价值。"它"和《伊利亚特》《奥德赛》比起来，无论在思想上和技巧上，都差得远了"。①

在世界文学史上，思想上、艺术上的成就最高、流传最广、影响最大的是荷马史诗《伊利亚特》（又译作《伊利昂纪》）、《奥德修纪》（即《奥德赛》），与之齐名的还有印度史诗《罗摩衍那》和《摩诃婆罗多》，它们被誉为世界的四大史诗。在世界上最早的史诗《吉尔伽美什》发现之后，又被称作五大史诗。

《伊利亚特》共24卷，15693行。《奥德修纪》也是24卷，12110行。这两部

① 茅盾著：《世界文学名著杂谈》，百花文艺出版社1980年版，第24页、第25页。

史诗是欧洲最早的文学巨著，相传是古希腊的伟大诗人荷马所作，因此又称荷马史诗。

历史上是否有荷马这么一位诗人，以及他生活的年代，异说颇多。关于荷马的传记，传到现在的就有九部之多，其中最早的可追溯到公元前六世纪。那些传记被认为是纪元前后的人根据传说杜撰的，不能当作可靠的史料。但是，在各种有关荷马生平的资料中，有一点是相同的：荷马死在伊奥斯岛。

关于荷马的出生地，说法也很不一致。鉴于荷马史诗的巨大影响，一个城邦被看作荷马的故乡便成了一种荣誉，因而有很多城邦争说本地是荷马的诞生地。起初是7个，后来是11个，到最后发展成十几个，都争说本地是荷马的故乡，并用各种办法加以论证，有关他的传说也就越来越多。但荷马究竟是什么地方人，始终弄不清楚。这有点像关于格萨尔故乡的争论。后世有一位作家写了两句诗，讽刺这件事：

"七大名城争得了死荷马就心满意得，可是荷马当年在这七大城里流浪行乞。"

这一现象从另一方面反映了史诗流传的广泛和影响的深远。意大利文艺复兴时期的哲学家、诗人乔尔丹诺·布鲁诺（1548—1600）在分析这种现象时指出："希腊各民族都争着夺取荷马故乡的光荣，都说荷马是他们那个地方的公民，理由就在于希腊各族人民自己就是荷马。"① 这一分析是很精辟、很有道理的。

有趣的是，关于荷马这个名字的含意，也有点像格萨尔，理解很不一致。有人认为荷马是"人质"的意思，说荷马本人大概是俘虏出身；也有人说这个名字含有"组合在一起"的意思，就是说，荷马这个名字是组合出来的，因为史诗原是许多散篇传说组合而成，用茅盾的话说，是许多"故事集团的汇总"。有人说，史诗的主人公和史诗作者名字的不确切性，是各民族史诗的一个共同特点，看来不无道理。印度史诗和蒙古史诗里，也都有这种情况。

几千年来，学者们就是否确有荷马其人，他的生活年代、出生地点以及荷马史诗的形成等问题，展开了持续而激烈的争论，众说纷纭，构成了欧洲文学史上的所谓"荷马问题"。

从历史上看，古代历史学家如公元前五世纪的希罗多德，较晚的修昔底德，公元前四世纪的柏拉图和亚里斯多德等，都肯定荷马"实有其人"，认为这两部史诗

---

① 《发现真正的荷马》，《新科学》卷三。

是荷马的作品。还有其他一些已失传的古希腊史诗，也曾有人说是他创作的。

古代又传说荷马是个盲乐师，很多荷马的雕塑和画像，都把他描绘成盲乐师的形象。据说古代的职业乐师往往都是盲人，荷马也许就是他们当中一位杰出的行吟诗人。《奥德修纪》中有一段关于盲歌手的生动描写，有的研究者认为，这个形象中显然包含着荷马自身的成分。

在古代希腊，荷马史诗被看成智慧的宝库，所有的城邦都把它当作学校教育的基础。从公元前五世纪起，在雅典四年一次隆重庆祝的泛雅典娜节上，都有朗诵荷马史诗的节目。荷马被尊为希腊的民族诗人。柏拉图在《理想国》中提到，当时人们崇拜荷马，认为"荷马教育了希腊"。意大利的伟大诗人但丁称荷马为"诗人之王"。莱辛说他是"典范中的典范"。

从文艺复兴时代开始，荷马史诗对意大利、法国、英国、德国、俄国等欧洲国家的文学产生了巨大影响。荷马与但丁、莎士比亚、歌德一起，被西方文艺评论界推崇为世界四大诗人。歌德、席勒、普希金、别林斯基、雨果、莱辛、伏尔泰等文坛巨匠都熟知荷马史诗，并对荷马作了很高的评价。车尔尼雪夫斯基甚至说过这样的话：由于荷马史诗的杰出，后代诗人几乎皆要辍笔，好像只有写史诗才能垂名千古。英国十九世纪浪漫主义诗人济慈说，他第一次读到荷马史诗时，就好像一个观天象者忽然发现一颗新的星座浮入他的眼界一样。①

无产阶级革命的伟大导师马克思、恩格斯对荷马史诗作了深入的研究，并给予了非常高的评价。恩格斯在《家庭、私有制和国家的起源》一书中，曾引用荷马史诗来说明人类社会野蛮时代高级阶段，即从原始社会向奴隶社会过渡时期的生产水平、妇女在家庭中的地位和希腊氏族社会的状况。恩格斯进而指出："……荷马的史诗以及全部神话——这就是希腊人由野蛮时代带入文明时代的重要遗产。"②

马克思称《伊利亚特》是"一切时代最宏伟的英雄史诗"，认为荷马史诗"仍然能够给我们以艺术享受，而且就某些方面说还是一种规范和高不可及的范本"。③

马克思进而指出，在现代社会，产生史诗的条件已经消失，因此不可能按照传统的创作方式，"复制"出史诗，正像"一个成人不能再变成儿童，否则就变得稚

---

① 见济慈的诗《初读查普曼所译荷马》。

② 《家庭、私有制和国家的起源》，《马克思恩格斯选集》第四卷，第22页。

③ 《〈政治经济学批判〉导言》，《马克思恩格斯选集》第二卷，第114页。

气了"。但是，古代的神话和史诗，都有着"永久的魅力"。马克思说："为什么历史上的人类童年时代，在它发展得最完美的地方，不该作为永不复返的阶段而显示出永久的魅力呢？有粗野的儿童，有早熟的儿童。古代民族中有许多是属于这一类的。希腊人是正常的儿童，他们的艺术对我们所产生的魅力，同它在其中生长的那个不发达的社会阶段并不矛盾。它倒是这个社会阶段的结果，并且是同它在其中产生而且只能在其中产生的那些未成熟的社会条件永远不能复返这一点分不开的。"①

除去荷马史诗，在世界上影响最大的要算印度的两大史诗。茅盾称它们是"东方民族最伟大的史诗，也是世界上最长的史诗"。

我国研究印度文学的老前辈季羡林教授说：

"《罗摩衍那》与《摩诃婆罗多》并称印度两大史诗，在印度文学史上和世界文学史上，占有崇高的地位，产生了巨大的影响。特别是对印度文学以及东南亚一些国家的文学，《罗摩衍那》的影响更是持久、广泛和深入。在过去两千年中，它被称为'最初的诗'，作者蚁垤被称为'最初的诗人'，成为印度古典文学的伟大典范、创作取材的丰富源泉。"②

这两部史诗究竟哪一部产生在前，哪一部产生于后，以及两者之间的关系和相互影响，它们在文学史上的地位，印度学术界有着不同的看法。这些问题留待专家们去研究。这里仅就一般情况，作一个概括的叙述。

印度学者把这两部史诗称作"伶工文学"。所谓"伶工文学"，其特点就是这些作品都包含着许多短歌、短的叙事诗和叫作赞颂诗的赞歌。由伶工（行吟歌手）到处歌唱，一代又一代，口耳相传。到了后来，就发展成为史诗。有了文字之后，被记录下来，成了抄本。但在流传过程中，因人而异，因地而异，不断增删，写成文字之后，仍无定本。所以流传下来的抄本，千差万别，很不相同。据说《摩诃婆罗多》的抄本有1000多种，流传之广，可见一斑。至于铅印成书，那是比较晚的事了。

《罗摩衍那》全书分为7篇。旧的本子约有24000颂，按照印度的计算法，一颂为两行，最新的精校本已缩短到18550颂。一般认为最早的部分可能产生于公元前三、四世纪，而最后写定则在公元二世纪，前后约经历了五六百年。

《摩诃婆罗多》是一部内容十分丰富的长诗。全书分成18篇，各篇有长有短，

① 《〈政治经济学批判〉导言》，《马克思恩格斯选集》第二卷，第114页。

② 季羡林著：《〈罗摩衍那〉初探》，人民文学出版社，第1页。

每一篇又分成一些章，用另一些篇名分别概括这些章的内容，一般说有 10 万颂，也就是说有 20 多万行。在《格萨尔》被发掘整理之前，曾被认为是世界上最长的史诗，而享有盛誉。

这两大史诗，对印度文化的发展，产生过深远的影响。《罗摩衍那》的作者在开篇中自豪地说："只要在这大地上，青山常在水常流，《罗摩衍那》这传奇，流传人间永不休。"事实确实如此。印度人民把这两部史诗称作"圣书"，几千年来，盛传不衰，影响十分深远。《摩诃婆罗多的故事》的作者、印度学者拉贾戈帕拉查理在该书的序言中说："一个人旅行全印度，看到了一切东西，可是除非他读了《罗摩衍那》和《摩诃婆罗多》（至少是要通过一个好的译本读过），他不能了解印度的生活方式。"

印度伟大的诗人泰戈尔在评论这两部史诗时曾经指出："几个世纪几个世纪不断地过去了，但是《罗摩衍那》和《摩诃婆罗多》的源泉在印度这个国家里并没有枯竭。每天，每个村子里的每个家庭，都在朗读其中的诗句。不管是市场上的商店还是在国王的宫廷门口，它们都受到共同的思想感情的尊敬。蚁垤仙人和毗耶婆仙人这两位伟大的诗人是应该受到歌颂的，他们的名字已经消失在时代的伟大征途中，但是他们的声音今天仍然像一股永不停顿的奔腾向前的潮流，在赋予印度亿万男女的家庭以力量和和平，并昼夜不断地将千万年古老的沃土带到印度这块心灵的土地上，使它变成肥沃的土壤。"①

泰戈尔又说："如果说有某一部作品把喜马拉雅山那么高洁的普遍理想和大海一样深邃的思想同时进行了概括的话，那就只有《罗摩衍那》。由于这样一些最根本的特点，《罗摩衍那》冲破了时间、地点的局限，成为今天世界文学中的一部伟大的作品，而蚁垤仙人则作为世界性的诗人受到崇敬。"②

印度学者对这两部史诗作了很高的评价，他们指出："《罗摩衍那》已经被证明是印度文学的第一部史诗，与世界文学中最古老的史诗相比，从语言、思想感情、诗律结构以及情味等所有各个方面看来，它不愧为一部非常优美的作品。""几千年

---

① 泰戈尔：《论古代文学》，转引自《印度两大史诗评论汇编》，中国社会科学出版社 1984 年版，第 112 页、第 48 页。

② 泰戈尔：《论古代文学》，转引自《印度两大史诗评论汇编》，中国社会科学出版社 1984 年版，第 112 页、第 48 页。

来，蚁垤仙人的这部作品和印度人民的心灵交织在一起，它本身就始终表明了自己的普遍意义以及深刻和严肃的思想与精神。"①

他们认为这两部史诗是印度知识遗产的百科全书，是印度人民的意识形态和文化体系，早已同印度人民的生活融汇在一起。学者们指出：《摩诃婆罗多》是印度光辉灿烂的文化知识的传统中唯一不朽的纪念碑。"它"是由印度的一些伟大的智者经过世世代代深思熟虑，从而全面阐明社会生活的唯一代表性著作。两个多世纪以来，它成了世界上知识界所思索的题目。它是浩瀚的海洋，有无数的知识的河流汇集起来形成了统一的整体"。②《摩诃婆罗多》是一部印度人民生活，特别是印度教人民生活的民族史。""除了作为诗和历史外，它还是蕴藏了印度文化意识的一座伟大的文化宝库，或者说是文化体系。"③

他们强调指出："今天，它们作为我们这个幅员辽阔的国家的同义语，正把我们祖国的光荣传播到大地的每个角落。几千年来，印度人民的全部生活一直受着这两部作品的影响，被这两部作品的特殊光辉所照耀。在印度这块芬芳的土地上，任何地方都可以嗅到它的存在。"④

印度是一个多民族、多语种、多教派的国家。学者们认为，这两大史诗，对促进印度的国家统一、民族团结、文化发展，产生了不可估量的重要作用。印度学者蒂纳格尔指出："为印度的统一作了最大努力的也是这两部著作。蚁垤将楞伽、般波和阿逾陀我国这三个地区的故事糅合在一部民族的史诗中，不仅维护了印度文化的统一，而且给地理上的统一提供了不可磨灭的条件。同样，《摩诃婆罗多》的作者把散布在我国各个地区的思想体系和文化集中在一起，编成了《摩诃婆罗多》这样一个属于全体印度人民的花环。毫不足怪，从迦梨陀娑开始直到今天印度的各种语言的诗人都以《罗摩衍那》和《摩诃婆罗多》的故事为题材创作了诗，整个印度的文学今天仍然还是吮吸了《罗摩衍那》和《摩诃婆罗多》的养分后发展和繁荣起来的。因而，这样一种真理的声音就自然响彻大地：印度的思想体系是统一的；印度的精神是统一的；印度有着共同的文化；而今天，各种不同的地方语言都在为这

---

① 《梵语文学史》，转引自《印度两大史诗评论汇编》，第48页、第49页。
② 《梵语文学史》，转引自《印度两大史诗评论汇编》，第81页、第112页。
③ 《梵语文学辞典》，转引自《印度两大史诗评论汇编》第9页。
④ 《梵语文学史》，转引自《印度两大史诗评论汇编》，第81页、第112页。

共同的文化服务。"①

从这些论述，我们可以清楚地看到，优秀的史诗，对一个民族、一个国家的发展进步，会产生多么巨大而深刻的影响。

比较著名的外国史诗还有：古代日耳曼人的《希尔德布兰特之歌》和古代日耳曼人的一支盎格鲁—撒克逊人的《贝奥武甫》，冰岛的《埃达》，芬兰的《卡勒瓦拉》（又名《英雄国》），亚美尼亚的《萨逊的大卫》，法国的《罗兰之歌》，英国弥尔顿的《失乐园》《复乐园》，德国的《尼伯龙根之歌》，俄罗斯的《伊戈尔远征记》等。这些史诗，对各民族文化的发展，也都产生过重要影响。

外国史诗在我国的传播

最早传入我国的史诗，恐怕是印度的《罗摩衍那》。在敦煌的古藏文文献中，发现了《罗摩衍那》的藏文译本，这个译本很不全，是个摘译，实际上只讲了个故事梗概②。尽管如此，这是一份非常珍贵的资料，说明早在1000多年前，这部伟大的史诗，就已翻越喜马拉雅山，被介绍到我国藏族地区，这也说明中印两国人民之间文化交往历史悠久，源远流长。在藏族学者的著作中，也经常提到《罗摩衍那》。在明代，宗喀巴的弟子、藏族学者曲旺扎巴（1404—1469）根据梵文本，用藏文编写了《罗摩衍那》的故事③，由西藏扎什伦布寺木刻刊印。这部改写本，使用藏族传统的散韵结合的形式，文字典雅优美。自它问世之后，在知识界广泛流传，影响很大。但由于文笔过分雕琢，比较难懂，在群众中几乎没有产生什么影响。

用汉文翻译《罗摩衍那》，是最近几年的事。但是，它的书名和书中的故事，佛经中早已出现。陈真谛译《婆薮·豆法师传》说："法师托迹为狂痴人，往罽宾国，恒在大集中听法，而威仪乖失，言笑舛异。有时于集中论毗婆沙义，乃问《罗摩延传》，众人轻之。"马鸣菩萨造、后秦鸠摩罗什译的《大乘庄严论经》卷第五说："时聚落中多诸婆罗门，有亲近者为聚落主说《罗摩延书》，又《婆罗他书》，说阵战死

---

① 《梵语文学史》，转引自《印度两大史诗评论汇编》，第114页。

② 这个藏译本刊登在北京民族出版社出版的《知识火花》第十一期，王尧和陈践同志将它译成汉文，发表在《西藏研究》1983年第一期上。

③ 书已由四川民族出版社出版。

者，命终升天。"唐玄奘译的《大毗婆沙》卷第四十六说："如《罗摩衍拿书》有一万二千颂，唯明二事：一明逻伐拿（即罗波那）将私多（即悉多）去；二明逻摩（即罗摩）将私多还。"可见这部史诗的部分内容，早已传到我国来了。

有人认为我国著名神话小说《西游记》的创作，是受了《罗摩衍那》的影响，孙悟空的形象，就来自神猴哈奴曼。

比较有系统地向我国人民介绍外国史诗，是在"五四"运动前后开始的。当时虽无完整的译本，但许多著名的史诗，如巴比伦史诗《吉尔伽美什》、荷马史诗和印度史诗的主要内容，被陆续翻译过来，逐步为我国人民所了解。"史诗"这个词也是在那时产生，并为大家所熟悉。

鲁迅在从事文学活动的初期阶段，即注意到史诗这种文学形式。他在《摩罗诗力说》这篇著名的论文中说："天竺古有《韦陀》四种，瑰丽幽复，称世界大文；其《摩诃波罗多》暨《罗摩衍那》二赋，亦至美妙。"①

无产阶级革命家茅盾同志对我国的革命事业，尤其是新文学事业的发展，做出了多方面的、永不磨灭的卓越贡献，是大家所熟知的。同样地，在介绍外国神话和史诗方面，也做了大量工作。而这一点，很少为人所知。许多研究茅盾的同志也忽略了这个问题。一些有影响的研究茅盾的专著，甚至根本没有提及他在这方面的业绩。我认为这是很不应该的。

早在茅盾年轻的时候，就开始研究希腊史诗。为了深入地研究史诗，他又研究了希腊和北欧神话。茅盾自己在《神话研究》的序中说："二十二三岁时，为要从头研究欧洲文学的发展，故而研究希腊的两大史诗；又因两大史诗实即希腊神话之艺术化，故而又研究希腊神话。"这说明青年时代的茅盾，就找到了一条正确的研究道路和科学的研究方法。

在他 24 岁时，就先后发表了《中国神话研究 ABC》（后改名为《中国神话研究初探》）、《北欧神话 ABC》、《神话杂谈》等著作，实为我国神话研究的开创性工作。

20 世纪 30 年代，黑暗笼罩着祖国大地，茅盾同鲁迅站在一起，在党的领导下，在文化战线上同国民党反动派进行了英勇的、卓有成效的斗争。与此同时，他以极大的热情向我国人民，尤其是青年读者，介绍外国古典文学名著。他不仅亲自从事翻译，还以《中学生》杂志为阵地，发表了一系列文章，比较全面而系统地做了评

---

① 《鲁迅全集》第一卷，第63页。

介。其中第一篇就是介绍荷马史诗的文章：《〈伊利亚特〉和〈奥德赛〉》。这篇文章，可以看作是我国用马克思主义的科学方法研究史诗的第一篇专论。他还介绍了弥尔顿的《失乐园》。

作者不是就史诗谈史诗，而是以他渊博的知识、深厚的理论修养做基础，对史诗产生的时代背景、社会条件、史诗的形成、史诗在文学史上的地位等重大问题，作了概括而又深刻的分析。这些观点，就是现在看来，也是经得起检验的。更重要的是，茅盾同志为我们树立了用历史唯物主义和辩证唯物主义的科学方法，学习和研究史诗的典范。我们应该把茅盾关于神话和史诗的研究作为一份宝贵的遗产，继承下来，认真学习和研究，并在新的历史条件下使它发扬光大。

茅盾处在黑暗的中国，在白色恐怖之中，他自己不能，也不可能组织人有计划、有系统地翻译介绍这些史诗。但他一直非常关心外国文学的翻译工作，其中就包括史诗的翻译。

1954 年，在全国文学翻译工作会议上，茅盾同志在谈到翻译工作必须有组织、有计划地进行时，曾经指出："和我们有二千年文化交流关系的邻国印度，它的古代和近代的文学名著，对我们几乎还是一片空白，……欧洲文学的典范和源泉——荷马的两大史诗，我们也没有一部完全的译本。"[①] 对史诗的翻译出版工作，表示了极大的关注。遗憾的是，茅盾同志在 30 多年前提出的任务，至今没有能很好地完成。

20 世纪 50 年代，《格萨尔》的搜集整理工作开始不久，曾出现过《格萨尔》究竟是蒙古族的，还是藏族的争论。茅盾同志十分关心这次讨论，他在《人民日报》上发表文章，高瞻远瞩地指出：

《格萨尔》是藏族人民和蒙古族人民共同创造的，同时也是中华民族共同的宝贵财富。当前最紧迫的任务是要把《格萨尔》这部伟大的史诗尽快地发掘、整理出来。

这些宝贵的意见，现在看来也是完全正确的，对我们的工作有着重要的指导意义。

解放以后，外国史诗的翻译和研究有较大的发展。1981 年，辽宁人民出版社出版了世界第一部史诗《吉尔伽美什》（赵生翻译）。解放前出版过傅东华从英文转译的《奥德赛》。1982 年上海译文出版社出版了杨宪益翻译的《奥德修纪》。解放后出版过傅东华翻译的《伊利亚特》。1957 年中国青年出版社还出版了水建馥翻译的改写本《伊利亚特的故事》。1979 年人民文学出版社出版了著名翻译家孙用翻译的《罗

---

① 《茅盾文艺评论集》，文化艺术出版社 1981 年版，第 125 页。

格桑多杰等同志采访果洛州著名《格萨尔》史诗说唱艺人次仁多吉（降边嘉措供图）

摩衍那》和《摩诃婆罗多》节译本。从 1980 年开始，人民文学出版社又开始出版季羡林教授翻译的《罗摩衍那》，到 1984 年已全部出齐，共为七卷，这是迄今为止最完整的译本。但是，《摩诃婆罗多》至今还没有完整的译本。最近，中国青年出版社出版了《摩诃婆罗多的故事》（唐季雍译，金克木校），湖南人民出版社出版了《罗摩衍那故事》和《摩诃婆罗多故事》，可以帮助读者了解这两部史诗的基本内容。

1981 年，人民文学出版社出版了孙用翻译的芬兰英雄史诗《卡勒瓦拉》。其他一些较为著名的史诗，也被译成汉文，陆续出版。

我国少数民族的史诗

毛泽东同志曾经指出，我们国家的特点是地大、物博、人口众多。其中少数民族占两条：地大、物博；汉族占一条，人口众多。随着社会主义建设事业的深入发展，广大少数民族地区珍贵的资源、丰富的宝藏，逐渐被开采出来，对祖国的四化建设将做出日益重大的贡献。这一点已为不少同志所认识，得到一定的重视，而且收到实际的效果。

生活在这辽阔广大的土地上的各兄弟民族人民，几千年来，在共同缔造我们伟大祖国的历史过程中，创造了具有鲜明的民族风格和地区特色的灿烂文化，成为我们中华民族全民族文化中一个重要的组成部分。可是，这些宝贵的精神财富，过去长期被埋没、被忽视，甚至遭到歧视、压制和摧残。

新中国成立以后，像发掘地下资源和宝藏一样，各民族的文化遗产——地上的资源和宝藏，也逐渐被人们认识和发现。在党的民族政策的光辉照耀下，这些长期被埋没的宝贵文化遗产，拂去历史的尘埃，放射出它固有的灿烂光辉。少数民族的史诗，就是其中一颗颗璀璨的明珠。

我国少数民族史诗的搜集整理工作正在进行，翻译、出版工作远远跟不上形势发展的需要，而研究工作则刚刚起步。因此，要作全面评价，还为时过早。但是，仅从现有材料来看，也有许多显著特点。

第一，数量众多。

少数民族史诗的搜集整理工作，早在新中国成立之初就开始了。20 世纪 50 年代发掘并整理出版的史诗有《梅葛》《勒俄特衣》《阿细的先基》（彝族）《苗族古歌》、《创世纪》（纳西族）、《密洛陀》（瑶族）、《布伯》（壮族）等。这一工作，在"文革"中不仅被迫中断，而且遭到很大破坏，资料受到严重损失。

粉碎"四人帮"以后，又重新开展抢救工作，搜集了许多宝贵资料，在过去认为没有史诗的民族中，也发现了一些重要史诗，填补了我国文学史上的一个空白，取得了显著成效。据统计，南方各民族的史诗有一百多部，仅傣族就有几十部。北方各民族的史诗，也非常丰富。现已记录的蒙古族史诗，就有近百部之多。

已经整理出版，或即将出版的史诗，据不完全统计，有以下一些：

《洪水记略》、《查姆》、《玛德依拉都》、《衣德莫拉都》（彝族），《奥色密色》（哈尼族）、《创世歌》、《打歌》、《黑白战争》、《哈斯战争》（纳西族），《古根》、《牡帕密帕》（拉祜族），《崇搬图》、《相勐》、《厘俸》、《兰嘎西贺》、《松帕米与嘎西拉》（傣族），《莫一大王》（壮族），《莎岁》、《侗族古歌》（侗族），《古歌》（苗族），《遮帕麻和遮米麻》（阿昌族），《阿王与祖王》（布依族），《创世歌》（苦聪人），《创世纪》（独龙族），《盘王歌》（又叫《瑶族歌堂曲》）（瑶族），《黎母山古歌》（黎族），《江格尔》《洪古尔》、《智勇王子喜热图》、《阿拉担嘎鲁》、《红色勇士古纳干》（蒙古族），《玛纳斯》（柯尔克孜族），《阿勒帕米斯》、《英雄塔尔根》、《巴合提西尔四十枝》、《斯坦德尔》、《英雄别甘拜》、《英雄哈班拜》、《阔布兰德英雄》、《阿勒帕米斯》、《英雄阔沙依》、《英雄托斯提克》（哈萨克族），《迁徙歌》（锡伯族），《乌古斯可汗的传说》（维吾尔族）以及白族和摩梭人的创世史诗。

上面所列当然很不全面，但也可以看到我国少数民族史诗的蕴藏十分丰富，分布也十分广泛，从东到西，从南到北，我国各个民族差不多都有自己的史诗，真可谓多姿多彩，各具特色。

第二，内容丰富。

我国的少数民族史诗，不仅数量众多，而且题材广泛，包含着极为丰富的内容，有的反映了世界的创造、人类的诞生，有着丰富多彩的远古神话故事；有的歌颂了本民族的英雄人物，气势雄伟，感情强烈，表现了各族人民的爱国精神和英雄主义气概；有的反映了善与恶的斗争，表达了人民对黑暗统治的强烈憎恨和对美好生活的热烈追求；有的反映了古代各族人民的生活，为我们展现了一幅幅色彩斑斓的社会风俗画。

《格萨尔》《江格尔》和《玛纳斯》是其中的优秀代表，被称为我国的三大英雄史诗。

研究蒙古族史诗的专家认为，《江格尔》的部分内容产生于原始社会末期，经过历代劳动人民的不断加工和补充，逐渐发展成为一部大型史诗。它最初产生于我国新疆的卫拉特蒙古族地区，至今仍在新疆各地的蒙古族群众中广泛流传，在苏联和蒙古国境内也有流传。

《江格尔》的搜集整理工作尚在进行，它的全貌还没有弄清。1978年至1982年，在我国新疆的蒙古族地区，搜集到四十七部（包括一些不完整的部），约有七八万诗行。苏联、蒙古在他们境内蒙古族聚居的地方，也开展了搜集工作。到目前为止，中国、苏联和蒙古已搜集到的《江格尔》，除去异文和变体，共有六十余部，长达十万诗行以上。

《江格尔》流传十分广泛。国内外出版了五种不同的蒙古文版本，1984年人民文学出版社首次出版了汉文译本。在国外，有德、日、俄、乌克兰、白俄罗斯、格鲁吉亚、阿塞拜疆、哈萨克、爱沙尼亚等各种文字的部分译文。

《江格尔》学已成为一门世界性的学科，在我国以及苏、蒙、匈、捷、东德和英、美、法、西德、芬兰等国都有不少《江格尔》的研究者。

柯尔克孜族的《玛纳斯》是一部规模宏伟、色彩瑰丽的传记性英雄史诗。它通过动人的情节和优美的语言，生动地描绘了玛纳斯家族好几代英雄们的生活和业绩，主要是反映了历史上柯尔克孜族人民反抗卡勒玛克、克塔依人奴役的斗争，表现了古代柯尔克孜族人民争取自由、渴望幸福生活的理想和愿望。

《玛纳斯》不仅流传在我国柯尔克孜族地区，也流传在苏联和阿富汗的柯尔克孜族地区。从苏联已出版的材料来看，他们搜集的《玛纳斯》共包括一、二、三部。流传于我国的《玛纳斯》，除了有明显的地方特色外，在规模上也比较大。著名民间艺人朱素普·玛玛依能演唱一至八部，约二十多万行，比荷马史诗长将近十倍。

研究史诗的重要意义

在我国，真正开展对史诗的科学研究，只有几十年的历史，成绩也并不显著。

但在国外，尤其在欧洲和印度，研究史诗已有几千年的历史，取得了显著成绩。据有关的资料介绍，仅仅研究荷马史诗的著作，就可以办一个小图书馆。直到现在，国外对史诗，包括对我国史诗的研究，依然十分活跃，有不少专门的研究机构，出版了很多研究著作。相比之下，我国的学术研究活动比较沉寂。

除个别民族（如藏族和蒙古族）外，就总的情况来讲，史诗在我国的文化生活和文学创作活动中的影响也不显著。有这样一个情况，很能说明问题：无论在欧洲，还是在印度，从柏拉图、亚里斯多德、贺拉斯，到黑格尔、但丁、莎士比亚、莱辛、伏尔泰、歌德、席勒、雨果、普希金、别林斯基、泰戈尔，这些伟大的思想家、哲学家、文艺批评家、文学家和诗人，几乎没有不熟知荷马史诗或印度史诗，没有不从中吸取养料、接受影响的。众所周知，马克思、恩格斯对荷马史诗也十分熟悉，并运用史诗提供的材料来为科学研究服务，为我们树立了用科学方法和正确态度研究史诗的光辉典范。在印度，一个学者或作家，如果不了解他们民族的两大史诗，那是一种耻辱，被看作是无知和浅薄的表现。高尔基也对各国的史诗作了深入的研究，并发表了许多精辟的见解。

在我国则不然，从孔夫子时代到五四运动以前，我国汉族的学者诗人几乎没有谁研究史诗。就是在现代，除了鲁迅、郭沫若、茅盾这三位文化巨人，以及周扬、巴金、夏衍、田汉、朱光潜、钟敬文、季羡林等少数熟悉外国文学的作家和学者，很多学者和作家并不熟悉史诗，既不了解外国的史诗，更不了解我国少数民族的史诗，但这并不妨碍他们成为优秀的作家，写出优秀的作品；也不妨碍他们在学术研究上达到很高的造诣，取得重大的成就。

但是，史诗研究的这种落后状况，毕竟同我们这样有五千年灿烂文化的社会主义大国的国际地位和悠久历史很不相称；同我们建设高度的社会主义物质文明和精神文明的伟大历史使命很不相称。

新中国成立前，少数民族的文化事业不被重视，少数民族文学的研究工作，几乎无人过问。只有少数有爱国心、责任感和事业心的人，在充满荆棘的道路上，艰苦跋涉。我们可以想见，在那风雨如磐的黑暗世界，他们该有多么寂寞，多么艰难！但是，他们那种强烈的责任感和事业心，那种勇于探索的开拓精神，是十分令人钦佩的。作为晚辈，今天我们正是在前辈开辟的道路上，继续奋进。

新中国成立以后，这种状况有了很大的改变，我们党实行民族平等、民族团结的政策，各族人民成了国家的主人，他们的文化艺术、语言文字，受到关怀和重视。少数民族文学事业也得到前所未有的发展。但是，同其他部门和其他学科相比，少数民族文化研究工作发展比较缓慢，依然是个薄弱环节，有很多方面，还是空白。整个来说，这一学科，还处在草创阶段，开拓阶段，正如周扬同志所说的那样，是"一项开创性的事业"。他指出："我们所从事的事业中有很多具有开创的性质。少数民族文学研究也属于这种具有开创性的事业。"①

周扬同志又说："我国一共有五十五个少数民族，生活在很广大的地区里，有很悠久的历史。许多少数民族的文学，有上千年的历史，比美国诞生以来的历史还要长几倍。在少数民族地区，不但有丰富的物质资源在等待开发，还有丰富的文化资源和精神财富在等待开发。各个少数民族的精神财富，不仅属于本民族，并且也是整个中华民族的宝贵财富，也是世界文化的一个组成部分。"②

我国少数民族的史诗，就是这样一个尚待开发的文化资源和精神财富。深入开展史诗研究，是一件有重大意义的事情。

首先，通过对史诗的研究，我们可以更好地了解各民族文学发展的道路，从中吸取养料，促进我国社会主义文学艺术事业的繁荣发展。无论在欧洲，还是在亚洲，伟大的史诗成了各个民族文学艺术创作的典范和取之不尽、用之不竭的源泉。

其次，我国各民族的优秀史诗，都是各族人民的审美理想和艺术才华的表现，是各族人民集体智慧的结晶，也是各民族在一定发展阶段上的形象化的历史。它们不但给予过去的人民群众以教益和艺术享受，而且在今天，乃至将来，仍然是我国各族人民宝贵的文化财富，具有永恒的艺术魅力。我们中华民族的精神文明有着悠久的历史传统，继承和发扬这一传统，对于增进各兄弟民族之间的相互了解和文化交流，加强祖国大家庭内部的团聚力和向心力，增强民族自尊心、自豪感和自信心，激发我们的爱国主义精神，对我国各族人民进行历史唯物主义和社会发展史的教育，建设以共产主义思想体系为核心的精神文明，树立社会主义——共产主义必胜的坚定信念，都有十分重要的意义。

第三，各民族的优秀史诗，不仅是优秀的文学作品，而且是珍贵的历史文献。

几千年的历史变迁使许多原先无比繁荣的城邦和王国变成废墟，各种自然的和

---

① 周扬：《一项开创性的事业》，《民族文学研究》，1983 年创刊号。

② 周扬：《一项开创性的事业》，《民族文学研究》，1983 年创刊号。

社会的变迁湮没了许多珍贵的历史资料，使人类早年的历史在许多方面变得模糊不清。在史料缺乏的情况下，有许多史诗由于反映了历史的真实性和可靠性，往往成为研究历史的重要依据，具有极大的史料价值。在一个相当长的历史时期内，不少人曾经怀疑荷马史诗中叙述的事件的历史真实性，但是，后来德国人施利曼的考古发现，不仅打消了这种怀疑，反而使人对史诗中的某些细节描写的精确和真实感到惊愕。直到现在，史学界还一直把公元前十二世纪到公元前八世纪的古代希腊历史称作"荷马时代"。这是因为，由于古希腊文献中缺少有关记载，这段历史主要是根据荷马史诗来描绘的。

我国有五十六个民族，其中只有十几个民族有文字；文字比较完善，史料比较丰富的，只有少数几个民族。大部分少数民族只有语言，没有文字，有关的资料十分缺乏。要研究他们的历史，研究各民族的发展史和相互关系史，更需要依靠史诗和其他民间文学作品提供的资料，因此，搜集整理和研究各民族的史诗和其他民间文学作品，显得更加紧迫和重要。

第四，促进国际学术交流，加强我国和各国人民之间的友谊和团结。

世界各民族，在不同的历史时代，用不同的形式，创造了具有自己民族特色和地区特色的各种史诗，它们是全世界进步人类的共同财富，是马克思和恩格斯所说的世界文学的重要组成部分。《共产党宣言》里说："各民族的精神产品成了公共的财产，民族的片面性和局限性日益成为不可能，于是由许多种民族的和地方的文学形成了一种世界文学。"

史诗研究，早已成为一种世界性的学术活动，世界上很多国家都有人研究史诗，经常举行一些国际性的学术活动。早在200多年前，法国作家伏尔泰（1694—1778）就在《论史诗》一文中指出："任何有意义的东西都属于世界上所有的民族。"毫无疑义，我国各民族的史诗，也应该属于全世界进步人类所共有。

《格萨尔》《江格尔》《玛纳斯》和我们少数民族的其他史诗，受到越来越多的国际友人的关注，对它们的研究，日益活跃，而且方兴未艾，大有发展下去的势头。我们加强史诗研究，可以在国际上进行学术文化交流，加强各国人民之间的相互了解和友好团结，也有利于提高我们的国际威望。

要加强我国的史诗研究，我认为应该从两个方面入手。

第一，认真做好资料的搜集整理工作。

尽快摸清我国各民族史诗的蕴藏量，将口头流传的各种史诗全面地、完整地记录下来，并做好翻译出版工作，这是当前最重要、最迫切的任务。只有做好抢救工作，我们才能真正保存和继承这份宝贵的文化遗产；开展研究工作，也才有坚实可靠的基础。

目前，搜集整理工作还远远不能适应事业发展的需要，在很多方面，还处于起步阶段。就以《格萨尔》为例，搜集整理工作远未完成。就目前来讲，最重要、最紧迫的任务是做好《格萨尔》的抢救工作，确保国家重点科研项目的完成。

第二，加强史诗的理论研究。

我国关于史诗的基本理论研究，本来就十分薄弱，很多问题不为人了解，在某些方面，甚至要进行启蒙性的工作。随着史诗的搜集整理和科学研究工作的深入发展，又不断地向我们提出新的课题，因此，必须加强关于史诗基本理论的研究，对实践中提出的问题，给予马克思主义的科学回答。而要做到这一点，首先应该认真学习马克思主义。当然，马克思主义经典作家，不可能为我国当前各民族史诗的发掘、整理和研究工作中提出的新问题，留下具体的、现成的答案。但是，马克思主义是一个科学的完整的体系。正是在马克思主义的指导下，史诗研究才真正走上了科学的道路。不仅如此，马克思主义的创始人马克思和恩格斯，在运用科学的世界观和方法论来研究史诗方面，为我们树立了光辉典范。他们关于史诗问题的一系列精辟论述，在今天仍然闪烁着不可磨灭的真理光辉，仍然是我们研究史诗的指导思想。我们的任务就是要在马克思主义的指导下，进行艰苦的创造性的研究，探索史诗的发展规律，回答史诗研究中出现的新的理论问题，进一步提高我国史诗研究的学术水平，开创史诗研究的新局面，从而创立中国特色的马克思主义的史诗的科学体系，并为丰富和发展马克思主义的史诗理论，作出我们应做的一份光荣贡献。

在我国的史诗研究中，《格萨尔》的研究工作占有特殊重要的地位。假若说优秀的史诗是各民族文化宝库中的一个瑰宝，那么，《格萨尔》就是史诗之冠、宝中之宝。

下面，我们就对《格萨尔》作一些初步的探讨。

产生年代

关于《格萨尔》的产生年代，是个有争议的问题，国内外的学者都在继续探讨。这里只能简要地叙述一下目前学术界讨论的情况，并谈谈自己的看法。

几种观点

目前学术界对《格萨尔》的产生年代有各种说法，大体说来，可以归纳为三种观点：

1. 吐蕃时期说（八至十世纪）；

2. 宋元时期说（十一至十三世纪）；

3. 明清时期说（十五世纪以后）。

第一，关于吐蕃时期说。

一些同志认为《格萨尔》反映的是吐蕃时期的藏族社会生活，是同时代之人的创作。

黄文焕同志《关于〈格萨尔〉历史内涵问题的若干探讨》比较集中地反映了这种观点。他分析了《格萨尔》的主要内容，认为有三个特定历史因素，贯穿于全部史诗中。这三个因素是：

1. 把吐蕃赞普墀松德赞（即赤松德赞）和他聘请的莲花生大师，"崇奉到圣尊的地位而给予颂扬"。

2. 把格萨尔称为"天神之子"。

3. 以汉妃之子"嘉察"称作格萨尔之兄。

黄文焕同志认为这三种情况只有在吐蕃时代才可能产生,具有"特定的历史时代烙印",进而得出结论说:"《格萨尔》是以吐蕃时代(特别是末期)实有的一些主要头面人物及其相互关系的基本事态为依据来塑造自己的主要人物的,这部巨著的最初创作者们也是吐蕃时代的人。"

接着,黄文焕同志分析了《格萨尔》中所描写的一系列战争。他把这些战争分为三种类型:

1. 吐蕃统一青藏高原的战争;

2. 吐蕃在祖国西南、西北地区同当时的兄弟民族之间进行的战争;

3. 吐蕃同当时毗邻国家的古代民族之间进行的战争。

最后得出结论说:"综观上述三类战争的名称、作战双方、战争基本情况,以及写作风格等等,可以看出其中'吐蕃时代'的特点,而这些恰恰构成《格萨尔》基本上是吐蕃人按照吐蕃时期的基本史实创作的长篇诗体作品。尽管有的部分已经查明是经后人修改补充或续全的,但因基础一经奠定,模式已经造就,也就无碍大局了。《格萨尔》仍然带着自己的固有的吐蕃时代的气息和色彩流通传播迄至今日。"[1]

第二,关于宋元时期说。

毛星同志主编的《中国少数民族文学》认为《格萨尔》产生于十一世纪前后。书中指出:

"藏族社会发展到九世纪末期,奴隶制内部的各种矛盾冲突极端尖锐化。奴隶主阶级和广大奴隶、平民之间的矛盾已经难以调和。从吐蕃腹地的西藏,到甘肃、青海一带,各地奴隶和平民纷纷起义,向已趋腐朽没落的奴隶主阶级猛烈冲击。与此同时,奴隶主阶级内部争权夺利、各据一方、互相攻伐的斗争愈演愈烈,形成了藏族社会的大动荡、大混乱、大变革的局面。这种局面延续三四百年之久,使藏族广大黎民百姓饱尝兵灾、战祸、家破人亡、流离失所之苦,都盼望能有一个爱护百姓、保卫家乡的英雄人物,扫平贪婪暴虐、各霸一方的统治者,建立统一和平的环境,让人们过上安定幸福的生活。著名的英雄史诗《格萨尔王传》正是这种不寻常

---

[1] 《西藏研究》1981 年创刊号。

的时代里孕育出来的。它一产生，便受到藏族广大人民的热爱，越传越广，遍及青康藏高原所有藏族地区。"①

第三，关于明清时期说。

王沂暖教授长期从事《格萨尔》的翻译、研究工作，他曾多次撰文，论述《格萨尔》的成书年代及其作者。他说：

"藏文《格萨尔王传》这部长篇史诗，分部本太多，不是一个世纪所能完成的。当然也不是一个人写作的，大概从十五世纪（我们暂定的时代）以后，逐渐创作，经历几个世纪，乃至二十世纪解放以前。有人就说，解放以前藏族地区还有创作《格萨尔王传》的人，蒙古的巴杰（即琶杰）也不是在解放以后还大写大唱格萨尔王传吗？并且藏文本某些部还可能受汉人小说的影响，时代不会太远。"②

王沂暖教授在他翻译的《降伏妖魔之部》的前言中，也讲了这样的观点。认为《降伏妖魔之部》的创作，"似乎受到汉文小说的影响。因此，这部作品的著作时间，不会很早"③。

在近年来发表的一些文章中，也涉及《格萨尔》的作者、产生年代等问题，但没有形成系统而明确的观点，这里就不一一评述。

国外学者从时代背景、题材构成、与宗教的关系等不同角度，对《格萨尔》的产生年代作了探讨。

蒙古学者策·达木丁苏伦认为：《格萨尔》的故事很可能是在格萨尔所管辖的安多木——岭国地区发生的某一历史事件的基础上写成的。最初的格萨尔传是书面作品，是由西藏颂辞作家诺尔布·却博巴于十一世纪编写而成，并献给吐蕃的统治者唃厮罗的，此后逐渐口传，然后在各有关民族当中又加上了民间创作的内容。"④

苏勒温·莱维也提出过这样的推断，他认为："格斯尔传同其他形式的关于格斯尔的传奇故事一样，完全有可能是基于历史基础。这位被神化了的君王无疑是真实人物，存在过，生活过。可是，他的真实面貌在当今的各种离奇的故事中含混起来了。他的生活年代可能在第七世纪和第八世纪之间。"⑤

① 毛星主编：《中国少数民族文学》（上册），湖南人民出版社 1983 年版，第 424—425 页。

② 王沂暖：《谈谈长篇史诗〈格萨尔王传〉》，《甘肃民间文学丛刊》，1981 年第一期。

③ 王沂暖译：《降伏妖魔之部》，甘肃人民出版社 1980 年版。

④ 参见策·达木丁苏伦《"格萨尔传"的历史源流》，青海省民间文艺研究会，1960 年译本。

⑤ 转引自霍莫诺夫：《关于〈格斯尔传〉的研究》，《民族文学译丛》第二集，第 138 页。

勒里希认为："格萨尔王的叙事诗应产生于西藏帝王时期，即至少在公元十世纪的下半叶。"①

法国女学者达维·尼尔认为产生于十世纪前后。她说：十或十二世纪以前，格萨尔王传可能是两三首歌曲，后来这些歌曲被带到各地，成为史诗发展的基础，因而有了现在的几种传记。②

法国著名的东方学家石泰安认为《格萨尔》是十世纪藏族社会的产物。他分析岭国的历史，推测这部史诗产生年代的上限应是一千四百年以前，下限是八或十世纪以后这段时间完成的。③

苏联学者霍莫诺夫分析布里亚特蒙古文本《格萨尔》的内容，认为它产生于很早的远古时期，但由于它包含了布里亚特社会的各个不同发展时期，所以很难把它固定到某一特定的历史年代。他说："《格斯尔》史诗中只是概括地反映了人类所走过的历史时代，只是用自然的夸张手法作了不可置信的描述。从《格斯尔》中无法找到历史的可靠的根据，因为这个故事属于艺术性的叙事作品，并非布里亚特的远古历史。这里只反映了一般思想意识所能够接受的与古代社会发展进程相吻合的一些史实，并没有硬性把这个故事安排到某一个特定的历史年代。"④

苏联学者罗列赫在《岭格萨尔王史诗》一文中认为："《格萨尔王传》的最初形式是一种典型的英雄史诗，是藏族和突厥部落间古代战争的诗的记录。《格萨尔王传》的最初形式必然具有一种佛教的背景，甚至在现代的史诗文字中还常常见到西藏古代苯教的隐喻。""《格萨尔王传》的时期尚不能肯定，但大量的有关藏王松赞干布（569—650）的情节表明，《格萨尔王传》必定形成于西藏历史的吐蕃王国时期之后，而其素材必定还要古老些。"⑤

从以上简要叙述可以看出，国外学者对《格萨尔》的产生年代，也是众说纷纭，但多数人认为产生在吐蕃时期，或宋元时期，它所反映的时代，要更古老一些。

从"艺人参政"看《格萨尔》的时代背景上述几种观点，表面看来，互相对立，分歧很大。但我认为，这几种观点都反映了《格萨尔》这部史诗在它的发展过程中

---

① 转引自霍莫诺夫：《关于〈格斯尔传〉的研究》，《民族文学译丛》第二集，第 138 页。

② 参见达维·尼尔：《格萨尔传奇》，青海省民间文艺研究会，1960 年译本。

③ 参见石泰安：《藏族格萨尔王传与演唱艺人研究》，青海省民间文艺研究会，1960 年译本。

④ 转引自霍莫诺夫：《关于〈格斯尔传〉的研究》，《民族文学译丛》第二集，第 141—142 页。

⑤ 杨元芳译：《格萨尔王传译文集》，西南民族学院民族研究所，第 45—46 页。

的不同阶段，它们是互相补充，而不是互相排斥的。同时也应该看到，这几种观点都有其局限性和片面性。他们只是从一个侧面、一个角度反映了《格萨尔》发展过程中的一个阶段、一个特点，而没有同藏族社会发展的历史联系起来，从整体上去把握、认识和分析《格萨尔》的产生年代及其流传、演变和发展过程。

从方法论上讲，他们采用的是静态分析法，缺乏有机整体观念，对《格萨尔》这样一部宏伟的史诗，进行机械的切刈式剥离，然后以局部求解整体。运用这种方法，也能对《格萨尔》的发展过程进行有益的探索，提出很好的见解。这些见解都能在《格萨尔》发展的历史中找出一个合适的位置。但他们又有很大的局限性和片面性，只看到一棵棵树木，而看不到整个森林，不可能从宏观上对《格萨尔》形成、发展和演变的全过程，作出大规模的综合，不可能对《格萨尔》在藏族文学史上的地位和影响进行全面而深刻的评价。

从文学史上看，任何一个篇幅浩繁、结构宏伟的优秀的民间文学作品，都不可能在一个时代、由一两个或者少数几个艺人创作出来，它必然要经过长期的酝酿阶段，由广大人民群众和他们当中的优秀的民间艺人集体创作，逐渐形成。产生之后，在漫长的流传过程中，还会不断加工、充实、丰富和发展。荷马史诗是这样，印度史诗是这样，芬兰的《卡勒瓦拉》是这样，《格萨尔》也是这样。

因此，要确切地说出《格萨尔》究竟产生在什么年代，是一件非常困难的事。但是，根据现有资料，对它的产生年代，作一些初步的探讨，对于正确认识史诗的思想内容和社会意义，做好搜集整理工作，开展科学研究，都是十分有益的。

从目前掌握的资料看，我自己有个不成熟的看法，即《格萨尔》的产生、发展和演变，经历了几个重要的阶段。它产生在藏族氏族社会开始解体、奴隶制的国家政权逐渐形成的历史时期。这一时期，大约在纪元前后至公元五六世纪，吐蕃王国时期，即公元七至九世纪前后，基本形成。在吐蕃崩溃，即公元十世纪之后，进一步得到丰富和发展，并开始广泛流传。之所以形成不同的发展阶段，有着深刻的社会历史原因。而每一个阶段都具有特定的社会内容，为《格萨尔》的丰富和发展，做出了贡献，同时也给它打上了深深的时代印记。上述吐蕃说、宋元说和明清说，都在一定程度上反映了《格萨尔》在其发展过程中的客观事实，具有相对真理性。实际上，《格萨尔》产生的年代，要比上述三种观点都早得多。这可以从藏文文献、民间传说和《格萨尔》本身的描绘中得到印证。

《西藏王臣记》《土观宗教源流》等藏文典籍里说，在没有文字之前，赞普和各地的首领（相当于部落酋长）用"仲、德乌、苯"（ སྒྲུང་ལྡེའུ་བོན ）三种方式来管理百姓，治国理政。

"苯"，就是苯教，是古代藏族的一种原始宗教，早在原始社会时期，就在藏族地区传播开了。苯教把世界分为三个部分，即：天、地和地下。天上的神叫"赞"（ བཙན ），地上的神叫"念"（ གཉན ），地下的神称为"鲁"（ ཀླུ，即通常说的龙 ）。天神在古代苯教中，占有很重要的地位。传说第一代赞普聂赤赞普就是作为天神之子降临人间的。

在古代藏族社会，苯教在政治生活中有很重要的作用。藏文史料里说，从聂赤赞普起，有二十六代赞普都是用苯教徒来协助管理政务的。五世达赖喇嘛所著的《西藏王臣记》里说，吐蕃宫廷中有一个名叫"敦那屯"（ བདུན་ན་འདོན ）[①] 的职位，由一名苯教巫师充任，其职责是在赞普身边占卜吉凶。担任这一职务的人在赞普左右享有崇高的地位，并可借机参与部分决策性的政治事务。

"德乌"，类似猜谜，是一种游戏。但它的内容要广泛得多，不仅包括一切文娱活动，还采用猜谜、问答等形式，传授有关的生活知识和自然常识。懂得"德乌"的，在当时被认为是知识渊博的人，赞普和大臣要向他们询问有关的知识。

"仲"，就是民间故事，包括史诗。当时究竟有哪些民间故事和史诗，讲故事的艺人（仲肯）通过什么形式参与国政，史书上没有记载。但将这三者并列，放在很重要的地位，至少可以说明这样一些情况：

第一，史诗和民间故事在古代藏族社会流传很广，在政治生活中具有很重要的作用，可以通过说唱史诗来"参与国政"，足见影响之大。有些故事和史诗，本身可能就是历史。在远古时代，神话、传说和历史这三者，本来就连在一起，很难分开。这些会讲故事的人，可能就是藏族最早的历史学家和文学家。

茅盾同志在谈到欧洲古代民间艺人的作用时指出："那时候，因为没有文字，一切全凭记忆。有专门'记忆的人'，这些专门'记忆的人'就好像是活的书橱，他们随时要被酋长们叫了去，查查他们肚子里的'旧档案'。""查旧档案"的办法，可能就是那些民间艺人"参与国政"的一种形式。如果说苯教的巫师用占卜、观星象、讲神的"预言"等形式参与国政，那么说唱艺人们则通过讲故事的办法，"以

---

① 按字面翻译，是在御前献策之人。

史为镜"，对统治者施加影响。

第二，从这些情况分析，在《格萨尔》之前，就已经有许多故事，以及一些小型的史诗，其中包括关于天地形成、民族起源等方面的内容，说唱史诗这种形式早已为藏族人民所熟悉。可惜这些史诗没有能流传下来。不过，我们可以设想其中有一部分后来被融化、吸收到《格萨尔》这部规模宏伟的长篇史诗中去了。

我们有理由认为，"仲""苯""德乌"这三者都为《格萨尔》的产生作了重要准备，奠定了坚实的基础。

"苯"是史诗中神话的来源。《格萨尔》主要讲打仗的故事，但正如茅盾在谈到希腊史诗时所指出的那样，"单纯的战事新闻嫌干燥，就加进了一些民族的神话"①。

苯教认为，他们的祖先是从天上来的，赞普和苯教的大法师是天神之子，在完成世间的功业之后，要返回天界。在人神之间有一座天梯相连。因此，从第一代赞普聂赤赞普到第七代赞普塞赤赞普，死后都被火化，送他们的灵魂返回天界。只是从第八代赞普开始，才在吐蕃的发祥地——今西藏山南琼结县修建陵园，实行墓葬。这就是著名的藏王墓。

《格萨尔》里也说格萨尔是天神之子，来到人间，是为了降伏妖魔，造福百姓。在完成功业之后，又返回天界。这种描写同史书里的记载是相吻合的。

"德乌"是《格萨尔》里各种知识的一个来源，增加了知识性和趣味性。史诗中关于"山赞""水赞""古迹赞""帽赞""剑赞""马赞"等的唱词和问答，就是源于"德乌"这种猜谜和问答的民间游戏。直到现在，康地和西藏的那曲等偏僻地区，尤其在牧区，仍盛行玩"德乌"游戏——一种古老而又独特的猜谜活动。采用问答形式，讲述天地是怎样形成的，人是怎样来的，藏族的祖先是谁，藏族的四座神山是哪四座，四大圣湖是哪四个，四条大河又是哪四条……所不同的是，在史诗中，从内容到形式，都有了很大的发展，而且多数为韵文。

"仲"则直接为《格萨尔》的产生奠定了基础，准备了条件。这一点十分明显，直到现在，藏语中称《格萨尔》为"仲"；称说唱《格萨尔》的艺人为"仲肯"（སྒྲུང་མཁན）或者"仲巴"（སྒྲུང་པ），把记录成文字的《格萨尔》，称作"仲译"（སྒྲུང་ཡིག）。

用"仲、德乌、苯"三种方式来管理百姓、治国理政，是在什么年代？当时的藏族社会处在什么样的发展阶段呢？为了叙述方便，同时考虑到其他民族的读者不

---

① 《世界名著杂谈》，百花文艺出版社1980年版，第9页。

太熟悉藏族历史，有必要对藏族古代历史作个概括的介绍，以便弄清产生史诗的时代背景和社会历史条件。

关于藏族的来源，历来有几种不同的说法，概括起来不外三种：北来说、南来说和本土说。

北来说以《新唐书》为代表，援引《后汉书》以来诸史籍，认为古代藏族（吐蕃）源于西羌。这种"羌即是藏"的说法，在汉族地区流传得较为普遍。我国一些研究中国民族关系史和藏族史的专家学者，都力主此说。范文澜同志编写的《中国通史》中，比较集中地反映了这种观点。他说：

"羌族居住在中国西部，是一个古老的大游牧民族。它和汉族在远古传说时代已有往来，到了商朝，屡见于卜辞，周朝以下，史书记载愈益详备。羌族居地以西海（今青海）为中心，向四方伸展，因为东面以及南面北面都受到汉族的遏阻……

"唐旄即葱茈（音子）羌，原先居住在天山南至葱岭一带，一部分迁徙到西藏，以逻些（拉萨）一带为中心，占有广大土地。"①

范文澜同志在分析了古代羌族在我国西部地区进行大迁徙的情况之后，得出结论说：

"羌族在青海建立起吐谷浑国，是社会发展中一个光辉的标志。羌族一部分自青海进入西藏，一部分迁徙到蜀地境内外，也陆续进入西藏。广阔遥远的中国西部，从此逐渐得到开发，且羌族对中国历史的贡献是巨大的。唐时吐蕃国勃兴，分立的诸国合并成为统一的大国，尤其是社会发展中一个更光辉的标志。中国西部出现吐蕃国，无疑是历史上的大事件。"②

顾颉刚先生也认为，"吐蕃为羌人所建之国"，"他们贵重大角的牡羊，尊为大神，说不定他们把羊作为图腾的"③。

在汉族史学界又有"汉羌同源"之说。因此，北来说实际上是主张汉藏同源的"汉藏同源论"。

南来说认为藏族是从印度来的。由于佛教在吐蕃获得发展，后来就有一部分藏族僧侣从宗教观念出发，硬把传说中的吐蕃王室的始祖聂赤赞普和佛教的创始人释

---

① 见《中国通史》第四册，第3—5页。

② 见《中国通史》第四册，第3—5页。

③ 顾颉刚：《从古籍中探索我国西北民族——羌族》，《社会科学战线》，1980年第一期。

迦牟尼扯在一起，说他们同属于一个家族，都是印度的王子。

《贤者喜宴》《西藏王臣记》等藏文史书里都记载了这样一个传说：在雅砻河谷地方，有一天，来了一个陌生人，被放牧的人看见，他们问他从何而来，他用手指了指天，他们以为是从天上来的天神之子。为首的一个人伸长脖子作舆座，将他抬回村庄。大家见他长得聪明英俊，便公推他为部落首领。他便成了吐蕃的第一个赞普——聂赤赞普，意思是"用脖子当宝座的英武之主"，有人译为"肩座王"。[①]

仔细分析起来，这种南来说只是说吐蕃的第一个赞普是从印度来的，当地人尊奉他为赞普，并不涉及藏族的族源问题。《格萨尔》里也曾多次提到这个传说，并说聂赤赞普、松赞干布和格萨尔都是天神之子。

土著说认为藏族源于雅鲁藏布江流域，是在青藏高原上土生土长的。藏族民间传说和古代藏文史书中都有这样一种说法：观世音菩萨点化的一只猕猴和居住在深山岩洞中的一个女妖结为夫妇，生下了六个子女，逐渐发展繁衍，最后成了藏族。[②]

这六个子女后来成为藏族的六大氏族的传说。《格萨尔》里也多次提到，并说格萨尔是六大氏族之一的穆布东的后代。

这种传说虽然带有浓厚的神话色彩，但比之"上帝造人""天神造人"说，要朴实得多，也更接近于人类起源的实际。

随着现代科学的发展，在藏族地区的考古发掘中，先后发现了中、新石器时代的文化遗址和古代人类头骨、墓葬。这些大量的考古发现，无可争辩地证明了这样一个事实：早在几万年前，藏族的祖先就已经在青藏高原上，披荆斩棘，辛勤劳动，用自己的双手，开拓了这片富饶的土地，他们是青藏高原上真正的主人。那种认为地处世界屋脊的青藏高原，地高天寒，荒野千里，气候恶劣，严重缺氧，在古代不会有人类居住，藏族的祖先只能从别的地方迁去的观点，是完全站不住脚的。

藏族在自己的形成和发展过程中，度过了漫长的原始社会阶段。从传说中的第一个赞普——聂赤赞普传到第三十二代赞普松赞干布，迁都逻些（拉萨），大约在公元633年（唐贞观七年）建立了奴隶制的吐蕃王国。

由于有了一个安定和平的新环境，吐蕃的社会生产力获得了很大发展，吐蕃的实力也随着强大起来。接着，松赞干布把邻近一些较有实力的部落和小邦国家如苏

---

① 　第五世达赖喇嘛著，郭和卿翻译：《西藏王臣记》，藏、汉文本均由北京民族出版社出版。

② 　《西藏王臣记》汉译本第11页。《贤者喜宴》等史书中亦有记载。

毗、羊同、白兰、党项、吐谷浑等，一个接一个地加以兼并，分别把它们变成吐蕃的属部，用传统的盟誓办法和这些属部确定领属关系，从而结束了以往分散落后和不统一的状态，促使它们和吐蕃结为一体，在青藏高原上第一次出现了大统一的局面，推动了社会生产力的发展。

松赞干布是一位眼界开阔、具有雄才大略的杰出人物。公元 627 年（贞观元年），唐太宗李世民即位后，采取了休养生息、利乐百姓的政策，中原地区经济、文化有了高度的发展。这引起了松赞干布的极大注意，他以诚恳的态度向唐朝请婚，迎请文成公主入藏，同时引进了具有悠久历史、高度发达的中原文化，促进了吐蕃社会的发展。

在松赞干布的大力倡导和支持下，吐蕃制定了沿用至今的藏文，写下了大量的文献典籍，记录了很多古代诗歌、传说及故事，并从梵文和汉文翻译了大量的典籍和佛经，促进了古代藏族文化的发展。

公元 650 年（永徽元年），松赞干布在拉萨病逝。

公元 680 年（永隆元年），文成公主在拉萨病逝。她在吐蕃生活了近四十年。这位王族出身的柔弱女子，肩负着唐太宗交给她的"利乐吐蕃"的光荣使命，历尽艰辛，来到西藏，献身于民族团结的崇高事业。在加强藏汉民族的团结、促进经济文化交流、推动吐蕃社会的发展方面，做出了重大贡献。一千多年来，她受到藏族人民的崇敬和深切怀念。

尽管对古代藏族历史的分期等问题，史学界还有不同看法，但是，大多数学者认为，在公元六世纪时，藏族社会已确定无疑地进入了奴隶制社会。到了七世纪初，松赞干布建立吐蕃王国时，奴隶制的国家政权已相当完善，社会生产力得到高度发展，也有了比较科学、比较成熟的文字[1]。在那时，吐蕃王国再不需要用"仲、德乌、苯"来管理百姓，治国理政。苯教的巫师在社会上依然拥有巨大的影响，在国家的政治生活中，可以发挥重大作用。但是，被称作"仲肯"的民间艺人，再也无权参与国政。藏族有了自己的文字，吐蕃的中央政府和各地政权，都有史官撰写史书，为赞普和文臣武将树碑立传，歌功颂德，再不需要由民间艺人（仲肯）去传唱历史。这已为吐蕃时代留下的大量碑文和敦煌发现的古藏文文献所证实。在当时

① 参阅王辅仁、索文清编著：《藏族史要》，四川民族出版社出版，第 1—32 页；中国社会科学院民族研究所藏族史组编写：《藏族简史》，打印稿第一部分。

的古藏文文献中，也出现了"格萨尔"的名字。[1]

这就是说，在氏族社会开始瓦解、奴隶制的国家政权逐渐形成的历史时期，"仲"（史诗）这种文学形式在藏族社会已普遍流传，在政治生活中产生过重要作用。随着奴隶制的国家政权日益巩固和健全，仲肯在吐蕃中央和地方政权中的作用和影响日益缩小。

到了吐蕃王国时代，史诗和行吟诗人（仲肯）在国家政治生活中的作用几乎完全消失，艺人们只好走向民间。这就使史诗在更大范围内、更多的群众中得到传播，从而也使史诗本身得到丰富和发展。

历史的辩证法就是这样：说唱艺人们的社会地位下降了，却使《格萨尔》从宫廷回到民间，植根于藏族群众的土壤之中，使自己得到更广泛的传播、更大的发展。

从史诗的内容看当时的社会形态

分析任何一部文学作品的产生年代，总离不开对作品本身所反映的思想内容和社会生活的研究。要分析《格萨尔》的产生年代，首先也应该从作品本身的研究入手。《格萨尔》卷帙浩繁，有几十个分部本、几十万诗行之多，这里不可能对它的全部内容进行分析，仅以其中一部作例子，也可窥见一斑。

《赛马称王》是《格萨尔》的一个重要组成部分，也是流传最广、最受群众欢迎的一部。从我们调查的情况看，几乎所有的民间艺人都会说唱这一部。还有几十种不同的手抄本在民间流传。德格岭仓土司也曾刊印木刻本。

《赛马称王》的主要内容是：在格萨尔十二岁的时候，他得到天神的预言，让他参加岭国的赛马大会。通过赛马，夺取王位，做岭国的君王，以便降伏妖魔、造福百姓。格萨尔得到神的预言后，积极为参加赛马作准备。首先，他利用幻术制造预言，告诉达绒晁通，让他主持岭国的赛马大会，并且说，在岭国的众英雄里，没有一个人能比得过他，他一定能获胜，成为岭国七宝的主人、珠牡的丈夫、岭国的君王。

晁通是格萨尔的叔叔，他阴险狡诈，贪财好色，心胸狭窄，一心想谋害格萨

---

[1]　请参阅《藏文文献中的格萨尔》。

尔，夺取岭国的王位。晁通得到这个预言，信以为真，立即召集岭国的首领，决定举行赛马大会，并以王位、七宝和岭国最美丽的姑娘嘉洛家的森姜珠牡为彩注。

晁通在部落大会上说：

> 珠牡是岭地的美女，
> 王位是领地的权力，
> 七宝是岭地的财富，
> 要凭快马去获取。
> 谁的马儿跑得快，
> 谁能得胜如心意，
> 天意人心都相合，
> 得不到时别懊丧。

在这里王位和财产都不能世袭，谁的武艺高强，谁才能得到。晁通还说：

> 在三十位英雄中，
> 武艺虽高要分等级；
> 在岭地众多的部落中，
> 百姓需要个总首领。
> 胜者为王率百姓，
> 在我这白色大帐中，
> 大家平等人人都一样；
> 上至四位贵公子，
> 下至古如叫花子，
> 都有参加赛马的权力。

岭国德高望重的总管王绒察查根也表示："通过赛马夺取彩注是件很好的事，是光明正大地取得王位、财宝和珠牡的办法。"①

降边嘉措与《格萨尔》史诗说唱艺人扎巴老人与玉梅（降边嘉措供图）

最后，赛马大会上，十二岁的格萨尔战胜所有对手，成了七宝的主人、珠牡的丈夫、岭国的国王。

从以上简要的叙述，我们可以看到在古代岭国，把公共财宝、美女和王位作为赛马的彩注，表现了游牧民族的尚武精神和崇拜英雄的习俗。这样的事情，在以私有制为基础的奴隶社会不可能产生，在农奴社会和封建社会里也不会产生，只能出现在以原始的牧业经济为基础的氏族社会和部落社会。这也说明，原始公社制在逐渐瓦解，私有制已经产生，并在不断发展。

从敦煌古藏文文献、《五部遗教》、《国王遗教》、《智者喜宴》、《西藏王臣记》等史书中，我们可以清楚地看到，早在纪元初，雅隆悉补野部就在今西藏山南的琼结县一带，建立了一个小邦，聂赤赞普就是这个小邦的第一个国王。从那以后，王位和财产都实行世袭。只要出身王室，白痴也能当国王。相反，一个平民出身的人，即便有天大的本领，也休想得到王位。历经三十一代，到了松赞干布建立吐蕃王国之后，就形成了一个完整的奴隶制的国家机器。从来没有，也不可能发生通过赛马得到王位这样的事情。

我们在《赛马称王》里还看到，古代岭国，没有法律、法官、法庭和监狱，只有一个叫威玛拉达的大公证人。在岭国内部发生纠纷，遇到有争论不决的事情，就由大公证人威玛拉达和是非判断人达尔盼判断是非，做出裁决。包括部落首领在内，全部落的人都服从他的裁决，而没有异议。《赛马称王》里说："大公证人威玛拉达、是非判断人达尔盼，是岭地调解纠纷的一证人，是成百主张的最后决定者，是成百会议的最后总结人。他俩的决定犹如滚石下陡坡，只能服从不能违抗。"[1]

史诗里说，岭国的一切重大问题，都要经过部落大会充分协商，共同作出决定。《仙界遣使》《英雄诞生》《赛马称王》《霍岭大战》等部本中，都有关于部落大会的生动描述。这种部落会议制，是氏族社会的一个重要特征。恩格斯说："氏族有议事会，它是氏族的一切成年男女享有平等表决权的民主集会。这种议事会选举、撤换酋长和军事首领，以及其余的'信仰守护人'。"[2]

在吐蕃王国时期，有法律、法典和监狱。松赞干布时代制定的《十六条法典》，

---

[1] 译自《赛马称王》（藏文版），四川民族出版社出版，第 168 页。

[2] 《家庭、私有制和国家起源》，《马克思恩格斯选集》第四卷，第 84 页。

一直沿用到西藏民主改革之时，以维护奴隶主和农奴主的利益，对广大奴隶和农奴实行残酷统治和血腥镇压。这是以私有制为基础的奴隶制国家区别于氏族社会和部落社会的重要标志。这些法律十分严酷，明确规定了各阶层的社会地位和奴隶主阶级的统治特权。《新唐书》里有这样的记载："其刑，虽小罪必抉目，或刖、劓，以皮为鞭……。其狱，窟地深数丈，纳囚于中，二三岁乃出。"在《赛马称王》和我们所见到的其他部本里，没有看到对属民施以刑法的描写。

从《赛马称王》以及其他一些分部本来看，岭国也没有军队，虽然《格萨尔》是一部以描写古代战争为题材的史诗。遇到外地入侵，或同别的部落打仗的时候，岭国的首领一声令下，各部落的首领就率领自己的人马出征打仗。没有军官，也没有军队编制，谁作战勇敢，立有战功，谁就受到全部落的尊敬和爱戴。战事结束，又回到自己的部落，继续过着游牧生活。这正是氏族社会的一个重要特征。

据史书记载，吐蕃时期，有强大的军队。松赞干布还仿照唐朝的府兵制，建立了一套严密的军事组织。当时吐蕃全境共划分为四个如（ རུ ，意为部或部落）：藏如（ གཙང་རུ ，今后藏地区）、约（左）如（ གཡོན་རུ ）、卫如（ དབུས་རུ ，指今前藏地区）、叶（右）如（ གཡས་རུ ）。每个"如"又分为上下两个支如，其中除卫如只设七个千户和一个下千户府，其余三个如各设有八个千户和一个下千户府，合计吐蕃共设三十一个千户府和四个下千户府。千户府既是军事组织，又是行政组织。在如以下的各组织都设有专职军官。

在《赛马称王》里我们还可以看到，已经有了私有制的萌芽。岭国的长系、仲系和幼系，都有自己的领地和财富，他们都在为维护自己的利益，扩大自己的领地和财富而努力。而斗争的焦点，则集中在争夺王位上。岭国已开始出现了阶级分化。岭国的百姓被划分为上、中、下三级九等，有尊卑贫富之分。但是，上下尊卑之间，不像在奴隶制和农奴制社会那样等级森严，更没有人身依附关系。在岭国召集全部落大会时，上至总管王、部落首领，下至叫古如的乞丐，都有资格参加大会，并有权发表自己的见解，"每鸟鸣一声，每人唱一曲"，大家都有同等的发言权。在岭国举行赛马大会时，上至部落首领、三十英雄、被认为是天神之子的格萨尔，下至乞丐古如，都有权以平等的身份参加赛马，谁获胜，谁就能得到王位。

所有这些，都是氏族社会和部落社会的重要标志，等级森严的奴隶制和农奴制社会，绝不可能发生这样的事情。

一面反映古代藏族历史的多棱镜

列宁曾经指出，列夫·托尔斯泰是俄国革命的一面镜子。古今中外一切真正优秀的文学作品，都可以成为反映该时代本质特征的一面镜子。它不仅具有审美意义，而且有重要的认识价值。但是，文学史上还很少有这样的作品：它像一面多棱镜，同时反映了一个民族不同发展阶段上的本质特征，不仅在横向上反映了一个民族一定时期的历史面貌，而且在纵向上反映了一个民族的整个历史。《格萨尔》就是这样一部伟大的作品，它像一面多棱镜，在我们面前展示了古代藏族历史几乎所有重要的发展阶段。

限于篇幅，这里只能粗线条地勾勒《格萨尔》产生和发展的历史。

《格萨尔》产生在藏族氏族社会逐渐瓦解、奴隶制国家开始形成的历史时期。它是在藏族古老的神话、传说、故事、诗歌和谚语等民间文学的丰厚基础上，产生和发展起来的。它的产生和形成，经历了一个漫长的过程。

茅盾在分析希腊史诗的形成过程时，曾经指出：希腊史诗的产生，经历了一个漫长的酝酿准备阶段，其间形成了两大"故事集团"，"并不是特洛亚战争当时的希腊人就能够产生了这样完美的杰作"。这部伟大的史诗，并不是个别人的创作，而是经过"无数'诗人'（指行吟诗人——引者）的增饰修改，然后告成的民族的集团的著作"①。这种分析，有助于我们认识《格萨尔》的形成过程。别林斯基也曾指出："史诗是在民族意识刚刚觉醒时，诗领域中的第一颗成熟的果实。史诗只能在一个民族的幼年期出现。在那时期，民族生活还没有分为两个对立方面——诗和散文，民族的历史还只是传说，它对世界所抱的概念还是宗教的概念，而它的精力和朝气蓬勃的活动只呈现在英雄的业绩中。"②

根据这些论述和藏文文献中的有关记载，我们可以设想，在《格萨尔》产生之前，已经有了一些关于天地形成、民族起源和本民族英雄豪杰的"故事集团"，成为创作《格萨尔》的基础，也就是上面提到的"仲"。在这基础上，经过人民群众，尤其是说唱艺人不断地"增饰修改"，然后才逐渐形成一部"民族的集团的著作"——

① 《世界文学名著杂谈》，第8—9页。

② 《别林斯基论文学》，第179页。

一部伟大的英雄史诗。

在氏族社会末期、奴隶制国家开始形成的时期，即公元六世纪之前，说唱史诗的艺人"仲肯"在社会上有较高的地位，可以参政，统治者利用"仲、德乌、苯"来管理百姓、治国理政。

在吐蕃王国建立前后，即奴隶制的国家政权日益强化、藏族有了完善的文字之后，王国有了修史的官员，"仲肯"在国家政治中的作用逐渐消失，他们便走向民间去演唱，使史诗在更大的范围内得到流传。

吐蕃王国时期，是藏族历史上一个重要的发展阶段。这期间发生了一系列重大事件，直到今天，依然成为藏族文学艺术取之不尽的创作源泉。古代的民间艺人，自然也会取材于这段历史。在《格萨尔》里描写了近百个大小不同的战争，这些战争有不少是在吐蕃时期真实发生过的。

范文澜同志在《中国通史》第四册《吐蕃国》里说："吐蕃强盛时期在松赞干布时已经开始，这里只叙述松赞死后吐蕃大扩张的事迹。大扩张就是对外战争，主要是对唐战争。这些战争大体上可分为三类：（一）征服唐属国吐谷浑和唐境内羌族羁縻州，进行吐蕃的统一战争，性质是正义的。（二）与唐争夺西域四镇。四镇对唐、吐蕃两国都有保障本国安全的作用，两国势在必争，得失依强弱。（三）夺取唐州县，奴役汉族居民，是侵略性的战争。唐朝廷方面不能保护国土，对被奴役的居民更应负失职的责任。"[1]

当时吐蕃王国以逻些（拉萨）为中心，向外扩张，取得了很大的胜利。《新唐书·吐蕃传》说，早在唐高宗晚年时（680年前后），吐蕃的疆域"东与松、茂、嶲接，南及婆罗门（泥婆罗），西取四镇，北抵突厥，幅员万余里，汉魏诸戎（指西方诸族）所无也"[2]。事实上，后来吐蕃的疆域比《新唐书》所叙述的范围要大得多。

当时，吐蕃对内对外大约进行了长达一百多年的战争。

据《中国通史》记载，向东北方扩张——灭吐谷浑；向北方西域扩张——与唐争四镇；向东方扩张——兼并诸羌州；向东南方扩张——征服南诏国。

所有这些战争，在《格萨尔》里几乎都有反映，而且构成史诗的重要组成部分。

这样历时一百多年的大规模战争，在吐蕃王国之前没有发生过，在吐蕃王国之

---

[1] 范文澜著：《中国通史》第四册，第14—15页。

[2] 范文澜著：《中国通史》第四册，第25页。

后也不曾发生，只能发生在吐蕃王国这个特定的历史时期。那些本来就来自民间的说唱艺人，走向民间之后，以这些事件为题材，编成故事，到处传唱，极大地充实和丰富了《格萨尔》的内容。研究者们认为，《门岭大战》《姜岭大战》《祝古兵器宗》《卡契玉宗》《取阿里金窟》《雪山水晶宗》和《象雄珍珠宗》等部本，都取材于这段历史。在这些部本里直接歌颂松赞干布和法王祖孙三代，即松赞干布、赤松德赞和热巴巾。他们被认为是藏族历史上最杰出、最有作为的三位赞普。有的手抄本里还说格萨尔是松赞干布或赤松德赞的化身。史诗里还有许多歌颂汉藏团结的内容，说格萨尔的异母兄长、岭国的英雄嘉察是汉妃的儿子、汉人的外甥。这生动地反映了"唐蕃友好""和同为一家"的历史事实。

"吐蕃说"的观点正是反映了《格萨尔》在这个发展阶段上的特点。

吐蕃奴隶制瓦解之后，藏族社会开始向封建农奴制过渡。在奴隶大起义的推动下，使广大奴隶得到了一定程度的解放，掌握了一部分生产资料，形成小农个体经济。其中有少数富裕的农民上升为封建农奴主，绝大多数则渐次沦为农奴，依然过着贫穷悲惨的苦难生活。一些在动乱中存留下来的奴隶主贵族、僧侣和部分平民逐渐转化成新的封建农奴主。当时藏族社会没有统一的政权，各封建农奴主互相兼并。到十世纪下半叶，在西藏境内形成十几家大的封建农奴主，他们不仅是独霸一方的割据势力，而且拥有相当强大的经济实力，能够对西藏的政局发生重大影响。

我们今天看来，旧西藏的封建农奴制度是一个非常反动、黑暗、残酷、野蛮的社会制度。但是在它的早期发展阶段，也是朝气蓬勃、充满活力的，曾经表现出了旺盛的生命力。

这些新兴的封建农奴主为了巩固刚刚建立起来的政治制度，并扩大自己的统治范围，不但需要物质力量，也需要精神力量。由于宗教固有的维护剥削阶级利益的作用，很快被他们看中，作为自己的工具，因此他们大力开展复兴佛教的活动，使这个复兴起来的佛教，为巩固自己的统治地位服务。

从广大群众方面讲，经过长期的动乱，他们饱尝战争的流离之苦，需要寻求一种精神寄托和安慰，所以对佛教关于"诸行无常""有漏皆苦""因果报应，轮回循环""追求来生，往生极乐""众生平等""奉行十善，抛弃十恶""涅槃修静"，以及只要"崇善修好"就能成"正果"、进"天堂"的那一套说教，很容易接受。

一方面，统治阶级出于自身的需要，大力提倡和扶植；另一方面，广大人民群众为了寻求精神寄托，信仰宗教，因此，佛教在当时得以复兴，并很快发展起来。

由于藏传佛教宁玛派（红教）僧侣的大力提倡，随着佛教在藏族地区的再度兴起和发展，《格萨尔》的传播也更为广泛。这时，出现了大量的手抄本。这些手抄本，大多出于宁玛派（红教）喇嘛之手。所谓托梦说、圆光说、神授说和伏藏说，都与宁玛派（红教）的传教方式有关。格萨尔也被说成是宁玛派（红教）的始祖莲花生大师的化身。

当时，上层统治阶级和僧侣贵族想以"天神之子"格萨尔作旗帜，号令天下，扩大自己的权势。一些领主和头人甚至自称是格萨尔或他的某个大将的后裔或转世，纷纷找根据，寻踪迹，续家谱。很多关于格萨尔的传说和遗迹，就是在这样的背景下出现的。

人民群众则希望出现一位格萨尔这样的"明君"或"英主"，剪除地方割据势力，结束混乱局面，使广大群众摆脱战乱之苦。

这样，《格萨尔》的传播既符合上层统治阶级的需要和利益，又符合广大群众的愿望和要求。

认为《格萨尔》产生在宋元时期的观点，正是反映了这样一个历史事实。

史诗在长期的流传过程中，继续在演变和发展，越来越丰富和精美。人们把后来发生的一些事情也加了进去。《格萨尔》里有不少十五世纪前后，乃至十八世纪时的人和事。如史诗的第一部《仙界遣使》里有唐东杰布圆梦的情节。唐东杰布是十四世纪时期的噶举派高僧，相传是藏戏的创始人。在有些分部本里，有祝愿藏传佛教格鲁派（黄教）的事业昌盛的祝词。《丹玛青稞宗》里引用了第六世达赖喇嘛仓央嘉措（1683—1706）的情歌。这一时期，继续产生了许多手抄本。随着印刷业的发展，还出现了一批木刻本。这些抄本和刻本的编纂者们，将自己的观点加进史诗中去，尤其在首尾的祝词中，后加的成分更为明显。"明清说"的观点正是基于这种情况。这也反映了民间文学的流传变异性。

从以上简略的叙述，可以看出《格萨尔》并不是一个时代的产物，而是在长期的发展过程中，逐步形成的。在形成之后，还不断地演变和发展。《格萨尔》犹如一座蕴藏量极为丰富的矿山，它有很多个层次，不同时代、不同阶级、不同教派和不同阶层的人，都企图并已经在它上面打下自己的印记，形成了藏族历史和文化的堆积层。这正是《格萨尔》最终发展成为内容丰富、卷帙浩繁的世界上最长的一部史诗的重要原因。我们研究工作的责任，就是要用历史唯物主义和辩证唯物主义的科学观点和方法，从更深的层次上去揭示《格萨尔》产生、发展和演变的整个进程，分析它丰富的思想内容、审美意义和认识价值，以推进《格萨尔》工作的深入发展。

流传与演变

要对《格萨尔》这样一部历史悠久、结构宏伟、内容丰富的史诗的流传、演变和发展过程，作出比较接近实际的科学论述，需要在掌握大量资料的基础上，进行专门的研究。目前尚不具备这样的条件，只能根据现有资料，从做好搜集整理工作的角度，谈谈有关的情况。

"岭国每人嘴里都有一部《格萨尔》"

这句藏族谚语不免有些夸大，但却反映了这样一个基本事实：从雄伟的喜马拉雅山下，到孕育着我们中华民族五千年古国文化的黄河、长江两大江河的源头；从神奇瑰丽的玛旁雍错神湖，到当年红军走过的雪山草地；从气象万千的横断山脉，到风景如画的塞外江南，在这广袤的土地上，在藏族人民居住的地方，到处都流传着《格萨尔》的故事。在藏族历史上，没有任何一部作品像《格萨尔》那样流传广泛，深入人心，那样受到广大群众的喜爱，也没有任何一部作品像它那样在群众中产生如此广泛而深刻的影响。

解放前，藏族地区印刷事业不发达，僧侣贵族对《格萨尔》采取歧视、压制和反对的态度，所以刻本很少，除了民间艺人的口头说唱外，主要以手抄本的形式，在群众中流传。因此木刻本和手抄本显得十分珍贵，一部《格萨尔》的手抄本，要用一头牦牛，甚至几头牦牛来换取。有的家庭把《格萨尔》视为珍宝，当作传家宝，世代相传。有的人还把史诗当作经书，和菩萨放在一起供奉。

"文革"中，林彪反革命集团、"四人帮"倒行逆施，破坏党的民族政策，摧残民族文化，把《格萨尔》打成"大毒草"，严禁在群众中说唱，民间艺人受到打击迫害，《格萨尔》连同其他民族文化遗产，遭到一次空前未有的浩劫。但是，"抽刀断水水更流"。

粉碎"四人帮"后，尤其在党的十一届三中全会以后，《格萨尔》这部藏族文化的瑰宝，像高山上的雪莲，经历风霜严寒，又开遍千山万壑，更加鲜艳夺目，香飘万里，显示出它强大的艺术生命力。

粉碎"四人帮"之后，首先在甘肃省甘南藏族自治州广播电台的藏语节目中，播放《格萨尔》，藏族群众的反映十分强烈。

他们欣喜若狂，奔走相告，一群一群的人围在收音机旁、扩音器下，久久不愿离去，有的人兴奋得热泪盈眶，由衷地感谢党和人民政府，激动地说："党的民族政策又回来了。"继甘南电台之后，西藏、青海、四川以及一些州、县的藏语节目里也开始播放《格萨尔》，受到广大群众的热烈欢迎。已经播放几年了，群众仍然非常喜欢听，有的群众还反映播放的时间太短。

一部作品，在几个广播电台连续播放几年，仍然受到群众如此热烈的欢迎，这不但在藏族历史上从未有过，在我们国家也不多见。

近几年来，在藏族地区出现了一个前所未有的"《格萨尔》热"，广播电台在经常播放；歌剧、舞剧和其他艺术形式在移植、改编；艺人们在到处说唱；广大群众怀着极大的热情在倾听，在阅读，在欣赏，在谈论。

历史的辩证法再一次雄辩地证明了这样一个古老而又永葆青春的真理：人民群众是历史的主人，也是文化的主人。凡是人民群众所创造、所喜爱、真正有生命力的艺术珍品，是任何反动势力摧残不了、扼杀不住、毁灭不掉的。

流传形式

《格萨尔》最初是什么样子，它以怎样的形式在群众中流传，由于缺少资料，对这些问题不可能作出准确的描述。尽管如此，我们仍然可以根据现有资料，作一点初步的探索。

既然藏族群众"每人嘴里都有一部《格萨尔》"，加之过去藏族地区文化落后，居民的绝大多数都是文盲，印刷出版事业又很不发达，以及其他方面的原因，我们有理由设想，这部史诗是在远古的民间故事和神话传说的基础上产生的。当时，藏族还没有文字。在最初阶段，史诗的部本数不会太多，情节也不会很复杂。它主要是以口头说唱的形式，在民间流传，而且这个时间不会太短。经过一个漫长的过程之后，史诗在群众中流传越来越广泛，影响越来越大，部本数越来越多，艺术上也日趋成熟，这时就出现了一批以说唱《格萨尔》为职业的民间艺人。

在这之后，引起了一些文化人的注意，他们将史诗记录整理成文字，这才出现了手抄本。随着印刷事业的发展，手抄本经过加工整理、刻版印刷，就使史诗得到更广泛的传播，也更便于保存、继承和发展。至于铅印出版，这已是解放以后的事情了。

最早的手抄本出现在什么年代？它是什么样子？有多少部？这些问题目前也很难弄清，因为找不到什么可靠的文字材料。但是，关于《格萨尔》的流传形式及手抄本的来历，有一些传统的说法。这些说法不一定很科学，这里作一简要的介绍，供同志们研究时参考，我想不会是没有益处的。

第一，托梦说。

说菩萨托梦，在梦中传授，藏语叫"包仲"（ བབ་སྒྲུང ）。按照传统的说法，尤其是艺人们自己的说法，讲述《格萨尔》的本领，是学不会的，也不像其他艺术形式和技艺那样能够世代相传，主要看自己有没有"缘份"，看前世的"业"。有了这种"缘份"，就能无师自通，不教自会。有的艺人说，本来自己不会讲，有次做了个梦，来了一位菩萨，将他的五脏六腑都掏干净，然后装进很多写有《格萨尔》的宝书。他醒来之后，就能滔滔不绝地讲述了。

有人说是格萨尔在梦中让他讲述自己的英雄业绩，劝导人们弃恶扬善，降妖伏魔，造福百姓。

解放前昌都地区有一位著名的说唱艺人，深受群众喜爱。人们传说他在前世是一只青蛙，有次格萨尔去出征时，他的战马不慎将青蛙踩死。格萨尔感到很痛心，杀生是有罪的，即使是格萨尔也不能例外。格萨尔立即跳下马，将青蛙托在手掌上，轻轻抚摩，并虔诚地为它祝福，求佛祖保佑，让这青蛙来世能投生人间，并让他把自己抑制强暴者、救护弱小者的事迹告诉所有的黎民百姓。后来那只青蛙果然投生人世。据说他来到世上，就是为了宣扬格萨尔的英雄业绩，他的后背有一个伤疤，很像马蹄印，就是当年格萨尔的战马踩的。

诸如此类的传说很多，几乎每一个民间艺人，都有一个有趣的故事。著名的说唱艺人扎巴老人和玉梅都说自己是做了梦以后，才学会了说唱《格萨尔》。

第二，圆光说（ པྲ་ཕབ ）。

圆光本是一个佛教术语。喇嘛在降神或占卜时，看着铜镜，回答信徒的问话；也有人在碗里倒上清净的水，以碗为镜，观象占卜。据说能从铜镜或水碗里看到过去、现在和未来，能预言一个人的吉凶祸福。这种占卜方法，就叫圆光。

这一方法后来被艺人们运用到史诗的说唱上。讲述者当着听众的面，拿出一面铜镜，放在香案上，先念经祈祷，然后对着铜镜说唱，据说他能从铜镜看到格萨尔的全部活动。用"圆光"法说唱史诗的艺人们常常这样说，他自己并不懂格萨尔故事，只是做个讲述人，把铜镜中显现的画面讲给大家听。离开铜镜，什么也讲不出来。而普通人去看那面铜镜，除了自己的身影，什么也看不到。据说是因为你没有这个"缘份"，只有有"缘份"的人，才能看到格萨尔的形象和他的活动。

西藏昌都类乌齐县六十多岁的老艺人阿旺嘉措，就是用这种方法说唱史诗。他给农奴主当过秘书，懂藏文，自己能记录整理。每当他说唱或记录时，案头总要放一面铜镜，一块光滑的石头，一碗净水。据他自己讲，离开了这些东西，他既讲不出来，也写不出来。他已经记录整理了六部，还在继续整理。

第三，神授说（ དག་སྣང ）[①]。

靠所谓"神授"说唱《格萨尔》的人并不多。他们说自己讲述《格萨尔》，同别的民间艺人不同，既不靠菩萨托梦，也不靠别人传授，全凭一时的灵感，只要灵感一来就可以不假思索，脱口而出，像念经一样，非常流畅地讲出来，灵感一消失，什么也讲不出来。而这种灵性或灵感，也是神赋予的，只有有"缘份"的人才能得到。

这类人，有这样一些特点：

（一）多数都是宁玛派（红教）的喇嘛；

（二）一般都有文化，既能讲，又能写，很多手抄本，就是出自他们之手；

① "神授"这一词翻译得并不确切，这个词在藏语里外延较广，有灵性、灵感、流畅等意思。

（三）他们不像扎巴、玉梅那样，能讲很多部，一般只能讲一两部，至多三四部，而且自己能将它们记录成文字；

（四）经济条件比较优裕，不像一般的艺人，靠说唱史诗过日子。多半出于爱好，讲完一两部，没有兴趣时，就说"灵感"已消失，不再讲了；过了一段时间，有了兴趣，又说"灵感"来了，再讲几部。

第四，伏藏说（ གཏེར་འདོན ）。

伏藏也是佛教术语，是说很早很早以前，菩萨将典籍文书藏在深山岩洞，或其他十分隐秘的地方，以免失传。但一般福分浅的人是找不到的，只有有"缘份"、有福气的人，才能发现。

菩萨把经典藏起来，叫"伏藏"；把这种宝藏掘出来，叫"掘藏"。宁玛派（红教）的喇嘛里，有很多专门挖掘"伏藏"的喇嘛，称之为"掘藏大师"，不少著名的佛教经典，传说都是掘藏大师发掘出来的。

有些人从山洞，从古城堡，或从其他地方，发现一些《格萨尔》的手抄本和木刻本，然后让其在社会上辗转流传，这就是一些手抄本、木刻本的由来。

在这类人当中，有的可能真是找到了一些从前的抄本，自己并不会讲，也不会写。但多数可能是自埋自挖，而假托"伏藏"。

显然上述的几种说法都经不起推敲，没有什么科学根据。可是多少年来，不但众多的民间艺人和《格萨尔》的整理者、收藏者坚持这么讲，而且社会上有很多人相信并传播这种说法。

毫无疑问，托梦说、圆光说、灵感说和伏藏说等说法的产生，同过去藏族社会实行政教合一的政治制度、宗教迷信的影响渗透到社会生活的各个方面，有着密切的联系，同众多的民间艺人处于在政治上受迫害、经济上受剥削的地位也有直接关系。他们编造这类离奇的说法，原因固然很多，但概括起来讲，不外两条：一是保护自己；二是扩大《格萨尔》在群众中的影响，同时也可以借此提高自己的社会地位。过去在"左"的思想影响下，一听到"托梦""圆光"等说法，统统斥之为迷信，认为是在有意胡编乱造，装神弄鬼。现在当然再不会有人说《格萨尔》是大毒草，但"左"的思想仍然存在，少数同志不了解各种说法产生的历史原因、社会原因以及民间艺人和广大藏族群众的心理状态、思想感情和宗教信仰，仍旧把他们同降神的、占卜的巫师划为一类，采取鄙视、歧视和压制的态度，而没有把他们当作民间艺人来对待，更不把他们当作人民艺术家来对待，信任他们、尊重他们，调动他们的积极性，让他们的聪明才智为繁荣发展文学艺术事业服务。

一些关心并从事《格萨尔》搜集、整理、研究工作的同志，也受这种思想的影响，怀疑甚至否定民间艺人说唱的《格萨尔》的文学价值和认识价值，认为只有木刻本和手抄本才是可靠的，才有科学价值。这种观点，对《格萨尔》的搜集整理工作是非常有害的。

演变与发展

按照通常的说法，最初阶段，《格萨尔》只有五六部，它由三个部分组成，即诞生史、降妖伏魔、地狱之部。这种说法，到目前为止，在藏文文献中没有找到什么依据。但从较早的一些手抄本以及民间流传的格萨尔故事来看，是大体可信的。例如《贵德分章本》和《拉达克分章本》等，都包含了这三个部分。这个问题在分析史诗的结构艺术时还要谈到，这里着重谈谈史诗的演变发展过程。

诞生部分开始叫作《英雄诞生》，包括这样一些内容：诸神在天界议事，占卜打卦，派格萨尔到人间；格萨尔在岭国诞生，格萨尔的童年生活；赛马登位，纳珠牡为妃，包括了从格萨尔诞生之前到他登上岭国国王宝座的一系列情节和内容。

在长期的流传过程中，经过民间艺人不断的加工创造，情节逐渐增多，内容日益丰富，艺术上日趋成熟、精美，其中某些部分就逐渐分离出去，独立成篇。这就是分部本最早的来源。

诸神在天界议事、占卜打卦，在《贵德分章本》里是一章。在其他一些手抄本里，也只有很少的内容，只是简单地交代一下格萨尔的身份，以及他到人世间的目的，相当于一部小说的"引子"或"楔子"，很像《水浒传》里《张天师祈禳瘟疫，洪太尉误走妖魔》一章，说明梁山好汉一百零八将的来历。

《贵德分章本·在天国里》这一节中，一开始就讲，天国里有个白梵天王，他有三个儿子。"顿珠噶布是三个儿子当中最小的一个。他聪明英俊，膂力过人，诸般武艺，样样精通。这时候，下界人间，正是一个非常混乱的时期，妖魔鬼怪，到处横行，各个地方，差不多都被他们霸占着，善良无辜的老百姓遭受他们的欺凌迫害，没有一天好日子过。大慈大悲的观世音菩萨，看到这种情况，顿生不忍之心，就和白梵天王商量，想什么法子去拯救人间灾难。商量的结果，决定派遣一位能降伏妖魔的天神下界。大家都说，顿珠噶布这个孩子，虽然很小，却聪明伶俐，英勇异常，如果派他去降伏妖魔，必能旗开得胜，马到成功。"[1]

故事就从这里讲起，开宗明义，简明扼要。这一章只有六页半，其中还有两页多写的是人世间的事情，说天神决定派顿珠噶布（即格萨尔）到人间之后，他就变成一只神鸟，巡视人间，到了岭国。岭国的百姓见了这只不同寻常的神鸟，产生了各种不同的反应。

后来这方面的内容越来越多，从《英雄诞生》之中分离出去，成为独立的一部《仙界遣使》。独立成篇之后，情节有了很大发展，为读者（听众）展现了一个完整的天神世界。这里的神，主宰着包括人在内的六道众生的命运。内容增加了，情节也更加曲折复杂，上至天国，下至人间，中间还穿插了很长一段龙宫里的事情，说命运注定格萨尔的生母应该是龙王的女儿。不但由观世音菩萨主宰一切，还出现了一个法力无限、回旋于人神之间的莲花生大师，由他直接出面，调动一切，安排一切。还钻出一个唐东杰布，又引出许多故事。仅这一部，就有好几种手抄本和木刻本。扎巴老人说唱的《仙界占卜九藏》，又有他自己的特点。

同手抄本、木刻本相比，扎巴老人的说唱本语言朴素生动，通俗流畅，情节也更加曲折复杂。最显著的一点是，他的说唱本多了一个情节：天神决定格萨尔到人间去降妖伏魔，可是他不愿去，一连藏了九次，每次都被天神找出来，最后不得已才来到人间。所谓"占卜九藏"指的就是这一情节。故事跌宕起伏，多生波折，读来饶有兴味。[2]

《仙界遣使》之所以值得重视，因为它对整个史诗起着提纲挈领的作用，为史诗勾勒了一个轮廓，确定了基本的格局和发展趋势。同样应该注意的是，同其他各部本相比，木刻本《仙界遣使》的宗教色彩要浓一些，成书也要晚一些。《英雄诞生》的其他部分的演变就更大。较早的手抄本里，情节很简单，只讲格萨尔自己诞生的情况。在《贵德分章本》里只是一章，仅十七页。后来越讲越多，讲到格萨尔的父母，讲到他的家族，讲到家族内部的关系和矛盾，讲到格萨尔的叔父晁通企图

① 《贵德分章本》（汉译本），甘肃人民出版社 1981 年版，第 1 页。

② 见扎巴老人演唱本《仙界占卜九藏》，由西藏师范学院《格萨尔》抢救小组录音整理，民族出版社 1984 年版。

用阴谋手段篡夺王位，还讲到整个岭国的情况，为我们展现了一幅十分广阔壮丽的画卷。一次讲不完，一部书里也容纳不了那么多的内容，又分出一些小部本。讲了格萨尔诞生史，又讲其他英雄的诞生史，这就出现了《嘉察诞生史》《丹玛诞生史》《绒察诞生史》和《辛巴诞生史》，一部诞生史变成了四五部诞生史。有一部手抄本叫《三十英雄诞生史》，三十位英雄的诞生史都简要地提到了。《英雄诞生》成了名副其实的格萨尔个人的诞生史，格萨尔从天界下凡，到岭国诞生之后，这一部就结束了。

格萨尔少年时代的生活情况是怎样的呢？《英雄诞生》里没有提及。为了回答这个问题，填补这一空白，便产生了《神马招福》和《驯兽招福》，专讲格萨尔少年时代驯服烈马、与野兽搏斗的故事，表现了格萨尔从小就有意识地培养和锻炼自己不畏强暴、不怕艰难险阻的勇敢精神，为以后在岭国的赛马大会上夺取胜利，作了很好的铺垫。

各个民间艺人在说唱时，也各有特点。如扎巴老人讲的《英雄诞生》之部，内容丰富，情节也很生动曲折，但他只讲格萨尔本人的诞生史。玉梅讲的《英雄诞生》之部，内容要少一些，但她又从中分离出两部，独立成篇，即《嘉察诞生史》和《丹玛诞生史》。开头她就讲：

"关于英雄格萨尔大王的诞生史，很多人都讲过，大家也很熟悉，我就不多讲，今天我专讲格萨尔大王的兄长、岭国三十员大将之一嘉察诞生的历史。"

《丹玛诞生史》及其他一些分部本前面，也都有这样的说明。有的说明，内容很丰富，夹叙夹议，有很长的唱词，本身就是很优美的诗篇，非常吸引人。

《赛马称王》最初只是《英雄诞生》中的一个情节。《贵德分章本》里就没有赛马的内容，格萨尔不是经过赛马夺得了王位，而是按照天意，珠牡招他为婿，继承了岭国的王位。后来不但独立成篇，而且广为流传，出现了许多种手抄本和木刻本，深受广大藏族群众的喜爱，其影响远远超过了诞生史本身。

这也是很自然的，完全合乎生活的逻辑。赛马是藏族人民最喜爱的一种娱乐活动，每逢喜庆佳节，都要进行赛马，获胜者往往被当作英雄，受到整个部落或庄园的尊敬。不少地方在举行赛马之前，由艺人说唱一段最精彩的，以示祝贺。久而久之，这一部分内容不断充实和发展，得到广泛流传，而且出现了各种异文本。

青海省文联在"文革"前搜集到十多部《赛马称王》的异文本。近几年来，各地搜集到的手抄本和木刻本也有六七种。扎巴、玉梅和青海省果洛州甘德县的艺人昂仁等说唱的《赛马称王》，又各有特色。

各地已经出版的《赛马称王》就有三种不同的版本，总印数近二十多万册。按藏族人口计算，发行量应该说是相当大了。这也从一个侧面反映了《赛马称王》在群众中的影响。

本来，格萨尔在岭国的赛马大会上获胜，夺得王位之后，诞生史部分就结束了。但后来又出来了一部《世界公桑》，讲的是格萨尔即位之后到降伏各地妖魔之前的一段事。书中引用格萨尔自己的话说："没有弓射不了箭，没有神办不成事。"所以要举行法会，煨桑祭神，让各种神灵在将来降妖伏魔的战争中护佑他。这一部，宗教色彩较重，从内容和语言分析，产生的年代要晚一些。

概括起来讲，诞生史部分，经历了这样一些演变发展过程：

史诗的开篇（分章本里的一节）——《英雄诞生》。《英雄诞生》再演变：《仙界遣使》——《郭岭大战》——《嘉察猎鹿》——《英雄诞生》——《神马招福》——《驯兽招福》——《察瓦绒箭宗》——《玛燮扎石窟》——《西宁马宗》——《嘉察诞生史》——《丹玛诞生史》——《绒察诞生史》——《辛巴诞生史》——《赛马称王》——《世界公桑》。

由一章，演变成一部，然后又从一部演变发展成十几部独立的分部本。

史诗里讲，由于魔怪兴妖作乱，闹得人世间不得安宁，黎民百姓遭受无穷无尽的痛苦。格萨尔来到人间，就是要降伏这些妖魔鬼怪。征战四方，成了《格萨尔》的主要内容，也是最精彩、最吸引人的部分。这一部分的发展更是非常明显，非常突出。最初只有两个魔王，即霍尔的白帐王和北方魔国的魔王鲁赞。在《仙界遣使》中，莲花生大师对神子推巴噶瓦（即后来的格萨尔）发出预言，让他"降伏霍尔和鲁赞"。世尊阿弥陀佛对神子祝福时，也说让他到人间去征服"黑色魔王（指鲁赞）黄霍尔"。

后来又提到"四大魔王"。唐东杰布在为岭国的君臣百姓圆梦时说，"那幢幡覆盖四方土地，是威镇四方的象征，是打击四个大仇敌，降伏边地妖魔的象征"。

格萨尔变成神鸟巡视人间后回到天界，对自己的父母亲表明心志时也说，"现在我要投生到人间，降伏四方四魔王，叫他们给我作奴隶，让人类世界享太平"。这就产生了《降伏妖魔》《霍岭大战》《姜岭大战》和《门岭大战》，通称"四部降魔史"。格萨尔降伏四大魔王的英雄业绩，构成了史诗的主体部分。假如把《格萨尔》这部卷帙浩繁的史诗，比作一座艺术的宫殿，那么，这四部降魔史就是支撑这宫殿的四根大柱。其他各部本，都可以看作是从这里派生出来的。降伏四大魔王之后，世间还有许多妖魔在危害百姓，兴妖作乱，格萨尔的英雄业绩也远未完成，于是又产生了许多新的分部本，藏语叫作"宗"（ཛ），"宗"越来越多，按照篇幅和规模，被划分为十八大宗、十八中宗和若干小宗。

最初由四部降魔史发展成十八大宗。为什么叫十八大宗？它有什么缘由，有什么依据，或者只是表示一个多数？和汉语一样，藏语里"九"代表多数，二九一十八宗，是不是形容部本数之多，这个问题尚待研究。

这里还想介绍一下，"宗"（ཛ）在藏语里是城堡、堡垒的意思。在《格萨尔》里，"宗"指的是国家。格萨尔征服一个国家的故事，就构成一个独立的分部本，藏语里称为一个"宗"。

十八大宗，讲的就是格萨尔征服十八个大国的故事。据藏文文献记载，吐蕃时期，藏族地区的行政区划叫"如"（ར）；萨迦政权时期划为"十三万户"（ཁྲི་སྐོར་བཅུ་གསུམ）；噶丹颇章时期，清代在西藏设立了若干个"基巧"（སྤྱི་ཁབ），相当于现在的专区。

基巧下面设宗，相当于县，沿用至今。只有在吐蕃王国之前，小邦国家和大的部落联盟才称作"宗"，但又不称为"国"（རྒྱལ་ཁབ）。史书上说，吐蕃王国之前，有四十多个小邦国家。这些情况同《格萨尔》里的描写是相当吻合的。这也从一个侧面显示出《格萨尔》所反映的是部落联盟和部落战争时代的社会生活。

从十八大宗，又逐渐演变，发展成十八中宗、十八小宗，乃至几十部更小的宗。在长期的流传过程中，由于众多的民间艺人和广大群众的创造，史诗的内容不断得到丰富和扩展，枝蔓横生，像葡萄串一样，越来越多，以至有一百多部之说。

王沂暖教授经过长期调查研究，编排《格萨尔》分部本的篇目，认为有一百零六部[1]。这里还不包括目前正在录音整理的民间艺人的说唱本。

最后一部分是《地狱之部》，这一部分的内容基本上没有什么变化。民间艺人们有一种传统的说法，这一部讲的是格萨尔到地狱去，砸了阎王殿，救出自己的母

---

[1]　参看王沂暖：《再做一次不完全的统计——藏族〈格萨尔王传〉的部数和诗行》，《格萨尔研究集刊》第一集，中国民间文艺出版社 1985 年版。

亲和爱妃，超度所有战死的岭国将士的英灵，然后回到天国。讲完这一部本，艺人自己也完成"业果"，很快会死去。所以都忌讳讲这一部本。一般是在逝世之前，为了不让史诗失传，才"按照神的旨意"讲给最亲近、最有"缘分"的人。因此，除了能看到一些手抄本和木刻本之外，很难听到艺人们的说唱。大家都不去讲，自然就不能得到充实和发展。

从内容上看，格萨尔完成降妖伏魔的使命，回到天国之后，确实也就没有什么可讲的了，勉强讲下去，只能回到因果报应之类的宗教说教上去。

但是这一部分也不是没有一点变化和发展。大、中、小宗的故事讲完之后，又出了一部《安定三界》，综述《格萨尔》一生征战南北、除暴安良的英雄业绩。

《地狱之部》，出现几种不同的异文本，内容有些变异。《地狱救母》主要讲格萨尔到地狱救母亲的故事，救了母亲还要救妻子，这就分离出一个新的本子。阿达娜姆是格萨尔的一个爱妃，她原来是魔王鲁赞的妹子，因爱慕格萨尔的英勇睿智，帮助格萨尔降伏了魔王，并同格萨尔成亲。她相貌出众，武艺超群，在格萨尔的十三个妃子中，她的经历很有些传奇色彩，于是又产生了一部《阿达娜姆》（汉译为《地狱救妻》）。这是目前发现的史诗的最后一部，有两种手抄本，在甘肃甘南地区和青海果洛地区流传较广。

从上述情况，我们一方面可以看到《格萨尔》的基本构架、主要内容和主要情节没有重大变化，表现了史诗的稳定性。藏族地区地域辽阔，交通不便，史诗流传时间又那么久远，说唱史诗的艺人又那么众多，而它的基本内容和主要情节能保持不变，是很不容易的，这里面有很多值得我们思考的问题；另一方面，具体的情节和故事，又有很大的变化和发展。语言的变化更为突出，每个优秀艺人几乎都有一种说法，有着鲜明的地区特色和个人风格，因此，有"一个艺人一种讲法"之说。这里，表现了民间文学的群众性和流传变异性。但是，如果变化太多、太大，而且越变差异性越大，越变越现代化，那就不是史诗《格萨尔》，变成了别的文学作品，将会大大降低史诗的文学价值和学术价值。

由此，我们得出了这样一个基本看法：

第一，《格萨尔》的产生年代非常久远，它的主体部分基本上早已定型。它不但在藏族文学史上有很高的地位，而且有很大的认识价值，是研究古代藏族社会的一份珍贵资料。

第二，它是仍然活在人民群众当中的一部史诗，还在发展变化。它深受藏族群众的喜爱，有着巨大的艺术生命力，具有"永久的魅力"。从这一点上讲，它具有与希腊史诗和印度史诗不同的最大特点，在搜集、整理和研究方面，给我们提出了许多新的课题，我们必须充分认识这一特点，并采取科学的审慎态度。

说唱艺人

在《格萨尔》的流传过程中，那些才华出众的民间说唱艺人，起着巨大的作用。他们是史诗最直接的创作者、继承者和传播者，是真正的人民艺术家，是最优秀、最受群众欢迎的人民诗人。在他们身上，体现着人民群众的聪明才智和伟大的创造精神。

那些具有非凡聪明才智和艺术天赋的民间艺人对继承和发展藏族文化事业做出了不可磨灭的贡献，永远值得我们和子孙后代怀念和崇敬。若没有他们的非凡才智和辛勤劳动，这部伟大的史诗将会湮没在历史的长河中，藏族人民、蒙古族人民乃至整个中华民族，将会失去一份宝贵的文化珍品。因此，对《格萨尔》说唱艺人进行研究，是整个史诗研究中一个很重要的课题，对于做好搜集整理和编纂工作有十分重要的意义。

民间艺人的一般情况

新中国成立前，百分之九十五以上的藏族群众都是文盲，没有广播，没有电影，也没有剧院，群众的文化生活十分贫乏。另一方面，藏族又是一个能歌善舞的民族，藏族地区被誉为"歌舞的海洋"，几乎每一个藏族同胞都会唱几首歌，跳几个舞，讲几段民间故事。在那样一个特殊的环境里，广大群众（包括人数众多的僧侣）对文化生活的需要，主要靠群众自己创造的各种形式的民间艺术来满足，各地区都有丰富多彩、独具特色的歌舞艺术，如拉萨的踢踏舞，日喀则的酒歌，后藏地区的"堆谐"和"谐钦"，牧区的圆圈舞，工布地区的箭舞和"卓舞"，甘肃、青海藏区的"拉伊"，四川藏区的弦子舞和锅庄歌，寺院里的"噶尔"舞和"羌舞"，等等。

这些歌舞艺术，一般都是群众自编、自演、自娱。广大群众既是演员，又是观众，既是创作者和表演者，又是欣赏者、评论者和传播者。丰富多彩的藏族歌舞艺术和其他民间文学作品，就是这样创作、保存和流传下来的。

另有三种艺术形式，即藏戏、热巴歌舞和《格萨尔》，由民间艺人来演唱，在长期发展过程中，形成专门的职业，演唱者以此为生，被称为三种民间艺人。

演藏戏的艺人藏语叫"娜姆娃"。"娜姆"是藏戏，"娃"是人，意为演藏戏的人。跳热巴舞的艺人，藏语叫热巴。说唱《格萨尔》的艺人叫"仲肯"或"仲娃"。"仲"是故事，"肯"和"娃"都是人的意思，按字面翻译就是讲故事的人。但它有特定的含义，专指说唱《格萨尔》的艺人；讲别的故事的人，不能称作"仲肯"或"仲娃"。

藏戏有它自己的演出团体，有自己的传统剧目，有一套比较完整的艺术形式和活动方式，还分各种流派。

"热巴"也有自己的团体，有领头的人，被称作老师。藏戏和热巴艺术可以父子相传，师徒相承，世代为业；"仲肯"则不能。这个问题，下面还要讲到。

同其他艺人相比，说唱《格萨尔》的"仲肯"，有如下一些特点：

第一，表演形式灵活多样，很少受时间、地点、条件的限制。

就演唱和活动方式来讲，仲肯和热巴有很多相似之处。他们的表演，不像藏戏那样，要一定的条件，受很多限制。他们有广阔的活动天地，在庄园里，在田间地头，在辽阔的牧场，在贵族家的高楼大院，在农奴家低矮破旧的小屋里，无论白天还是黑夜，也不分春夏秋冬，风暴雨雪，都可以表演。每逢喜庆佳节，迎亲娶婚，或者庄园里、牧场上举行盛大集会，更是他们展露才华，大显身手的极好机会。他们对活跃藏族同胞，尤其是农牧民群众的文化生活，起着十分重要的作用，深受广大群众的喜爱，这也是《格萨尔》能盛传不衰的重要原因。

艺人们说唱的内容一般没有什么限制，自己想讲哪一部，最擅长哪一部，就讲哪一部。如谁家生了孩子，尤其是大家大户生了男孩，就请他们去说唱《英雄诞生》；乡亲们举行赛马会，就让他们说唱《赛马称王》，以示祝贺。

到了牧区，尤其是夏秋时节，说唱《热尺山羊宗》《阿细山羊宗》《松巴犏牛宗》和《白热绵羊宗》等部本；在农区，遇到播种或收割时节，说唱《丹玛青稞宗》《曲拉粮食宗》《欣尺粮食宗》等部本，预祝农牧业丰收。

姑娘们想要美丽的衣服、漂亮的装饰，就请艺人们说唱《米努绸缎宗》《木雅绸缎宗》《白波珊瑚宗》《赛拉松耳石宗》《象雄珍珠宗》《达则珍珠宗》和《阿扎玛瑙宗》等部本。

当地缺少盐茶，或者盐茶价钱昂贵，就请他们唱《汉地茶宗》《乌斯茶宗》《擦瓦盐宗》和《北部盐宗》。

商人们要去做生意，马帮要到外地去，就让他们说唱《大食财宗》《紫骡子宗》《蒙古马宗》《西宁马宗》《色玛马宗》《米努海福》和《金萨货宗》等部本。

贵族农奴主、土司头人想让老百姓安分守己、念经拜佛，就让艺人们说唱《大白佛法宗》《印度佛法宗》《汉地王法宗》等部本。

就是发生什么不幸的事情，如遇到某个家里死了人，某一地区发生天灾人祸，艺人们也有事可做。他们可以说一些表示哀悼的内容，超度死者的亡魂；或者祈祷祝福，求格萨尔保佑当地百姓渡过难关，吉祥平安。

过去部落之间打冤家，头人带兵出征时，也要把艺人叫去，让他们说唱《降伏妖魔》《霍岭之战》《祝古兵器宗》和《西宁弹药宗》等部本，祈求格萨尔保佑自己多打胜仗，同时诅咒对方，把对方说成是"魔王"转世或魔王的臣民。

当然，这只是就总的情况来讲，具体到每个艺人，情况就有很大的不同。并不是所有的艺人都能说唱那么多部本，讲那么多内容。有的被人请去，只能临时编几句，虚与应付，弄点赏钱。一般来讲，艺人们都有较强的应变能力，可以即兴而唱。但在通常情况下，艺人们总是说唱自己最擅长、最有特色的故事。只有在特殊情况下，才像内地点戏一样，点什么讲什么。

据一些老人介绍，按照技艺的高低，"仲肯"里面也有三种情况。

第一类是水平较高，在群众中有一定影响和声望。他们一般是按自己的意愿，根据不同情况，自己决定说唱内容，而不听命于人。若不尊重他们，就不给你说唱。当然，若有大家大户请他们去，给的赏钱又多，自当别论。

第二类是属于中等水平。他们一般能讲很多部本，但又没有讲得十分出色的，别人喜欢听什么，就讲什么。

第三类是水平较低的，一般只能讲一部分，甚至几段。这类人大多生活十分贫穷，以说唱《格萨尔》作为谋生手段。

在青海省果洛藏族自治州，我们见到一位"仲肯"，叫才旦加，今年五十多岁。1953年参加革命，1954年到兰州西北民族学院学习，毕业后回故乡工作。现任县人大常委会副主任。据才旦加同志自己介绍，解放前他们家一贫如洗，祖孙三代都靠打雪猪子、要饭过日子。他学唱《格萨尔》纯粹是为了要饭，养家糊口。他说，他不会讲整部的《格萨尔》，只会讲一些片断。去要饭时，讲一些吉祥喜庆的段落，让人家高兴，弄一点吃的。他擅长讲"帽子赞""战马赞""城堡赞""珠牡帐房赞"，以及其他一些赞辞和祝辞。

第二，云游四方，到处流浪。

在这一点上，也和热巴艺人相似，而和演藏戏的艺人不同。演藏戏的艺人也按照不同的季节到各地巡回演出，但流动性不太大，各个剧团都有相对固定的演出区域。

说唱艺人多半都没有固定的住处，万里高原的山山水水，到处都留下了他们的足迹，辽阔的牧场农村，都曾荡漾过他们动听的歌声。在通常情况下，他们总是和朝佛的香客或热巴艺人结伴而行，互相依靠，互救互助。一般来讲，艺人们心胸开阔，性格爽朗，阅历丰富，熟悉各地的方言，对藏族地区的风土人情、山川地理，有较多的了解。

著名说唱艺人扎巴就是一个很好的例子。据他自己讲，他同转山朝佛的香客一起，几乎朝拜了西藏所有著名的神山神湖，游历了许多名胜古迹。他曾三次去朝拜过地处边境、山高路险的扎日神山。他到过拉萨、日喀则、江孜、琼结、乃东、萨迦等古城。他还从后藏沿着喜马拉雅山到阿里地区，朝拜冈底斯山和玛旁雍错湖，走到哪里就在哪里说唱。由于他阅历丰富，胸中装着故乡的山河湖海，说唱时能够把自己的感受和体验，融化到史诗中去，他的演唱风格就显得雄壮浑厚，豪放深沉。

第三，家境贫困，生活艰难。

说唱艺人大多数都出身于农奴、牧奴，或其他贫苦人家。他们生活无着落，只好以卖艺为生。上层统治者把他们和热巴艺人、乞丐划为一类，统统说成是要饭的。事实上也是这样。多数艺人一贫如洗，他们和一般的乞丐不同的，就是多一种技艺，靠说唱史诗换取报酬，养家糊口。一旦生病不能说唱，或者无人施舍，只好领着一家人到处乞讨。解放前，虽然很多艺人有着非凡的才华，但他们在社会上的地位是很低下的，命运是很悲惨的，生活是很贫困的。

在旧西藏，唱藏戏的"娜姆娃"和热巴艺人要向农奴主缴纳人头税（表示人身依附关系）和歌舞税，而说唱艺人则不需要缴纳这些税，但和乞丐一样，要缴纳"乞讨税"。从这里也可以看出他们生活的贫困和社会地位的低下。

同"娜姆娃"和热巴艺人相比，说唱艺人的生活更无保证，更易受到迫害、摧残和凌辱。因为藏戏团和热巴队都已形成一个小的团体，或以一个家庭为主，吸收其他艺人；或由一部分艺人自愿结合，少则几人，多则十几、二十人，乃至三四十人。他们有较为固定的住地，除了唱戏、跳舞，自己还种庄稼、养牲口。

有的藏戏团和热巴队有少量的骡马，出外演唱时，驮服装道具，捎带着做点小买卖，有的还有一两支枪，用来自卫。

而说唱艺人，只能单独活动，至多只能带着自己的妻子儿女，一同去转山朝佛。在豺狼当道、鬼蜮横行、野蛮黑暗的封建农奴社会，艺人们在政治上没有地位，经济上一无所有，生活毫无保证，几乎没有任何自卫能力。年轻漂亮的女艺人，更容易受到欺侮和凌辱。反动政权不保护他们，社会不保护他们，反而歧视他们，迫害他们，他们只能依靠自己的聪明才智来保卫自己。他们手中的唯一武器就是一顶帽子、一串佛珠。在这种情况下，为了自卫，为了保护自己不受迫害，他们只能求助于大智大勇的英雄格萨尔，把他奉为自己的保护神。

如果了解到这些社会历史情况，那么，众多的民间艺术家为什么要编造出许多近似神话的传说故事，然后才去说唱英雄史诗，而把自己的才华和勤奋掩盖起来，就不难得到合理的解释。

我们以扎巴老人为例，来说明这种情况。

扎巴老人今年八十一岁，老家在西藏昌都边坝县，父母亲都是农奴，一家三弟兄，两个哥哥早已去世。因为家境贫穷，加之差役繁重，他的父亲借了点钱，想利用去外地支乌拉差役的机会，做点小生意，赚点钱，养家糊口。没有想到，穷苦的农奴不会做买卖，连本钱也赔了进去。父亲忧愤交加，一病不起，在受尽苦难之后，留下一大笔债务离开了人世。父亲欠下的债务就落到年轻的扎巴身上。领主把差岗地收了回去，他自己以身抵债，在一个有钱人家当了三年佣人。

这期间他结识了一个和他一样贫穷而又善良淳朴的农奴女儿。他们结婚之后，小两口相敬相爱，勤劳节俭，有时白天去支乌拉差役，一早一晚还开荒种地，想尽各种办法，艰难度日。

婚后不久，有了两个孩子。这时生活就更为困难，一来为了养家糊口，二来为了解忧消愁，自娱娱人，在繁重的农活和差役之余，他给乡亲们讲《格萨尔》故事，乡亲们送给他一些吃的，或给小孩几件旧衣服。

不知为什么，他得罪了当地的头人。有一次，几个年轻人打了几只野鸡，大家热热闹闹，边吃边玩，还请他去说唱《格萨尔》，并给了他一只野鸡，作为报酬。他回到家，野鸡还没有煮熟，头人就找上门来，说他违犯了噶厦政府[①]关于《保护山林的布告》，不由分说，将野鸡连同铁锅全部抢走。在藏族地区，把别人的锅从灶台上抢走，是很不吉利的，被认为是对这家人最大的侮辱，这家人从此会遭受厄运。不仅如此，头人还罚了七品藏银的款——一品是五十两——三百五十两藏银，在当时来说，是个不小的数目。把他家里的全部东西变卖了，也值不了那么多。在那农奴主一手遮天、暗无天日的旧西藏，无故含冤受屈，哭告无门，扎巴只得忍气吞声，苦苦哀求领主宽限数日，答应以后如数交清罚款。

不久，头人又支派差役，让他到昌都宗去送信。这时他的大儿子正生着病。在他走后不久，头人又逼着他的妻子到外地去支差。等他俩回来时，大儿子连病带饿在破屋里已经死了好几天。小儿子被一个好心的邻居收养。他悲愤交加，觉得再不能在老家待下去了。在乡亲们的帮助下，扎巴还清了罚款，然后带着一家人，离开了故乡。从那以后，直到西藏进行民主改革，扎巴云游四方，以说唱《格萨尔》为生，成了一位著名的说唱艺人，"仲肯扎巴"的名声，传遍了半个西藏。

尽管扎巴成了一位受人欢迎的著名说唱艺人，但他的生活仍然十分困苦。他有五个孩子，三男二女。继大儿子死后，另外两个儿子也在流浪途中因病而死。

扎巴老人的遭遇，只是许许多多说唱艺人在旧社会所遭受的苦难经历中一个普通的例子。有不少艺人的命运，比他还要悲惨和不幸。

除了以说唱《格萨尔》为职业的"仲肯"——民间说唱艺人之外，在农村和牧区还有不少人爱说爱听《格萨尔》故事。有的人一字不识，但记忆力极强，口才很好，语汇丰富，很有讲故事的天赋，他们也是《格萨尔》的热心传播者。所不同的

---

① 即原西藏地方政府。

是，他们有自己的职业，或种田，或放牧，或做工，不以说唱为主，完全是出于喜爱和兴趣。他们的另一个特点是以讲为主，辅以说唱，而且经常和当地的有关传说和遗迹结合起来，富于地方色彩，讲得绘声绘色，十分吸引人。我小时候听的《格萨尔》故事，都是这一类讲故事能手讲的，并同故乡的山川风物结合起来，给我留下了难以忘怀的印象。

说唱时的仪式

前面已经提到，说唱《格萨尔》时，不受时间和条件的限制，也没有什么道具，随时随地都可以说唱。但过去也有一些仪式。大体来说，有这么几种情况：

第一，焚香请神。

艺人在说唱时，先设一香案，案前悬挂格萨尔的巨幅画像，两边挂着三十个英雄和珠牡等爱妃的画像。香案上供奉着相传为格萨尔用过的弓、箭、刀、矛等武器。有的放一尊格萨尔的塑像，也有供奉莲花生大师、珠牡、嘉察、丹玛或其他大将的塑像的。再点几盏酥油灯，摆几碗敬神的"净水"，对着画像，焚香祝祷。然后手拿佛珠，盘腿而坐，双目微闭，双手合十，诵经祈祷。据说是请格萨尔或他的某个大将，或护法神（各个艺人信奉、崇拜的大将和护法神不同）显圣，让他们的灵魂附在自己身上。过一会儿，摇头晃脑，全身抖动，手舞足蹈。这时，据说"神灵"已经附体，将帽子摘下，放在神像前，开始说唱。这种仪式，能造成一种气氛，给听众以庄严和神秘的感觉。

这种形式，有点像降神和打卦的喇嘛（也有不是喇嘛而降神和打卦的），因此，解放前又有人把他们三者列为一类，藏语称"摩玛(མོ་མ)、拉娃(ལྷ་བ)、仲娃(སྒྲུང་བ，即仲肯)"，意为降神者、打卦者和说唱者。在这三类人当中，说唱艺人的地位也是最低的。

第二，指画说唱。

有的艺人带着画有格萨尔故事的卷轴画，藏语叫"仲唐"(སྒྲུང་ཐང)[①]，类似佛经故事。说唱时将画像高悬在广场，然后指画说唱。

---

① 仲即故事；唐即唐卡，是卷轴画。这里指绘有《格萨尔》故事的卷轴画。

这类"仲唐"一般都是画佛像的艺人绘制的，有的画得非常精致，还有刺绣、剪绣、堆绣等多种形式，本身就是很有价值的艺术珍品。

第三，托帽说唱。

过去凡是说唱艺人，不管男女，年长的，年轻的，都有一顶帽子，藏语叫"仲厦"（སྒྲུང་ཞྭ）。"厦"是帽子，意为讲故事时戴的帽子。一般都是长方形，有一尺来高，上面镶有玛瑙、珊瑚、珍珠等装饰品，再插上孔雀羽毛，有点像降神喇嘛戴的帽子。每当开始说唱时，就把帽子取出来，拿在左手，右手比画着，用散韵结合的唱词，叙述帽子的来历，说明它的贵重。

有时把帽子比作整个世界，说帽子的顶端是世界的中心，这里是藏族的故乡，也是古代岭国的土地，格萨尔就是岭国的国王；有时又说四角是东南西北四方，那些大小不同的装饰品，被比作江河湖海；接着说格萨尔是世界上最伟大的英雄，主宰着整个世界的命运，今天我向你们讲述格萨尔一生中无数英雄业绩中的一小段。然后才转入正题。

有时把帽子比成一座宝山，帽尖是山的顶峰，那些装饰品被喻为金、银、铜、铁等丰富的宝藏。然后说由于格萨尔降伏了四方的妖魔，保卫了宝山，我们才能享受这无穷无尽的财富，过太平安乐的日子。

有时又将帽子比成一座巨大的寺院，帽子的顶端自然被说成是寺院的大殿，而那些装饰品，又被说成是各种各样的神殿和佛像。

这种对帽子的讲述，成了一种固定的程式，有专门的曲调，藏语叫"厦协"（ཞྭ་བཤད）①，相当于开场白，目的是为了吸引听众。唱词没有固定的内容，可以因时、因地、因人而异，随意编造。这种唱词本身就同史诗一样，想象丰富，比喻生动贴切，语言简练优美，可以单独说唱，是优秀的说唱文学。

艺人们平时不戴这种帽子，只是在讲故事时才作为很珍贵的物品拿出来，实际上起个道具作用。他们用最虔诚的心、最美好的语言赞颂它，给它赋予一种神秘的色彩。因此，普通老百姓也认为它真的受过格萨尔的"加持"，具有非凡的灵气，把它当作神物来崇敬，向它顶礼膜拜。在过去，对帽子的崇敬，远远超过了对艺人本人的崇敬。

讲完了帽子，就把它放在一边，开始说唱史诗。说唱时，有的艺人手拿一串念

《格萨尔》初探（修订本）

---

① "厦"即帽子，"协"是讲，直译是讲述帽子，可译作帽子赞。当然，不仅是赞颂，还有其他方面的内容。

著名《格萨尔》史诗说唱艺人扎巴（降边嘉措供图）

珠，有的什么也不拿。玉梅说唱时，总要拿一串佛珠。她说这已成了习惯，不拿佛珠，什么也讲不出来。

不同寻常的艺术才华

近几年来，我们访问了一些《格萨尔》艺人，发现凡是优秀的说唱艺人都有两个显著的特点：

一是有惊人的记忆力；

二是有充沛的激情。

据扎巴老人自己说，他能讲三十多部，现在已讲了二十二部，共有五百多盒磁带，即五百多小时。初步统计约有四百多万字，四十多万诗行。其中三部，已经整理，正式出版。这二十一部有多少呢？相当于二十部荷马史诗。按字数计算，比三部《红楼梦》加起来还要多。这不能不说是一个惊人的数字，我们不能不对民间艺人非凡的聪明才智感到由衷的赞叹和敬佩。扎巴老人从小受苦，没有学习机会，是个文盲，至今连自己的名字也写不好。这么多的篇幅，他是怎么学会、怎么记忆的呢？这是很多人感兴趣的问题。我带着这个问题，在1981年、1982年和1984年，多次访问扎巴老人，向他请教。

老人向我介绍了他说唱《格萨尔》的经过。他说，他们老家有不少说唱艺人，有的讲得很好，他从小就爱听他们说唱《格萨尔》，一听就像着了魔似的，把吃饭、干活等都忘得一干二净。当十一二岁时，自己也会讲一些有关《格萨尔》的故事，经常讲给小伙伴们听，后来连一些大人也愿意听他讲。他越讲兴趣越大，越加熟练，内容也不断增多。他还说，他年轻时到外地去支差，也经常听别的地方的艺人说唱，给他留下很深的印象。

在老人二十多岁时，不堪忍受当地头人的迫害，带着妻子儿女，离乡背井，来到波密地区。在那里遇到一位好心的人，给了他们一个落脚的地方。他的妻子帮他们干活，主人家喜欢听《格萨尔》故事，他就经常讲给她听。在波密一年多的时间里，扎巴主要靠说唱《格萨尔》过日子。波密地区比较富足，乡亲们给了他不少东西，他也存了点钱，和妻子头一次穿上了比较干净的藏袍。因为经常说唱，在当地有了点小名声，都知道他会讲《格萨尔》。从此，"仲肯扎巴"的名声慢慢在群众中传开了。

就在那个时候，扎巴老人说他做了个梦，梦见菩萨把他的肚子剖开，把五脏六腑都挖干净，再往肚子里装进写有格萨尔故事的书。他对菩萨说，你装书没有用，我不认识字。菩萨却说：不用去学，你醒来以后自己就会讲，因为你前世积了德，有这个"缘分"，今后你要不辞辛苦，到处传唱，让雪域西藏的僧俗百姓，以及六道众生都能听见佛祖的声音，知道雄狮大王格萨尔的英雄业绩。

据说托梦之后，扎巴就会讲更多的故事，讲得也更流畅，更生动。老人自己讲，因为年老多病，加上很长一段时间没有讲，记忆力衰退，忘了许多，现在能记住的，只是过去的很小一部分。

在同扎巴老人的多次交谈中，我发现他相信"托梦说"。他认为自己说唱的《格萨尔》的主要内容，不是学会的，也没有人从头到尾完整地教过他一部，完全是靠"缘份"，是菩萨在梦中传授的。

扎巴老人身边有两个女儿，她们都结了婚，还有好几个小外孙。我曾问他："你能不能把您讲的故事教给孩子们，让她们继承您的事业？"他回答说："说唱《格萨尔》的本领同其他技艺不一样，是教不会的。"没有人教过他，他也不可能把他懂的故事教给别人，教了也记不住。老人告诉我，他认识不少艺人，他们的孩子也没有学会讲《格萨尔》。他反问我："要把《格萨尔》的故事全部写成书，有好几十本，若是靠一句句教，怎么能记得住？"

八十高龄的扎巴老人精神矍铄，思维敏捷，记忆力很好。他的艺术不因年老体迈而减色，相反却显得格外纯熟，臻于化境。说唱时，他声音洪亮，感情充沛，面部表情丰富多变，又极有分寸，配以适当的手势，表达力很强，很能吸引人，常常进入角色，把自己也变成故事里的人物，达到忘我的境地。

如果说扎巴老人经历过人世沧桑，有丰富的阅历，从小听别人说唱《格萨尔》，自己又勤奋好学，强记博识，他能说唱那么多部，能够得到合理解释的话，那么，年轻的女艺人玉梅的情况，就有些传奇色彩了。

玉梅今年二十七岁，是西藏那曲索县绒布区日堆乡的牧民。她的父亲也是一位说唱艺人。她说，她从小听父亲讲过《格萨尔》，自己也很喜欢听。但父亲没有专门传授。她也说，那么多部本，教是教不会的；教了也记不住。

那么，她是怎么学会的呢？据她自己介绍，在她十六岁时，她同一个女社员一起去放牧，中午她在草地上睡着了。这时，她做了一个梦，梦见她独自一人走到一个空旷的野地，那里有两个湖：一个是黑水湖；一个是白水湖。突然狂风大作，黄尘蔽日，飞沙走石，湖水掀起滔天波浪，从黑水湖中跳出了一个妖魔，一把拉住她，往湖里拖。她非常害怕，大声呼救，于是从白水湖里出来一位仙女。仙女轻轻一挥手，立即风息浪静，妖魔也逃到黑水湖里去了。仙女救了玉梅，要带她到白水湖去。她告诉仙女，"感谢您救了我的命，可是我的阿爸有病，我要回去服侍他，请让我回家去吧。"

仙女点了点头，说："好吧，你回去以后，要好好服侍你阿爸，还要把格萨尔降伏妖魔，造福百姓，弘扬佛法的英雄业绩告诉乡亲们。"

回来后，她就得了一场大病，七天七夜不省人事，家里人甚至以为她要死去。那时正是"文革"时期，他们队里只有一个赤脚医生，给她打针吃药。第八天，她才醒过来，但嗓子哑了，一句话也说不出来。一个月后，她才能说话。她的阿爸问她是怎样得的病，她就将自己去放牧时做的梦告诉了阿爸。阿爸听后，开始很高兴，立即又忧郁地说："你学会说唱《格萨尔》，那我活不长了，你就照菩萨指点的那样，以后好好给乡亲们讲吧。"

病好了以后，玉梅的嗓子不但不哑，反而比以前更好了，嗓音清脆圆润，悦耳动听。据她介绍，那时她觉得自己忽然懂了好多格萨尔的故事，老想对别人讲，不讲心里不舒服，憋得难受。有次她给乡亲们讲了七天七夜，累得嘴里都流出了血，但仍然抑制不住，想继续讲下去。一年多以后，果然如阿爸所说的那样，她的阿爸去世了。那时她刚满十八岁。从此，玉梅就开始说唱《格萨尔》了。熟悉他们父女俩的人说，玉梅讲得比她阿爸还要好。

1980 年，西藏出版局的同志发现了玉梅，请她到拉萨录音。

这样年轻的人，竟然会讲那么多部本，这不能不让人感到惊讶。惊讶之余，有人也表示怀疑，认为这是一个谜。的确，这是一个令人感兴趣，并值得认真探讨的问题。

前面已经提到，玉梅说她阿爸没有教过她，教也教不会。的确，那么多部本，要一句一句教，一行一行背，是非常困难的。玉梅说她会讲七十多部，是迄今为止自报篇目最多的一位艺人，比扎巴老人还多得多。其中三部，即《梅岭之战》《塔岭》和《亭岭》，是手抄本、木刻本里没有的，也是其他所有的艺人没有讲过的。当然，这不能就认为玉梅懂得比扎巴老人或其他艺人多。各个艺人分部、分章的方法不同，也许玉梅分得细一些，扎巴分得粗一些。玉梅究竟能讲多少部，有多少行，水平如何，这些问题要等录音整理工作全部结束后，才能作出科学的、合乎实际的判断。

但是，从已经录了音的几部来看，玉梅确实是一位很有特色、很有才华的艺人。扎巴老人讲的第一部是《门岭大战》，共有九盘（每盘两小时），以后又做了一些补充，经记录整理，现已出版，共470页，约有9000多诗行。仅此一部，就是一部长诗了。

西藏出版局的同志为了了解玉梅的情况，比较扎巴他俩的异同，第一部，也请她讲《门岭大战》，共录了十九盘（每盘两小时），比扎巴老人的多一倍多。扎巴老人听了录音，也感到很惊讶，说玉梅讲得很好，很有特色。

她讲的《梅岭》，共录了七十九盒。这一部尚未记录成文字，按录音带计算，有一万多行。

目前已录了十部，都很有特色。还在继续录音。

我曾多次访问玉梅，向她学习、请教。据有关同志介绍，玉梅并不是一个十分聪明的人。我自己在接触过程中，也有这个印象。她和汉族同志的接触很多，但不会说汉话，也不懂藏文，连自己的名字也不会写，教了很多遍，仍然记不住。她来拉萨已经八年了，但自己常去的机关、商店和街道的名称也记不住，而且一进城就往往迷路。很多同她经常接触的同志，尤其是汉族同志的名字，她更记不住。但是，在说唱《格萨尔》时，那么多人名、地名和神名，以及武器和战马的名称，她却记得清清楚楚；把它们之间的关系讲得明明白白，表现了惊人的记忆力、理解力和表达力。这已为录了音的几部所证实。

玉梅的表演艺术，也很有特色。她是个文静腼腆的人，平时开个玩笑，她都满脸通红，但在说唱《格萨尔》时，却像换了一个人。她感情丰富，随着情节的发展变化，或惊，或险；或赞，或叹；或褒，或贬；或嗔，或怒，表现出各种感情色彩，以加强表达能力。

果洛藏族自治州玛沁县有位说唱艺人叫次登多吉，今年五十六岁，自称是辛巴的化身，最擅长讲《辛巴诞生史》。这是现有的手抄本、木刻本里所没有的，也是扎巴和玉梅等其他艺人没有讲过的。次登多吉有个特点，说唱前一定要先喝一点酒，这样越讲越动感情，讲得激动时，就站起来，手舞足蹈，连比带画，极富感情。他有时朗声大笑，有时失声痛哭，简直不能控制自己。

1983 年秋天，我们访问了次登多吉同志，同他进行长时间交谈，并请他讲了《霍岭大战》下部（主要讲辛巴的故事）和《辛巴诞生史》中的有关章节。据他自己讲，他会讲《柏岭之战》，这是十八大宗之一，到目前为止，还没有人讲过。各地已搜集到的手抄本中也没有这一部。我们听他讲了上部，并录了音。

在接触过程中，我们发现他的神智很清楚，只是在讲得激动时，感情奔放，不能自已，犹如鬼神附体，处于一种迷狂状态，如同柏拉图在《伊安篇》中所说的那样："失去自主，陷入迷狂，好像身临诗中所说的境界。"他一面手舞足蹈，一面说唱。优美的诗句，犹如江河奔腾，滔滔不绝，说明他有惊人的记忆力，也表明他有很高的艺术才华，当地群众很喜欢听他说唱。而在其他方面，他同普通的牧民完全一样，智力平常，甚至有几分"傻气"。

西藏自治区墨竹工卡县的桑珠、那曲的玉珠，都是能说唱二三十部的著名艺人，在当地群众中很有影响。他们的演唱也很有激情。有时像演员进入角色，完全忘记了"自我"，如醉如痴，如癫如狂。1984 年在拉萨举行七省（区）第一届说唱艺人会演时，他们几位都在罗布林卡表演，深受群众欢迎。

应该怎样科学解释这种现象，揭开这个谜呢？这是一个需要专门研究的问题。

史诗演唱者的这种情况，看来不是藏族艺人所独有的。早在两千多年前，柏拉图（公元前 427—前 347）就注意到这种现象，并作了认真的研究。在他的名著《文艺对话集》的第一篇《伊安篇》里，就专门论述了这一问题。

伊安是当时希腊一位著名的行吟诗人，以长于吟诵荷马史诗著称。他在谈到自己的特点时，承认自己"有本领解说荷马，却没有本领解说赫西俄德[①]或其他诗人"。他说："人们谈到其他诗人时，我都不能专心静听，要打瞌睡，简直没有什么见解，可是一谈到荷马，我就马上醒过来，专心致志地听，意思也源源而来。"

柏拉图解释这种现象说："你这副长于解说荷马的本领并不是一种技艺，而是一种灵感，像我已经说过的。有一种神力在驱遣你，像欧里庇得斯所说的磁石，就是一般人所谓'赫库利斯石'[②]。磁石不仅能吸引铁环本身，而且把吸引力传给那些铁环，使它们也像磁石一样，能吸引其他铁环。有时你看到许多铁环互相吸引着，挂成一条长锁链，这些全从一块磁石得到悬在一起的力量。诗神就像这块磁石，她

---

① 赫西俄德是古希腊一位著名诗人。

② 欧里庇得斯是希腊的第三个大悲剧家。"赫库利斯石"就是吸铁石。

首先给人灵感，得到灵感的人们又把它递传给旁人，让旁人接上他们，悬成一条锁链。凡是高明的诗人，无论在史诗或抒情诗方面，都不是凭技艺来做成他们的优美的诗歌，而是因为他们得到灵感，有神力凭附着。……不得到灵感，不失去平常理智而陷入迷狂，就没有能力创造，就不能做诗或代神说话。诗人们对于他们所写的那些题材，说出那样多的优美辞句，像你自己说荷马那样，并非凭技艺的规矩，而是依诗神的驱遣。"

柏拉图认为："这类优美的诗歌本质上不是人的而是神的，不是人的制作而是神的诏语；诗人只是神的代言人，由神凭附着。""诵诗人又是诗人的代言人。"他试图从各个侧面，反复说明：诵诗人解说荷马，"不是凭技艺知识，而是凭灵感或神灵凭附"。当他们朗诵那些精彩的段落而大受喝彩的时候，他认为诵诗人的神智是不清醒的，"失去自主，陷入迷狂，好像身临诗所说的境界，伊塔刻，特洛亚[①]，或是旁的地方。"

诵诗人伊安自己也认为他"说的顶对"，承认自己"在朗诵哀怜事迹时，就满眼是泪；在朗诵恐怖事迹时，就毛骨悚然，心也跳动"，处于"神智不清醒"的状态。

柏拉图认为，如果是凭技艺，而不是凭灵感，说唱艺人对于任何诗人的任何题材的作品，都同样能朗读，效果一样地好，而不会是说到其他诗人的作品，"就打瞌睡，没有话说"；但一说到荷马史诗，"马上就醒过来，意思源源而来，有许多话可说"[②]。

《伊安篇》是柏拉图一篇最古老的谈艺术灵感的文献。讨论的主题是：诗歌的创作是凭专门技艺知识还是凭灵感？答案是只凭灵感。灵感说无疑带有唯心主义的不可知论和神秘主义的迷信色彩，但是它之所以兴起，是由于认识到文艺不是像摹仿说所认为的那样是现实世界的仿本，它的心理活动不是通常的理智，它的来源不是技艺知识。柏拉图认识到这些现象对于艺术创作的重要性，在当时的条件下，是难能可贵的，不能不说是一种独创性的见解。但是，他的这种解释是不科学的。当时神话的势力还很大，很少有人不相信"诗神"的存在。灵感说只是诗神信仰的一个必然结果。因此，我们不能赞同他关于诗人是"神的代言人"，诗人写诗，是"由神灵凭附着"的观点。我想要说的是，柏拉图在这里所叙述的古代希腊诵读荷马史

① 伊塔刻是希腊的一个小国，归俄底修斯统治，就是俄底修斯射杀求婚者们的地方。特洛亚国在小亚细亚，荷马所歌咏的特洛亚战争的场所。

② 以上引文均见柏拉图著：《文艺对话集·伊安篇》，人民文学出版社出版。

诗的行吟诗人的情况，同今天说唱《格萨尔》的艺人，有着惊人的相似之处。如果说有什么不同，伊安等古希腊著名的行吟诗人朗读的荷马史诗总共不过二万多行，而且早有定本，可以照本背诵，最优秀的行吟诗人也只是凭着自己的理解对原诗进行解说。而我们的扎巴老人、玉梅、昂仁、阿达、桑珠、玉珠、次登多吉、卡察扎巴等艺人，他们说唱的是十几万行，甚至几十万行。《格萨尔》至今尚无定本，无法照本背诵。他们也不是根据抄本说唱，全凭记忆，这就更加困难，也更加可贵。

柏拉图反复强调，伊安（还有其他行吟诗人）解说荷马史诗，"不是凭技艺知识，而是凭灵感或神灵凭附"。若论专门技艺知识，诗人和诵诗人在谈驾马车时比不上车夫，在谈打鱼时比不上渔夫。

这种关于灵感或神灵凭附的说法，同《格萨尔》艺人们关于"托梦""神授"和"化身"的说法，如出一辙。把这种说法简单地归结为唯心主义或神秘主义的迷信观点，是极容易的事，但并不能把问题讲清；如果仅仅说他们有惊人的记忆力，也还不能说明全部问题。要是说他们的记忆力和理解力特别好，在学习、背诵《格萨尔》时是这样，在学习、背诵其他文学作品，乃至学习科学文化知识时，也应该表现出同样好的记忆力和理解力。恰恰相反，在其他方面，他们的智力显得很平常，甚至表现得比普通人还要差一些。一个普通的藏族人，只要努力，半个月就可以学会藏文拼音，几个月后，便可以摘掉文盲帽子，阅读一般的书报。但扎巴和玉梅断断续续学了几年，至今也没有学会藏文拼音。对学习也缺少热情。但在说唱《格萨尔》时，却表现了惊人的记忆力和高度的热情。在"左"的路线影响下，扎巴老人曾被迫三次写保证书，发誓今生今世再也不说唱。但一有机会，他就憋不住，不惜"背叛"誓言，还是要说。要知道，在藏族的观念中，背叛誓言，被认为是莫大的罪孽，会受到社会舆论的谴责，自己也要深自忏悔，念经拜佛，以赎罪孽。墨竹工卡县的艺人桑珠，"文革"中让他去放羊，他憋不住，经常偷偷地对着羊群说唱。后来他对人说，不讲心里难受。

这究竟是什么原因，怎样解释这种现象呢？

看来早在两千多年前，柏拉图就遇到了这种情况，并试图作出自己的回答。他说：

"诗人制作都是凭神力而不是凭技艺，他们各随所长，专做某一类诗，……假如诗人可以凭技艺的规矩去制作，这种情形就不会有，他就会遇到任何题目就一样能做。神对于诗人们像对占卜家和预言家一样，夺去他们的平常理智，用他们作代言人，正因为要使听众知道，诗人并非借自己的力量在无知无觉中说出那些珍贵的词句，而是由神凭附着来向人说话。"

柏拉图在列举一些事实之后，强调地说："最平庸的诗人也有时唱出最美妙的诗歌，神不是有意借此教训这个道理吗？"①

我们当然不能赞同柏拉图关于"神"教人作诗这种唯心主义的观点。但也应该承认，他的这些论述，反映了某种客观现象。他涉及诗歌创作中的某些特殊现象和艺术的特殊规律，以及史诗演唱中一种较普遍的现象。这种现象，两千多年前的伊安解释不清楚，今天的扎巴、玉梅等艺人自己也解释不清楚。在说唱《江格尔》和《玛纳斯》的艺人当中，也遇到了同类情况。

如果说在旧社会，艺人们用"神授""托梦"等说法，借以保护自己不受农奴主的迫害，并以此来抬高自己的社会地位，可是在今天，有什么必要编出这些离奇的故事？我们应该相信这些民间艺人是真诚的、正直的、纯朴的，他们不会，也没有必要编造谎言。我们在同民间艺人接触的过程中发现，谁要是对他们的说法表示怀疑，他们就认为你不信任他，不尊重他，再也不会同你交谈。那么，应该怎样看待这些现象呢？我的初步解释是，像扎巴和玉梅讲的那些梦，不一定是假的。当艺人们完全沉浸在《格萨尔》故事当中，完全进入自己创造的艺术境界，也就是说进入"角色"之后，会达到忘我的地步，全神贯注，出神入化，把自己的感情全部融化进去，不讲不行，不讲憋得慌。加上藏族地区这样一个特殊的社会环境，艺人们都不同程度地信仰佛教，有的人的宗教感情、宗教观念十分强烈。"日有所思，夜有所梦"，他们白天说唱，夜晚梦见格萨尔或菩萨、仙女显圣，是完全可能的。白天想讲，晚上做梦；晚上做了梦，白天更想讲，激情更充沛，讲起来也更顺畅，犹如泉水奔涌，瀑布飞泻，连自己都会感到惊讶，不能充分认识自己的聪明智慧和艺术才华，而以为真是神

灵附体，或"诗神"显圣。

柏拉图说诗神"夺去他们的平常理智"，让艺人们专心致志地去吟诵某个诗人的某部作品，这里除去他唯心主义的不可知论的成分，是有一定道理的，反映了某些客观事实。就拿《格萨尔》艺人来讲，每个人都有自己的个性和特长，偏爱某一部本，擅长讲某一部本，或者喜欢某一个英雄人物，甚至反面人物。如扎巴擅长讲

① 以上引文均见柏拉图著：《文艺对话集·伊安篇》，人民文学出版社出版。

《仙界遣使》《门岭大战》等部本；玉梅喜欢讲《嘉察诞生史》《塔岭》等部本；昂仁讲得最好的是《赛马称王》；次登多吉最拿手的是《辛巴诞生史》和《霍岭大战》下部；那曲的老艺人阿达最擅长讲《赛马称王》里的赛马部分和"马赞"。

作家在创作时有个"心灵敏感区"。它对生活往往不是一视同仁、平均对待的，并不是任何一种生活现象都能激发起作家的创作冲动和欲望。只有与这个"敏感区"频率相同的那种生活，才会引起作家心灵的震荡，促使作家把它化为内心现象，贮藏在记忆的仓库里，然后有可能鼓起想象和联想的翅膀，进而转化为艺术创造。

评论家也有个"心灵敏感区"。为评论家真正熟悉、理解和热爱的作品，评论家才能够对它们说出鞭辟入里的真知灼见，如同屠格涅夫所说的那样，道出"自己的声音"，"自己个人所有的音调"；而不是每一部作品都能同样地引起评论家的注意，并产生研究和评论的兴趣。

同样的道理，每个优秀的艺人，都有自己的特点和风格，也有一定的天赋，能够唱出"自己的声音"。他们既互相区别，又互相补充，汇总起来，便构成规模宏伟、气势磅礴的英雄史诗。

卓越的人民艺术家

黑格尔在论述史诗时认为，史诗虽然能够表现民族精神和民族意识，叙述全民族的大事，但它毕竟只能由某一个诗人创作出来。他说：

"史诗作为一部实在的作品，毕竟只能由某一个人生产出来。尽管史诗所叙述的是全民族的大事，作诗者毕竟不是民族集体而是某某个人。尽管一个时代和一个民族的精神是史诗的有实体性的起作用的根源，要使这种精神实现于艺术作品，毕竟要由一个诗人凭他的天才把它集中地掌握住，使这种精神的内容意蕴渗透到他的意识里，作为他自己的观感和作品而表现出来。因为诗创作是一种精神生产，而精神只有作为个别人的实在的意识和自我意识才能存在。"[1] 他强调指出："一部本身整一的艺术品就需要某一个人的整一的精神。"[2]

拿黑格尔的这一观点去分析荷马史诗或欧洲的其他史诗，是否符合实际，那

[1] 黑格尔著：《美学》，第三卷，下册，第113—114页，第115页。

[2] 黑格尔著：《美学》，第三卷，下册，第113—114页，第115页。

是另外一回事，笔者没有做过研究。但把它作为一个普遍规律，分析一切类型的史诗，比如《格萨尔》，显然是不正确的。芬兰的英雄史诗《卡勒瓦拉》也不是一个诗人的创作。可是，在我们的同志当中，有不少人也持有这种观点，或与这种观点相类似。这一情况表明，关于史诗作者的这种观点的产生，是有普遍性的，它有着深刻的社会历史原因。

持这种观点的人认为：史诗既然是一部诗作，是一部实实在在的作品，有统一的主题和完整的构思，那它只能由一个人来创作，而且只能由诗人来创作。有人认为《格萨尔》是某个人创作的，花费很多精力去考查它的作者。他们往往把搜集整理者和创作者混为一谈。比如，有人把米旁·朗吉嘉措的弟子整理的木刻本《英雄诞生》和《赛马称王》，看成是米旁或他的弟子的创作。解放前昌都地区一位喇嘛曾经整理过手抄本《祝古兵器宗》，有人便认为它的作者就是那位喇嘛。那么它产生在什么年代呢？距今不到一百年，是十九世纪的人整理的。有人企图用这样的方法去寻找、考证所有手抄本和木刻本的作者。没有抄本，迄今流传在民间、由艺人们说唱的那一部分的作者是谁呢？回答不了这个问题，只好求助于神灵和菩萨，认为是"诗神"创作的。本来是想把《格萨尔》的产生和演变过程说清楚，实际上却把问题弄得更加神秘而玄妙。

这种观点之所以是错误的，主要表现在两个方面：

第一，不了解民间文学的性质和特点，没有集体创作的概念。

第二，轻视，甚至忽视劳动人民的智慧和创作才能。

按照历史唯物主义的观点，广大劳动人民具有无穷无尽的聪明才智和伟大的创造力，他们既是社会物质财富的创造者，又是精神财富的创造者。高尔基在《个人的毁灭》这篇著名的论文中，深刻地阐述了史诗产生的历史过程，指出了史诗创作的集体性，进而论证了人民群众的伟大创造力。高尔基说："征服大自然的初步胜利，唤起了他们的安全感、自豪感和对新胜利的希望，并且激发他们去创作英雄史诗。英雄史诗是人民对自己的认识和要求的宝藏。"他又说："神话和史诗正像语言那样，其中代表时代的主要人物，显然是全民族的集体创作，而不是个人思维的产物。""语言的形成和发展是一种集体创造的过程，语言学和文化史都无可争辩地证实了这一点。只有依靠集体的巨大力量，神话和史诗才能具有至今仍然不可超越的、思想与形式完全和谐的高度的美。"①

高尔基强调指出："数百世纪以来，个人的创作就没有产生过足以与《伊利亚特》或《卡勒瓦拉》比美的史诗，个人的天才就没有提供过一种不是植根于民间创作的概括、或者一个不是早已见于民间故事和传说中的世界性的典型——这点就极其鲜明地证实了集体创作的力量。"②

鲁迅对劳动人民的创作也给予很高的评价，称赞这些作品的创作者们是"不识字的作家"。用这样的称号来评价说唱《格萨尔》的艺人，他们是受之无愧的。

但是，在藏族地区，过去广大劳动人民被农奴主当作"会说话的工具"，他们在政治上毫无地位，甚至没有人身自由，经济上遭受残酷剥削，他们的聪明才智被埋没，被压抑，被摧残。他们在文学艺术上的创造也很自然地受到歧视和排斥。僧侣贵族和受他们影响的旧时代的文人，除极少数有见识者之外，根本看不起《格萨尔》艺人，把他们视为乞丐，把他们吟诵的伟大史诗，称作"乞丐的喧嚣"。这除了宗教上的原因，也反映了劳动人民在国家的政治生活中没有地位这样一个基本的事实。

一旦史诗广泛流传，并得到社会承认，他们又极力压制、歪曲和篡改，企图通过各种办法进行解释，将它纳入神学的轨道，根本否认广大民间艺人是史诗最直接、最主要的创作者、继承者和传播者。

我们可以肯定地说，像《格萨尔》这样流传久远、规模宏伟的巨著，根本不可能是一个，或者少数几个诗人创作的，它是在长期的历史发展过程中，广大藏族人民集体创作的，是藏族人民集体智慧的结晶。在这长期的形成、流传和发展过程中，广大民间艺人无疑做出了最伟大的贡献，他们是最优秀、最受群众欢迎的人民诗人，是卓越的人民艺术家。

可是，这种历史性的伟大贡献，并不为很多人所认识，更不要说得到广泛的社会承认。一般来讲，在旧时代，无论在哪个国家和民族，民间艺人的社会地位都很低下，他们的生活是很悲惨的。连荷马（假定说历史上真有这么一位诗人）那样伟大的诗人，也摆脱不了这种命运。在藏族社会，由于实行政教合一的政治制度，艺人们的地位更低下，生活更悲惨。在旧时代，广大民间艺人虽然都遭受压迫和歧视，但无论汉族，或其他民族，一些优秀的民间艺人，总有人记述他们的艺术活

① 高尔基著:《论文学》（续集），人民文学出版社 1983 年版，第 54—55 页、第 56 页。

② 高尔基著:《论文学》（续集），人民文学出版社 1983 年版，第 54—55 页、第 56 页。

动，总结他们的创作经验，甚至为他们写传。如生活在明末清初的汉族卓越的说书艺人柳敬亭，虽然一生坎坷，尤其到了晚年，更是凄凉悲苦，但他卓越的艺术成就在当时被人盛称，很多人著文写诗赞扬他，不但使他的名字在艺术史上长留不朽，而且为后人留下了许多宝贵的资料，供我们去学习，去探讨。研究说书艺术，也成了一种专门的学问。

蒙古族说唱史诗《江格尔》的叫"江格尔奇"，他们一般也都是贫苦牧民或流浪汉，但他们在成了"江格尔奇"之后，在社会上有一定地位，受人尊重。"江格尔奇"在蒙古族人民的社会生活中是不可缺少的歌者、历史演唱家和司仪人。同表演艺术相结合，他们往往又是出色的民间舞蹈家，在群众中享有很高的声誉。

据说从前新疆蒙古族地区有一位叫土尔巴雅尔的老艺人，他能背诵七十章《江格尔传》，当地群众称他为"七十章回史诗袋子"，他的名字在卫拉特四部四十九个旗广为传扬。这事向乾隆皇帝禀报之后，他很高兴，正式赐予土尔巴雅尔老汉的六世孙"七十章回史诗袋子"的称号，盖上玉玺，向七十个蒙古部落作了通报。

我们再来看国外的情况。柏拉图是古希腊雅典奴隶主贵族派的思想家。在政治上，他反对民主制，提倡贵族政治。就是这样一位出身贵族、思想保守而又很有名望的大学者，也亲自向说唱荷马史诗的行吟诗人作调查，研究诗歌创作问题，并且表示："我时常羡慕你们诵诗人的这一行业。"

在芬兰，演唱鲁诺——古老的芬兰民歌的歌手，也极受群众尊重。在印度，说唱两大史诗的艺人，在社会上也有一定的地位，能够参加重要的集会和典礼。

但在藏族社会，情况却完全不同。尽管在历史上出现过许多说唱《格萨尔》的优秀艺人，遗憾的是，关于他们的情况，旧时代的文人没有给我们留下只言片语。广大劳动人民虽然热爱他们，喜欢听他们说唱，但他们不掌握文化，不能记述艺人们的艺术成就，使他们的名字传播广远。在广大藏族地区，各地差不多都有一些关于说唱艺人的传说，述说他们那里曾出现过多少著名的说唱艺人。但仅此而已，关于他们的艺术活动和艺术经验，由于没有文字记录，便不得而知。我们深入到农村牧区，多方调查，也很难了解到这方面的情况。他们的名字，连同他们卓越的艺术业绩，都湮没到历史的长河之中了。这是非常令人惋惜的事。

从某种意义上讲，《格萨尔》这部伟大的英雄史诗，活在"仲肯"——说唱艺人身上。人在诗存，人亡诗散。民间艺人同《格萨尔》有着十分密切的联系。一个优秀的民间艺人的亡故，往往意味着一部或几部分章本的散失。

对人民的创作，对人民群众中出现的艺术家，采取什么态度，从根本上来讲，是对人民群众的态度问题，它从一个侧面反映了人民群众在国家政治生活中的地位。

我们从"荷马问题"的争论，也可以清楚地看到这一点。长期以来，人们普遍认为荷马是《伊利亚特》和《奥德修纪》的作者，文学史上把它们通称为"荷马史诗"。从希罗多德斯、柏拉图、亚里斯多德、贺拉斯，经过中世纪，到文艺复兴时期的黑格尔，对这一观点深信不疑，似乎已成定论。但是，到了十八世纪，这个定论开始动摇，有一些学者和考据家怀疑传统的说法，提出了所谓"荷马问题"。这不仅是荷马的出生年代和籍贯问题，而且触及一个根本性的问题，他们怀疑是否有荷马这样一个人，《伊利亚特》和《奥德修纪》究竟是个人的创作，还是古代希腊人民的集体创作。

为什么这个相传二千多年、大家深信不疑的论点，到了十八世纪会成为一个问题呢？一个重要原因是，整个历史时代发生了变化。

十八世纪是资产阶级勃兴的时代，也是理性主义和批判主义兴盛的时代。在这时期，欧洲的政治经济和社会制度都起了巨大变化。反映在文学上，就是古典主义逐渐衰落，浪漫主义勃兴起来。这一新的文学流派就它的特定历史内容来说，基本上是代表人民意识的普遍觉醒，要求从旧的规律和传统权威中解放出来。这一时期的文学理论肯定了一个极其重要的，但是被长期忽视的文学成分，即人民的口头创作。很多优秀的作家和诗人都成了民间文学热心的搜集者和研究者，不少人编辑整理古代的人民诗歌。歌德这样伟大的诗人也极力称赞民间歌谣和传说的文艺价值。卢梭颂扬原始人类的崇高品质和他们的创造才能，以此来贬斥堕落腐朽的十七世纪封建贵族文化。

在欧洲，对民间文学的重视并进行广泛的搜集与深入的研究，是在人民力量兴起的情况下开始的，反映了文学的民主化和群众化倾向。正和我国在五四运动以后才开始重视民间固有的文学艺术并提倡语体文的情形相同。所谓"荷马问题"就是在这样的文化背景下被提出来的。

1795年，德国的一位学者兼古文学家伍尔夫发表了题为《荷马问题引论》的文章，提出这样两个论点：

第一，荷马史诗产生时期，希腊还没有文字，它是一种流传民间的歌唱文学。

第二，原诗是人民的集体创作，是由若干有关的人民英雄诗歌逐渐形成的，并不是出于一个人的手笔；荷马可能是一个搜集者或者是当时一位歌唱这类民间诗歌的出色歌手。

可贵之处在于打破了正统的文学观念，批判了那种以为只有文人学士才能写出优美的作品，而人民大众是愚昧无知的，他们的作品是粗俗的里巷之曲，不能进入文学殿堂的错误观点。

后来有许多学者同意伍尔夫的看法，认为这两部史诗基本上是伟大的诗人（如传说中的荷马）编辑而成的，他只是把更早期的人民史诗加以巧妙的加工整理，使之成为一个完美的艺术整体而已，这些人民史诗是古代人民的诗歌，在许许多多世纪中人民歌手们口耳相传，最后才有了固定的形式。

历史是不会倒退的。但历史上的某些现象，会重复出现，或者说，有惊人的相似之处。解放前的藏族社会，还处在封建农奴制的发展阶段，与欧洲中世纪的农奴制相差无几。在那样的社会，神权占统治地位，人民群众处在受奴役、受剥削、受歧视的悲惨境地，他们的聪明才智，他们的艺术创作，自然不被重视。

回顾欧洲文学史上关于"荷马问题"的争论，可以帮助我们更全面、更深刻地认识藏族说唱艺人在《格萨尔》创作和传播过程中的巨大作用，充分估价他们在文学史上的地位。

我们的国家是人民的国家，人民群众是国家的主人。只有在这样的国度里，人民群众的伟大创作，才能得到应有的重视，把颠倒的历史再颠倒过来。

包括说唱《格萨尔》的艺人在内的广大民间艺人，是劳动人民的一部分，是来自群众、为群众服务的人民艺术家，他们理应受到党和国家的关怀和爱护，受到社会的尊重。我们认为，从根本上来讲，爱护和尊重民间艺人，就是爱护和尊重知识，爱护和尊重民族文化遗产，爱护和尊重劳动人民的聪明才智和伟大创造。

运用历史唯物主义的观点，科学地、实事求是地总结民间艺人的艺术活动和创作经验，以及表演艺术，对他们在创作、继承和传播《格萨尔》过程中的巨大贡献，作出公正的评价，充分肯定他们在藏族文学史上的地位，使他们的艺术业绩受到更多人的关注，并继承和发扬这一优良的艺术传统，是一件光荣而艰巨的任务，也是做好抢救工作的关键。这一重担已经历史地落到我们这一代人身上。我们应该义不容辞地担当起这个历史重任。

思想内容

  《格萨尔》是一部卷帙浩繁、结构宏伟、流传久远的长篇巨著。它所反映的社会生活面极广，内容异常丰富，从不同的角度显示出多种多样的思想内容和社会意义，因而具有多方面的认识价值和美学价值。《格萨尔》并非产生在一个时代，它的作者也不是一个人，或少数几个人，而是广大的藏族人民，是人民群众的集体创作。它凝聚了古代藏族人民的智慧，反映了人民的心声，表现了人民的理想和愿望。

  在长期的流传、演变和发展过程中，各个阶层、各个时代的人，都想把自己的意识加到里面去，按照自己的意图和需要进行加工和改编，并对它的流传和发展施加影响；尤其是僧侣贵族阶级，在不能禁止和压制这部伟大史诗之后，有些人便采取了歪曲、篡改和利用等更具欺骗性的手法，把剥削阶级的思想意识和因果报应、宿命论等封建迷信思想硬塞了进去；由于历史的原因，人民群众自身的思想认识也有一定的局限性，因此，《格萨尔》的思想内容就显得比较复杂，有些部分还是互相矛盾的。在这种情况下，要十分明确、十分概括地指出它的主题思想和社会意义，是比较困难的。尽管如此，我们还是可以根据现有材料，对史诗的思想内容作一些初步的分析。

对真、善、美的执着追求

真、善、美与假、恶、丑之间的斗争，像一条红线，贯穿了《格萨尔》；对真、善、美的热烈向往和执着追求，成为整部史诗的主旋律。

在《格萨尔》里，用"善道"和"魔道"这样一对概念，表现了真、善、美和假、恶、丑之间的矛盾斗争。善道，藏语叫"曲"（ཆོས）。"曲"这个词，在藏语里外延很广，包含很丰富的内容，可以作多种解释，相当于汉语中的"道"。它有时泛指所有的宗教，包括各种异教；有时专指佛法。有时则有更广泛的含义，指一切善良、正义、公正和美好的事物和行为。迄今为止，"曲"这个词还没有一个准确的、大家公认的译法。笔者在本书中将"曲"译作善道。与此相对立的，藏语叫"兑"（བདུད），可以将它译作魔道。

在《格萨尔》里，"曲"代表一切善良、正义、公平、合理、美好、光明的事物和行为。格萨尔被称作"曲杰"（ཆོས་རྒྱལ）——施行善道的国王。岭国则被称为"曲德"（ཆོས་སྡེ）——善道昌盛的地方。"兑"即魔道，则指一切邪恶、伪善、奸诈、残暴、丑恶、黑暗的事物和行为。那些施行暴政、残民以逞的君王被称作"兑杰"（བདུད་རྒྱལ）——魔王。史诗里反复强调：以格萨尔和岭国为一方，以魔王为另一方的矛盾和斗争，是善道和魔道之间的矛盾和斗争。《仙界遣使》中，借神佛之口，明确给予格萨尔"降伏妖魔、抑强扶弱、救护生灵，使善良百姓能过太平安宁生活"的使命。整部史诗基本上都是围绕着这个思想展开的。格萨尔自己在唱词中多次宣称："世上妖魔害百姓，抑强扶弱我才来。""我要铲除不善之国王，我要镇压残暴和强梁。"魔王鲁赞，是以"一百个大人作早点，一百个男孩作午餐，一百个少女作晚餐"的极端残暴的恶魔。姜国的国王萨当是把"喝人血、吃人肉"当作过节的佳肴的魔鬼。其他如霍尔的白帐王、门国的辛赤王等都是无比残暴、贪得无厌、嗜血成性、不顾百姓死活的暴君。

在《格萨尔》里，把黑色作为一切妖魔和邪恶势力的象征，所以经常称"黑色妖魔"；把白色作为善业和正义的象征。因此，格萨尔一再宣称要降服一切黑色妖魔，宏扬白色善业。史诗中对"魔国""魔王""魔地"的种种罪恶的描写，可以看作是对黑暗的现实社会所作的深刻揭露和批判，格萨尔要消灭这些妖魔和邪恶势力，正是寄托着人民群众要消除现实社会中的黑暗和不平现象的强烈要求和愿望。

格萨尔对岭国的英雄们说：

"岭国的英雄们呵，你们可记得这样的谚语：白色善业的太阳不出来，黑色罪孽的迷雾不能消；冰雪若不被热气所融化，白色的狮子就捉不到；碧绿的海水里不放下钓钩，哪能尝到金眼鱼儿的好肉味？大家若不打开敌人的城堡，谁会给你想要的财宝？"①

藏族在自己的历史发展过程中，经历了漫长的氏族社会阶段，然后逐渐形成大大小小的部落。到了赞普时代，即公元前后至公元七世纪初，松赞干布建立吐蕃王国之前，在青藏高原，仅见于史书的，就有四十多个小邦国家（实际上是大的部落联盟）。这些部落的首领和酋长，各霸一方，他们为了扩大自己的势力，掠夺别的部落的土地、奴隶和牛羊，互相攻伐，连年争战。这种持续不断的部落战争，给人民群众造成了无穷的灾难和痛苦。

《格萨尔》里刻画了四大魔王和许多暴君的形象，在他们身上，我们不是可以看到那些鱼肉百姓、残民以逞的反动统治者的影子吗？格萨尔消灭这些魔王和暴君，为民除害，就寄托着处在水深火热之中的藏族人民渴望消除那些残酷欺压百姓的反动统治者的强烈愿望和迫切要求。

松赞干布兼并各个部落和小邦国家，统一青藏高原，建立吐蕃王国，极大地推动了藏族社会的发展，也促进了我国各民族之间的相互了解和友好往来。就是在这样的年代，战争也从未间断过，向东北边境，在今甘肃、青海和新疆地区，就进行了长达一百多年的战争，藏族人民一直遭受着战乱之苦。

吐蕃末期，大约在公元 869 年，藏族地区发生了大规模的奴隶和平民暴动，这就是藏族历史上有名的"犯上起义"。这次奴隶起义的规模十分巨大，发展非常迅猛，犹如"一鸟凌空，百鸟飞从"②，在很短的时期内，席卷了整个青藏高原。奴隶起义的风暴震撼着世界屋脊，显示了人民群众推动历史发展的伟大力量。公元 877 年，起义军攻占了赞普的夏宫，将历代赞普的陵墓全部掘毁，王室的后裔和奴隶主贵族或者被杀，或者逃往边远地区。

盛极一时的吐蕃王国在奴隶大起义的风暴中崩溃了，专制残暴的奴隶制国家机

① 《门岭大战》，四川民族出版社 1982 年版。

② 《西藏王臣记》，郭和卿译，民族出版社 1983 年版。

器被革命人民砸碎。但是，在吐蕃奴隶主阶级的反动统治被推翻之后，并没有能建立统一的、新的封建地主阶级的国家政权，整个藏族社会陷入分裂割据、互相征战的动荡不安的局面。这就是藏族史书上所说的"大分裂时期"。这一时期长达四百年之久。

奴隶制度被推翻之后，广大奴隶和平民得到了一定程度的解放，为建立新的生产方式和社会制度，开辟了道路。但是，新的社会制度的建立，经过了一个漫长的历史时期，经历了许多痛苦而又曲折的阶段。起义的奴隶，没有也不可能建立自己的革命政权。他们遭到分散在各地的奴隶主阶级残余势力的血腥镇压。王室的后裔又分裂为若干敌对的势力，为了争夺王位，互相厮杀，长年交兵。戍边的将领们和吐蕃的一些属部，纷纷叛离，拥兵自重，自立为王，在整个青藏高原形成了许许多多大小不同的割据势力。他们有的称"王"，有的称"头人"，有的称"官"，有的称"首领"，实际上形成了许多互不统属的独立王国。为了争权夺利，扩大势力范围，他们竞相杀伐，争战不休，使社会生产力遭到严重破坏。在革命风暴的推动下，广大奴隶和平民获得的一点点自由解放，也被各地的割据势力剥夺殆尽。广大藏族人民遭受了比吐蕃王国时期更加深重的苦难。

在这样的历史条件下，大大小小的割据势力，成了阻碍生产发展、社会进步的反动力量，他们同广大人民之间的矛盾是当时藏族社会的主要矛盾。正因为分裂割据、争战不休的混乱局面给藏族人民带来了深重的灾难，他们就迫切要求国家统一，民族团结，社会安定，人民幸福。要实现这些愿望，首先必须剪除那些割据势力，消灭大大小小的独立王国。《格萨尔》集中地反映了人民群众的这种愿望和要求，抑强扶弱，除暴安民的思想成了贯穿整部史诗的一根红线。也正是在这一点上，突出地表现了《格萨尔》的人民性和进步性，表现了它积极向上的思想内容。一部《格萨尔》，描写了上百个大小不同的战争场面，可以说每一个分部本，都是一部战争史。这些战争，有的是在历史上真实发生过的，大部分则是根据古老的传说编造或虚构的。所有这些战争故事，都有一个特点，或者说，成了这样一种格式：魔王或魔臣在这些地方兴妖作乱，残害百姓，格萨尔得到天神的启示或预言，再由一个具体的缘由（如魔国入侵或派人挑衅）引起战争，格萨尔率正义之师，降伏妖魔，为民除害。

史诗里说，格萨尔不侵占别国的一寸土地，他在征服敌国之后，也只惩办挑起战争或残害百姓的元凶罪魁，绝不杀害敌国的一般属臣和百姓，相反，还要打开仓库，散发财物，救济百姓。

对敌国忠良的文臣武将则加以任用，令他们按照善道治国理政，然后大做善事，使魔国百姓大行善道，让百姓安居乐业，过上美好幸福的生活，并让他们同岭国百姓世世代代友好相处。

一个古代的游牧民族，在各部落之间经常进行掠夺战争，以能够掠夺别的部落和地区的土地、百姓、战俘、牛羊财物乃至妇女为荣耀、为英雄的时代，《格萨尔》能表现出这样的思想，热情讴歌正义战争，强烈反对不义战争；讴歌善业，反对恶业；谴责暴虐，颂扬仁爱；在敌国的当权者之中，还区分忠良和奸佞，用不同的办法来对待他们，是非常难能可贵的。这一点正是《格萨尔》高出同时代的一切藏族文学作品的地方。

史诗中反复提到世间妖魔作乱，致使藏族地区陷入"混乱和分裂"，百姓遭受"变乱的痛苦"，过着地狱般的苦难生活。格萨尔降临人间，就是要消除"混乱和分裂"，拯救藏族人民出苦海。从这些描写中表现了藏族人民要求结束分裂割据的混乱局面，实现社会安定、民族和睦的强烈愿望。因为这种分裂割据、争战不休的局面，不利于社会的进步和生产的发展，给人民群众带来无穷无尽的苦难。这种神和魔、岭国与魔国之间的战争，从本质上讲，表现为善与恶之间的斗争，体现了藏族人民对真、善、美的执着追求和热烈向往。

在人与人的关系方面，《格萨尔》也主张要实行善道，反复强调每个人都要有善心。它热情歌颂正直、公正、为公、无私、利他、行善、仁慈、宽厚、真诚、朴实的高尚情操和道德品质，无情地揭露和鞭笞了那些残暴、贪婪、自私、卑劣、伪善、欺骗的行为。史诗还用生动的笔触描绘了古代藏族人民淳朴的民风、民俗，表现了古代藏族人民和睦相处、友爱互助的社会风尚。这种对真、善、美的讴歌和追求，对假、恶、丑的鞭笞和谴责，体现了藏族人民的意志和心愿，所以能够在世世代代的人民群众心中引起强烈的共鸣，成为一种道德规范和准则。

对人的价值的自我认识和自我肯定

人类在自己的发展过程中，在认识自然、改造自然、征服自然的同时，也在不断地认识自己，认识自己的价值、力量和作用。人类对自身的认识越深入，对自然的改造也就更加有效。西方一些人类学家，把人类的发展过程划分为三个阶段：神的时代、英雄时代和人的时代。这种观点，是有一定道理的。

人类在自己的早期阶段，由于受到经济生产和科学技术发展的限制，还不可能认识自己的力量和作用。自然力对原始人来说，是某种异己的、神秘的、超越一切的东西。在他们的想象中，天地万物都和人一样，是有生命、有意志的。因此，他们认为天地万物都由超自然力的、拥有绝对权威的神灵主宰着。在这种"万物有灵论"观念的支配下，所有的自然物和自然力都被神化了，人在自然力面前，显得十分渺小，处于被奴役、被支配的地位。神话正是在这样的历史条件下产生的。它表现了原始初民对自然界和人类自身的认识，反映了原始的经济生活和宗教信仰，体现着原始的心理结构和思维方式，以及不自觉的艺术加工。正如马克思所指出的那样："任何神话都是用想象和借助想象以征服自然力，支配自然力，把自然力加以形象化；'神话'是已经通过人民的幻想用一种不自觉的艺术方式加工过的自然和社会形式本身。"[1]

随着社会生产力的发展，人类在同大自然的斗争中不断取得新的胜利，同时也逐步认识到自身的力量。但是，在当时的情况下，人民群众还不可能认识自己的力量，他们把征服自然、抵御异族（包括别的部落）侵扰的希望，寄托在本部落和本民族的个别英雄豪杰身上，并赋予这些杰出的人物以超人的力量，把他们加以神化。但就本质上说，这些英雄豪杰依然是人，而不是神；是生活在人世间，而不是在天界。这在人类的思想史上，是一个巨大的飞跃，是一个具有深远意义的进步。

英雄史诗正是在这样的历史条件下产生的。正如高尔基所指出的那样："征服大自然的初步胜利，唤起他们的安全感、自豪心和对新胜利的希望，并且激发他们去创作英雄史诗。"[2]

---

[1]　马克思：《〈政治经济学批判〉导言》，《马克思恩格斯选集》第二卷，第113页。

[2]　高尔基：《个性的毁灭》，《高尔基论文学》（续集），第56页。

我认为神话和史诗的一个重要区别，就在于神话所歌颂的对象主要是神，而不是人；史诗则与此相反，它歌颂的对象主要是人，而不是神。

在《格萨尔》里，热情讴歌了人的力量和智慧，描绘了藏族先民同大自然所进行的伟大斗争，表现了他们征服自然力的英雄气概，满腔热情地塑造了以格萨尔为代表的能够体现民族精神和民族意识的本民族英雄的光辉形象。在整部史诗中，充满了乐观豪迈、奋发向上、积极进取的精神，丝毫也没有消极悲观的情绪。这是《格萨尔》与后世佛经文学的重要区别。

研究西方文学的学者认为，在《伊利亚特》里有一股民族崛起时期的发皇精神。同样，在《格萨尔》里，我们可以强烈地感受到有一种希望藏族在世界屋脊之上奋发向上的精神，有一股锐不可当的积极向上的正义力量，这不但反映了藏族人民要求统一，反对分裂；要求团结，反对战争；要求进步，反对倒退的强烈愿望，而且表达了藏族人民希望建设一个公平、正义、合理的社会的善良愿望和崇高理想。

但是，无论在奴隶主，还是封建农奴主的反动统治下，都不可能建立这样理想的、合理的社会，残酷的现实和美好的愿望形成尖锐对立。从另一个方面讲，人民群众的正义要求和美好愿望，是任何反动势力也压制不住、扼杀不了的。真、善、美和假、恶、丑之间的斗争始终存在，它推动着社会的发展进步。藏族人民把自己追求公平正义、美满幸福的理想社会的愿望，凝聚到史诗中去，反过来，史诗又更集中、更概括、更鲜明、更突出、更强烈地表达了藏族人民的这种美好愿望和热烈追求，陶冶着他们的情操，鼓舞着他们的斗志，激励着他们奋发向上的精神。马克思、恩格斯在《神圣家族》一书中，谈到下层人民通过自己的创作提高自己精神境界时，曾经指出："出自英法两国下层人民阶级的新的散文和诗作将会向批判表明，即使没有批判的神圣精神的直接庇佑，下层人民也能把自己提高到精神发展的更高水平。"[1] 藏族人民正是从《格萨尔》这部充满民族精神的伟大作品中，吸取力量和智慧，不断使藏族人民的精神发展到更高水平。从某种意义上讲，《格萨尔》成了古代藏族人民生活的教科书和智慧的源泉。史诗中表达了藏族人民追求美好生活的强烈愿望和炽热情感，即使今天的读者吟诵这些壮丽诗篇也能受到强烈感染，得到奋发勇为的力量。这正是《格萨尔》深受藏族人民喜爱，至今盛传不衰的一个重要原因。

《格萨尔》初探（修订本）

① 《马克思恩格斯全集》第二卷，第171页。

史诗中还有许多关于施行法术、呼风唤雨、降伏妖魔、征服自然的描写。巫术是利用虚构的超自然力量来实现某种愿望的法术，在科学技术发达的今天来看，这些巫术活动显然是非常荒唐、非常愚昧、非常落后的，甚至是十分反动的，因为它是反科学的，阻障着科学的发展和社会的进步。但是，如果用历史唯物主义的观点来看待这个问题，那么，在远古时代，在人类的童年时期，这种巫术活动却有着一定的进步意义。它体现了人民征服自然的意志和愿望，在无比强大的异己的自然力面前，曾经在人们的精神上起过一定的支持和鼓舞作用。用念咒语的办法来征服自然，是巫术活动的重要组成部分，因为巫术活动的一个重要内容，就是相信语言具有神奇的力量。

格萨尔的叔父晁通为了篡夺岭国的王位，诬陷格萨尔是"妖魔"，将他母子俩驱逐到最偏僻、最贫穷的地方。几年以后，格萨尔为了施行报复，运用巫术，在岭地连降大雪，使牲畜大量死亡，迫使岭地百姓大迁移，搬到黄河上游[①]。实际上格萨尔为岭国人民办了一件极大的好事，使他们拥有了黄河源头这一水草丰美的大牧场。这一重大事情，格萨尔主要是利用法术来完成的，显示了法术的巨大力量。

格萨尔和岭国的将领会施用法术，魔王和敌国的将领也会施用法术。当魔王或敌国的巫士用法术来危害岭国百姓时，格萨尔就针锋相对，或者将灾害化作吉利，或者将灾难引向对方，变为降伏妖魔的力量。

在这里，人们将自己的希望当作力量，并企图以自己的意志和语言去控制自然，改造自然，征服自然。

高尔基对这类行为给予很高的评价，他说，"古代劳动者们渴望减轻自己的劳动，增加他们的生产率，防御四脚和两脚的敌人，以及用语言的力量，'魔术'和'咒语'的手段以控制自发的、害人的自然现象。最后这一点特别重要，因为它表明着人们是怎样的深刻地相信自己语言的力量，而且这种相信，可以从组织人们的社会关系和劳动过程的语言的显明的完全现实的用处上得到说明。"[②]

《格萨尔》中有关这方面的描写，突出地表现出古代藏族人民企图征服自然、主宰自己命运的强烈的自我意识，以及他们所进行的艰苦卓绝的斗争，表现了大无畏的英雄气概和奋发昂扬的民族精神。

---

① 《英雄诞生》（藏文版），四川民族出版社 1980 年版，第 155—159 页。

② 高尔基：《苏联文学》。

岭国——藏族人民心中的理想王国

《格萨尔》在表现对真、善、美的执着追求的同时，深刻地表达了藏族人民的社会理想，着意描绘了岭国这样一个藏族人民心中的理想王国。

藏族历史上有没有岭国这样一个小邦国家？如果有，它在什么地方？大约产生在什么年代？它的疆界在哪里？这些是研究《格萨尔》的学者感兴趣的问题。国内外不少学者花了很多精力，作了大量调查研究，根据史诗提供的线索，进行考证。但越考证疑点越多，越想说清楚越说不清楚，使不少研究者如堕五里雾中。

岭国究竟在哪里？史诗本身为我们描绘了一幅什么样的图景呢？《仙界遣使》里说：

"在南瞻部洲[①]北部，有个叫作佟瓦衮曼的地方，在雪域之邦所属的朵康地区。这里土地肥沃，百姓富庶，这个地方区域辽阔，包括黄河右岸的十八查浦滩、查浦赞隆山岗、查朵朗宗左翼等地。"[②]

《霍岭大战》里有更细致的描绘：

"在人世间南瞻部洲中心东部，雪域所属朵康地方的富庶区域，人们都称作岭噶布。岭噶布又分上岭、中岭、下岭三部，上岭叫噶堆，也就是岭国的西部，地方宽阔，风景美丽，绿油油的草原，万花如绣，五彩斑斓。下岭叫岭麦，也就是岭国的东部，地方平坦，像无边无沿的大湖，凝结着坚冰，在太阳照耀下，反射出灿烂夺目的银光。岭国的中部叫岭雄，这里的草原辽阔宽广，远远望去，一层薄雾笼罩着，好像一位仙女披着碧绿的头纱。岭噶布的前边，山形像箭杆一样的笔挺，岭噶布的后边，群峰像弓腰一样的弯曲。各部落所搭的帐房和土房，好像群星落地，密密麻麻，岭噶布这地方，真是个辽阔广大，景色如画的好地方。"[③]

岭国究竟在南瞻部洲的什么方位，各个分部本的说法不尽相同，有的说在北部，有的说在东部，但大多数艺人和抄本都认为岭国在南瞻部洲的中心，即认为岭国是世界的中心。

---

① 南瞻部洲：佛教所说四大洲之一，在须弥山南，亦叫阎浮提洲。

② 见《仙界遣使》（藏文版），四川民族出版社 1980 年版，第 34 页。

③ 《霍岭大战》（汉文版）上册，青海人民出版社 1984 年版，第 1 页。译文有修改。

岭（ဖྱིང་），在藏语里是地方的意思，查穆岭即美丽的地方。按照《格萨尔》里的说法，岭国是一个异常美丽的地方，那里的人民过着和平安宁的日子。在岭国，虽然有贫富之分，那里的人分为三等九级，但人人可以拥有参与国政、享受平等的权利。虽有主仆之分，但没有终生为奴的，没有人生依附关系。岭国也没有法律，更没有监狱，人民不必担心遭受苛政酷刑之苦。同别国发生战争，大家都有抗击敌人、保卫家园的责任和义务。获得战利品，人人都有权得到一份。自从格萨尔在岭国诞生，做了岭国国王之后，不断获得丰富的宝藏，使人民过着更加富裕、幸福的生活。岭国还有一个名称，叫佟瓦衮曼（མཐོང་བ་ཀུན་སྨོན་），意为人人羡慕的地方。

这样人人羡慕的美丽的地方，在青藏高原的历史上出现过吗？没有，从来也没有。在藏文典籍里也没有记载。如此美丽的地方，只产生在藏族人民的心目中，是藏族人民世世代代梦寐以求的理想王国。《格萨尔》里，在渴望建立一个公正、平等、正义的理想社会的同时，更多地表现了对物质生活的追求，希望能增长物质财富、改善生活。关于这方面的描写，在史诗中占很大比重，十八大宗、十八中宗和几十部小宗，几乎都有这方面的内容。创立原型批评学派的心理学家荣格把人的生活目的分为自然的和文化的两大类。他说，"人有两个目的，头一个是自然目的，即生育子女以及保护孩子的种种职责，这个时期是为了挣钱和获得社会地位。当这个目的已经达到，就开始了另外一方面，即文化方面。"[①]

藏族人民生活在高寒地区，自然条件极为艰苦，生产不发达，更由于奴隶主和农奴主实行掠夺性剥削，不但在《格萨尔》产生的时代，就是在解放前，人民群众也一直过着极其贫穷的生活。因此，人们的自然欲求，即对物质财富的追求，表现得更为强烈。青稞是藏族地区的主要农作物，糌粑是藏族人民的主要食品，但在连年争战、生产力低下的情况下，广大群众缺衣少食，极为穷困，甚至一贫如洗，正如一首民歌中所唱的那样：能带走的只有自己的身影，能留下的只有自己的脚印。苦难中的人民，迫切希望过丰衣足食的生活，吃上香甜的糌粑、肥美的牛羊肉。

《丹玛青稞宗》和《白热绵羊宗》等部本，就表现了人民群众的这种愿望。

在幅员辽阔、山道崎岖、交通落后的藏族地区，尤其是广大牧区，牦牛既是生活资料，又是重要的生产资料和运输工具，被称为"高原之舟"；骡马也是重要的交通工具，群众的生产、生活都离不开它们，《大食牛宗》《蒙古马宗》《西宁马宗》

① 《西方心理学家文选》第418页。

《征服紫骠宗》《松巴犏牛宗》等部本，则反映了人民群众对这方面的要求。

人们想穿华丽的衣服，便有了《米努绸缎宗》，想要各种珍珠宝器，便创造了《卡契松耳石宗》《象雄珍珠宗》《阿里金子宗》《珊瑚宗》《阿扎玛瑙宗》等部。盐和茶是藏族人民的生活必需品，就创作了《姜岭大战》《汉地茶宗》和《乌斯茶宗》等部。人民要摆脱疾病之苦，就有了《木雅药宗》和《玛拉雅药宗》等部。

史诗里讲，格萨尔每次攻克这些城堡后，就将该国的财宝分一部分给该地百姓，把另一部分运回岭国，赏赐给臣民百姓。这些描写，一方面反映了人民群众希望获得这些生产、生活用品，发展生产、改善生活的美好愿望，使那些处于贫穷境地的群众在精神上得到某种安慰，或者有所寄托。这是这类作品能够广泛流传，而且越发展越多的一个原因。同时，这也反映了作为游牧民族的古代藏族各部落之间互相抢劫和掠夺的历史事实。这些方面，表现了时代的局限性，我们应该用批判的眼光来看待这些问题，但又不能脱离特定的历史条件，去苛求前人。

在这一类分部本中，有一个经常出现的词，藏语叫"央"（ གཡང ），汉语里很难找到一个与之相应的词，准确地将它的含义表达出来。新编的《藏汉大辞典》对"央"作了这样的解释：

"福禄、福气、财运。吉祥如意的好运气。"[1]

按照藏地原始宗教的说法（后来被苯教和藏传佛教吸收和采用），每一样东西都有它的"央"，即福气，或宝气。牛有牛的"宝气"，马有马的"宝气"，金、银、铜、铁、盐、茶、珍珠、玛瑙等财宝，都有自己的"宝气"。你得到某种财物，如果不同时取得它的"宝气"，即"福禄、财运"，也就是藏语里说的"央"，这些东西会得而复失；反之，如果你有了这种"宝气"，暂时没有这些东西，以后也会得到。《格萨尔》里的许多战争，就是争夺"央"的战争。史诗里说，格萨尔在征服上述许多"宗"之后，不仅将那些财宝抢回来分给自己的臣民百姓，还把那些财宝的"央"——"宝气"也一起带回岭国。经常念诵史诗的这一部分，就能为自己积福，招来好运，发财致富。

受到这种说法的影响，解放前，一些牧主就专门请人读《大食牛宗》《白热绵羊宗》《阿细山羊宗》等部，有的还雇人抄写，当作经典，珍藏供奉。有的马帮专门念《蒙古马宗》《征服紫骠宗》等部。商人们则喜欢念《大食财宗》，认为这样可

《格萨尔》初探（修订本）

---

[1] 《藏汉大辞典》，下册，第2613页。

以招来"宝气",使他们生意兴隆,财源茂盛。这在客观上有利于史诗的传播,扩大了它在群众中的影响。

从以上简略分析,我们可以看出,《格萨尔》的思想内容精深博大,它深刻地反映了藏族人民的理想和愿望、道德和情操、爱憎和追求。正因为这样,千百年来,它在藏族群众中盛传不衰,在世世代代的藏族人民当中引起共鸣,不断地在他们的心灵中掀起波涛,给予人民以奋发向上的精神力量。同时,由于时代的局限,也掺杂着一些消极的因素,我们不应忽视这些问题,但也不应该脱离具体的历史条件,苛责前人。

列宁在评价托尔斯泰时,曾经说过这样一段话:

"托尔斯泰去世了,革命前的俄国也成了过去,——它的弱点和无力曾经被这位天才艺术家表现在他的哲学里和描绘在他的作品里。但是在他的遗产里,却有着没有成为过去而是属于未来的东西,俄国无产阶级要接受这份遗产,要研究这份遗产。"①

《格萨尔》也是这样一份宝贵的民族文化遗产,在它里面,"有着没有成为过去而属于未来的东西"。我们的责任,就是要继承这份遗产,研究这份遗产,使之在新的历史条件下放射出灿烂的光辉。

① 《列·尼·托尔斯泰》,《马克思恩格斯列宁斯大林论文艺》,人民文学出版社 1983 年版,第 187 页。

思想内容

关于格萨尔的名字及其他

本来，一部文学作品里的人物，叫作什么名字都可以，对作品的思想性和艺术性不会发生什么影响。但是，有的作品的人名、地名，以及庭院、楼房、宫殿等的名称，有一定的象征意义，同作品的思想内容、情节发展、人物性格的塑造等有密切关系，成为整部作品艺术构思不可缺少的组成部分。在这些名字（或名称）里，或者含有某种寓意，或者寄托了作者的某种情怀。《红楼梦》和《格萨尔》就是这样一类作品。

《格萨尔》的主人公格萨尔这一名字的来历和含义，历来是个有争议的问题，以至于关系到这部伟大史诗的族属，它的产生年代，以及对思想内容、美学价值和民族风格等问题的评价。因此，有必要作一番探讨。

格萨尔的名字及其含义

根据史诗里的描述，格萨尔在不同时期有不同的名字，并不是始终叫格萨尔。对他名字的含义也有不同理解。下面分别作一些叙述。

一、在天界的格萨尔

史诗里说格萨尔是天神之子。但不同的本子里有不同说法，他和别的神佛的关系不同，故事情节不同，名字也不相同。

1. 《贵德分章本》里说他是白梵天王最小的儿子，叫顿珠噶布。他的母亲叫绷迥吉牡①。"顿珠"意为成就大业，"噶布"是白色，这里含有善业、真诚、正直的意思。合起来就是成就大业的人，或施行善业的人。这一名字，隐喻着格萨尔的高尚品德和他一生的英雄业绩。在史诗里，岭国叫"岭噶布"——白色的土地。格萨尔抑强扶弱、降妖伏魔的英雄行为，被称作"白业"，与此相对，那些妖魔鬼怪和割据一方的霸主的残害生灵、鱼肉百姓、暴虐无道的行为，被称为"黑业"。

2. 岭仓木刻本《仙界遣使》里格萨尔被称作推巴噶瓦②，意为听到便产生喜悦之情，可译为"闻喜"。史诗中解释说，为什么要取这个名字呢？因为受苦受难的众生听到他的名字，立即会感到十分喜悦。

3. 扎巴老人的说唱本里，叫波多噶布，也说是大梵天王的儿子③。"波多"意为孩子，"噶布"是白色。波多噶布，就是正直的孩子、行善的孩子。

对格萨尔在天界的名字进行分析以后，我们可以看到：

第一，顿珠噶布（དོན་གྲུབ་དཀར་པོ）、推巴噶瓦（ཐོད་པ་དགའ་པ）和波多噶布（བུ་ཏོག་དཀར་པོ）都是地地道道的藏语词汇，而不是外来词。

第二，格萨尔的名字有一定的寓意和象征意义，在这些名字里面，寄托着古代藏族人民和说唱艺人们的理想、愿望和祝福，同格萨尔降临人间的使命及他一生的英雄业绩相联系；同史诗的思想内容也有密切关系，而不是随意取的。

二、幼年时代的格萨尔——"觉如"（ཇོ་རུ）

《英雄诞生》里说，格萨尔刚一生下来，就有三岁孩子那么大，诸神在空中奏起仙乐，天上降下五彩缤纷的花雨，远方升起美丽的彩虹，出现很多吉祥之兆。他的异母兄长嘉察立即去看他，嘱咐家人要好好照料和抚养，用绸缎做衣服，用三种干净的素食④喂养。格萨尔见了嘉察非常高兴，猛然坐起来，竖起耳朵，做出很多亲热的表示。嘉察高兴地说："我这个弟弟刚生下来就有三岁小孩那么大，能够猛地坐起来，这么惹人喜爱，就叫他觉如吧。"⑤从此便取名觉如。

有的手抄本里说觉如的名字是他叔父晁通为他取的。各种手抄本中，具体情节

① 《格萨尔王传——贵德分章本》，甘肃人民出版社1981年版，第1页。译音有改动。

② 见《仙界遣使》（藏文版），四川民族出版社1980年版，第18页。

③ 《仙界占卜九藏》（藏文版），民族出版社1984年版，第3—4页。

④ 指牛奶、酥油和糖。

⑤ 见《英雄诞生》（藏文版），四川民族出版社1980年版，第73—74页。

虽然有所不同，但赛马称王之前，格萨尔叫觉如这一点是一致的。

觉如究竟是什么意思，其说不一。国内外许多学者都对它的含义作了考证，但都没有得到正确的、合理的解释。石泰安教授认为觉如是"无法理解的名字"。他在新近撰写的《〈格萨尔王传〉引言》一文中说，"现在的史诗把英雄的一生划分为两个各具特征的阶段。第一阶段也就是在他十三—十五岁的时候，他叫觉如（格萨尔的另一个名字）。尽管成文的本子企图对这个名字作出词源学的探讨，但它仍是人们无法理解的名字。"①

国内学者中，有一个相当普遍的说法，认为"觉如"是穷孩子的意思。格萨尔小的时候受过很多苦，生活在贫苦牧民中，深知人民疾苦。有的同志甚至以此来论证史诗的人民性和进步意义。吴均先生在谈到岭·格萨尔同唃厮罗的关系时说："任乃强先生认为岭·格萨尔小名'足日'与唃厮罗固原是一字。"吴均先生接着说，"'足日'为康区的读音，阿木多（即安多）的读音则为'觉如'，虽其藏文第一音节与唃厮罗的'唃'相同，但是整个词意乃康区骂人的丑话，据《岭·格萨尔传奇》中的解释，乃两耳朝上向前之意。岭·格萨尔的敌对者常以此作为嘲笑、侮辱他的资料……在'足日'中丝毫没有尊重的意味，都是卑视之词。"②

"觉如"在康区和安多的读音基本相同，用汉字转写，"觉如"比较确切。当年任乃强先生为什么要写成"足日"呢？我曾向任先生请教，他说，"我不懂藏语，当时一位翻译那么讲我就记下了音，并没有认真推敲。"说"足日与唃厮罗原是一字"，也就没有什么根据。

说觉如的"整个词意乃康区骂人的丑话"，"是卑视之词"，是不确切的。"觉"在康区方言里不但没有骂人的意思，恰恰相反，是尊称。这一点在其他方言区也完全相同。"觉觉"（ᰵᰵ）重叠，是哥哥。新编《藏汉大辞典》里解释说，"觉觉"有两个意思，（1）哥哥、兄长；（2）对男人的尊称。"觉卧"（ᰵᰵ）有三种意思：（1）兄长；（2）至尊。人中主人或神中主神；（3）尊者。身着报身服饰的如来佛像③。释迦牟尼佛，藏语叫"觉卧夏迦图巴"（"卧"和"如"都是语助词）。供奉释迦佛的神殿叫"觉康"。尊者阿底峡，藏语叫"觉卧阿底峡"。

① 转引自《格萨尔研究》集刊第一集，中国民间文艺出版社 1985 年版，第 235 页。

② 吴均：《岭·格萨尔论》，《民族文学研究》1984 年第一期，第 17—18 页。

③ 《藏汉大辞典》，上册，民族出版社 1985 年版，第 878 页。

著名《格萨尔》史诗说唱艺人桑珠（降边嘉措供图）

拉萨大昭寺门前的唐柳，相传是文成公主亲手所栽，藏语叫"觉卧乌扎"，意为公主柳。朝佛的香客叫"阿觉"。尼姑叫"觉姆"。世界最高峰藏语叫珠穆朗玛峰。"珠穆"系藏语"觉姆"的不同音译，这里是仙女、神女的意思。

从这些例子，我们可以看出，"觉如"是个褒词，是尊称，丝毫也没有嘲笑、辱骂的意思。那么，觉如究竟应该作何解释呢？

首先，格萨尔并不是穷人的孩子，而是岭地三大家族之一、幼系首领森伦王的儿子。森伦王在岭地是很有地位的。由于森伦王的正妃和次妃之间发生矛盾，加上晁通的陷害，格萨尔和他的生母被逐出家门，才过起比较贫穷的生活，以挖蕨麻、掏地鼠过日子。幼年时代的格萨尔，成了家庭纠纷、权力斗争的牺牲品和受害者。而不是像有的文章中说的那样，他出身贫苦，自幼受到领主的迫害。当然，这种贫困的生活，使他有机会接触贫苦牧民，磨炼了他的意志，培养了他同情劳动人民的强烈感情，而这种同情心又激励着他除暴安民、为民造福的远大抱负和崇高理想。其次，按照《格萨尔》中的解释，觉如这个名字本身也没有歧视或侮辱的意思。这可以从以下几个方面加以说明：

1. 觉如这个名字是嘉察取的，没有"穷孩子"的意思。嘉察是很正直的人。格萨尔小的时候，受到晁通等人的迫害时，他挺身而出，勇敢地保护他，在生活上也尽其所能，对觉如母子俩给予帮助照顾。当格萨尔成了岭国国王之后，又对他非常尊重和爱戴。藏族历来重视名字的含义，把取名当作一件十分庄重的事，往往要请喇嘛活佛或有身份的人取名。嘉察在他们家族处于特殊的地位，他作为哥哥，才有资格给弟弟取名。他为自己的弟弟取名，当然不会取带有歧视和侮辱意味的名字。

2. 在赛马的关键时刻，天神显圣，天母朗曼噶姆对格萨尔说："好男儿觉如快快跑，东赞[①]已经跑在前头了。大意、麻痹和懒惰，是不能成就大业的三障碍。"[②]天神鼓舞他不要懈怠，而要奋发向前，完全出于关心，更谈不上有歧视之意。

3. 格萨尔自称是觉如王。格萨尔在岭国的赛马大会上夺魁，登上国王宝座之后，自我介绍说："你们若是不认识我，我是天神之子推巴噶瓦。人中豪杰觉如王，龙王之子桑巴顿珠。"[③]

---

① 东赞是晁通之子。

② 《赛马称王》（藏文版），四川民族出版社1980年版，第23页。

③ 桑巴顿珠意译为能成就所希望的事业。见《赛马称王》（藏文版）第233页。

4.格萨尔小的时候，晁通多次谋害他，可是不但没有得逞，反而被格萨尔识破。他怕格萨尔会杀死他，便向他求饶："尊贵的阿吉觉吉呀，觉吉你是神不是人"①，……阿吉、觉吉都是"觉如"的爱称，晁通阴谋败露，当面向格萨尔求饶，他当然不敢辱骂格萨尔。

在格萨尔背后，晁通经常用"觉如"的谐音，骂格萨尔固执得像晒干的牛皮，像木头桩子，说他是"偷牛犊的黑贼觉"，"吃无尾鼠的灰贼觉"，但这与觉如的本意并没有什么关系。有些人误解了这些话的意思，以为"觉如"本身就有歧视之意。以上情况可以看出，觉如既不是穷孩子的意思，也无歧视辱骂之意。

我认为"觉如"是个象声词，含有猛然、突然、上翘、崛起的意思。这在《英雄诞生》里讲得很清楚。刚刚诞生的孩子见到嘉察就猛然坐起来，做出很多亲热的表示，嘉察非常高兴，随即给他取了个名字，叫觉如，这是嘉察对弟弟的爱称。扎巴老人在《英雄诞生》中解释"觉如"一词时也说："猛然起来，因此叫觉如。"在藏语里"猛然"（ཇོག་ཏེ）和"觉如"（ཇོ་རུ）音相近，字根完全相同。玉梅和其他艺人的唱词中，也有这样的词句，是一种尊敬而亲切的称呼。

三、作为岭国国王的格萨尔

史诗里说，格萨尔从诞生以后，到登上岭国国王宝座之前，一直叫觉如，做了岭国国王后，才叫格萨尔。木刻本、手抄本和民间艺人演唱的《赛马称王》里，都有这样一段描写：

格萨尔在岭国赛马大会上获胜，成为岭国国王，在举行登基大典时，神佛显圣，为他取名：世界雄狮大王格萨尔洛布扎堆。从此，岭国的百姓才称呼他为雄狮大王格萨尔洛布扎堆。

格萨尔一词的含义是什么意思？是外来词，还是藏语固有词语？对这个问题国内外学者也有不同的理解，是格萨尔研究中长期争论不休的一个问题，有人称之为"国际性难题"。

石泰安教授在《藏族格萨尔王传与演唱艺人研究》一书中，用很长的篇幅探讨了格萨尔一词的来历及其含义。他认为格萨尔是由两部分组成：一是外来的史诗，二是藏语原有的传说故事。他说，"《格萨尔》史诗的组成应是各题材的两大仓库的结合，一是本地的，另一是外国的来源。……构成英雄名字相同的原因，这是在本

① 见《英雄生》（藏文版），四川民族出版社 1980 年版，第 140 页。

地民间的社会环境里，由于自然而然的融合，经过部分地改写而成，可是对万众瞩目的史诗的卓越创作，就其总体来说，这个功绩应该归功于文人社会与宗教界。"①与这种观点相联系，他认为格萨尔是外来语。他说："格萨尔的名字事实上是通过称为'四天子'的说法，又结合佛教的至尊 CdkrdVarTin，也就是普天之王的概念作为媒介引进的。这两套说法是独立于当地的故事，而且早于史诗而存在着。在印度的社会环境中，不管四天子组诗的历史怎样早，至少在西藏从十一世纪起就构成了史诗之主题。"②

石泰安认为格萨尔是"罗马恺撒"CeSdYsdeRome 的变音。他还认为，各民族史诗的英雄用相同的名字，在古代是一种普遍现象。他还说，"没有任何资料可以确切地说明，罗马恺撒的军威是怎样来到藏人中间的，从新疆这条通路似乎是可能的。""'万王之王'或'世界之王'这类型的称号当时特别流行，结合'四天子'概念更普及开来。伟大的至尊加·色迦（Cd-krdvartinKdnjsKd）具有这三种称号，而伊朗国王们和征服者亚历山大（Alexdndre）为人所知的称号却是 Kdisdn。这一称号与这些征服者很快地就被吸收于民间传说之中。粟特（Sogdiens）文把这个称号写成KYSR，……无疑也是由粟特教士和商人一直传到了土尔其斯坦与中国的。……再说这些征服者，我们知道亚历山大的传说——与米达斯（Mjdds）的传说有混合——所走的途径是经过新疆、蒙古和西藏。总之，不管哪一种方式，反正人们得知'罗马'的 KaiSen 称号的魅力，并把它与普天之王及战争之主的题材结合起来。"③

《演唱艺人研究》一书，是在 1959 年出版的。二十多年后他为藏文版《格萨尔》撰写的《引言》中，又重申了这一观点。他强调指出："可以肯定格萨尔最初是希腊而后又是突厥语中 Kdisd（国王或皇帝）的另一种写法。"④

石泰安教授的这一观点，在国外学术界有一定的影响，不少学者认为格萨尔的故事至少有一部分来源于恺撒王的传说，格萨尔就是恺撒的变音。比如，苏联学者

---

① 见石泰安：《藏族格萨尔王传与演唱艺人研究》一书的《结论》，原载《民族文学译丛》第一集，中国社会科学院少数民族文学研究所编印，1983 年版。

② 见石泰安：《藏族格萨尔王传与演唱艺人研究》一书的《结论》，原载《民族文学译丛》第一集，中国社会科学院少数民族文学研究所编印，1983 年版。

③ 见石泰安：《藏族格萨尔王传与演唱艺人研究》一书的《结论》，原载《民族文学译丛》第一集，中国社会科学院少数民族文学研究所编印，1983 年版。

④ 石泰安：《〈格萨尔王传〉引言》，见《格萨尔研究》集刊第一集。

Б·Я·符拉基米尔佐夫就认为："关于恺撒王的传奇故事受到广大藏民的欢迎。无论在西藏，还是在其他居住着藏族人或与藏族部落有关系的什么地方，这类故事的传播形式很多：有的是诗人——歌手说唱；有的则编成普通的神话故事来讲；在藏民的手里还保存有关于恺撒王的传奇故事书。"①

另有一种观点，认为格萨尔是"唃厮啰"译字的变音。王沂暖教授说："不是唃厮啰当是格萨尔译字的变音，而是格萨尔当是唃厮啰译字的变音。"就是说，"先有唃厮啰这一称呼，以后被辗转相传读作格萨尔。"②持这种观点的人不少。如任乃强教授，早在20世纪30年代就提出过这样的看法。这一问题，下面还要谈到。

还有一种意见认为，格萨尔是北方异民族的酋长和武士的名字。吴均先生在《岭·格萨尔论》一文中说，"格萨尔一词，是外来语，是北方异民族的酋长、武士的名号，其形成应在藏族历史传说时代，而其逐渐藏化，约在吐蕃王国时代。"还说，"'格萨尔'一词，系藏文的译音。爱好《岭·格萨尔》的人们，出于民族感情及宗教上的偏见，说藏文格萨尔一词来自印度，是梵文的讹转，其意为顶、尖及花蕊，在佛教密宗中，格萨尔这个词每一个字母还有某种神秘意义。"吴先生批评了这种观点，"神秘之说，乃故弄玄虚;讹转之说，属于巧合。格萨尔一词乃是外来语，藏文创制之后，按其音节，用藏文转写而成，与梵文格萨热无关，只是在音节上相近罢了。如果说有什么相近之处，那就是各种'格萨尔'，都是武人，是武士。这个名号，有的是本人自封，有的是部下奉上的尊号，而不是他们的本来名字。"③

我认为上述几种说法都值得商榷。首先，说格萨尔是恺撒大帝的变音未免牵强附会，仅仅是这两个名字的音比较相近，但没有任何材料说明恺撒是经过什么途径演化成格萨尔的。这两者之间，毫无内在联系。

其次，说"格萨尔是唃厮啰译字的变音"，也不确切。唃厮啰（ རྒྱལ་སྲས ）是王子的意思，在藏语里，音、义都与格萨尔不一样，不可能混同。汉文音译的变化，那是翻译上的问题。从翻译佛经直到现在，汉文在译音方面从来不太规范，至今没有一个统一的译音标准，因此产生了许多混乱现象。但只要认真查阅藏文原文，就会一目了然，这两个名字绝对不会混同。

---

① 引自策·达木丁苏伦《格萨尔传的历史源流》一书的《引言》。

② 《藏族英雄史诗〈格萨尔〉简论》，《甘肃民间文艺》，1981年第一期。

③ 吴均：《岭·格萨尔论》，《民族文学研究》，1984年第一期。

至于说到格萨尔是"北方异民族酋长、武士的别号"，也属于推测，并没有什么根据。

那么，格萨尔在藏文里究竟是什么意思呢？从词源学的角度，历来有几种不同的解释。一种意见认为是外来词，是从梵语演化而来，意为花蕊。《格西曲扎大辞典》里说，"格萨尔，梵语借词，意为花蕊、红花、花冠。"[①]《藏汉大辞典》里说，格萨尔有两个意思：（1）花蕊，果须；（2）药用植物名，叫蕺菜，土名折耳根。[②]

另一种意见认为格萨尔是古藏语，它有两种含义：（1）花蕊；（2）得势、发家、发迹的意思。在康区和西藏那曲一带的方言中，至今仍然使用这个词，如说某人突然得势、发迹，就说这人"格萨尔松"，在这里"格萨尔"是得势、发迹的意思，"松"是表示过去时态的叹词。

还有一种解释是：突然变得聪明、睿智。藏语有这样的说法："智慧格萨瓦"。在这里"格萨瓦"是动词，当获得讲。为什么用格萨尔作为史诗主人公的名字呢？这里也有两种解释。一种意见认为，格萨尔是天神之子，人中豪杰，岭国的君王，用花蕊作为他的名字，具有象征意义，是非常恰当的。扎巴老人和桑珠等说唱艺人在演唱时，也是照这个意思解释的。另一种意见认为，格萨尔幼年时代，受到他叔父晁通的诬陷、迫害，和他母亲一起，被放逐到边远地区，以打地老鼠、挖人参果为生，过着极为贫穷的日子。后来经过岭国赛马大会，夺得胜利，突然得势，成为受人景仰的君王，因而得名。

有的手抄本《赛马称王》里，有这样的描写：晁通见格萨尔超过自己的儿子东赞，跑到最前面时，感到自己的阴谋不能得逞，不禁惊呼："觉如格萨尔松！"这句话中"觉如"是人名，作主语，"格萨尔"是动词，作谓语，意思是得势了，获胜了。

利用晁通和格萨尔这两个名字的谐音，藏族群众中有这么两句俗语："晁通不晁通，格萨尔不能格萨尔。"晁通，意为易怒的矮子。这里第一个晁通是名词，第二个是动词，意为发怒；第一个格萨尔是名词，第二个是动词。这两句话的意思是，晁通若不出坏主意，做坏事，格萨尔就不能成就大业。这也说明格萨尔是得势、发迹的意思。

归纳上面的分析，我认为"格萨尔"一词在藏语中两个含义都存在。作为"花

---

① 见《格西曲扎大辞典》，北京民族出版社 1955 年版，第 122 页。

② 《藏汉大辞典》上册，北京民族出版社 1985 年版，第 361 页。

蕊"解，很可能是梵语借词，藏语中有不少此类的借词，如"梅朵"（花朵）、"白玛"（莲花）等。作为"得势、发迹"解，这是古藏语。如前所述，在一些偏僻的牧区，至今仍在使用。"格萨尔"作为英雄史诗主人公的名字，无论从哪一层意义来理解，都是讲得通的，都符合藏语的习惯，同《格萨尔》的内容也是吻合的。而且，在藏文本《格萨尔》里，很少直接称呼格萨尔，他的全称是："世界雄狮大王格萨尔洛布扎堆"。"洛布扎堆"意为"制敌法宝"。按照藏语，洛布扎堆才是他的本名，以上的词全是修饰语，是尊称。这就更清楚地说明，格萨尔这一史诗主人公的名字是藏语，而不是外来语。

关于格萨尔的生活原型

格萨尔是历史人物，还是虚构的艺术形象，是学术界长期争论不决的问题，颇像"荷马问题"的争论。蒙古学者策·达木丁苏伦把这一问题看作是弄清《格萨尔》起源的"一把钥匙"。他说，"首先需要明确地肯定，是否确实有过格萨尔王这个人。如果确属历史人物，那么他什么时候在什么地方居住过？以什么内容著称于世？如果能够解答上述诸问题，那么就不难对这部渊博的叙事长诗得出正确的答案。我觉得，格萨尔王是否是历史人物是解答关于格萨尔叙事长诗起源的一把钥匙。"[1] 策·达木丁苏伦这段话是三十多年前说的。我们现在还不能说找到了解决这个问题的钥匙。但是，关于这一问题的讨论，已经深入了一步。下面，概括地介绍一下几种有代表性的观点：

一、外族说

与格萨尔是恺撒的变音这一观点相联系，有人认为格萨尔是根据恺撒大帝塑造的艺术形象；《格萨尔》的创作，受到中亚史诗的影响，甚至直接引进了部分内容。

有人认为是以关公作生活原型创作的，因此称《格萨尔》为"藏三国"，把关帝庙称为"格萨尔庙"。

还有人认为是以成吉思汗为依据塑造的。

这几种说法，出现在研究《格萨尔》的早期阶段，外界对藏文本《格萨尔》还

---

① 策达木丁苏伦著：《〈格萨尔王传〉的历史源流·引言》。

了解不多。在国内，目前没有多少人赞同"恺撒大帝"或"藏三国"之类的说法。

前面已经提到，吴均先生最近提出一个新的观点。他说，我们应该承认格萨尔是历史人物，而岭·格萨尔是史诗说唱家虚构塑造出的传奇人物。根据历史记载，对藏族来说，格萨尔是异族，是藏族地区以外的北方民族，格萨尔是武士的名号，他是经常侵略藏族地区的人物。吴先生又说："历史上的格萨尔不是藏族，而是包括突厥在内的北方民族的酋长、武士的名号。以这个名号作为王名的人，在原始社会，曾和藏族打过交道，留下广泛的影响，因而这个名字成为北方异族酋长、武士的代名词。起码在吐蕃王国初期，还没有把他当作藏族来看待。他被藏化，是后来之事。"①

吴先生这一观点比较新颖。但我认为仍有可以讨论的地方。

第一，格萨尔既是古代北方民族的酋长和武士的代名词或共名，就不可能是具体的历史人物；是具体的历史人物，就不会是酋长和武士的代名词或共名。

第二，既然格萨尔不是藏族，是北方民族的酋长或武士，而且是经常侵略藏族地区的人物，藏族人民为什么不歌颂本民族的英雄豪杰，而把一个经常侵略藏族地区的人物作为史诗的主人公，为他树碑立传，热情讴歌？！

因此，我认为外族说的观点是不能成立的。

二、藏族历史人物说

不少研究《格萨尔》的学者认为，在藏族历史上曾经有过格萨尔这么个人物，史诗就是以他的生平事迹为基础创作的，只是在创作过程中作了夸张和渲染。很多藏族学者也持这种观点②。

细分起来，大致有三种不同的看法：

格萨尔是吐蕃赞普赤松德赞；

格萨尔是宋代的唃厮啰；

格萨尔是邓柯岭仓（即林葱）土司的祖先。

1. 格萨尔是赤松德赞

持这种观点的同志的主要依据是，《格萨尔》反映的是吐蕃时期的社会生活，格萨尔所做的事，都与吐蕃的赞普赤松德赞一生的事迹相吻合，史诗里也多次提到

① 吴均：《岭·格萨尔论》，《民族文学研究》1984 年第一期。

② 请参阅《藏文文献中的格萨尔》。

格萨尔是赤松德赞的化身。

健白平措同志在《关于〈格萨尔王传〉的几个问题》一文中，就力主此说。他在列举了吐蕃时期赤松德赞所进行的一系列战争之后说，"正因为尺松德赞（即赤松德赞——作者注）以其强大的武力，征服了四周许多地区，所以广大藏族同胞才一致称他为'世界大王尺松德赞'。这与称格萨尔为世界雄狮大王是相吻合的。"接着他分析了史诗中的有关内容，最后得出结论说，"《格萨尔》事实上写的就是尺松德赞，格萨尔和尺松德赞两人，无论从哪方面说，都有一些相似的地方。因此，我们可以得出这样一个结论：许多世纪以来，那些说书人和著作家们，以格萨尔是一个真实的历史人物为依据，逐渐把尺松德赞的卓越事迹也归纳进去，采取现实主义和浪漫主义相结合的创作手法，通过反复加工提高，才塑造出岭国雄狮大王格萨尔这样一个聪明智慧，武艺高超，神通广大，人之至圣，神之极顶，英勇豪强，三界无敌，离奇卓越的英雄形象"[1]。

黄文焕同志在《关于〈格萨尔〉历史内涵问题的若干探讨》一文中，基本上也阐述了这样的观点。

与格萨尔的形象是以赤松德赞作原型塑造的这一观点相联系，一些藏族学者以为格萨尔的生活原型是松赞干布。《格萨尔》里描写的"门岭大战"、"羌岭大战"、同卡契的战争（《卡契松石宗》）等都发生在松赞干布时代，还有人认为松赞干布、赤松德赞和格萨尔是三位一体的神佛，都是天神之子，到人间来是为了弘扬佛法，安良除暴，造福百姓。藏传佛教界有一种说法，认为松赞干布是观世音菩萨的化身，为了教化藏民，才诞生在藏族地区。有人则认为格萨尔也是观世音的化身，在不同的时代，表现为不同的形象。持这种观点的人，受宗教的影响较深，多依据佛学观点推论，很少作历史的考证，更没有对格萨尔这一形象作艺术分析。但这种观点在藏族群众中有一定的影响，一些说唱艺人受这种观点的影响，也认为格萨尔是松赞干布的化身。有的艺人在说唱格萨尔时，在"赞辞"中，直接宣扬这种观点，并祝祷祈福。

2. 格萨尔即唃厮啰

在国内，最先提出这个观点的是任乃强先生。20世纪20年代末，任先生曾到原西康地区考察，发现《格萨尔》在藏族地区流传广泛，深受群众的喜爱，便作

---

[1] 《西北民族学院学报》，1982年第四期。

了调查研究，并撰文向汉族读者介绍。他认为格萨尔"确有其人"。他说，"余考格萨（即格萨尔——引者注），确为林葱土司之先祖，即宋史吐蕃传之唃厮啰。"任先生说格萨尔是岭仓土司的祖先，而唃厮啰又是岭仓土司的祖先，把这三者联系起来了。他在引证宋史上关于唃厮啰的有关记载之后，说，唃厮啰"出身本微，因相貌奇伟，为河州羌所重，拟奉立之。唃厮啰乃河州羌语佛儿子之义。与格萨尔出身卑微，初名足日（即觉如——引者注）之义仿佛可合。不过中国人（应为汉族人——引者注）解为佛儿子，西藏人解为苦儿子，不同。藏文同音异义之字甚多，此不过由传述者信口解释，遂不同耳。（河州羌自晚唐时皆用藏文）足日与唃厮，因原是一字也。"①

任先生还说，唃厮啰骤贵，被拥之为王，与格萨尔赛马登位情形仿佛。

在这之后，国内外不少研究《格萨尔》的人，都表示赞同这一观点，并作了大量考证。

3. 格萨尔即岭仓土司的祖先

这一说法在藏族地区相当流行。岭仓土司自称是格萨尔的后代，续有家谱，到现在已经是第 49 代了，岭仓土司以自己是格萨尔的后裔而自豪，在邓柯县建有格萨尔庙，庙内供奉着格萨尔和三十英雄的塑像。

当地有一种说法，格萨尔死在邓柯县。当时格萨尔骑马到丹玛地方来，遇到一条疯狗，战马受惊，格萨尔坠马而死。

徐国琼同志在《〈格萨尔〉史诗散论》中说，"格萨尔出生在吉雄和促隆瓦二水与雅砻江上游交汇的三叉吉遂雅地方，后来被他的叔叔晁同把他和他的母亲驱逐到青海扎陵湖和鄂陵湖附近的玛麦玉隆松多地方，在那里度过了苦难的童年。格萨尔十四岁因赛马得胜，当了国王，后建都于森珠达泽地方，故宫名叫森珠达泽宫。有关一些遗址，至今还在。从这些事实来看，格萨尔是实有其人。"②

不少藏族学者也认为格萨尔是一位历史人物，他的故乡在康地，即今四川省甘孜州和青海省果洛州是古代岭国的疆域。格萨尔诞生在藏历第一个甲子，在第二个甲子逝世。也就是说生活在公元 1038—1119 年之间，同圣者米拉日巴，著名学者仲孜巴、杰威迥乃，大译师玛尔巴等人是同时代人。青海省果洛州政协副秘书长、藏

---

① 原载《边政公论》第四卷第四、五、六期，转引自《四川民间文学论丛》第一集第 45 页。

② 见《原野》1982 年第二期，第 73 页。

族学者昂欠多杰的《简论格萨尔和史诗〈格萨尔王传〉》一文中，比较集中、比较系统地阐述了这种观点①。

关于格萨尔是"确有其人"的历史人物，还是虚构的艺术典型，已经争论很久了。这些讨论，对深入研究《格萨尔》，无疑是有积极意义的。但是，我认为也有一个缺点，不少同志用烦琐的考证、索隐、附会，代替对格萨尔的艺术形象进行深入的分析研究，有人甚至根据史诗提供的资料，寻访遗址，搜求遗物，调查事实，编成"世系表"或"大事记"，把格萨尔一生的活动，同藏族历史上的某个英雄豪杰，如松赞干布、赤松德赞，或某个土司头人、地方割据势力，如唃厮啰、岭仓土司的生平事迹，一一对照坐实，并以此显示考证之新，研究之深。

不错，在《格萨尔》演变、发展的过程中，广大藏族人民，尤其是众多的民间说唱艺人，会把藏族历史上受人景仰的英雄豪杰的英雄业绩吸收到自己喜爱的民族史诗中去，把自己的理想、愿望和爱憎熔铸到史诗中去，直接表现了或间接折射了某个英雄人物或一种历史事件，使史诗的内容不断得到丰富和发展。在《格萨尔》里明显反映了发生在吐蕃时代的一些重大事件，因而给自己打上了鲜明的吐蕃时代的印记。但是，绝不能因此而认为格萨尔是藏族历史上真实产生过的英雄人物。假若把《格萨尔》这样一部博大精深的英雄史诗看作是某个土司头人的家谱，并郑重其事地进行反复考证，这就有意无意地歪曲和贬低了史诗深刻的思想意义和高度的艺术价值。

文学作品的真实性，并不等于就是忠实地记录历史事实。文学作品中的人物形象，尤其是那些概括性很大的成功的人物典型，他所概括的社会内容和蕴藏的思想意义，已经远非现实生活中某一个具体人物可比。即便是这个人物典型曾经以生活中某一人物作为模特儿，但经过作家、艺术家概括和典型化过程而塑造成的人物典型形象，作为已经形成的文学存在，这个作品中的人物同那个"确有其人"的历史人物，已经不是一回事了。更何况像《格萨尔》这样结构宏伟、篇幅巨大的作品，是在漫长的历史发展中，经过多少代人的创造和艺术加工，逐渐形成的，绝不应该把它看作是某个人的传记。无论唃厮啰也好，岭仓土司也好，在藏族历史上他们并没有产生过什么重大影响，藏族人民怎么会把这么一个普通人物，当作本民族的英雄，热情歌颂，并加以神化呢？！我认为，格萨尔并不是一个历史人物，更不是唃

① 见《白唇鹿》（藏文版）1984 年第二期。

厮啰和岭仓土司的祖先，而是世世代代的藏族人民，尤其是众多的才华出众的民间艺术家们创造的一个伟大的艺术典型，是藏族人民，尤其是民间艺术家们的天才创造。在格萨尔这一艺术典型中，凝聚着藏族人民的聪明才智，集中地体现了藏族的民族精神和民族意识。从某种意义上说，格萨尔的精神，就是藏民族精神的象征。

鲜明生动的艺术形象

　　一部文学作品，能否长久地活在人民群众之中，保持"永久的魅力"，最关键的一点，要看它是否塑造了具有鲜明的民族特色和时代气息、富有社会思想意义的艺术典型。如果一部作品，只有宏大的场面、曲折的故事、惊险的情节，而没有塑造出活生生的、具有典型意义的人物形象，那么，它很难经受时间的检验而长久地流传下去。这可以说是一个铁的定律。

　　《格萨尔》之所以受到世世代代的藏族人民的喜爱，表现出强大的艺术生命力，最重要的原因，就在于它在人物塑造方面取得了巨大的成功。根据目前掌握的几十个分部本，笔者作了一个最粗略的统计，在《格萨尔》里，从天界到人间，从龙宫到地狱，塑造了近三千个艺术形象。在一部文学作品之中，塑造如此众多的艺术形象，无论在中国文学史上，还是世界文学史上，都很罕见。这不能不说是文学史上的一个惊人的奇迹。何况《格萨尔》尚在收集整理之中，我们还未能看见它的全貌。整部史诗中，究竟塑造了多少人物形象，目前我们还无法进行准确的统计，更谈不上进行全面深入的分析研究。但从当前收集整理的情况看，肯定会大大超过这个数字。《门岭大战》《姜岭大战》《木岭之战》《阿扎玛瑙宗》和《蒙古马宗》等部中，有名字、有身份的出场人物每一部都有二百多人。《霍岭大战》中有三百多人，《祝古兵器宗》里多达一千余人。

　　问题还不在于数量众多，更重要的是不少人物形象塑造得相当成功，鲜明生动，栩栩如生，成为藏族文学史上不朽的艺术形象，活在藏族人民之中。

《格萨尔》里的艺术形象，大致可以分为几种类型：一是各种神佛和龙族，包括原始宗教的战神威尔玛、厉神格卓、土地神、地方神，以及后世宗教的神佛观世音菩萨、阿弥陀佛、大梵天王威丹噶尔和王母曼达娜泽、龙王邹纳仁庆、圣母朗曼噶母、莲花生大师等。这类形象，虚幻的成分要多一些，若隐若现，往往都披上一层神圣的光圈，居高临下，主宰着众生的命运，过去未来无所不知。史诗在描写他们的活动时，大多采用了庄重的手法，用词也很典雅、凝重，赞语很多，形成了一种较为固定的格式。也正因为这样，在这类形象上，有一种神圣、神秘的色彩，只有神的共性，缺乏个性，也缺少生活气息，让人感到可敬却不可亲。

二是以四大魔王为代表的各种妖魔鬼怪，以及他们的魔臣魔将。这类妖魔又有两种不同的特征。像北方魔国的魔王鲁赞，更多的具有"魔"的属性，而较少人的特性。霍尔的白帐王、黄帐王和黑帐王、姜国的萨当王、门国的辛赤王等，史诗中虽然反复强调他们是魔鬼化身，生性残暴，但在具体描写上，则更多地赋予他们人的禀赋，采用了写实手法，因而更接近生活的真实，具有浓郁的生活气息。这些形象，是社会生活的真实反映，而不是虚无缥缈、远离尘世的幻影。在塑造这类形象时，更多地采用了夸张的漫画式的手法。在他们身上，既有妖魔的共性，也不乏个性特征。不少魔王和魔臣的形象塑造得相当成功。

三是以格萨尔为代表的"黑发藏民"的典型形象。他们是生活在人世间，有血有肉、活生生的人物。他们在整个《格萨尔》中占的篇幅最大，描写得最为成功。这类人物大体又可以划分为三种：

第一，以格萨尔为首的岭国三十位男英雄和三十位女英雄，以及许多英勇善战、才智超群的英雄豪杰和部落首领。

第二，从事各行各业的下层民众。这里既有牧民、农民、奴仆，也有卦师、星相家、修行者、医师、各类工匠，还有乞丐和流浪汉。总之，古代藏族社会的各类人物，在史诗中都得到了充分的反映。

第三，以晁通为代表的两面派人物。这类人物虽然不多，但贯穿始终，占的篇幅很大。他们是被揭露、被鞭笞的对象。从艺术结构上讲，这类人物的活动，对推动情节的发展，连接上下部的关系，起着重要作用。

除此而外，还有战马、飞鸟、走兽，乃至山、石、草、木，也被赋予了人的禀性，或代表善良、正义、公正，或象征丑类，具有鲜明的性格特征，把生物性、社会性和趣味性有机地、完美地结合起来，增强了艺术表现力，成为史诗中不可缺少的艺术形象。

在所有艺术形象中，我认为塑造得最成功的是正面人物的形象。在他们身上，熔铸了时代的、民族的特征，表现了社会生活中进步的、正义的、美好的观念和行为，寄托了古代藏族人民的理想和愿望，蕴含、渗透着民族的历史文化心态，体现了民族的心理素质。因此，这些正面的人物形象，比神佛、妖魔的形象，更有艺术魅力，也更有审美价值和认识作用，闪耀着智慧的光芒。别林斯基在谈到史诗主人公形象的塑造时，曾经说过这样一段话："长篇史诗的人物应该是以自己的个性表现民族力量的充沛，民族精神的全部诗意。荷马的阿基琉斯就是这样。"

我们完全有理由说，格萨尔和其他的主要英雄人物，也是这样一些充分体现了民族精神的艺术典型。对《格萨尔》的人物形象进行全面深入的艺术分析，充分论述他们的典型意义，是格萨尔研究中一个很重要的课题。限于篇幅，这里只能从绚丽多彩、姿态各异、栩栩如生的人物形象的艺术画廊中，选取几个人物，作一个概括的分析，也可窥见《格萨尔》在人物塑造上艺术成就之一斑。

格萨尔

在史诗里，着力最多、寄托最深、贯穿始终的人物是格萨尔。史诗的作者在塑造这个人物时，着重表现了他所肩负的使命，通过对格萨尔完成自己使命的全过程的描述，展现了广阔的社会生活画面，体现了生活在青藏高原的藏民族的心理素质和民族精神，表达了古代藏族人民的理想和愿望。

史诗把格萨尔一生的活动分为三个阶段：（1）在天界；（2）幼年和少年时期；（3）赛马称王直至地狱救母、救妻，返回天界。

在这三个阶段中，都紧紧围绕格萨尔的使命来刻画他的性格，塑造他的形象。

史诗一开篇，就给它的听众描绘了一个典型环境：很久很久以前，雪域高原这个美丽的地方，人们安居乐业，和睦相处，过着幸福美满的生活。"突然，不知从什么地方刮起一股邪风，这股风带着罪恶，带着魔怪刮到了这个和平、安定的地方。晴朗的天空变得阴暗，嫩绿的草原变得枯黄，善良的人们变得邪恶，他们不再和睦相处，也不再相亲相爱。霎时间，刀兵四起，烽烟弥漫。"①

谁能消除藏民的痛苦，给他们带来幸福安定的生活呢？只有格萨尔。作者借用神佛之口说，在三十三天神境里，父王梵天威丹噶尔和王母曼达娜泽，有一个王子叫德确昂雅，他和天妃所生的儿子，叫推巴噶瓦，将降临到南瞻部洲人世间。他是人间的菩萨，只有他能教化民众，使之脱离恶道，众生享受太平安乐的生活。②

在这里，史诗的作者一开始就明确赋予格萨尔教化民众，使脱离恶道，众生享受太平安乐的生活的使命。在天界的格萨尔——推巴噶瓦，立下誓愿，勇敢地担负起自己的使命。为了顺利完成神圣的使命，他向神佛提出了自己的条件：

> 前世我曾发下誓愿，
> 教化众生降伏妖魔。
> 现在有了慈悲的利箭，
> 要有良弓才能射向靶面。
> 要使甘霖降人间，
> 大海的蒸气要浓如烟。
> 要是父母不造血和肉，
> 神子哪能投生在人间。
> 慈悲的大师听我言，
> 投生人间要条件，
> 生身父亲要"念"类，
> 凡有祈求皆能如愿；
> 生身母亲要龙族，
> 没有亲疏厚薄在世间。
> 为了降伏强大的妖魔，
> 为了除净众生的孽障，
> 慈悲的大师啊，

请答允我这些要求。

——《仙界遣使》

为了完成特殊的使命，格萨尔具有特殊的身份：他是神、龙、念三者的精英汇聚而成、神人相结合的大智大勇的英雄。从格萨尔降临世间的头一天起，他就在履行自己的使命，利用神变的力量，消灭了许多有形的妖魔和无形的鬼怪。

一直活动在须弥山隙中的恶魔铁鹰三兄弟，每天在世界上空盘旋，危害着众生的性命，却又不能被众生所见。格萨尔诞生之日，立即"变化出弓箭，向空中射去，三只黑鸟，便从前面落了下去"[①]。这是格萨尔"降伏妖魔，拯救众生"所做的第一件事。

从此，他便开始了降魔生涯，"在他未满五岁之前，还对杂曲河和金沙江一带的无形体的鬼神做了许多降伏、规劝、收管等数不胜数的好事"[②]，让百姓安居乐业，过幸福安宁的生活。

当格萨尔五岁时，他和母亲受到阴险毒辣的叔父晁通的迫害，又遭受父亲和岭国百姓的误解，被驱逐到最边远、最贫穷的玛麦地方，生活贫困，处境十分艰难。即使在这种情况下，他仍然毫不气馁，始终牢记自己的使命，千方百计为故乡人民谋利益。离他们住地不远的堪隆卡山，被可恶的地鼠占据着，它们挖翻了山巅的黑土，咬断了山腰的灌木，吃掉了平原的野草。人到了那里，被尘土笼罩，牛到了那里，饥饿而死。格萨尔得知后，用抛石器打死了鼠王扎哇卡且、扎哇米茫和地鼠大臣扎哇那宛。其余的地鼠也都被石子震得头破血流，纷纷死去，使牧场得以保护，草原上人畜兴旺。

格萨尔从被放逐的地方回到岭国，即将参加赛马大会的前夕，珠牡的父亲、他未来的岳父向他赠送礼品，并为他祝福："送上九宫四方的毡垫，愿觉如登上四方的黄金座；送上镂花的金宝鞍，愿觉如做杀敌卫国的大丈夫；送上'如意珠'和'愿成就'，愿觉如做邪鬼恶魔的镇压者；送上饰有白螺环的宝镯，愿觉如为众生做出大事业；送上'如意成就'的藤鞭，愿觉如扬弃不善的国王，做我女儿森姜珠牡的好丈夫。"[③]

这祝辞，不但表达了亲人的心愿，也寄托了岭国百姓的期望。在举行赛马大会

---

① 《英雄诞生》，第 61、87 页。

② 《英雄诞生》，第 61、87 页。

③ 《赛马称王》，四川民族出版社 1980 年版。

的时候，岭国出现了很多吉兆：

> 烈日灿烂升太空，
>
> 是觉如登上王位的兆头；
>
> 光辉照遍全世界，
>
> 是觉如为大众做事圆满的好兆头；
>
> 祝愿日光金灿灿，
>
> 是觉如给众生造福的好兆头。
>
> ——《赛马称王》

格萨尔果然没有辜负亲人的祝愿和百姓的期望，他始终牢记着自己的使命。当他登上岭国国王宝座之后，立即向岭国百姓庄严宣称："我是雄狮大王格萨尔，我要抑暴扶弱除民苦。""我是黑色恶魔的死对头，我是黄色霍尔的制服者。""我要革除不善之国王，我要镇压残暴和强梁。"史诗中称赞他是"制服强暴者的铁锤，拯救弱小者的父母"。他在阐明即将进行的一系列征服恶魔的战争的正义性时说："那危害百姓的黑色妖魔，若不用武力去讨伐，则无幸福与和平；为了把黑魔彻底来降伏，我又是武力征服的大将领。"

北方亚尔康魔国国王鲁赞，是个极端残忍凶恶的魔王，他"身体像山一样高大，长着九个脑袋，九个脑袋上长着十八个犄角。身上爬满了黑色毒蝎，腰间盘绕着九条黑色毒蛇。手和脚共长有四九三十六个像铁钩一样的黑指甲，比鹰爪还要坚利十分。他高兴的时候面带着怒容和杀气，生气的时候用嘴和手呼气；口内呼气，像爆发的火山烟雾；鼻内呼气，像刮起了毒气狂风"。他以人肉为食品，人血当饮料。在魔国，用人头垒城堡，以死尸作旗幡，煞神逞凶，妖魔横行，众生苦不堪言。格萨尔当了岭国国王之后，征服的第一个魔国就是北方魔鬼；射杀的第一个魔王就是鲁赞。他向天神发出誓言：

> 岭国的雄狮大王格萨尔，
>
> 要降伏害人的黑妖魔。
>
> 我要放出利箭如霹雳，

射中魔头把血喝。

我要斩断恶魔的命根子，

搭救众生出魔窟。

——《降伏妖魔》

对一切危害人民群众的邪恶势力表示强烈憎恨的同时，格萨尔对自己的故乡，对自己的人民怀着热烈的爱。这是一个问题的两个方面。对敌人的恨越强烈，对人民的爱必然越热烈、越深沉。他宣称："我是世界雄狮格萨尔，来做岭国的君主，消灭敌人与战祸，事事为民谋利益，对友人平等和睦永相亲。"他还说，"除了百姓的公敌，格萨尔并无私仇；除了黑发藏民的公法，格萨尔自己无私法。"他告诫岭国的勇士们要"仗义扶良爱百姓"。

格萨尔在他的一生中，先后降服了鲁赞、白帐王、萨当和辛赤四大魔王，征服了数十个魔国与敌国，用他非凡的神威和超人的智慧，消灭、制服和收降了难以数计的妖魔鬼怪，忠实地实践了"降妖伏魔、造福百姓，抑强扶弱、除暴安良"的誓言，保卫了岭国的国土，给岭国人民带来了幸福和安宁的生活，因此受到"雪域之邦""黑发藏民"的热烈爱戴和拥护。百姓们热情地唱道：

快乐升平的好时光，

已经降临到岭地方，

高兴地举起酒杯来呀，

欢乐的歌儿尽情唱！

………

岭国的百姓不用再担忧，

雄狮大王已经得胜利，

酥油、糌粑不会缺，

毛毡、氆氇不会光，

骡马、牛羊一定遍岭地。

——《姜岭大战》

在降伏姜国萨当王之后，众英雄向自己的雄狮大王敬酒，充分表达了他们的喜悦之情：

> 各族一百九十系，
> 都崇敬英雄岭大王，
> 大王神威人莫测，
> 降伏了姜国萨当王。
> 姜国妖魔已消灭，
> 岭国兵马喜洋洋，
> 解除姜人心头忧，
> 良民百姓得安康。
> 天空升起金大阳，
> 世界处处暖洋洋，
> 草原长出好牧草，
> 牛羊吃了甜又香。
> 我们手中的金龙碗，
> 满盛四种甘露酒：
> 东方汉地的红糖酒，
> 西方印度的白糖酒，
> 绒部落的葡萄酒，
> 哲孟雄的白米酒。
> 喝了头抬得比天高，
> 喝了心比日月明。

——《姜岭大战》

格萨尔消灭了妖魔，也为魔国百姓消除了苦难，因此也受到魔国百姓的真诚拥护。他们十分感恩戴德，"现在的霍尔国，可比以前不同了，托格萨尔大王的福，现在穷人变富了，老人变长寿了，小孩更快乐了，姑娘们更美丽了。牦牛、奶牛和犏牛，比天上的星星还要多；山羊、绵羊、小羊羔，好像白雪落山坡。无主的骡子赛过茜苃草，无主的马儿比野马多，无主的食品堆成山，无主的野谷开满了花朵。奶子像海酒像湖，没有人再愁吃喝。臣民夜里跳道舞，百姓白天唱善歌，人人欢喜人人乐，这都是格萨尔大王的功德高，我们要再祝大王永康乐。"（《姜岭大战》）虽然在《格萨尔》里一再宣称格萨尔是天神之子，但在具体的描写中，并没有把他塑造成头罩光环的可望而不可即、可敬而不可亲的神秘人物，而是更多地给予他人的禀赋和人的气质，使听众（读者）感到真实可信，可亲可敬。在同敌人和魔王斗争时，他能够上天入地、呼风唤雨、变幻形体，具有无边的神力和大智大勇，他有着能够战胜一切妖魔鬼怪和艰难险阻的力量和智慧。但格萨尔又不是全知全能的圣人，有时他也会失算，会办糊涂事，会打败仗，会陷入困境。他不是超凡入圣、不食人间烟火的神，他也有七情六欲，有自己的喜怒哀乐。他的两个爱妃梅萨和珠牡，就因为他疏忽大意、贪图享受而先后被魔王抢走。

这方面的描写，不仅没有损伤格萨尔的英雄形象，反而更接近生活真实，更富于生活气息，因而使这一艺术形象更加光彩照人。

绒察查根

绒察查根是岭国的总管王。在岭国长、仲、幼三系中，他虽然出自幼系，但由于他正直无私，办事公道，又足智多谋，因而受到岭国众将领和百姓们的拥护和爱戴。在史诗里，把他塑造成一个一心为公、不谋私利、阅历丰富、聪明过人的艺术典型。藏族人民把他看作是正直无私、秉公办事的理想人物和智慧的化身。史诗说"他是岭国三十英雄的带头人，三十个头人的第一位，三十个掌权者的领导者"（《英雄诞生》）。称赞他是"三辈之中年最长，头发银白似雪山，阅尽人间喜与悲，看透人心真与伪"（《霍岭大战》）。从绒察查根这一形象，很自然地使我们联想到荷马史诗《奥德修纪》中的奥德修和芬兰史诗《卡勒瓦拉》中的万奈摩宁这些被称作智慧化身的文学史上不朽的艺术典型。绒察查根自己宣称：

我是强梁的征服者，

孤苦无依的扶持人；

贫穷百姓的依靠者，

弱小妇孺的保护人；

富有人们的主谋者，

贵贱高低视平等。

金银财富香美食，

是赃官坏蛋的眼红物；

在我查根心目中，

从不染指和谋图。

在那强梁者的大门口，

我从未离镫下过马；

在那强梁者的鼻子下，

我从不笑颜承欢他。

三句话出口为大家，

三口食物皆归公。

为了公众积财物，

为了公众打敌人，

总管的名字由此得。

——《霍岭大战》

"三句话出口为大家，三口食物皆归公"，是绒察查根行动的最高准则，也是他一生的真实写照。史诗对绒察查根的描写，突出了一个"公"字，热情歌颂了他正直无私的高贵品德。《英雄诞生》一开头，有这样一个情节：岭部落和郭部落发生了一场战争，虽然岭部落消灭了郭部落的十八个部族，但是，老总管绒察查根的次子琏巴曲杰却被郭部落的人杀死。当时嘉察正好到外地去了。他回来之后，得知此事，怒不可遏，一定要为琏巴曲杰报仇，一举扫平郭部落。但老总管极力劝阻，对嘉察说，"虽然琏巴曲杰被别人打死了，可我们也为他报了仇，郭地的男子汉全部被我们杀尽，只剩一群寡妇，……我的侄儿啊，还是不要轻动刀兵的好！"

嘉察不听劝阻，执意要去报仇。绒察查根只得同嘉察一起去讨伐郭部落。但在战争进行过程中，他尽力劝阻岭国将士不要杀郭部落的无辜百姓，使战争很快平息下去。史诗通过这一情节，突出了绒察查根不计私仇，能够顾大局，为岭国百姓、同时也为敌对部落的百姓着想的高贵品质和坦荡胸怀。

在格萨尔年幼的时候，他的叔父晁通为了夺取岭国的王位，一心想谋害格萨尔。绒察查根为岭国百姓的长远利益考虑，和嘉察一起，想方设法保护格萨尔，使得年幼的格萨尔免遭晁通的暗算。在这场斗争中，既暴露了晁通的阴险毒辣、卑鄙无耻，也显示了绒察查根的聪明机智、光明磊落。

在晁通主持岭国的赛马大会，以岭国的王位、七宝和珠牡作为彩注的关键时刻，绒察查根和晁通展开了一场激烈的智斗。晁通主持赛马大会的理由是冠冕堂皇的，比赛的方式、赛程和彩注表面上看，也是公平合理的。岭国的每个人都有资格参加比赛，都有权获得彩注。因此，没有理由公开提出反对意见。但是，问题的核心是，晁通用阴谋手段把格萨尔放逐出岭地，这样，晁通或他儿子东赞就有可能取胜，进而篡夺岭国王位。绒察查根为了不让晁通的阴谋得逞，一方面虚与周旋，说明进行赛马是必要的、正当的，但又寻找种种借口，一再推迟赛马时间，暗地里却同嘉察商量，派珠牡去请格萨尔来参加赛马。最后终于挫败了晁通的阴谋，格萨尔获得胜利，做了岭国国王，遂了岭国百姓的心愿。在这场争夺王位的斗争中，绒察查根起了关键的作用。

当霍尔的兵马入侵岭国时，绒察查根的幼子朗琼玉达受到晁通的挑唆，只身去闯敌阵，不幸中箭身亡。老总管得知爱子阵亡，十分悲伤。但即使在这样的情况下，绒察查根仍能以大局为重，让理智战胜感情。格萨尔大王远在北方魔国，霍尔大军压境，情况十分危急，老总管强忍悲痛，耐心劝阻要为朗琼玉达报仇的岭国将士。他说："英雄为国捐躯，是死得其所，大家不要为此过于悲痛。"他同嘉察一起，率领岭国将士，英勇抗击入侵的霍尔兵马，再次显示了他公而忘私的崇高情操、卓越的指挥才能和非凡的智慧。

作为德高望重的总管王，绒察查根不但足智多谋，善于运筹帷幄，指挥若定，在需要的时候，他也不乏与强敌拼搏的英雄气概和高超武艺。霍尔白帐王率领百万大军长驱直入，侵占岭国大片土地。当时格萨尔远在北方魔国，更由于晁通叛变投敌，充当内奸，致使岭国军队连连受挫，不少将领阵亡，且严冬将近，形势对岭国极为不利。岭国军队暂时不宜出战，而应退守城池，以待有利时机。但是，岭国的将领们，尤其是青年将领，决心为包括总管王的儿子朗琼玉达在内的阵亡将士们复仇，为岭国雪耻，要与敌军决一死战。他们把撤退看作是怯懦的表现。为了用实际行动说服众将，在这关键时刻，年过七旬的老总管挺身而出，只身闯敌营，只见他"像礌石一样从空中滚滚而来，挥动着战旗，跃入霍尔营中，守护霍尔营帐东边的士兵们被他一一打翻在地。营门督战的头目中，有一个辛巴名叫赤扎拉玛的，披甲持械前来，当即被斩于刀下。总管王又左右开弓，射出六十支铁尾箭，射杀六十余人，然后挥舞宝剑，直奔白色千人大帐。白帐王和多庆吓得躲在金座底下，其他的辛巴们连藏的地方也找不到。这时总管王已冲进大宝帐内，找不见白帐王，便向金座砍了三刀，劈成几截，把金座前的八吉祥桌子砍翻，把白帐王装甜酒的绿宝瓶剁成三块。……快到西门时，又向前射出二十余支铁尾箭，射死不少人。霍尔军吵吵嚷嚷，乱作一团，在门口互相拥挤，好像恶狼追赶下的羊群，在圈门口拥挤着向外奔逃。在快要冲出东门的时候，门旁一些懦弱的霍尔军被吓得昏倒在地，总管王骑着战马，踏在他们身上，骤驰而去"（《霍岭大战》上册）。

年过七十的老将冲入霍尔大帐，如入无人之境，左冲右突，砍翻了白帐王的金座，吓得敌军丧魂落魄，大灭了敌军的威风，大长了岭军的志气，也稳住了战局。在战局对岭军有利的情况下，总管王和珠牡不失时机地向岭国将领们陈述利害，劝说撤军。

至此，一个大智大勇、德高望重的老英雄的形象，像雕塑似的耸立在听众（读者）面前。

在格萨尔降妖伏魔、征战四方的战斗中，作为岭国的长老、格萨尔的谋臣，绒察查根起了重大作用，他公正无私、富于智慧的性格特征，也得到了更完美的体现。

珠　牡

藏族人民把珠牡看作是贤惠、善良、美丽、聪明和忠贞不屈的象征。如果说格萨尔是力量的化身，绒察查根是智慧的化身，那么，珠牡则是美的化身。她的外貌美，心灵更美。超越时代的界限，千百年来，她一直为人民所传颂。取材于她的民间歌舞和传说故事也极为丰富。这也说明《格萨尔》在塑造珠牡这一艺术形象时，取得了多么巨大的成功。

珠牡是岭国三大家族之一嘉洛仓的女儿，她以才貌出众而闻名岭国。格萨尔称赞她"真是藏地少有世界无双"。史诗中通过白帐王派出的黑老鸹之口，对珠牡作了这样的描绘：

> 皮肤就像白锦缎，
>
> 肉色润泽如红绢，
>
> 灵活明亮鸬鹰眼，
>
> 眉如新月弯又弯。
>
> 前进一步能值骏马一百匹，
>
> 好像天仙舞蹁跹，
>
> 虽有百匹骏马也难换；
>
> 后退一步能值紫骡一百匹，
>
> 好像飞天下云天，
>
> 虽有百匹紫骡也难换；
>
> 浓密黑发能值犏牛一百头，
>
> 根根发辫是珍珠宝石串，
>
> 虽有百头犏牛也难换；
>
> 一笑能值百只羊，
>
> 舌上自现"阿"字形，[①]
>
> 虽有百只绵羊也难换。
>
> 她是世间姑娘的佼佼者，
>
> 她是大地女儿的美装饰，
>
> 岭国女儿的一精英，
>
> 若数美女只有她一人。
>
> ——《霍岭大战》

珠牡不仅容貌美丽，更重要的是她的心地善良，聪明过人。这是她不同于一般女子的显著特征。由于她才貌双全，岭国的许多青年男子，乃至别国的王公贵

---

① "阿"（ཨ）藏文元音字母，因所有字母由"阿"发出，故称之为一切字母之祖。这里作美的象征。

族、富豪大户的子弟，纷纷向她求婚，但她都不为所动，在她的心目中，有自己所钟情、所追求的人。这个人就是格萨尔。在格萨尔受到诬陷、迫害、被放逐的日子里，珠牡日夜思念他。她说，"自从觉如被放逐，我从没有快乐，尽是痛苦，虽有六贤的良药，心中的痛苦难消。"岭国举行赛马大会，将王位、七宝和珠牡作为彩注。为了阻止晁通篡夺王位，"为了岭地的百姓能过上安乐的日子"，绒察查根和嘉察派珠牡去把格萨尔母子接回来，因为在岭国，只有她才能胜任此项工作。珠牡当即表示，"如若我去能把觉如接回来，就是拼上性命也要把这件事办好"。一个年轻女子，毅然决然只身前往，历尽千辛万苦，遭受种种磨难，终于找到了格萨尔母子。然后又到班乃山帮助格萨尔的母亲郭姆去捉千里宝驹。

千里宝驹是匹神马，从天界下凡，在荒无人烟的班乃山，同野马群一起游荡了十二载。马通人性，只有珠牡为它作赞语，它才能去掉野性，变作格萨尔的坐骑，帮助格萨尔成就大业。在格萨尔母子的请求下，珠牡唱了很长一段"马赞"，这段马赞，充分说明珠牡非常熟悉游牧民族的生活、熟悉马的特性和优劣，也显示了她渊博的知识。接着她为它作赞语，祈祷祝福：

……

你是真正的千里驹，
一有野牛的额头，
二有青蛙的眼圈，
三有花蛇的眼珠，
四有白狮的鼻孔，
五有白虎的嘴唇，
六有大鹿的下颌，
七有鹫鸟的羽毛，
集七种动物的优点于一身，
岭地的马匹怎能与你相比？
你有飞天的双翅，
还有奔驰大地的四蹄，
你有能听八方的双耳，

还有能嗅千里的神鼻，

你能说人话懂人语，

真言假语能辨析。

今日觉如得到你，

赛马场上定胜利。

快和觉如回岭地，

完成众生大业定无疑。

珠牡的颂词句句真，

神驹呀，

岭地需要你，

我珠牡的终身也全靠你！

——《赛马称王》

在迎接格萨尔回岭国，帮助他在赛马大会上夺取胜利的过程中，珠牡起了重要作用，为岭国百姓办了一件极大的好事，因而赢得了岭国百姓的尊敬和爱戴，同时，她也把自己的终身许配给了格萨尔。

在《格萨尔》里，珠牡是一个具有悲剧色彩的人物。她的不幸遭遇，并不是她个人命运多蹇，而是当时的时代和社会造成的，她成了氏族社会末期频繁的部落战争和一夫多妻制的牺牲品。在成了格萨尔的妃子、岭国的主母之后，虽然处于至尊至高的地位，却没有给自己带来多少幸福。但是，史诗并没有简单地去描写她的不幸和痛苦，让听众（读者）洒一掬同情的眼泪，而是着力表现了她遭厄运而奋起、处危难而不惧的坚韧、刚强的性格特征。《降伏妖魔》里说，"自从赛马夺彩、格萨尔正式称王以后，岭地百姓相安无事，日子过得平静、安乐。臣民们喜在心里，笑在脸上，雄狮大王格萨尔终于让他们过上了好日子。格萨尔纳珠牡为王妃，二人恩恩爱爱，如鱼得水。珠牡爱大王英俊、勇敢；格萨尔爱王妃美貌、勤劳。过了不久，按照规矩，格萨尔又娶了梅萨绷吉等十二个姑娘为妃，加上珠牡，就成为著名的'岭国十三王妃'。"

珠牡的不幸也从这里开始了。在和众多的妃子一起生活的过程中，出于女性的本能，她嫉恨别人，也遭到别人的嫉恨。这种矛盾，突出地表现在她同梅萨绷吉的

121

关系上。做了国王的格萨尔，为了完成降妖伏魔、造福百姓的伟业，要去东方查姆寺修学大力降魔法，他欲带梅萨绷吉去陪同。珠牡知道后，出于嫉妒，玩弄手腕，让梅萨绷吉留在宫中，自己随同格萨尔去修行。恰在这时，北方黑魔王鲁赞趁机抢走了梅萨绷吉。格萨尔得到报告，立即要去搭救梅萨绷吉，降伏黑魔。珠牡又千方百计阻拦，施了一计又一计，她在给格萨尔的美酒里放了健忘的药丸，使格萨尔昏昏沉睡，把去北国降魔的事忘在脑后。不久，天母再次托梦，催促格萨尔尽快出征，并告诫他："今后再不听我的话，岭地众生要受祸殃。"格萨尔决然离开珠牡，跨上千里宝驹，驰向遥远的北国，降伏黑魔，搭救梅萨绷吉。这使珠牡受到极大的打击，昏厥过去。她被众人救醒之后，对格萨尔怀着深深的眷恋和怨恨，她向两个知心侍女述说着自己的忧愁：

> 没有白雪的荒山上，
> 白狮子住下来心不安；
> 没有清水的烂泥塘，
> 金眼鱼住下来不吉祥；
> 没有森林的茅草滩，
> 老虎住下心烦乱；
> 雄狮大王不在岭地，
> 珠牡姑娘心忧愁。
>
> ——《降伏妖魔》

珠牡不听劝阻，单人独骑，去追赶格萨尔。后来天母显圣，将她送回宫中。

假若史诗对珠牡只作这样的描写，那她至多也不过是一个忠于感情、热爱生活的普通女子。在热爱丈夫的同时，也表现了她的狭窄、自私、嫉妒的性格特征。因为她只要丈夫不离开自己，不管北国百姓的苦难和梅萨绷吉的安危。

史诗的作者在塑造珠牡的形象时，采用了欲扬先抑、欲褒先贬的艺术手法。讲到这里，突然掀起一个波澜，犹如黄河长江冲出高山狭谷，奔腾直泻，以磅礴的气势，浓墨重彩，描写了珠牡性格的另一个侧面，也是她最主要、最本质的方面。

霍尔白帐王趁格萨尔远征北国，率领百万大军，侵犯岭国，企图强娶珠牡为

扎巴在说唱《格萨尔》史诗（降边嘉措供图）

妃。在这关系到国家存亡、百姓安危的严重关头，珠牡把自己的痛苦、不幸、怨恨、烦恼统统丢在脑后，作为一国的主母，她勇敢地挑起了率领岭国百姓抗击侵略者的重担。这时的珠牡，俨然像一个具有丰富作战经验的主帅，多谋善断，调兵遣将，发号施令。她贵为王妃，但并不因位尊而傲视部属，目空一切，为所欲为。相反，她十分尊重长辈和岭国的将领，凡事都与总管王绒察查根和嘉察商量。所有重大问题，都召集部落会议，共同商量决定，从不独断专行。岭国的将士们出征时，珠牡一一为他们敬酒，祈祷祝福；当英雄们凯旋，她又亲自迎接，热烈祝贺。她同绒察查根、嘉察一起，布置战斗，周密安排。若不是晁通叛卖投敌，充当内奸，引狼入室，岭国军队本不至于遭受那么重大的损失。

在岭军连连失利、困守珠康查姆寺的艰难岁月里，更显出珠牡的聪明才智和非凡的胆略。她先后派仙鹤、喜鹊、狐狸去给格萨尔送信，催促他急速回国，同时假意允婚，争取时间。这样一拖就是三年，等得白帐王、黄帐王和黑帐王不耐烦，派大将辛巴·梅乳孜来催逼。他说："珠牡王妃，我们大王好耐性，等了你一天又一天，一月又一月，到现在不多不少三年整。就是耐性再好也等不及，脾气再好也要发火。你今天说东，明天说西，总是拖着不启程，这究竟是何道理？如果你再拖延，我们三位大王就不客气了。"（《霍岭大战》）在百万大军重重围困，万般无奈的情况下，珠牡又生一计，让长得和自己极其相似的侍女乃琼装扮成自己的模样，嫁给白帐王，结束了长达三年之久的战争，使岭国的百姓得到了喘气的机会。

但是，在这严重时刻，晁通再次充当内奸，给白帐王射去密信，泄露了真情，致使霍尔百万大军卷土重来，又选派十万精兵，攻打珠牡居住的达孜城。

为了避免出现城破人亡的惨烈局面，使两国百姓少受祸殃，霍尔大将辛巴·梅乳孜出于好心，恳切陈辞，劝珠牡快跟霍尔王到雅泽城去，做白帐王的妃子，享受荣华富贵，但遭到珠牡的坚决拒绝。她义正词严地回答说：

> 我森姜珠牡岭王妃，
> 是东方白度圣母转世身，
> 和南瞻部洲雄狮王，
> 曾海誓山盟把佛奉，
> 要把释迦正教建立起，

要叫黑发众生享太平。

我和雄狮大王格萨尔，

好比皓月太阳相匹配，

从天界降生到人间，

不为自己而是为众生。

雪山顶上白狮子，

虽然没有可炫耀的绿鬃，

不能把雪山装饰得更美丽，

但决不会到平川去。

檀香林中的猛虎，

虽然没有斑斓的花纹，

不能把森林装饰得更美丽，

但决不会到草原上去。

清水塘里的白莲花，

虽然没有长出茂密的枝叶，

不能把宝瓶装饰得更美丽，

但决不会到妖魔手上去。

我珠牡是岭国的王妃，

虽然没有什么好声誉，

不能把达孜城装饰得更美丽，

但决不会到霍尔的雅泽城去。

——《霍岭大战》

霍尔三王见珠牡志坚如铁，决不屈从，便下令攻城。在寡众悬殊、城门将破的危急时刻，珠牡穿上格萨尔留下的头盔铁甲，手拿弓箭，威风凛凛地出现在达孜城头：

霍尔王臣听我讲，

我是雄狮格萨尔王。

北方妖魔已降伏，

现在回来保家乡。

你们无故犯岭地，

我的怒火三千丈。

我要用江乌七神箭，

射死祸首白帐王。

　　　　——《霍岭大战》

　　霍尔人以为格萨尔真的回来了，顿时军心浮动，四处逃散。这时晁通又告诉白帐王，站在城头的是珠牡，而不是格萨尔。霍尔兵马这才稳住阵脚，白帐王和辛巴·梅乳孜率先向城头冲去。珠牡接连射出四支神箭，射死无数霍尔兵。就在她要射出第五支箭时，被白帐王捉住了。

　　在同敌人进行刀对刀、剑对剑的血与火的战斗中，珠牡表现了英勇机智、坚毅果敢的性格特征，不愧为古代藏族女英雄的典型形象，具有鲜明的游牧民族特征。到了霍尔国，她被白帐王强纳为妃。虽然受到白帐王的百般宠爱，享受着比岭国更为奢侈豪华的富贵生活，但丝毫也没有减少她对故乡、对人民、对格萨尔的深深怀念。她身在霍尔，心向岭国，时时关心着岭国的安危和百姓的疾苦，盼望格萨尔搭救自己回故国，充分显示了她忠贞不屈的高尚情操和美好善良的心灵。

　　这里需要论及的是，珠牡到了霍尔，在强逼之下，不得已做了白帐王的妃子，并生了一个儿子。对此，研究者和整理者中有不少异议，认为这是珠牡的失节行为，是她一生中一大污点。有的整理者出于好心，干脆把这一情节删去，改为珠牡坚守贞节，宁死不从。

　　我们是历史唯物主义者。我们不能脱离当时具体的历史条件和特殊的社会环境去苛求古人，更不能用今天的目光和道德标准、贞操观念去评价史诗时代的人和事。珠牡一个女子，战败被俘，在极端残暴的霍尔三王面前，在长达三年之久的时间里，要她宁死不嫁、坚守贞操是不可能的，除非让她以死抗争。作为古代游牧民族的一个妇女，珠牡的所作所为是符合当时的道德规范的。史诗的作者和广大藏族人民，对珠牡的不幸遭遇，怀着深深的同情，理解她，谅解她，毫无指责之意。格萨尔接到珠牡的信，立即赶回来，消灭了霍尔三王，把珠牡接回岭国，仍然让她作为王妃，辅佐自己治理国家。岭国百姓和众英雄，仍像过去一样尊重她，拥戴她。

在史诗众多的人物形象中，珠牡是一位塑造得十分丰满、很有典型意义的艺术形象。在世界史诗的人物画廊中，珠牡也是一位塑造得非常成功、很有民族特色和个性特征的艺术典型。

如前所述，在《格萨尔》这部史诗里，塑造了几千个人物形象，其中塑造得相当成功、可以称得上是艺术典型的也有几十个人物。除格萨尔、绒察查根和珠牡外，嘉察的正直、丹玛的刚烈、森伦王的忠厚、米琼卡德的机智、古如的幽默、辛巴·梅乳孜的勇猛、郭姆的善良、汉妃的嫉妒、梅萨绷吉的豁达、阿达娜姆的豪爽、莱琼吉和乃琼古的温顺、晁通的奸诈、鲁赞的凶残、白帐王的贪婪、萨当王的狂妄、辛赤王的老练……都描绘得活灵活现，真实生动。《格萨尔》在人物塑造上所取得的巨大成功，是它具有强大的艺术魅力、为世世代代藏族人民所喜爱的重要原因。这一事实也充分说明，《格萨尔》确实是一座精深博大的艺术宝库。

结构艺术

作品的结构是表现作品内容、显示作品主题的重要艺术手段。没有适当的结构方式，就不能把丰富的生活内容和创作材料组织起来，形成完美的艺术作品。因此，结构是文学作品形式的构成因素之一。在作品的结构里，凝结着作家的艺术匠心和创作才华，也最能体现民族特色和民族风格。《格萨尔》在结构艺术方面，是很有特色、很有独创性的，充分表现了藏族人民和他们之中的民间艺术家的创造才能，值得我们认真研究。

史诗的结构方式

为了更好地认识《格萨尔》结构艺术的特点，有必要对一般史诗的结构，作一简要分析。一般史诗的结构，大体有两类：

第一，以事件为中心；

第二，以人物为中心。

荷马史诗《伊利亚特》《奥德修纪》，印度史诗《摩诃婆罗多》，德国的《尼伯龙根之歌》，芬兰的《英雄国》（即《卡勒瓦拉》），以及弥尔顿的史诗《失乐园》，都属于第一类，它们以事件为中心来展开故事。拿《伊利亚特》为例，就可以清楚地看到这种特点。它以阿基琉斯这样一个主要英雄人物的活动贯穿始终，而且以他的愤怒作为全书的主线，史诗中的其他事件都与阿基琉斯的愤怒有关。诗人自己在开始时就宣称："阿基琉斯的愤怒就是我的主题。"因此，《伊利亚特》被认为是一部关于阿基琉斯的愤怒的史诗。应该说，主题十分鲜明，情节也相当紧凑。但是，就史诗的整个内容来看，它不是以表现阿基琉斯的生平事迹为主要目的，而是以阿基琉斯的愤怒为主线，反映了历时十年之久的特洛伊战争——后来的考古发掘证明，这是一场在希腊历史上真实发生过的战争。在广阔的背景下，表现了战争双方错综复杂的斗争，天上地下，神人交错，波澜壮阔，跌宕起伏。同时，也多方面地描绘了古代希腊的社会生活，成为了解古代希腊社会的一部百科全书。亚里斯多德曾经指出，荷马"环绕着一个像我们所说的这样有整一性的行动构成他的《奥德修纪》，他并且这样构成他的《伊利亚特》。"按照我的理解，亚里斯多德所说的"整一性的行动"，就是贯穿全部史诗的中心事件。《伊利亚特》反映的是希腊联军攻打特洛伊城的战争，所有的人，包括阿基琉斯和赫克托尔这样的主要英雄人物的活动，都围绕这场战争来进行。战争（中心事件）结束后，史诗也结束了。

这种结构的好处是，情节比较集中、紧凑，所有的活动都围绕一个中心事件来展开，不大可能偏离主题，枝蔓横生，去讲很多无关的事情。

当然，一部作品的主题是否突出，情节是否集中，人物形象是否鲜明生动，并不完全取决于采取什么样的结构方式。同样是以事件为中心，印度的《摩诃婆罗多》就显得松散而庞杂。茅盾同志对两者作了分析比较，他指出："和《伊利亚特》相似，这《摩诃婆罗多》的主要故事也是战争，而且是十八日中间的战争；但这战争不过是故事的一副骨架罢了，写战争的诗总共不过二万行（应为二万颂——引者注）罢了，其余八万行都是枝叶，引用了许多神仙以及帝王们、圣哲们的古老的传说，甚至宇宙观、宗教观、哲学、法律、格言，应有尽有，所以有些学者以为这部书最初大概只有描写战争那一部分（不用说，这是一部分的古史），后来经僧侣逐渐增饰，成了现在的样子；而僧侣们所增的部分也就是教训意味最浓者，其用意无非使印度的那些国王知道僧侣阶级之特权不可轻视而已。然而那副瘦小的骨架（十八日间的战争），却在全书中非常有力，成为最精彩的艺术品。"[1]

《罗摩衍那》属于第二类。它以罗摩王子作中轴，来展开故事，从他的童年时代，一直描写他历经磨难，最后战胜魔王，夫妻团圆，返回故乡。

---

[1] 茅盾著：《世界文学名著杂谈》，第26—27页。

世界第一部史诗《吉尔伽美什》，俄国的《伊戈尔远征记》，我国蒙古族的《江格尔》、柯尔克孜族的《玛纳斯》和壮族的《莫一大王》，都是这样的英雄史诗。

就总体结构来讲，《格萨尔》也属于这一类型。但具体分析各个部分，又以事件为中心。因此，这两种方法，在《格萨尔》里兼而有之，交替使用，互相补充，形成了自己独特的结构方式。

下面，分别作一些叙述。

以人物为中心联结全诗

《格萨尔》是一部规模宏伟的名副其实的英雄格萨尔的传奇故事。它不仅讲了格萨尔从诞生到逝世的全部历史，还讲了英雄诞生之前和逝世之后的故事。民间艺人们在说唱时，常常用这样三句话来概括史诗的全部内容："上方天界遣使下凡，中间世上各种纷争，下面地狱完成业果。""上方天界遣使下凡"，是指诸神在天界议事，决定派天神之子格萨尔到世间来，降妖伏魔，弘扬佛法，拯救黎民百姓出苦海。"中间世上各种纷争"，讲的是格萨尔从诞生到逝世的全过程，这一历史，构成了格萨尔的全部英雄业绩，也是史诗的主体。"下面地狱完成业果"，是说格萨尔完成使命，拯救坠入地狱的母亲，以及一切受苦的众生，然后返回天界。

《格萨尔》和以事件为中心的结构方式不同的是，它以格萨尔作为贯穿全书的中心人物，编织故事，安排情节。但是，它毕竟不同于作家创作的传记文学，同《米拉日巴传》《青年达美的故事》这样的藏族古典作品也不一样，而是人民群众集体创作的一部英雄史诗。采用这样的结构方式，既灵活多变，又不离中心，给史诗的作者以广阔的活动天地和创作自由，他们可以插上智慧的翅膀，自由飞翔，几乎可以不受任何限制地施展自己的艺术才华，进行创作。

在时间上不受限制，规模宏伟，这本来就是世界上一切优秀的史诗的共同特征。亚里斯多德曾经将史诗同悲剧加以比较，指出他们的异同。他说："史诗和悲剧相同的地方，只在于史诗也用'韵文'来摹仿严肃的行动，规模也大；不同的地方，在于史诗纯粹用'韵文'，而且是用叙述体；就长短而论，悲剧力图以太阳的一周为限，或者不起什么变化，史诗则不受时间的限制，这也是两者的差别，虽然悲剧原来也和史诗一样不受时间的限制。"[1]

史诗的这一特点，在《格萨尔》里得到最充分的表现。当然，这种方法也有很多缺陷，最大的毛病是结构松散，容易产生前后矛盾、内容芜杂、拖沓冗长的现象。从已有的本子看，《格萨尔》缺乏完整的情节、严密的结构和统一的风格，文体也不够统一，甚至还有相当大的混乱。（这里说的是手抄本和木刻本，不包括艺人的说唱本。优秀的说唱艺人，如扎巴、玉梅等，他们演唱的史诗，情节是完整的，结构是严密的，风格是统一的。这一问题下面还要谈到。）

比如，在《赛马称王》里说格萨尔有三十个英雄，但后来战事越来越多，从降伏四大魔王，到征服几十个、上百个国家和部落（史诗里说是"宗"），三十个男英雄不够了，又增加了三十个女英雄，这样还应付不了频繁的战事，英雄不断增加，有的书上说有八十英雄，有的英雄起死回生，一再被召唤来参加新的战斗。

格萨尔究竟活了多少岁，这也成了一个无法弄清的难题。有的书上说他活了五六十岁，有的书上说他活了八十四岁。按照格萨尔征服四大魔王以及几十个大宗、中宗和小宗来推算，恐迫要活上二三百岁，才能完成这些业绩。木刻本《地狱救母》里说，他的母亲郭姆活了二百三十八岁，妃子珠牡活了一百九十八岁，这样算来，格萨尔大概也应该活二百多岁。

史诗里在很多地方讲，珠牡是四十九岁时死的。按照藏族的习惯说法，四十九岁是个"坎"，在这一年很容易遭遇厄运和危难，而妇女更难过这个"坎"。直到现在，藏族妇女还把四十九岁这一年叫做"珠牡坎"，为了平安地度过这个"坎"，要念经拜佛，祈禳消灾。另一方面，史诗里又说珠牡协助格萨尔治理岭国，做了很多事情，在各部里一再出现，直至最后。真可谓终生伴侣。为了解决这个矛盾，在最后一部里就说她活了一百九十八岁。

诸如此类的缺陷还很多，使史诗显得庞杂、松散和前后矛盾，影响了整个作品的完整性和艺术效果。

为了弥补这方面的缺陷，在分部本里采用了以事件为中心的结构方式。

---

[1] 亚里斯多德著：《诗学》，人民文学出版社1962年版，第17页。

以事件为中心组织各部

为了便于读者了解，有必要对分部本作个简略的叙述。

从结构来看，《格萨尔》有两种本子：一种是分章本，一种是分部本。所谓分章本，就是把格萨尔一生的业绩，集中写在一部书里，分为若干章，如《贵德分章本》《拉达克分章本》，以及一些蒙文本《格斯尔传》，都属于这一类。近年来，四川省甘孜州也发现了两种不同的分章本，一部叫《岭·格萨尔上半生的故事》，共十一章；另一部叫《格萨尔王传》，内有三章：《佛法宗》《金子宗》和《水晶宗》。

所谓分部本，有的是把分章本中的一个情节、一个故事，扩充成首尾完整的独立的一部；有的于分章本的内容之外，另讲新的故事，独立成篇；有的分部本，又派生出新的分部本，大故事套小故事，从大部分离出小部。所有的分部本，中心人物都是格萨尔，它们都是《格萨尔》的一个组成部分。汇总起来，就构成了宏伟的英雄史诗《格萨尔》。

这种因为派生出新的故事而使规模变大，看来是各民族的史诗在发展过程中一个带普遍性的规律。亚里斯多德把这种派生出来的情节称之为"穿插"。他说："戏剧中的穿插都很短，史诗则因这种穿插而加长。"[1] 他还指出："史诗有一个非常特殊的方便，可以使长度分外增加。悲剧不可能摹仿许多正发生的事，只能摹仿演员在舞台上表演的事；史诗则因为采用叙述体，能描述许多正发生的事，这些事只要联系得上，就可以增加诗的分量。这是一桩好事（可以使史诗显得宏伟），用不同的穿插点缀在诗中，可以使史诗起变化；单调很快就会使人腻烦，悲剧的失败往往由于这一点。"[2]

这种穿插，在《格萨尔》里不仅运用自如，而且得到高度发展，由穿插而逐渐演变、发展为许多分部本。

分部本是别的史诗所没有、而为《格萨尔》所特有的一种结构方式。我们可以同印度的两大史诗作一比较。《罗摩衍那》共分七卷，每一卷都有自己的中心故事，相对来讲，可以独立成篇。从这一点来看，有点像分部本。但这些卷，没有独立

---

① 亚里斯多德著：《诗学》，第83页。

② 亚里斯多德著：《诗学》，第87页。

的、完整的故事和情节，每一卷都是全书有机的一个组成部分。从内容上、情节上和逻辑上看，同前后各卷有密切联系，不能分割，其顺序也不能颠倒。

《摩诃婆罗多》的情形要复杂一些。它是一部拥有二十万诗行的巨著，包括十八篇、一百零六章。每一篇，似乎都可以称之为一个分部本。《摩诃婆罗多》的内容极为丰富，被认为是一部诗体的大百科全书。正如史诗的开篇《缘起》里所说的那样：“《摩诃婆罗多》实际上是一个藏着数不清的珍珠宝石的海洋。它和另一部史诗《罗摩衍那》同是我们国家的道德与文化的一个取之不尽、用之不竭的源泉。”它的很多成分是后人增添进去的，穿插了很多古代神话和有关宗教、道德方面的训诫。这些内容，这些神话和训诫，这些珍珠宝石，既可以加进去，也可以抽出来；既是整部史诗的组成部分，又可以独立成篇，这些都与《格萨尔》的结构相似。但是，仔细分析，仍有很大的不同。尽管内容极为丰富、庞杂，还有很多矛盾和混乱，但从总体来看，《摩诃婆罗多》描写的是古代印度一次大的部落战争的历史，各篇之间有较为密切的关系，存在着一定的内在联系。它的各篇，虽然都有独立的内容，但还不具备构成分部本所需要的那些因素。《格萨尔》没有贯穿全书的中心事件，它描写的不是一场战争，而是几十场大小不同的战争，而且各有特色。

歌德在谈到《浮士德》的结构时，总结自己丰富的创作经验，发表了一些很精辟的见解，对于我们认识《格萨尔》在结构艺术上的特色，很有启发。歌德说：

“这第四幕的性质有些特殊，它像一个独立的小世界，和其余部分不相关，它和全剧只借着对前因后果略挂上一点钩而联系在一起。”①

《谈话录》的整理者爱克曼对歌德的意思领会得很深刻，他说：“这样办，第四幕和其他部分在性格上还是融贯一致的。幕中各景也都自成一个独立的小世界，尽管彼此有呼应，而又互不相关，对于诗人来说，他所要表达的是一个丰富多彩的世界：他运用一位有名的英雄人物的故事时只把它作为一根线索，在这上面他爱串上什么就串上什么。这也正是《奥德赛》和《吉尔·布拉斯》都采用过的办法。”

歌德接着说：

“你说得完全正确，这种作品只有一个要点：个别部分都应鲜明而有重要意义，而整体则是不可以寻常尺度去测量的，像一个没有解决的问题，永远耐人钻研和寻思。”②

---

① 《歌德谈话录》，人民文学出版社 1982 年版，第 226、227 页。

② 《歌德谈话录》，人民文学出版社 1982 年版，第 226、227 页。

歌德的这段谈话，我体会有这样几层意思：

第一，整部史诗应该是一个完整的统一体，要有前因后果联系在一起，"彼此有呼应"，"性格上融贯一致"。

第二，这种联系又是松散的，它的各个部分应该是一个"独立的小世界，和其余部分不相关"，因此，它应该"鲜明而有重要意义"。

第三，这种结构方法有很大的灵活性，从理论上讲，可以无限制地发展、扩充，永无止境。它的"整体则是不可以寻常尺度去测量的，像一个没有解决的问题，永远耐人钻研和寻思"。

《浮士德》毕竟是一部个人的作品，伟大的诗人歌德几乎用了他毕生的精力，呕心沥血，精心构思，创作意图十分明确，有着完整的情节和统一的风格，而且它的篇幅也比《格萨尔》要小得多，总共不到两万行。歌德对《浮士德》中部分和整体关系的论述，他关于每一部都应该是一个"独立的小世界"的观点，在我看来，更适合于认识和分析《格萨尔》的结构艺术。

《格萨尔》同时采用了以人物为中心和以事件为中心相结合的结构方式，所以显得灵活多样，充分显示了它的丰富性、多样性和随意性，在读者面前展现了一个"丰富多彩的世界"。史诗的作者，只是把受人尊敬的格萨尔这位古代英雄作为一根线，在这上面爱串什么就串上什么。正因为如此，《格萨尔》才逐渐发展成为世界上最长的史诗。而这种特殊的结构方式，为它的发展创造了条件。

茅盾称赞《伊利亚特》"是世界上一部伟大的短篇故事集子"。我们可以说《格萨尔》是世界上最长的一部诗体的长篇小说集。《霍岭大战》分上、下两卷；《祝古兵器宗》分上、中、下三卷，中卷和下卷又分上、下册，一共是五大本。其他如《门岭大战》《姜岭大战》《木岭之战》《甲岭之战》《大食之战》《梅岭之战》《蒙古马宗》等部，都是厚厚的一大本，不仅篇幅长，更为重要的是，有相对独立的主题思想，有较为完整的故事情节，有鲜明的人物形象，能够作为一个"独立的小世界"而单独存在。没有一个艺人能说唱全部《格萨尔》。就是最优秀的艺人也只能说唱其中的一部分，至多能说唱大部分。而其中最拿手、讲得最有特色的又只有一两部，或者三四部。由于篇幅太长，在说唱时，不可能从头讲到尾，每个艺人总是选自己最拿手、最精彩的部分来讲。听众（读者）在听讲（阅读）时，也有选择，往往请不同的艺人，讲不同的章节。这样在不断地竞争、选择和淘汰的过程中，各个分部本就有可能得到反复锤炼，精益求精，使之日益优美，出现一部又一部艺术精品。从另一方面看，它同整体的关系，同别的部分的关系，就更加松散和疏远，甚至产生前后不统一和矛盾的现象。

分析现在依然活跃在群众之中的几位优秀的说唱艺人的情况，可以进一步认清这个问题。

扎巴老人说自己能讲三十多部，现在已讲二十二部。他讲得最好的有《仙界遣使》和《门岭大战》等部。如同每个作家有自己的读者群一样，每个艺人也有自己的"听者群"。熟悉扎巴老人的群众，很喜欢听他讲这几部。他也就想方设法、千方百计把这几部讲好，讲得有特色。于是，他将别的人、别的事、别的章节中的精彩部分，也逐渐揉到里面去了。

玉梅能讲《嘉察诞生史》和《丹玛诞生史》。嘉察和丹玛都是岭国著名的将领，但别的艺人没有专讲他们的诞生史，只在《英雄诞生》之部讲到他们。玉梅就专讲这两部《诞生史》。在反复的艺术实践过程中，不断得到补充和发展，使这两个英雄的形象更加丰满，故事更加引人入胜。她讲的《梅岭之战》和《塔岭之战》也很有特色。

西藏那曲专区七十八岁的老艺人阿达自报篇目，说能唱二十多部。他讲的《马赞》最有特色，每当藏北草原举行赛马大会时，群众就请他去说唱，深受人们喜爱。而另一位老艺人玉珠，最擅长讲《帽赞》。在喜庆佳节，或有什么庆祝活动，大家就请他去说上一段，表示祝福。

青海省果洛藏族自治州的艺人昂仁，会说唱二十多部。其中讲得最好的是《赛马称王》之部，其内容比一般流传的手抄本和木刻本丰富，语言也通俗流畅，优美生动。

果洛州的另一位艺人才多，自称是辛巴的化身。他专讲《辛巴诞生史》和《霍岭大战》上半部，讲得有声有色，通过各种艺术手段塑造辛巴的英雄形象。

这样，从一个故事里，派生出新的故事，不断加以充实和发挥，独立成篇，形成新的分部本，使总部数不断增加，整个史诗的规模也更加宏伟博大。

就是同一个分部本，不同的艺人在说唱时，也有很大差异。在长期流传过程中，形成许多各有特色的本子，这就是我们所说的异文本。这种异文本，不是像汉文的古籍，由于有几种不同的刻本或抄本，在字句，乃至段落和文字上有些差异，如《红楼梦》有各种版本，但作者是一个人，基本内容和情节是相同的，只需要作一些文字上的校勘、订正和补缺。《格萨尔》作为民间文学作品，在长期流传过程中，各个时代、各个地区的艺人，形成自己独特的风格和特点，在内容、人物、情节、语言、结构、表现手法等方面，都有很大差异，各有特点，能够独立存在。如果把不同的异文本累计起来，部数就更多，至少有一二百部，几百万诗行。因此我们可以毫不夸张地说，《格萨尔》确确实实是一部世界上最大的诗体长篇小说集，是藏族人民知识和智慧的总汇和结晶。

连环扣式的结构安排

《格萨尔》的内容如此丰富而庞杂，部数如此之多，各个分部本又可独立存在，在这种情况下，史诗的作者们是用什么方法把它们联系在一起，而形成一个统一体呢？他们主要是采用了连环扣式的结构安排，一波未平，一波又起；或者一波刚平，一波又起，使得整个史诗一环扣一环，波澜迭起，引人入胜。细分起来，又有三种方法：

第一，得到天神启示和预言，格萨尔采取行动，开始一个新的故事。

如《赛马称王》一开始就说，年仅十二岁的格萨尔，得到天神朗曼噶姆的预言，让他去参加岭国的赛马大会，并告诉他，通过赛马可以夺取岭国的王位，并纳珠牡为妃。故事从这里开始，经过一系列错综复杂的斗争，格萨尔终于取得了胜利，成了岭国的国王。

格萨尔当了岭国国王之后，和同他争夺王位的叔父晁通之间的矛盾暂时得到解决，故事告一段落了。怎么往下接呢？这时格萨尔又得到天神的启示，说应该举行祈祷法会，祭祀全世界所有的神灵，这就引出了一部《世界公桑》。

第二，妖魔作乱，引起战争。

《降伏妖魔》《霍岭大战》《姜岭大战》等部，都是由于敌国入侵，引起战争，格萨尔率领岭国军民奋勇抗敌，保卫国土，消灭魔王，使魔国百姓安居乐业。一环扣一环，一个故事接着一个故事。

这类分部本，到后来也成了一种固定的格式：外敌（多半是魔王）入侵；降伏魔王；在魔地大做善事，造福百姓，然后班师回国。一头一尾的颂词和祝祷词，也大体相同。

第三，史诗式的"嘲弄"，在结构安排上起着重要作用。

所谓史诗式的嘲弄，主要是说，人物企图达到一定的目的，根本没有想到会由于自己不明智而得到完全相反的结果，最后的结局恰恰与所追求的目的相反。这种手法，在《伊里亚特》和其他一些史诗中曾多次运用，对史诗的结构和主题的表现，起着重要作用。所不同的是，这种手法在《格萨尔》里运用得更普遍，更有特色，在史诗的结构上起着更为重要的作用。

以《伊利亚特》为例，采用这种手法，只是在一部一万多诗行的史诗中，起着连结上下文的作用，推动情节的发展，表现人物的性格特征。例如，希腊联军首领阿伽门农开始深信没有阿基琉斯参战也可以取胜，因而敢于不顾阿基琉斯的警告将其女俘抢走；希腊人遭受一连串的挫折之后，阿伽门农通过使节请求与阿基琉斯和解，又遭到拒绝，他才悔悟，认识到自己的错误。同样，阿基琉斯受了阿伽门农的侮辱，怒不可遏，一心要惩罚阿伽门农，不肯与阿伽门农和解。然而，当他因此失去自己的挚友之后，又主动与阿伽门农和解，诅咒自己的愤怒。在《伊利亚特》中，这种手法的运用，表明了这些事件内在的联系，显示了史诗构思的统一性和完整性。

在《格萨尔》里，情况不完全是这样。有时它是在一个分部本中，运用这种手法，而在更多的情况下，是用这种手法来结构故事，组织新的情节，产生一个新的分部本。我们甚至有理由设想，若不运用这种手法，有些分部本就很难产生，"葡萄串"上的葡萄也不会那么多。

在运用"嘲弄"手法的时候，晁通这个人物起着十分重要的作用。同时，通过这种手法，把晁通这个人物的性格特征——贪婪和阴险、狂妄和怯懦、愚蠢和狡诈，表现得淋漓尽致。如《门岭大战》《松岭之战》《上蒙古马宗》等部，都是由于晁通招事惹祸，才引起战争。因而，晁通被说成是祸根。

在《格萨尔》里，晁通是一个性格十分复杂的人物。他狡诈、阴险、贪财、好色，而又野心勃勃。他企图谋害格萨尔、篡夺岭国王位。他爱说大话，好逞能，却又十分怯懦，一遇危险，首先逃命。有时，他又表现得很勇敢，能替岭国出一些好主意，为岭国百姓办一些好事。他会使用法术，打开宝库的大门，为岭国夺取珍贵的宝藏。正因为晁通有着这种复杂的性格特征，加之他又是格萨尔的叔叔，才使得他起着一般人所不能起的作用。民间流传着这样两句话："有他不行叔叔晁通，无他不行叔叔晁通。""没有晁通发怒惹祸，英雄格萨尔难成伟业。"从这些话里，也可看出晁通在史诗中的特殊地位和作用。

和史诗的说唱形式相联系，《格萨尔》在结构上的另一个特点，是采取单线发展的形式，而不是像现代长篇小说那样，采用复线式、多角度、多层次的结构。每一章节，每一场面，情节都较简单，人物不多，集中讲一人一事，调动各种艺术手法，讲深讲透，不但让听众听明白，而且给听众留下深刻的印象。从总体来看，天上地下，上层下层，人神鬼怪，包罗万象，丰富多彩，千姿百态，结构又是复杂的，采用了多层次、多侧面的表现手法。情节的单一和内容的丰富和谐地统一在一起。大故事套小故事，小故事组成大故事，最后形成了卷帙浩繁、内容丰富的伟大史诗。

综上所述，从《格萨尔》的整个结构来看，前面诞生史部分脉络清楚，逻辑性强，有内在的联系，其前后顺序不能颠倒。比如，不能把《英雄诞生》放在《仙界遣使》之前，也不能把《赛马称王》放在《世界公桑》之后。

其余各部则不然。它们之间缺乏有机的内在联系，前后顺序不明显。《取阿里金窟》《雪山水晶宗》同《丹玛青稞宗》《木雅药宗》之间，很难说有什么密切联系；《百热绵羊宗》《蒙古马宗》同《汉地茶宗》《米努绸缎宗》之间，也没有什么必然联系；在顺序上，很难说哪个在前，哪个在后。所有这些分部本，都是以格萨尔这个英雄的名字，把他们联系在一起。正因为这样，十八大宗究竟是哪几部，到目前为止，也没有一个统一的说法；前后顺序，更是众说纷纭。至于十八中宗、十八小宗和其他小宗，则更难确定其前后关系。

这种情况，也给我们搜集整理工作带来很大困难。比如说，经过文人整理的木刻本《仙界遣使》和扎巴老人的说唱本相比，从内容、情节到语言、风格，有很大的差异；玉梅的说唱本又与他们的有所不同；其他各种手抄本和说唱本，也各有特点。怎样把它们汇集在一起，整理成一部完整的本子，是一个需要认真探讨的问题。

有的同志说，民间文学作品的整理工作，只限于文字上的编辑加工，订正补缺，不能在内容和情节上作任何改动，更不能把几种不同的本子整理在一起。如果此说成立，那么，试问《格萨尔》的规范本或精校本怎么产生？我们说要进行搜集、整理工作，那整理什么？

如果说要整理一套统一的规范本或精校本，又该怎样整理，要遵循什么原则？

因此，这方面的问题很多，情况很复杂，从理论到实践，都给我们提出了一系列新的课题，有些问题是希腊人整理《荷马史诗》、印度人整理《罗摩衍那》和《摩诃婆罗多》时都未曾遇到过的。在柏拉图的《文艺对话集》、亚里斯多德的《诗学》、贺拉斯的《诗艺》、黑格尔的《美学》这些经典作品里，以及众多的关于文艺理论的教科书和史诗专著中，也找不到现成的答案。这就需要我们从我国的实际出发，从《格萨尔》的实际出发，用开拓者的精神去思考、去探索、去研究，寻找科学的解决办法。深入研究史诗的结构艺术及其特点，是解决这些问题的一个入口。简单地说，我认为有两点是比较清楚的：

第一，由于《格萨尔》在结构上很松散，枝蔓横生，缺少完整的情节安排和统一的艺术风格，也就是亚里斯多德所说的"整一性"。每一个分部本，几乎又有好几种异文本。所以，对它进行适当的加工整理，甚至进行某些删改，整理出一套统一的规范本，是完全必要的。在整理出统一的规范本之后，各种优秀的异文本将继续独立存在，它们依然有欣赏价值和认识价值，仍然是学习、研究《格萨尔》的宝贵资料。

第二，整部史诗的基本框架早已固定，它的主题思想和主要内容是一致的。就主题思想的一致性来讲，各部之间又有某种程度的内在联系，通过格萨尔这个中心人物将它们连在一起。因此，对它们进行加工整理，又成为可能。如果各个分部本之间毫无内在联系，各不相关，那就不是一部英雄史诗，而变成若干部史诗了。

对《格萨尔》结构艺术的分析研究，不只是个学术问题，而且是一个实践问题，对做好搜集整理工作有着重要的指导意义，可以使整个抢救工作更有计划、有目的地进行，提高科学性，避免盲目性。本文提出这个问题，其目的就在于引起大家的注意，以期对史诗结构艺术的分析研究，能够深入一步。

民族风格和地方特色

《格萨尔》不仅有进步的思想内容，反映了丰富的社会生活，在艺术上也具有鲜明的民族风格、高原特色和强烈的生活气息。一部文学作品的民族风格和民族特色，不是外加的、粘贴上去的，而是像血液流贯全身，渗透、融化到全部作品之中，体现在作品所揭示的民族精神、民族意识和民族性格上面，同时也表现在文学语言的运用、人物形象的刻画以及谋篇布局等方面。这些问题在别的章节已有论述。这里只就构成作品民族性的客观因素，即史诗所展现的自然环境、风土人情、表现形式等问题，作一些论述。

对高原景物的真实描写

《格萨尔》在艺术上的巨大成就，表现在对高原景物自然逼真的描写上，为我们展现了一幅高原雪域的典型环境，让作品的主人公在这样一个典型环境里展开活动，进而塑造了一大群鲜明生动的艺术形象。在史诗中，通过写景来刻画人物性格，又通过人物的活动来描写自然环境，写景和写人达到了高度和谐统一。

《格萨尔》的写人、写景、写社会生活，既来源于生活，又经过艺术的再创造，获得了艺术上的高度真实性，以至于很多人把这部伟大的史诗当作真人真事、真实环境的忠实描写和记录，争说格萨尔的形象是根据某个历史人物的原型塑造的，某个地区又是格萨尔的故乡，格萨尔在什么地方活动过，并拿史诗中有关描写来加以论证。相距数千里，政治、经济和文化的发展很不相同，风俗习惯有较大差异的各个地方，都可以从史诗中找到许多材料，来"证明"自己的观点。有人认为，四川德格、邓柯地区是格萨尔的故乡，德格土司是格萨尔的后代。他们可以举出很多例子，用史诗中的有关描写和当地的山川河流、地势地貌相印证。有人认为，青海玉树地区，西藏芒康地区和那曲地区，以及其他一些地区是格萨尔的故乡。这同样可以从史诗中找出例证，加上有关的传说，就可以讲得活灵活现，绘声绘色。

这有点像《红楼梦》研究中的情形。由于曹雪芹具有卓越的艺术表现才能，他在作品中反映的生活是那样自然逼真、天然无饰，好像作家并没有经过艺术上的虚构和想象，没有经过精心提炼和剪裁，而是按照生活的原样描绘下来，害得很多"红学家"作了大量的考察，搜罗故实，引证材料，对号入座，产生了"红学"研究史上的"南北之争"。有人说《红楼梦》写的是南方城市，有人说是北方城市，有人说是南京，有人说是北京，还有人说是长安，甚至有人说大观园在某街某巷。

其实，史诗中所描绘的高原景物，所叙述的岭国和其他地方的环境，都是经过广大人民群众，尤其是众多的民间艺术家的想象、加工以及高度的集中和概括而创造出来的，达到了高度的艺术真实性。只是因为它写得那么生动自然、活灵活现，犹如大匠运斤，斧凿无痕而已。如果要到现实生活中去对号入座，恐怕是徒劳的。

在《门岭大战》《姜岭大战》《察瓦绒箭宗》《取阿里金窟》《丹玛青稞宗》《雪山水晶宗》等部中，对门域、姜萨当（今云南省迪庆藏族自治州）、察瓦绒（在西藏昌都境内）、邓柯、阿里等地的自然风貌和壮丽景色，都有生动逼真的描绘。每当艺人们讲到阿里地区辽阔雄伟而又荒凉的景色，门域和察瓦绒地区富饶秀丽的风光，都能使听众产生身临其境的感觉。

《格萨尔》在描写景物时，有个特殊的表现手法，那就是"山赞""水赞"和"名胜赞"。所谓"山赞""水赞"和"名胜赞"，就是随着情节的发展，围绕着人物的活动，尤其是主人公的活动，对高原的山川、河流、名胜古迹，进行生动细致地描绘，寓情于景，借景抒情。

这种手法同史诗的演唱形式有很大关系。史诗是民间艺人对着他的听众直接讲故事，不同于作家写小说，头绪不能太多，情节不能太复杂，不可能多线条、多层次、多侧面，进行立体式的描述，只能一个人一个人，一个景一个景，一件事一件

民族风格和地方特色

事地讲述。史诗中的人物出现时，往往有这样的话："你要不知道我是什么人，我是……"类似汉族戏剧的"自报家门"，接着就说："你要不知道这是什么地方，这是……"用这种手法来塑造人物形象，描写环境。

这种手法在史诗中运用得相当多，相当普遍，形成一定的格式。这类"赞"不仅讲山川景物、自然环境，还穿插了许多历史知识和传说故事，使故事性、知识性、趣味性和情节的发展、人物形象的塑造，有机地结合在一起，语言又十分优美生动。因此，这类"赞"，又常常被一些民间艺人抽出来，独立成篇，单独说唱。

扎巴老人的说唱本《门岭大战》中，有一段"山赞"，讲的是岭国大军到了门地，这时姜国王子玉拉托珇已经归顺格萨尔，格萨尔要考验他是否真诚，同时想检验一下自己的作战谋略是否符合门国的情况，就向玉拉托珇问门国的地势地貌，兼问世界上的其他名川大山。

> ……
>
> 玉拉王子请向前看，
> 那座小沙弥持香似的山，
> 它的名字叫什么？
> 白色鹰鹫踞山岩，
> 雄姿屹立白云间，
> 它的名字叫什么？
> 孔雀站立在山前，
> 开起彩屏真鲜艳，
> 它的名字叫什么？
> 三座大山峰连峰，
> 曼陀罗呈现在眼前，
> 它的名字叫什么？
>
> ……

格萨尔一口气问了四十六座名山的情况，共一百八十六诗行，玉拉托珇逐一回答，共一百九十三行，用简洁明快的语言，讲述这些山的形成历史和特征，形象鲜明，比喻生动。这一问一答，加上前面的叙述和后面的结语，一口气能唱四百多诗行，气势磅礴、雄浑豪放，充分表现了老艺人非凡的艺术才华和对祖国山河的无限热爱。[①]

触景生情和缘情写景，是《格萨尔》的一个重要艺术手段。这同说唱艺人们的生活经历和艺术生涯有密切联系。云游四方，到处流浪，走到哪里，就在哪里说唱，是说唱艺人的一个特点。他们走遍万里高原的山山水水，世界屋脊雄伟壮阔、神奇瑰丽的景色，陶冶了他们的情怀，净化了他们的心灵，使他们获得了丰富的养分，得到艺术灵感，进而激发他们的创作热情，使他们创作出具有鲜明的民族风格和地方特色的英雄史诗。

我国古代的文艺理论十分重视自然环境对文艺创作的影响。

陆机在《文赋》中说："遵四时以叹逝，瞻万物而思纷。""悲落叶于劲秋，喜柔条于芳春。"这说明春秋的变换，会引起悲喜的不同感情，进而对文艺创作产生影响。钟嵘在《诗品》中说："气之动物，物之感人，摇荡性情，形诸歌咏"，进一步说明了缘景生情的道理。

刘勰认为，"江山之助"是萌发创作激情的一个因素。他在《文心雕龙》中辟专章（《物色》篇和《神思》篇）论述这一观点，提出了"神与物游""物以宛转，与心徘徊""情以物迁，辞以情发"的著名论断。他说："神思方运，万涂竞萌；规矩虚位，刻镂无形。登山则情满于山，观海则意满于海；我才之多少，将与风云而并驱矣。"（《神思》篇）"是以诗人感物，联类不穷。流连万象之际，沈吟视听之区，写气图貌，既随物以宛转，属采附声，亦与心而徘徊。"（《物色》篇）

在刘勰看来，精神活动和外界事物是文学创作的两个重要因素。只有使这两方面紧密地、有机地结合在一起，才能产生优秀的作品。离开了外物，思想情感的活动就成为空洞的、没有根基的悬想；离开了思想情感，外物就成为死物，无从进入艺术领域。从柏拉图、亚里斯多德到别林斯基，国外许多艺术大师和文艺批评家也十分重视文艺作品对自然的摹仿。柏拉图认为艺术是对理式世界的摹仿[②]。狄德罗则认为诗人应该表现大自然的宏伟，"诗需要一些壮大的、野蛮的、粗犷的东西"[③]。

---

① 《门岭大战》，西藏人民出版社 1980 年版，第 111—129 页。

② 参阅《柏拉图文艺对话集》，人民文学出版社 1959 年版，第 64—69 页。

③ 狄德罗著：《论戏剧艺术》，转引自《文艺理论译丛》，1958 年第二期，第 137 页。

别林斯基在论述文学的民族性时，特别强调自然环境对创作的影响。他认为不同的自然环境，是构成文学作品民族性的一个重要因素。他说："印度的庞大建筑物和巨大雕像就是这个喜马拉雅山脉、大象和蟒蛇的国度的大自然的明显反映。希腊的裸体雕像就多多少少同埃拉多斯的温暖气候有联系。……斯堪的那维亚的贫瘠的、严酷的大自然，对诺尔曼人来说，就是他们那阴森的宗教和粗犷雄伟的诗歌的启示。"[1] 别林斯基认为俄罗斯诗人同样得益于自然环境的熏陶。

地处世界屋脊的高原雪域特殊的自然环境，对《格萨尔》的产生、流传和发展，也有着重大影响，为史诗增添了神奇而又绚丽的色彩，在听众（读者）面前展现出驰骋风云、气象万千的艺术世界。

独具特色的社会风俗画

《格萨尔》的民族风格，还表现在它为我们描绘了一幅幅生动的古代藏族社会的风俗画卷。它所反映的社会生活面非常广阔而丰富。古代游牧民族的日常生活，他们的生产劳动，氏族社会的全体部落成员的大会，群众歌舞、庆祝大典、赛马，乃至占卜、祭祀、修行、坐禅等，都有具体而生动的描写。

在《仙界遣使》《英雄诞生》和《赛马称王》等部中，用很大篇幅详细描绘了古代藏族部落社会的组织形式和社会结构，反映了当时的生产方式、婚姻制度和伦理道德观念。格萨尔通过赛马，做了岭国国王之后，率领百姓，征战四方，在青藏高原逐步建立了以岭国为核心的部落联盟。四部降魔史和十八大宗里，对这种以部落战争为主要内容的部落联盟，也有非常具体而生动的描述。

原始时代宗教所反映的仅是"自然力量"，其后才逐渐加上社会力量。恩格斯曾经指出："最初仅仅反映自然界神秘力量的幻想形式，现在又获得了社会属性。"[2] 原始宗教的表现形式主要是巫术和占卜。在古代藏族社会，巫术和占卜采用哪些具体形式呢？《格萨尔》里也有很细致的描述。在《仙界遣使》里，有这样一个情节：

莲花生大师为了得到龙女梅朵拉泽做格萨尔降临人间时的生母，使龙族得了疫病。龙王邹纳仁庆请卦神多吉昂噶占卜，以便祈禳消灾。卦神有一整套占卜用具，

① 转引自《普列汉诺夫美学论文选》，程代熙译，陕西人民出版社 1983 年版，第 99 页。

② 《反杜林论》，第 427 页。

其中包括三百六十根卦绳、五百个卦板、一百五十个算卦的骰子、三十二支神箭、三百六十件算卦的图表，以及卦书。为了表示对神灵的敬重，还要求算卦人准备各种供养物品：一条清净洁白的卦单子、十三支金色的神箭、五十种各色各样的宝物、白鹭鸟的翎毛、白绵羊的右前腿、没有锈的玻璃镜等物件。然后要进行一整套请神仪式，念诵赞词。其中，有些用具如玻璃镜等可能是后加的，但整个占卜的形式却是非常古老的。

在古代，还有很多简便的形式，用一支箭、一根绳子、一条靴带，就可占卜，而不需要那么多卦具和仪式。用箭占卜，叫"箭卦"。格萨尔的父亲森伦最擅长打箭卦，每当出征作战，或遇到重大问题，岭国百姓就请他打箭卦。

史诗中对巫术的描写也很多，从中可以看到古代藏族的社会习俗。巫术的一个主要内容是诅咒，不但作战双方施用法术，互相诅咒，在部落内部也进行诅咒。如格萨尔母子俩遭到晁通的陷害，被逐出岭国，岭国百姓不明真相，误认为格萨尔母子是妖魔的化身。在驱逐格萨尔母子俩时，人们对着他俩吹螺号、射箭、撒灶灰，妇女们抖动前襟诅咒。直到解放前，不少地区还保持着这种习俗。研究宗教的专家认为，这种习俗，属于原始宗教的一种巫术。这类描写，真实地再现了古代藏族人民的风俗习惯和宗教活动，不但增加了史诗的民族特色和生活气息，而且具有很大的史料价值和认识价值，是我们了解古代藏族社会的形象化材料。这一方面，在藏族文学里，没有任何一部作品能同《格萨尔》相比。

对独具特色的风土人情的真实描写，是构成文学民族性的重要内容。别林斯基曾经指出："风俗习惯构成着一个民族的面貌，没有了它们，这民族就好比一个没有面孔的人物，一种不可思议、不可实现的幻象。"[①]《格萨尔》通过对古代藏族人民日常生活和风俗习惯的真实生动、细致入微的描写，在读者面前展示一幅幅画面，再现了古代藏族人民的社会生活，从而丰富了作品的内容，使史诗获得了鲜明的民族性。

藏族群众喜闻乐见的艺术形式

《格萨尔》的民族风格，还表现在它采用了群众喜闻乐见的说唱形式，并吸收

---

① 《别林斯基选集》第一卷，时代出版社 1953 年版，第 41 页。

了很多其他藏族民间文学的形式和表现手法。

《格萨尔》采用散韵结合的形式，以唱词为主，但散文叙述也占很大比重，在整部史诗中，有着重要作用。

藏族民歌按其结构和表现手法的不同，有很多类型，各地的名称也不尽相同。大体说来，可以分三大类：谐体民歌、鲁体民歌和自由体民歌。《格萨尔》的唱词部分多采用鲁体民歌和自由体民歌的格律。"鲁"是藏语音译，有人将"鲁"译为山歌，严格说来它只是山歌里的一种类型。

鲁体民歌通常一首有数段，以三段的为最多，也有少数只有一段的，每段少则二、三句，多至十数句，其中采用三至五句的较为普遍。但《格萨尔》中不受这种格律的限制，往往不分段，根据内容需要，有时一口气唱下去，犹如江河奔流，一泻千里，多达数百行。著名说唱艺人扎巴、玉梅、玉珠、才旺居勉、桑珠和次多、昂仁在演唱时，往往一口气能演唱数百行。他们演唱时，感情充沛，铿锵有力。这种内容，这种气势，好像只能用鲁体民歌的格律才能充分表达。正如亚里斯多德所说的那样，只有用英雄格，才能表现史诗豪放粗犷的气势。

鲁体民歌的格律每句有七个音节和八个音节的两种，间或有九个音节的。

七个音节的格式有以下两种：

$$\times \quad \times\times \quad \times\times \quad \times\times \;;$$
$$\times\times \quad \times\times \quad \times\times \quad \times \;。$$

八个音节的格式有三种：

$$\times \quad \times\times \quad \times\times \quad \times\times\times \;;$$
$$\times\times \quad \times\times \quad \times\times \quad \times\times \;;$$
$$\times \quad \times\times \quad \times\times \quad \times\times \quad \times \;。$$

九个音节的格式，与七个音节相同。

在敦煌出土的吐蕃时期藏文文献中，就有这种歌体，可见远在八、九世纪时即已相当流行。

在《格萨尔》里，鲁体民歌不受一般民歌格式的限制，更加自由灵活，活泼多样。

史诗里还运用了大量的"赞辞"和"祝辞"等民间说唱形式，丰富了自己的表现手法。

曲调的变化也很多。每个主要人物都有自己的曲调，像格萨尔和珠牡，每人都有十几种较为固定的格式。民间艺人在说唱时，根据情节的发展，针对不同的对象和具体环境，还可随时变换曲调，即兴演唱。据玉梅介绍，她唱的曲调有六十多种。这些曲调仅从研究古代藏族民间音乐的角度来讲，也是一份十分宝贵的遗产。

采用这种灵活多样的艺术形式，同史诗本身的特点也有关系。史诗是说唱艺术，主要靠艺人说唱，在群众中流传。史诗的内容又十分丰富，篇幅巨大，唱一部，往往需要好多天。曲调太单调，表现形式太呆板，就不能吸引听众，迫使艺人们不断去丰富和发展表现手法，提高自己的表演能力。

《格萨尔》作为一种综合性的古代说唱艺术，它吸收、熔铸了藏族古老的神话、传说、故事、诗歌和谚语等各种文学形式的长处，使自己的内容不断得到充实，使艺术手法丰富多样，日臻完善。

《格萨尔》里写了许多神佛和鬼怪，表面看来是荒诞不经的，但它实际上依然是古代藏族社会错综复杂的社会矛盾和人与自然矛盾在一定条件下的反映。任何一种思想意识，都有它的现实依据，正如马克思所说的那样：任何一种思想，哪怕多么离奇，都是以现实为依据。

《格萨尔》为我们创造了一种神奇瑰丽的神话世界。在这个世界里，民间艺术家们充分显示了他们卓越的艺术才华，让想象的翅膀自由翱翔，在时间和空间上都没有受到限制。历史和现实、人间和仙界、天堂和地狱、龙宫和魔窟，无一不有，为读者（听众）展现了一个光怪陆离而又神奇瑰丽的场景。

格萨尔和其他英雄人物，被说成是神的化身，给他们赋予了神的气质，而神又具有人的品格。英雄的敌人，往往被描绘成妖魔的化身。他们也有自己的保护神和战神，出征作战，要念经祈祷，呼唤战神来保护自己。在史诗里，人、神、魔三者交织在一起，无法分开。连龙宫里的龙王、龙子和龙女，也都卷入到斗争中来，呈现出异常复杂的局面。

在史诗中，格萨尔是这样一个被神化的、理想化的半人半神的英雄。史诗以丰富的想象，赋予格萨尔以超越常人的本领。他能变幻身形，能役使鬼神，上入天堂，下闹地狱。格萨尔凭借着神通变化，以无比的英勇机智，克服了各种超自然的困难，战胜了武艺高强、同样会神通变化的各种恶魔，表现了真理终究要战胜邪恶，光明永远会战胜黑暗。这种情况，在当时的现实生活中当然是不可能实现的。因此，它们只能属于未来，也就是说，只能属于一种理想。这种属于未来的积极浪漫主义理想，激发着藏族人民对光明正义和美好幸福生活的热烈追求之情。这是《格萨尔》及其主人公格萨尔和其他英雄人物始终受到藏族人民喜爱的一个重要原因。

《格萨尔》的浪漫主义还表现在对战马、飞禽走兽等的描写上。马能通人性，会讲话，进忠言；乌鸦会侦探；仙鹤会送信，使人、神和动物巧妙地结合在一起。这些方面，颇像《西游记》，是生物性、社会性和传奇性的巧妙融合。如果没有这三者的巧妙融合，就不会有孙悟空的艺术形象，不会有《西游记》这部杰出的古典小说；同样，没有这三者的巧妙融合，也不会有《格萨尔》，不会有格萨尔这个艺术典型。

这种描写，又是以古代藏族人民的生活为依据，有坚实的现实基础，而不是凭空臆造的。高尔基曾经指出："神话是一种虚构，虚构就是从既定的现实的总体中抽出它的基本意义而且用形象体现出来，……再加上——依据假想的逻辑加以推想——所愿望的、可能的东西，这样补充形象，——那末我们就有了浪漫主义，这种浪漫主义是神话的基础。"[①]

由此我们可以看出：神话和迷信的根本区别在于，神话表现了对自然力和社会力量的一种积极征服的愿望，反映了当时人民认为最美、最好，并热烈追求的理想和生活；而迷信则是在自然力与社会力量面前软弱无力所产生的超自然的信仰。神话对社会和自然采取积极进取的态度，迷信则采取消极悲观的态度。因此，仅仅由于《格萨尔》中有一些神怪故事而指责它宣扬宗教迷信，是完全错误的。在编纂整理时，将有关的描写删除，我认为也是不恰当的。

《格萨尔》的艺术特色，还表现在情节的构造和故事的编排上。一般来说，民间艺人们是善于讲故事的。在《格萨尔》的创作过程中，千百年来，众多的民间艺人充分发挥了这一长处，写了近百个大小不同的战争故事，每次战争的起因、进程和结局，各不相同。由于史诗表达的是降妖伏魔、除暴安民这一主题，采用的是类似的题材，要避免雷同和重复是很困难的，再加上史诗是以歌颂格萨尔为主要内

---

① 《高尔基文学论文选》，人民文学出版社 1958 年版，第 337 页。

容，听众（读者）在听（读）每一个战争故事时，都知道无论出现多么艰难曲折的情况，最后必然以格萨尔胜利、妖魔失败而结束。因此，它的结局是所有的听众（读者）早已预料到的。在这种情况下，要避免雷同和重复，讲出预料不到的故事，那更是难乎其难。有人说，艺术创作就是克服困难。这话是很有道理的。在解决这些困难方面，众多的民间艺人表现了卓越的艺术才华和非凡的聪明智慧。

语言艺术

文学是语言艺术。离开了语言，就不可能有文学。正是在这个意义上，高尔基把语言称为"文学的第一个要素"。他说："文学创作的技巧，首先是在于研究语言，因为语言是一切著作，特别是文学作品的基本材料。"① 他又指出："文学的根本材料是语言——是给我们的一切印象、感情、思想等以形态的语言，文学是借语言来作雕型描写的艺术。"②

茅盾在谈到文学的民族形式时指出："文学的民族形式包含两个因素，一是语言——文学语言。……这是主要的，起决定作用的。"③ 可见正确使用语言，在文学创作中占有多么重要的地位。

茅盾还指出："所谓诗的语言，和一般的文学语言一样，是在民族语言的基础上加工提炼使其更精萃，更富于形象性，更富于节奏美。"④

《格萨尔》的语言就是这样精萃、优美的诗的语言，它在语言艺术的运用上，达到了很高的水平。

一般来讲，经过翻译，诗的语言艺术的特色会大为减弱，加上目前《格萨尔》没有好的译本，就更增加了叙述的困难，所举例子，往往不能充分反映原著的特

---

① 高尔基：《论社会主义现实主义》，《论文学》，人民文学出版社 1978 年版，第 321 页。

② 转引自以群主编：《文学的基本原理》，第 44 页。

③ 《茅盾文艺评论集》上册，文化艺术出版社 1981 年版，第 377、378 页。

④ 《茅盾文艺评论集》上册，文化艺术出版社 1981 年版，第 377、378 页。

点，也就不可能很好地说明自己的论点，正如我们不好根据《诗经》或《离骚》的译文去分析、欣赏汉族诗歌的语言艺术；也不能通过普希金、托尔斯泰作品的汉文译本去领略俄罗斯文学语言的精美。尽管如此，我们仍然可以对《格萨尔》的语言艺术作一些粗浅的探索。

"富有智慧的朴素"

《格萨尔》语言艺术的第一个特点是朴素自然，通俗易懂。

《格萨尔》作为民间文学作品，从本质上讲，它不是文人用笔写出来的，而是人民群众和他们的艺人用嘴唱出来的。因此，它的语言艺术的第一个特点，就是口语化、大众化。史诗的语言，明白如话，生动流畅，通俗易懂，易说易唱，非常优美，又非常朴素，毫无矫揉造作之感。

这种口语化、大众化的特点，同史诗口耳相传的流传形式有着密切联系。解放前，藏族群众绝大多数都没有文化，他们不是靠看书，而是靠听说唱来了解、熟悉《格萨尔》。口耳相传，最基本的要求就是说起来顺口，听起来明白。说唱艺术同雕塑、绘画等其他艺术形式不同。一座雕像，一幅绘画，人们可以反复观看，从不同角度去欣赏、琢磨和观察，一本书可以反复阅读和钻研。而说唱艺术则是一次性欣赏，听得懂听不懂，讲完就过去了，不可能边讲边问。这就决定了史诗的语言首先必须通俗易懂，明白晓畅。如果听不懂，就不会产生任何艺术效果，其他一切也就无从谈起。

这种口语化、大众化的特点，也是民间文学的性质所决定了的。口头性是民间文学显著的特征之一。在文艺学中常常把区别于作家书面文学的民间文学称作"人民口头创作"或"口传文学"，就因为它有口头性这个明显的特征。因此，"民间文学的明显标志，正在于它那些活在人民口头上的语言艺术特色。民间文学是存在于人民口耳之间的活动着的文学"[①]。

《格萨尔》正是"存在于人民口耳之间的活动着的文学"。

这种朴素自然、通俗易懂的语言特色，是它能够在群众中广泛流传并不断得到丰富发展的一个重要原因。人民群众既是史诗的创造者，又是欣赏者和传播者。"民

① 钟敬文主编：《民间文学概论》，第33页。

间文学的口头性还可以使一切不识字的劳动人民都能参加文学创作和欣赏活动，发挥他们的文艺天才。"①

朴素不是粗俗，不是简陋，不是单薄和贫乏，它是艺术发展的高级形态。史诗的朴素，表现了藏族人民的智慧和创造能力。正如高尔基指出的那样："一切出色的东西都是朴素的，它们之令人倾倒，正是由于自己的富有智慧的朴素。"②

《格萨尔》语言艺术的朴素美，在于它不是堆砌许多华丽鲜艳的辞藻，相反，它很朴素，跟生活本身一样朴素自然，但在这朴素的日常生活中，表现了极为深广的社会内容，闪耀着理想的光辉。言浅意深，疏中见密，寓质朴于浑厚之中，寓清新于自然之中，是《格萨尔》语言艺术的重要特色。

曹雪芹是一位语言艺术大师。《红楼梦》在汉语文学语言的运用上，达到了很高的造诣。《红楼梦》语言艺术的一个特点，就是质朴自然，文浅意深。在《红楼梦》第二回，写贾雨村看了智通寺门旁的一副对联："身后有余忘缩手，眼前无路想回头"，因此而想道："这两句话，文虽浅近，其意则深。"脂砚斋在批语中认为，这是《红楼梦》"一部书之总批"。他还指出：《红楼梦》的语言看似"平常言语，却是无限文章，无限情理"。《格萨尔》的语言，在某些方面，也达到了这样的高度："文浅意深"，看似平常，却蕴含着"无限文章，无限情理"。

在旧时代，僧侣贵族歧视和蔑视劳动人民的伟大创造，把《格萨尔》斥之为"乞丐的喧嚣"。一些文化人，受剥削阶级偏见的影响，也把《格萨尔》的语言说成是"乡间俗语"，认为平庸浅露，根本不承认它是诗，是文学语言。在一些著名的、很有影响的文艺理论著作，如《〈诗镜论〉注疏》等作品里，把《格萨尔》的语言，列为写诗作文时应该"忌讳"的十大毛病之一。他们把史诗通俗易懂的语言，看作是平庸、直白和浅露，认识不到史诗语言艺术的朴素美，看不到通俗易懂的语言里凝聚着人民群众的智慧，蕴藏着博大的思想内容。

歌德曾经说过："对艺术家所提出的最高的要求就是：他应该遵守自然，研究自然，摹仿自然，并且应该创造出一种毕肖自然的作品。"③列夫·托尔斯泰也说："朴

① 段宝林：《中国民间文学概要》，第10页。

② 高尔基：《给瓦·吉·李亚浩夫斯基》（1925年），《文学书简》（下），人民文学出版社1956年版，第60页。

③ 转引自朱光潜：《西方美学史》下册，第72页。

来自藏族地区的《格萨尔》史诗说唱艺人在青海湖旁（降边嘉措供图）

素是美的必要条件。"①

在藏族文学作品中，《格萨尔》达到了语言艺术的这种"最高要求"。表面看来，它很客观，很简单，很朴素地"摹仿自然"，刻画人物，反映社会生活，朴素无华，都是一些"平常言语"，实际上它用这种"平常言语"，把自然环境、社会生活和人物形象描绘得那样真实生动，多姿多彩，却又浑然天成，几乎看不到人工雕琢的痕迹。它比生活更集中、更典型、更优美，但又像生活本身一样质朴自然。藏族的僧侣文学和某些作家文学作品，单纯追求语言的辞藻美，实际上是用一些华丽的词句，掩饰思想的贫乏和内容的空虚。《格萨尔》却与此相反，它寓博大精深的内容于质朴自然的语言之中。这种"富有智慧的朴素"，是《格萨尔》在语言艺术上的重大成就和显著特色。正因为这样，千百年来，《格萨尔》活在人民群众之中，盛传不衰，环回咏唱，千古常新。

丰富性和准确性的高度统一

假若人们的社会生活只是质朴自然，那也未免单调、沉闷。不，人们的社会生活还有另一面：绚丽多姿，丰富多彩，错综复杂。文学作品作为社会生活的反映，应该表现出它的丰富性和复杂性，像生活本身那样绚丽多彩。

同样，如果《格萨尔》的语言艺术仅仅表现为质朴自然，通俗易懂，那还显示不出它同一般的民间文学作品的区别，因为通俗易懂本来就是人民口头创作的一个共同特征。语言的丰富性和准确性，是《格萨尔》语言艺术的另一个重要特征。

《格萨尔》语言的丰富性首先表现在范围广。它涉及藏族社会的各个方面：政治、经济、军事、文化、艺术、宗教、历史、地理、民俗、农牧业生产……可以说是包罗万象。

其次是数量多。按照斯大林的说法，词汇是语言的建筑材料。词汇越丰富，用语言这个建筑材料建造的艺术宫殿也就越宏伟，越辉煌壮观。斯大林指出："词汇反映语言的状况：词汇越丰富，越纷繁，语言也就越丰富，越发达。"②

《格萨尔》卷帙浩繁，流传久远，在长期的发展过程中，经受了严格的检验和

① 列夫·托尔斯泰：《致安德列夫》，见段宝林编《西方古典作家谈文艺创作》，第564页。
② 斯大林：《马克思主义和语言学问题》，《斯大林选集》下卷，第515页。

筛选，它几乎汇集了藏语的所有有生命力的、表现力强的词汇。果戈理在评论普希金的语言时曾指出："它的作品像一个辞典，包含了我们语言全部的丰富、力量和智慧。"我并不想把普希金的语言和《格萨尔》的语言作简单的类比，因为时代不同、国度不同、文化背景不同。但我认为，仅仅从语言学的角度来讲，《格萨尔》几乎包含了藏族语言的全部精华，是学习和研究藏族语言最丰富、最完整的资料，是取之不尽、用之不竭的语言艺术的宝藏。《格萨尔》里既有古代藏语，又融汇了现代藏语；既有书面语言，又有经过锤炼的群众口语；既有民族共同语，又吸收了各地有生命力和表现力的方言词汇。《格萨尔》的内容如此丰富，在这样短的篇幅里，不可能详加论述，只能举一些例子加以说明，仅此也可窥见一斑。

拿《格萨尔》里的人名来讲，就表现了它的丰富性和多样性。不知从什么时候开始，藏族的人名变得十分单调，内容狭窄，同名很多，以致不好区分。现在的藏名大体可分为三类：一类表示吉祥如意，如德吉（幸福）、扎西（吉祥）、次仁（长寿）、彭措（圆满）；一类含有宗教色彩，如丹巴（教义）、曲吉（法王）、吉村（法幢）、娜姆（仙女）、多吉（金刚）；另一类以星期命名，生在星期几，就以星期几为名字，如尼玛（太阳，星期天）、达瓦（月亮，星期一）、米玛（火曜星，星期二）……以日月星辰为名，也含有吉祥的意思。

但《格萨尔》里的人名不是这样，几乎没有扎西、德吉这样很俗气的，也不像尼玛、达瓦这样单调。一般都有意义，而且同人物的出身、性格、外貌、特征等相联系。如：

史诗的主人公格萨尔洛布扎堆——"格萨尔"是得势、发迹的意思；"洛布扎堆"意为降伏敌人的法宝。"洛布"是宝贝、法宝，在这里有"人中豪杰""岭国的宝贝"之意。这一名字，既概括了格萨尔一生降妖伏魔的业绩，又含有人们对他的尊敬和爱戴之情。

嘉察协噶——"嘉"是汉族，"察"是外甥。嘉察的母亲是汉族，他是汉族的外甥。从这一名字就表现了他的身份。"协噶"，是说他的脸像明月一样洁白。藏族人民居住在世界屋脊之上，那里日照时间长，紫外线强，加上风狂雪暴，人们的肤色要黑一些。而汉族同胞居住在平原，肤色要白一些。因此，藏族常常称汉族和其他兄弟民族的同胞为"白脸"。在藏语中，"嘉察协噶"这一名字是很亲切的。它准确地表现了嘉察这个人物的身份和特征，更重要的是，体现了汉藏两个民族的兄弟

155

情谊，表达了民族团结的美好愿望。

绒察查根是岭国的总管王。他精明干练，而又正直忠厚。在格萨尔称王之前，他主持岭国国政；在格萨尔称王之后，他诚心实意地辅佐格萨尔，管理岭国事务。"查"是鹰，"根"是老和大的意思；"查根"，在这里作雄鹰讲。生活在高原的藏族人民，把雄鹰看作是不畏风暴、英勇机智的象征，认为鹰的眼睛最敏锐，能洞察一切；鹰又是最矫健、最勇猛的，它能傲风斗雪，直搏长空，无所畏惧。"查根"这个名字，非常形象而又准确地表现了他的性格特征。

米琼卡德是格萨尔手下的一员大将。他个子很小，其貌不扬，但机智聪明，能言善辩。格萨尔经常把他作为使臣派往各地，或者让他处理岭国的内部纠纷。"米琼"意为"小个子"；"卡德"意为"伶牙俐齿，能说会道"。米琼卡德，即伶牙俐齿的小个子。这名字既形象，又幽默，而且完全符合这个人物的特定身份。

在史诗中，晁通被描绘成一个阴险狡诈，反复无常的小人，他的心灵和他的外貌一样丑恶。"晁"是"发怒"的意思；"通"是"矮小"。"晁通"就是"易怒的矮个子"之意。这一名字，极其准确而又形象地表现了这个人物的外貌和性格特征，也流露出人们对他的厌恶之情。

同样是小个子，史诗的作者在"米琼卡德"身上用了一个"琼"字，是"小"的意思。"米琼"，在藏语中有亲昵的感情色彩。"通"是"短""矮小"的意思，含有贬义。从这两个名字上面看，也鲜明地表达了作者的爱憎和好恶。

珠牡的全名叫嘉洛·森姜珠牡。这名字，也有个来历，表现了她的特殊身份。珠牡在唱词中介绍自己的身世时说：

> 我出生时节是隆冬，
> 虎兔之交我诞生。①
> 当我降临人世时，
> 花儿盛开鸟儿鸣，
> 雪山狮子在咆哮，
> 苍龙长鸣游太空，

---

① 虎在寅，兔在卯，虎兔之交即指寅时交卯时的时刻，约当黎明时分。

因而取了森姜珠牡这美名。[①]

"嘉洛"是家族的名称；"森"意为"雄狮"；"姜"是"夫人"，有的资料里说是指"葵花"，象征妇女；"珠"意为苍龙；"牡"意为女性。森姜珠牡即狮龙之女，表示高贵。这名字，同珠牡作为王妃的身份是相一致的。

岭国还有个小个子，叫古如，是个乞丐。他不但个子矮小，而且驼背。但他聪明机智，富于幽默感。格萨尔同他戏谑，嘲笑他矮小丑陋时，他机智而又风趣地回答说：

语言艺术

> 我上为岭噶的神驼，
>
> 如若无我神衰败；
>
> 中为岭噶的富驼，
>
> 如若无我富贵要衰败；
>
> 下为岭噶的福驼，
>
> 如若无我福禄要衰败。
>
> 古如不坏古如好，
>
> 上弦的月亮弯着好，
>
> 它把碧空装饰好；
>
> 丰年的穗头弯着好，
>
> 填满百姓的仓房好；
>
> 太空的彩虹弯着好，
>
> 它把天地衔接好。
>
> 男子汉驼时武艺强，
>
> 女人驼时见识高，
>
> 兵器弯时好厮杀，
>
> 坡路弯时好赛跑。

"古如"在这里是人名，又有"驼背"的意思，同古如这个人的特征十分贴切。

人名是这样，战马的名字和武器的名字，也都有含意，可以看出它们的特征和

---

① 《霍岭大战》上册（藏文版），青海民族出版社 1962 年版。

与主人的关系。连地名、山名（包括实有的地名、山名和虚构的名称）和宫殿的名称也有意义。如岭国这个地方，史诗中说叫"佟瓦衮曼"，意为"人人羡慕、向往的地方"。这一名字，表达了古代藏族人民渴求建设一个理想王国的美好愿望。格萨尔成了岭国国王之后，他居住的宫殿取名为"森珠达孜"。"森"是"狮子"，"珠"是"龙"，"达"是"虎"，"孜"是居住的地方。以兽中之王狮子和老虎，以象征祥瑞和富贵的苍龙来命名格萨尔的宫殿，就给人一种威严、雄伟的感觉，使人感到，只有这样的宫殿，才适合雄狮大王格萨尔居住；也只有格萨尔这样的天神之子、人中豪杰，才配享用如此雄伟的宫殿。

经过这样的翻译、解释之后，只剩下干巴巴的意思，原文的诗情和画意、神韵和气势、感情色彩和地方特色、特殊的构词方式，以及史诗的语言艺术所具有的音乐美和象征意义，全部消失了。尽管如此，细心的读者仍然可以从这些蹩脚的译文，窥见一斑。《格萨尔》词汇的丰富性和准确性，还表现在近义词的运用上。一个民族语言的丰富性，除了基本词汇的丰富，还表现在近义词的丰富多样上。近义词多，说明人的思维能力发达，观察事物精细，能更准确地反映事物的本质特征。《格萨尔》里经常运用一连串的比喻和一系列的叠句或排比句。这种句式，内容相同或相近，但用词不同。既要从各个不同的侧面、不同的角度表现同一个内容，又要尽可能地避免词语的重复。在这种情况下，更显示出史诗用词的准确，尤其是动词的使用，往往达到不可更改的程度。这种准确性，是以掌握大量的词汇为基础的，只有掌握丰富的词汇，才会有选择的余地，才能够达到精确的程度。每每读到这样的诗句，会情不自禁地为民间艺人驾驭语言艺术的才华而感到惊叹，感到钦佩。这样的诗句，这样的词语，不说不能翻译，至少也很难准确翻译。

为了说明这种情况，可以举汉族诗词作例子，如"红杏枝头春意闹"，一个"闹"字把万物勃生、春意盎然的景象，活脱脱描绘出来了。"云破月来花弄影"，一个"弄"字，境界全出。"春风又绿江南岸"，一个"绿"字，使整个句子活了起来。……这些例子，历来传为佳话，令人拍案叫绝，惊叹不已。其中的神韵，很难通过翻译表达出来，不懂汉语文的读者，无法品味出其中的神韵和意境。

史诗语言艺术的丰富性和准确性，同它的流传形式，同民间文学的集体性，也有直接联系。说唱艺人们在说唱时，要直接面对自己的听众，接受他们的检查，因此，不仅要通俗易懂，而且要生动有趣，引人入胜。你讲得不好，不生动，没有情趣，不能吸引人，群众就不听你的，人就会走光。这就促使民间艺术家们反复锤炼自己的语言，使之精益求精。

另一方面，《格萨尔》是藏族人民世世代代的集体创造，在长期流传过程中，集中了群众的智慧。而说唱艺人们又云游四方，有可能随时随地从人民群众活生生的语言中吸取养料，像辛勤的蜜蜂采摘百花，博采众长，充实自己，从而使整个史诗的语言不断得到丰富和发展。

鲜明的形象，贴切的比喻

《格萨尔》语言艺术的另一个特点，是运用了大量精当贴切、生动形象的比喻。

运用比喻，是人类认识活动的一个重要特点。善于运用比喻，对于文学创作来说，尤其重要。一个精当贴切的比喻，往往胜过一大套空洞枯燥的说教，读者（听众）可以通过具体生动的比喻，得到深刻难忘的印象，受到深切的感染、激励和美的享受。用不用比喻，其艺术效果大不一样。

藏族的民间文学，尤其是民歌，本来就有善于运用比喻的艺术传统。《格萨尔》继承这一传统，并使它发展到更高的水平，如在如何对待自己的错误时，史诗把人分为三类，说有的人能认识并改正自己的错误，有的则不能。史诗中作了这样的比喻：

> 上等汉子如弯藤，
>
> 太阳晒了能拉直；
>
> 中等汉子如弯角，
>
> 冷热适度能拉直；
>
> 下等汉子如顽石，
>
> 无法使它变成泥。

这里把对待错误持不同态度的几种人分别比喻成"藤条""牛角""顽石"，藤条只要经太阳一晒，就能拉直；牛角只要有一定的热度也可使它变直，而顽石是无法改变其形状的。《门岭大战》的"山赞"中，按其形状，把各座名山分别比作：

"如雄鹰展翅翱翔"；

"似小沙弥手持檀香"；

"像血染的红供品"；

"好比白盏放在垫子上"；

"恰似牡牦牛带着小牛犊"；

"如同两只头羊在抵角"；

"形似多级的宝塔"；

"像慈母拥抱爱子"；

"像酒坛子倒立在草坪"；

"如黑牛驮茶包"；

"似孔雀开彩屏"；

......①

这些比喻不仅形象鲜明生动，而且具有民族特色和地方特色。

格萨尔到北方降魔，路遇一个妖精盘问他：

你白牙齿白指甲对谁白？

你黑头发黑眉毛对谁黑？

来到这里想干什么？

不要撒谎照实把话回！

格萨尔回答说：

我从岭地来，

要去降魔鬼，

我牙齿指甲是对万民白，

头发眉毛是对仇敌黑。②

白，代表善；黑，代表恶。在藏语里，形容词可以作动词用。这里，白当忠诚、

---

① 见《门岭大战》（藏文本），第51—54页。

② 王沂暖、华甲译：《贵德分章本》，第81页。译文作了个别改动。

善意讲；黑当降伏、征服讲。这两句话，形象鲜明地把格萨尔疾恶如仇、爱憎分明的感情表现出来了。当格萨尔得到天神旨意去北地降魔之时，和爱妃珠牡难舍难分，他这样形容珠牡的美貌：

爱妃珠牡听我讲，
你是岭地的好姑娘。
你的脸颊比彩虹还鲜艳，
口中出气赛过百茶香。
你右发往右梳，
好像白胸鹰展翅膀；
你左发向左梳，
恰似紫雕鸟在飞翔；
你前发往前梳，
如同金翎孔雀把头昂；
你后发向后梳，
好比大梵天王坐在宝殿上。
你站起来好像一棵小松树，
你坐下去好像一座白帐房。
你的美丽啊，
真是藏地少有世界也无双。
……

珠牡依依不舍地对格萨尔说：

巍巍的雪山不留要远走，
丢下白狮子放哪里？
滔滔的江河不留要远走，
丢下金眼鱼放哪里？
高高的草山不留要远走，

留下花母鹿放哪里?

尊贵的大王不留要远走,

留下我珠牡姑娘放哪里?①

这里用了一连串的比喻,把珠牡难分难离的依恋之情,表现得生动贴切。

珠牡叙述自己的身世,说自己出生时,有很多祥瑞之兆。她唱道:

白鸳落在帐幕头,

我皮肤雪白如白鸳;

紫鸳落在帐绳上,

我脉络紫红如紫鸳;

鹦鹉落在帐柱上,

我言语灵巧如鹦鹉;

白鸽落在帐橛上,

我的脖颈像白鸽;

百灵落在帐柱顶,

歌喉婉转像百灵;

孔雀落在帐篷顶,

头发美丽像孔雀翎。②

珠牡向总管王和岭国的将领们述说她所见到的许多不祥之兆时,这样称呼他们:

须弥山般稳重的叔伯,

虎豹般勇猛的长官,

鹰鹫般剽悍的壮士。③

……

① 王沂暖、华甲译:《贵德分章本》,第57页。译文作了个别改动。

② 见《霍岭大战》。

③ 见《霍岭大战》。

《格萨尔》初探（修订本）

总管王绒察查根沉着稳重，足智多谋，德高望重，用须弥山来形容他，十分恰当；把岭国的将领比作虎豹和鹰鹫，也很形象，而且也显得珠牡贤惠、谦虚、有礼貌。

总管王一开始不相信岭国会出什么事，告诉前来报信的莱琼不要疑神疑鬼，自相惊扰。他连着用了两个比喻：

"俗话说：骒马跑起来没有后劲，女人说的话不足为凭。我们岭国一向平安无事，如同奶酪一样平静，你却像搅牛血一样乱搅一阵，真是无事自扰。"

第一个比喻表现了对妇女的歧视，反映了剥削阶级的偏见；第二个比喻，形象地说明了无事自扰的情形。在史诗中，白色，象征着公理和正义；血红色是战争、祸乱的征兆。藏族牧区做奶酪不能搅拌，一搅拌便不能凝固，用奶酪来形容和平安宁的生活，非常生动贴切。牧区宰了牛羊，常用鲜血灌血肠，灌血肠时，要随时搅拌，否则血液凝固后就不能灌肠。这句话，形象地说明了战祸与动乱。这些比喻都来自群众生活，是他们熟悉的，群众就会感到很亲切，很容易理解。

珠牡派莱琼去送信时说：

> 派出的人儿射出的箭，
> 指到哪儿就到哪儿，
> 你那匆匆离去的身影，
> 快带走我的忧心忡忡。①

用射出去的箭，比喻派出去的人，也十分贴切。

辛巴·梅乳孜在劝谏白帐王不要去进犯岭国时说：

> 嘴不乱说少口舌
> 身不乱动少风寒，
> 马不乱驰不会乏，
> 弓不乱拉不会断。
> 冒险是失败的开端，

---

① 见《霍岭大战》。

163

胜利往往出于冷静。

不知虚实轻易发兵，

会将人马推向泥潭。①

这里一连用了四个比喻，说明不能轻举妄动、挑起祸端的道理。

这种比喻在《格萨尔》里运用得十分广泛，是一种重要的修辞手段。

诗中之诗——对谚语的运用

"没有盐巴的茶难喝，不用谚语的话难讲。"从这句藏族谚语，我们可以看到谚语在藏族群众日常生活中的重要意义，没有谚语的话，如同没有放盐的茶，索然无味。

谚语是民间文学中最精炼、短小的形式，是劳动人民智慧的结晶，它用简练生动的语言，形象地总结了劳动人民的生产斗争、阶级斗争和社会生活的经验，有深刻的哲理性。列宁曾经指出："常常有这样的成语，它能以出人意料的恰当，表现出相当复杂现象的本质。"② 高尔基也曾说过："最伟大的智慧是在语言的朴素中，……谚语和歌曲总是简短的，然而在它们里面都包涵着可以写出整部书的思想和感情。"③

"谚语是人民语言的重要组成部分，是各民族语言的精华。它像千万颗晶莹的宝石，极大地丰富了民间语言和口头文学宝库。它是人民生活的百科全书，向劳动人民传授生产知识和生活经验。它在指导人们分清善恶是非，鼓舞斗争意志，培养高尚的道德情操等方面，都发挥了而且将继续发挥着重要的作用。"④

言简意赅，形象鲜明，哲理性强，这是各民族谚语的共同特征。除此之外，藏族谚语还有自己的特点：音乐性强，句式对偶整齐，音韵和谐；一般都是六言、七言和八言，间或有五言或九言，和民歌的形式很相近，客观上为运用到史诗中去提供了方便。有人把谚语当作科学小诗、哲理小诗，这是很有道理的。

《格萨尔》里大量吸收和运用了民间谚语，极大增强了史诗的思想内容和艺术

---

① 见《霍岭大战》。

② 转引自铁马：《论文学语言》，第57页。

③ 转引自段宝林：《中国民间文学概要》，第207页。

④ 钟敬文主编：《民间文学概论》，第313—314页。

感染力，成为诗中之诗。如果把宏伟博大的《格萨尔》比作艺术的桂冠，那么谚语便是镶嵌在这桂冠上的晶莹的宝石。

假若把那许多晶莹的宝石去掉，就会使艺术的桂冠失去光彩。同样，假若把那些丰富多彩的谚语删除，《格萨尔》也会大为逊色。

《格萨尔》里的谚语大体有两种情况：一是大量吸收民间谚语，把那些概括了社会生活本质规律的谚语，化作自己的血肉，熔铸成史诗的筋骨，对表现主题思想，塑造人物形象，增强史诗的知识性、趣味性和民族特色，都起着重要作用。《格萨尔》里的谚语，不是黏附在作品外表的华美的装饰品，也不是游离于主题思想、情节结构之外，可有可无的附加物，而是像人体的血管和神经一样，非常自然地渗透到整个史诗中去了。另一种是民间艺术家们在说唱过程中，创造了很多精辟的哲理性很强的佳句，经过不断的锤炼和浓缩，又流传到群众中去，成为新的谚语，丰富和发展了藏族的文学语言。史诗中运用的谚语非常多，形式也非常灵活，有时用排比句的格式，一连用好几个比喻和谚语，在这种时候，很难区分哪些是民间原有的谚语，哪些是艺人们的创造。

从内容讲，史诗里的谚语，包括各个方面。《格萨尔》主要是一部描写战争的英雄史诗，用现在的话说，是写战争题材，它热情歌颂了保卫故乡、保卫祖国和反对侵略的英雄。因此，在史诗中表现这一主题的谚语就非常之多：

> 坐在家中活百岁，
> 不如为国争光彩。
> 与其厚颜老死埋坟场，
> 不如英勇战死在九泉。
> 与其像狐狸夹尾逃深山，
> 不如像猛虎斗死在人前。
> 不回击敌人的进攻是懦夫，
> 不报答友人的恩情是骗子。

有的谚语告诫人们不要麻痹大意，不要因敌人弱小而放松警惕，而要抓住战机，给敌人以毁灭性打击：

砍树要在苗幼时，

灭火当在火微时，

鞣虎皮应从头上起，

对敌人必须迎头击。

浓云深处藏冰雹，

绝不让谷穗长得长；

群星深处藏浓霜，

绝不让芳草长得旺；

深山巨崖藏恶狼，

绝不让羔羊长得壮；

黑心的妖怪和魔王，

绝不让众生寿命长。

　　这些谚语告诉我们，世界上只要有坏人存在，就不会让人民过和平安宁的幸福生活。它告诉人们对坏人不可丧失警惕，掉以轻心。

　　有的谚语，告诉人们要注意方法，打仗要有切实可行的作战方案，办事情要有一定措施：

大江河面虽宽阔，

有了船只不难过，

大树枝梢虽然多，

有了快斧不难剁。

山间探哨的事情难，

机智者才能来承担；

鲁莽之人不能派，

不见敌人就空喊。

　　有的谚语，暴露了旧社会的本质，揭露了统治阶级的丑恶嘴脸：

对富人，法律是泡沫，

对穷人，法律是锁链，

行贿的珠宝在闪耀，

大罪人法外逍遥游。

上师美言讲法义，

要把众生置乐地，

却从平民痛苦中，

掠取现成高财利。

会制造是非的喇嘛多，

会做生意的僧侣多，

贪婪悭吝的富人多，

压榨庶民的长官多。

暴君的奖赏，

不是爱抚是罪恶；

喇嘛闭眼沉思，

不是诵经是想财。

上师贪婪无度，

施主就会减少；

官吏贪心过大，

会失去百姓的信任。

脏地方尘土腾空中，

青草香花不会生；

赃官诡诈满脑中，

是非曲直难辨清。

有的谚语说：

与其在深山修行，

不如出山解纠纷。

这句话的意思是说，那些高僧大德不要空喊"积德""行善"，而应该切切实实为老百姓做几件好事。

长官爱纠纷，

喇嘛爱死尸。

这句话是说：百姓当中发生冤家械斗和民事纠纷，当官的就以"审案判案"或"调解"纠纷为名，趁机敲诈勒索、榨取民脂民膏。老百姓家死了人，喇嘛们则以念经祈祷、超度亡魂为由，大肆搜刮，借别人之痛苦，大发其财。在当时的情况下，史诗的作者们能作这样的揭露，应该说是难能可贵的。

另一些谚语表现了人生哲理和道德观念：

话与箭杆要正直，

话直箭直朋友喜；

道路宝弓要弯曲，

路曲弓弯敌人惧。

渴死不喝沟渠水，

那是犏牛的高贵品格；

饿死不吃泥塘草，

那是野马的高贵品格；

痛苦至死不淌泪，

这是大丈夫的英雄品格。

道德学问没有主，

看谁能够下功夫；

荒山野畜没有主，

看谁猎技最纯熟。

不经险峻的石崖，

难以到达平坦的草地；

不经艰苦的磨难，

难以享受成功的喜悦。

懊丧时不要面向地，

愉快时不要脸朝天；

心中充满痛苦时，

振作精神别萎靡；

心中充满欢乐时，

谨慎小心别骄傲。

格萨尔到北地降魔时，叮嘱岭国军民要小心谨慎，提高警惕。他用了一句谚语：

上等人事前善预谋，

中等人临事有主见，

下等人事后空长叹。①

事前如果思谋少，

事后必然懊恼多；

事毕后悔是愚人，

事先预料是智者。

《格萨尔》里还有不少规劝当权者要体察民情，谨慎从事，不要忘乎所以、为所欲为的谚语。如：

即使绝顶聪明的大智者，

事情做过头了也会害自己；

纵然登上了国王的宝座，

想入非非也会使国事衰败。

红火燃烧如过度，

---

① "上等人"等翻译并不确切，容易理解为尊贵卑贱的等级之分。原文"上等人"有贤者、智者、高尚的人等意思，下等人有愚者、不肖者、卑贱之人等意思，中等人是平庸之人的意思。目前很多译文却采用了上述译法，笔者也找不到更确切的词语，暂从之。

沸水也可熄灭它；

黑铁坚硬如过度，

无火也能折断它。

狂妄过甚不克制，

老虎也会被碰死；

吞食过甚不知足，

饿狼也会被噎死；

欺人过甚无止境，

孩童也会反其齿。

此外，还有许多反映生产、生活方面的谚语，积累了高原人民丰富的生产斗争和社会斗争的经验，具有鲜明的民族特色和地区特点。总之，《格萨尔》里的谚语，是藏族文学语言的重要组成部分，集中了藏族语言的精华，体现了藏族人民的无穷智慧，不仅增加了作品的思想性、艺术性和民族性，对于向人民群众传播生产知识和生活经验，指导人们分清善恶是非，鼓舞斗争意志，培养高尚的道德情操等方面，也具有重要作用。

个性化的人物语言

个性化的语言，对刻画人物性格，塑造鲜明生动的艺术形象，起着十分重要的作用。就一个作家，或一部作品来讲，人物语言的个性化程度如何，是衡量语言艺术成熟程度的一个重要标志。因此，古今中外，一切优秀的作家，一切语言艺术大师，都非常重视这个问题。

鲁迅曾经说过这样的话："高尔基很惊服巴尔扎克小说里写对话的巧妙，以为并不描写人物的模样，却能使读者看了对话，便好像目睹了说话的那些人。中国还没有那样好手段的小说家。但《水浒》和《红楼梦》的有些地方，是能使读者由说话看出人来的。"[1]

① 鲁迅：《看书琐记（一）》，《鲁迅全集》第五卷，第530页。

高尔基是怎样"惊服巴尔扎克小说里写对话的技巧"呢？他在《谈谈我怎样学习写作》一文中说：

"当我在巴尔扎克的长篇小说《驴皮记》里，读到描写银行家举行盛宴和二十来个人同时讲话因而造成一片喧声的篇章时，我简直惊愕万分，各种不同的声音我仿佛现在还听见。然而主要之点在于，我不仅听见，而且也看见谁在怎样讲话，看见这些人的眼睛、微笑和姿势，虽然巴尔扎克并没有描写出这位银行家的客人们的脸孔和体态。

"一般说来，巴尔扎克和其他法国作家都精于用语言描写人物，善于使自己的语言生动可闻，对话纯熟完善，——这种技巧总是使我惊叹不已。巴尔扎克的作品好象是用油画的颜料描绘的，当我第一次看卢本斯[1]的绘画时，我想起的就正是巴尔扎克。当我阅读陀思妥耶夫斯基的疯狂似的作品时，我不能不想到，他正是从这位伟大的长篇小说巨匠那里获得很多教益。"[2]

《格萨尔》作为史诗，不同于长篇小说，在语言的个性化方面，似乎没有取得外国语言大师和《水浒传》《红楼梦》那样高的成就，由于产生的时代和体裁的不同，也不能作这样的要求。但是，在某些方面，某些人物身上，语言的个性化表现得也很突出，"能使读者由说话看出人来"。史诗中的几个主要人物，如：格萨尔、嘉察、丹玛、绒察查根、米琼卡德、辛巴、珠牡、晁通、白帐王等的语言，就有个性化的特色，把不同人物的性格特征表现得十分准确、传神，让听众（读者）在听讲（阅读）时，感到史诗中的人物仿佛就在眼前；闭上眼睛一想，那些人物仍然活在脑子里。

格萨尔的语言庄重，又不乏机智和幽默，同他这个"天神之子"、人中豪杰的身份相吻合。绒察查根的语言，显示出他的公正无私和阅历丰富。珠牡的语言，表现出她善良贤惠和忠厚的品质。这三人是贯穿全书的主要人物，他们的语言特色表现得十分明显。

其他人物，如晁通的语言，则表现出他的贪婪、狂妄和奸诈。这里试举几例，加以说明。

霍尔国的乌鸦和灾鸟先后飞到岭国，岭国出现了很多不祥之兆，总管王绒察查根召集岭国的众英雄，商议此事。珠牡对众英雄讲述事情经过，晁通一听，便知道

① 本斯（1577—1640），佛来米画家。

② 《论文学》，人民文学出版社 1978 年版，第 183 页。

霍尔白帐王的兵马要来进攻岭地。他想，霍尔国若是得胜，这岭国的江山就自然会落到他的手里。于是，他摇头晃脑地唱道：

嘉洛仓的姑娘珠牡啊，

你的心该是一泓透明的清泉，

莫要把好事当作坏事，

莫要把吉祥误认是凶险。

我是百群山羊的领梢儿，

千队绵羊的带头羊，

享受头份茶水的好官人，

啃吃山羊脑袋的大贵人。①

右班官员的领班人，

患病者的驱魔人，

受伤者的救护人。

祸福我能先知，

吉凶我能辨清。

你真是神不保佑时的供奉者，

鬼不作祟时的驱魔人。②

你射箭没有超过一架山，

却引得霹雳响连天。

你不敬梵天的神鸟，

你违犯了上天的誓言。

——《霍岭大战》

正像史诗里所说的那样，晃通"用华美的言词将一颗贪欲的心"伪装起来，企图麻痹岭国军民的斗志，在敌国入侵时，使他们处于毫无戒备的状态，充分暴露了他的阴险、奸诈和毒辣。

---

① 意为高贵的人。藏族习俗，用羊头肉招待客人，以示尊贵。

② 意为多事之人。

他在岭国将领面前自我吹嘘：

能在太空长吟啸，

只有苍龙和晁通，

我俩里面我最凶。

能在金刚崖上打橛子，

只有莲花生大师和晁通，

我俩里面我最勇。

能在江河架桥梁，

只有唐东杰布和晁通，

我俩里面我最强。

——《霍岭大战》

把自己比作苍龙，比作莲花生大师，狂妄和骄横之态，溢于言表。

一旦见到霍尔军马浩浩荡荡向岭国进犯时，他吓得魂不附体，自言自语地说：

达绒长官晁通王，

人称好汉大英雄，

为何浑身直哆嗦，

好像山头飘旗幡？

为何言语抖簌簌，

好像风吹树叶颤？

见了霍尔白帐王，晁通奴颜婢膝地说：

日夜盼望大王你，

两眼望穿泪盈盈；

我心如雪山白净净，

一心想念霍尔军。

为了篡夺岭国王位，晁通认贼作父，甘当内奸。他阴险地说：

　　我如凿子从里凿，

　　你如斧子从外砍，

　　有我招风引雨行在先，

　　金刚石崖也难保全。

　　通过各种不同的场合，针对不同的对象，晁通说出不同的话。这些个性化的语言，从不同的侧面，深刻而准确地表现了晁通的性格特征，对于塑造晁通的艺术形象，起着重要作用。

　　其他一些人物的语言，也很有性格特色。如霍尔国的黑老鸹，它的话不多，但也把它那善于拨弄是非的奸佞小人的形象刻画得十分深刻。它见珠牡容貌美丽，就劝说她去做白帐王的妃子。黑老鸹唱道：

　　珠牡呀！

　　你令人倾倒的形象，

　　是爱与善揉成的谜。

　　随着我的脚步将走向华贵，

　　失掉的是你独守空帐的凄楚，

　　找到的是你身为霍尔王后的高位。

　　……

　　我展开乌黑的翅膀，

　　飞过许多村庄和部落，

　　见到无数如花似玉的女子，

　　在你面前都黯然失色。

　　英俊勇武的白帐王，

　　威名如雷四方颂扬。

　　他的牛羊如蓝天的白云，

　　他的骣马像碧海的波浪；

《格萨尔》初探（修订本）

174

面对纳贡称臣的万邦，

他是一轮闪射光焰的太阳。

幸福的地方虽然多，

难找霍尔这样富饶的天堂；

兴旺的国家虽然多，

怎有霍尔那样的兵强马壮！

你这金花似的美人儿呵，

正好与白帐大王匹配成双。

黑老鸹得到珠牡的戒指，立即飞到白帐王的黄金宝座之前，向他表功：

虎皮斗篷内的虎帽王^①啊！

泉水从地下喷出，

歌声从心中升起；

请让我收起疲惫的双翅，

将一路感受尽情倾诉。

鸽子、孔雀和鹦鹉，

连我老鸹四飞禽，

本是宫中御养的寄魂鸟，

能懂人言能传信。

白银鸽子喂白米，

五彩孔雀喂青稞，

红嘴鹦鹉喂麦子，

对我老鸹喂糟糠。

大王的爱戴不一般，

大王的使命却一样。

这次四只鸟儿同派遣，

它们三个把命抗，

---

① 白帐王的称号之一，因白帐王常以虎自喻。

175

各自飞回老家去，

借酒还水无情无义。

唯有我老鸹最忠诚，

未把大王恩义忘。

我谨遵白帐大王命，

展翅一飞十万里。

我往天上飞呀飞，

飞坏了我的铁翅翼。

渴时我往地里刨水喝，

刨坏了我的铁爪子。

饿时我在地上啄虫吃，

啄坏了我的铁钩嘴。

为了给大王找妃子。

我受的痛苦难尽叙。

说完，老鸹"嗖"的一声飞到天上去了。这段表白，然后突然飞去的这一行为，把小人得志、得意忘形的神态，活脱脱表现了出来。

白帐王立即下令宰了自己心爱的神羊，犒赏老鸹，老鸹嫌东西少，在天空盘旋，不肯落下，并且唱道：

谁稀罕你那只小羊儿，

我要吃的是大牲畜，

你这样吝啬和小气，

休想听到好音信。

白帐王又赶紧令人把神牛和神马杀了给老鸹吃，老鸹还是不肯下来。白帐王一怒之下，把箭搭在弦上，拉满弓，对准老鸹，做出要射的姿势。这一来，吓坏了老鸹，赶紧飞下来，一边吃马肉，一边向大王禀报寻妃子的情形。

为了煽起白帐王的贪欲之心，挑动他不惜一切代价去岭国抢夺美女，老鸹用极其夸张的语言来赞美珠牡：

……
　　在那龙盘虎踞的珍宝地，

　　在那黄金松石的宝殿里，

　　有一位艳丽的妃子，

　　用尽人间所有赞美之辞，

　　对她都显得苍白无力。

　　眼睛灵活如蝶飞，

　　双眸黑亮像泉水，

　　眉儿弯弯似远山，

　　牙齿晶莹如白玉，

　　双唇好比玛瑙红，

　　身似修竹面如月，

　　头上青丝垂松石；

　　漫步犹如仙女舞，

　　深沉的西海是她的内涵，

　　飘袅的云雾是她的丰姿，

　　若不是天上有白度母，

　　定是苍穹空行女。①

　　哇哇，哇哇……

　　冬天她比阳光暖，

　　夏天她比柳荫凉，

　　遍身犹如莲花散芳香，

　　蜜蜂粉蝶成群绕身旁。

　　黄金虽贵可用块来数，

　　珍珠虽贵可用串来量；

　　一块黄金能值百匹马，

---

① 仙女之一，又作空行母、空行。即通常所说的飞天。

177

一串珍珠能值百只羊；

她前行一步可值千匹马，

她后退一步可值万头羊。

哇哇，哇哇……

人间美女虽然多，

唯她才可配大王，

她本是格萨尔心爱妃，

森姜珠牡美名扬。

格萨尔远征北地去降魔，

如今她孤独守空帐，

这个良机不可失，

火速前去把她抢。

我把珠牡的小宝石，

献给大王作凭证，

大王应该相信我，

黑老鸹对你最忠诚。

哇哇，哇哇……

——《霍岭大战》

白帐王的语言，既不同于晁通，更有别于老鸹，处处表现出一种贪婪、残暴、狂妄、骄横和不可一世。他在听了老鸹的报告，下令向岭国进攻时唱道：

霍尔能征惯战的勇士，

听我下达闪着刀和剑的命令：

适才机灵的老鸹，

带来甜蜜的佳音，

和佳音一样销魂的梦境。

要得到岭国的珠牡，

一切的欢乐都是热血的结晶。

……

　　要岭国的男儿全倒在血泊中，

　　岭国的美女伴随我们凯旋回还；

　　岭国的庙宇腾起熊熊烟火冲天，

　　岭国的君主要更换新人。

　　……

　　乘虚进攻岭地，

　　有骏马的快骑，

　　有刀枪的拿起，

　　大王的命令不准违逆，

　　山上的礌石不能阻挡；

　　有胆的男子汉赶快起，

　　齐到岭国去烧、杀、抢！

——《霍岭大战》

　　藏族的古典文学，十分注意修辞，讲究辞藻的华丽和典雅，而不太重视人物语言的个性化。在古典文学作品中，差不多都是作者个人的语言，国王和乞丐，贵族农奴主和奴隶、农奴，喇嘛活佛、文人学士和农牧民群众，说的几乎都是一样的话。戏剧语言，也缺乏性格特征。在这种情况下，《格萨尔》作为史诗，在人物语言的个性化方面，能取得那样的成就，应该说是难能可贵的，它为藏族文学语言的丰富和发展，提供了范例。

　　此外，《格萨尔》的语言有鲜明的节奏感和音乐美，句法灵活多变，对偶句和排比句运用得很多，而又十分和谐、贴切，它吸收群众的口语，运用了大量的象声词。所有这些，都为《格萨尔》的语言艺术增添了光彩。

　　认真学习和研究《格萨尔》的语言艺术，对于我们向人民群众学习语言，丰富和发展藏族的文学语言，推动藏族当代文学事业的健康发展，都具有十分重要的意义。

《格萨尔》对其他艺术形式的影响

一部真正有艺术生命力的伟大作品，不仅能够对当时和以后的文学事业的发展产生广泛而深远的影响，而且对其他艺术形式的发展也会产生极大的促进和推动作用，把一个民族的文学艺术的水平推进到一个新的高度。《红楼梦》《三国演义》《水浒传》和《聊斋志异》等优秀作品的产生，标志着我国文学发展史上新的高峰，促进和推动了文学事业的发展，而且对汉族的戏剧、曲艺、绘画、雕塑以及其他艺术形式的发展也产生过深远的影响。同样，《格萨尔》对藏族各种艺术形式的繁荣发展，也产生过促进和推动作用；随着藏族地区文化建设事业的发展，今后必然会产生更加广泛而巨大的影响。因此，对这一方面的问题作一个初步的探索，不会是没有益处的。

解放前的基本情况

在没有出现手抄本和木刻本之前，《格萨尔》主要靠民间艺人的说唱而得到广泛流传。为了加强说唱时的效果，加深对听众的艺术感染力，也为了招徕和吸引更多的听众，一些聪明的民间艺人开始绘制人物画和"格萨尔故事"，说唱时把它们悬挂起来，边解释，边说唱，这就是最早的有关格萨尔的绘画，即"仲唐"。

这种形式是从佛教学来的。僧侣们把佛祖、天神、菩萨和护法神以及各种佛教故事，绘制成卷轴画和壁画，用通俗易懂的形式去传播佛教教义。藏族地区文化教育极为落后，百分之九十五以上的群众都是文盲。在这样的环境里，这种形象化的宣传，最易于为广大群众所了解和接受。佛祖不辞辛劳传经布道的感人场面，得道成佛者在极乐世界享受荣华富贵的令人向往的景象，那些"罪孽深重"的人死后在十八层地狱受苦受难的惨烈情景，都能给信徒们以难忘而深刻的印象。这种宣传效果，往往要胜过宣讲几部厚厚的经书。

民间艺人们从这里得到启示，也用这种办法吸引听众，扩大史诗在群众中的影响。

起初，这种画是说唱艺人们自己绘制的，当然会比较粗糙。但是，随着艺术实践的丰富，绘画的技艺越来越成熟，出现了许多真正的艺术精品，不但有画像，还出现了绣像。

随着群众欣赏水平的提高，对绘画的要求也越来越高。一些说唱艺人讲故事的水平很高，但他的画技却很拙劣；另一些人则相反，故事讲得不好，但绘画技艺却非常之高。这样就在群众中又出现了一种画师——藏语叫"拉日娃"，他们专以绘制格萨尔故事和佛经故事谋生。

与此同时，民间还出现了一些雕塑家。他们创作了许多格萨尔和其他主要人物的塑像，有木雕、石雕、泥塑，还有少量的铜像和银像，艺人们随身携带，说唱时供奉在香案上，烧香祈祷，然后开始讲故事。

随着这种画像越来越多，越来越精美，越来越受群众喜爱，不少人家，尤其是农、牧区的土司头人和牧主，把格萨尔的画像和塑像，像菩萨一样，供奉在家，认为能够降妖避邪，招福进财。

由于群众的需求不断增加，画师和雕塑家们的生意也越来越兴隆，这就进一步促进了民间绘画和雕塑艺术的发展。

到了后来，一些贵族农奴主和上层喇嘛，在自己家的壁画中，也画上了格萨尔和格萨尔故事图，为丰富多彩的藏族壁画艺术，增添了新的内容，对看腻了佛经故事和"轮回报应图"之类的藏族群众来说，无疑会是一种耳目一新的感觉，使他们获得美的享受。

堆绣和剪绣是青海、甘肃藏族地区特有的一种工艺美术，从前主要制作释迦牟尼的生平事迹和佛经故事，悬挂在寺院和大户人家的经堂里，不仅有实用价值（作为佛像来供奉），而且作为装饰品，能够美化环境，有艺术欣赏价值。发展到后来，格萨尔故事成了堆绣和剪绣的重要题材之一，虽然不大容易进入寺院，但在民间的流传却相当广泛。

假若说民歌是文学同音乐的结合，那么，史诗的说唱，则是音乐同文学的结合。《格萨尔》不但故事生动，语言优美，而且在说唱时，唱腔也是丰富多样、悠扬悦耳的。这种唱腔，最初很可能受到过民歌和民间舞蹈的影响，可是一旦形成自己独特的风格和韵味，反过来又对民歌和民间舞蹈的发展产生影响。不少民歌，尤其是牧歌，学习和吸收史诗的唱腔，以丰富自己的表现手法。

民间舞蹈实际上是声乐和舞蹈的结合，静则为歌，动则为舞，表演时往往是载歌载舞。不少地区的舞蹈以格萨尔故事为内容，如工布地区的"卓舞"里，就有"格萨尔卓舞"和"珠牡卓舞"等多种跳法。牧区的圆圈舞（亦称"果谐"）里，歌唱格萨尔的内容就更多了。跳时大家围成一圈，用互相对答的方式，歌颂格萨尔降妖伏魔、抑强扶弱的英雄业绩。有时从仙界遣使、英雄诞生、赛马称王，一直唱到降服四大魔王，往往通宵达旦。有时只唱其中一部分。而青年男女们多喜欢歌唱格萨尔和珠牡之间忠贞不渝的爱情。还有歌颂和平劳动的"珠牡牧羊舞"和"珠牡纺织舞"。

藏戏本来最适宜于表现格萨尔故事，但在民主改革前，几个主要的藏戏团体一直控制在西藏地方政府和贵族农奴主手里，每年雪顿节（藏历七月一日开始）要在拉萨举行一次规模宏大的藏戏会演，达赖喇嘛、西藏地方政府的高级僧俗官员以及三大寺院的喇嘛都要来观看。因此，节目的内容事先要进行严格审查，一般只限于通常所说的"八大藏戏"，不允许表现新的题材和新的内容，格萨尔故事更是在禁止之列。这不但妨碍了《格萨尔》在更大范围里的传播，也严重阻碍了藏戏本身的发展。

当然也有例外。四川德格县是康区的文化中心，那里的文化艺术，有自己的特点，他们演藏戏时，就演《格萨尔》，而且是专场。如竹庆寺每年要演一次《格萨尔》，一演就是一整天，从日出演到日落，演出时有一整套仪式、程式，结构也比较完整，这恐怕与岭仓土司和德格土司的支持、提倡有关。

青海、甘肃地区的一些藏传佛教寺院和群众业余剧团，过去也有演《格萨尔》戏的。但就总体来讲，艺术上比较粗糙，剧本建设比较差。《格萨尔》的内容那么

《格萨尔》史诗说唱艺人古如坚赞在青海湖畔（降边嘉措供图）

丰富多彩，但始终没有产生一个比较完善、受到群众普遍欢迎的演出本。

解放后的新发展

随着《格萨尔》搜集、整理、翻译、研究工作的深入开展，《格萨尔》日益受到其他艺术部门的注意，以格萨尔故事为题材的作品也逐渐增多。

绘画和雕塑艺术继承过去的传统，继续走在前面。解放之后，尤其是粉碎"四人帮"以来，出现了不少《格萨尔》人物画和其他美术作品，其中有些作品达到了较高的艺术水平。四川的一些藏汉族美术工作者共同创作的《格萨尔故事》，荣获1982年全国少数民族美术作品一等奖。

青海省同仁吾屯被称为艺术之乡，那里的绘画和雕塑素来享有盛名。青海的吾屯，有如天津的杨柳青，那里几乎人人是画家，人人是雕塑家。

吾屯地区靠近汉族地区，又是多民族杂居的地方，可以说是一个小范围的民族堆积层，因而形成文化堆积层。吾屯的艺术，具有浓郁的藏族特色和高原风韵，又多方汲取其他民族的优点和长处，成为绚丽多彩的文化染色体。他们善于学习和吸收兄弟民族的艺术技巧及表现手法，以丰富自己，又能保持和发挥自己的民族特色和地方特色，劈山开道，别开生面，自成一格。那里的艺术风格既不同于藏族本土的格调，又有别于汉族和其他兄弟民族。因此，他们的作品深受广大藏族群众的喜爱，在西北地区也有一定的影响。在他们的作品中，有相当一部分就是取材于《格萨尔》，尤以卷轴画和雕塑最为著名。1982年，吾屯的艺术作品先后在北京和青海西宁市等地展出，得到各族观众的赞赏和好评。

酥油花，是藏族地区特有的一种艺术。它源于泥塑，但因为用的是酥油这一特殊材料，在造型、着色等方面形成自己独特的风格，造型美观，色彩鲜艳，人物形象栩栩如生。酥油花最早是从寺院的供品演变、发展而来的。过去每当藏历正月十五，拉萨传大昭时，就要制作巨大的酥油花，在八角街展出。其他一些地区和寺院也做酥油花。其内容，基本上都取材于佛经故事。

在藏族地区，以青海塔尔寺和甘肃夏河县拉卜楞寺的酥油花最有特色，最为著名。那里的酥油花已经不是一般的供品，也不只是宗教艺术，由宣扬宗教教义服务，而发展成为一种独立的艺术形式。其选材范围也非常之广。因为是在寺院里制作，雕塑艺人大多数又是喇嘛，当然少不了宣扬宗教的内容。但是，在塔尔寺的酥油花里，艺术上造诣最高、最有特色、最受群众欢迎的是他们选取新的题材制作的酥油花。这当中，又以文成公主入藏和格萨尔的故事最为出色。前者歌颂了汉、藏两个兄弟民族源远流长的友好关系和亲密团结，后者宣扬了格萨尔安民除暴、抑强扶弱的英雄业绩。由于这类题材的选用，不仅使松赞干布、文成公主的故事和格萨尔的故事得到更为广泛的传播，而且使酥油花本身得到新的艺术生命力。

佛教故事已经在藏族地区流传了一千多年，那些宣扬宗教迷信、因果报应之类的作品，在艺术上尽管有很高的造诣，且作为一种民族文化遗产，今天我们仍然应该认真地学习、研究、借鉴、继承和发展，但就整体来说，尤其是从内容上讲，不免使人感到陈旧、压抑和沉闷，看了这类作品，很难给人一种美的享受，不能使人从中得到奋发向上的力量。与此相反，以格萨尔和松赞干布、文成公主为题材的作品，具有鲜明的民族特色和强烈的时代气息，充分反映了藏族人民向往民族团结、社会安定、人民幸福的美好愿望。从长远的观点来看，这类题材的作品，有着更为广阔的前途。解放之后，尤其是粉碎"四人帮"以来，青海、甘肃地区的酥油花，无论从内容到形式，都有很大的发展变化，以格萨尔为题材的作品逐年增多，受到广大群众的关注和喜爱。

这一现象，也使我们得到一个启示：任何一种艺术形式，都要不断吸收新的内容和表现手法，吸取养料，滋补自己，才能使固有的艺术传统得到保存，并随着时代的发展而发展；如果墨守成规，故步自封，抱残守缺，不但不能使自己得到丰富和发展，连继承传统也不可能，甚至有枯萎和消亡的危险。

随着翻译、出版事业的发展，《格萨尔》也引起了戏剧界的注意。早在《霍岭大战》（上册）汉文版出版之后，青海省京剧团就将它改编成京剧。经过多年的推敲、琢磨和反复修改，在艺术上日臻成熟和完美，把京剧这种汉族独特的艺术形式同格萨尔故事这样具有浓郁的藏族特色的史诗有机地融合在一起，达到了思想内容和艺术形式较为完美的统一。1980年来京汇报演出，轰动一时，受到首都戏剧界和广大观众的赞赏和好评，认为青海京剧团的同志们在开拓新的题材、发展京剧表演艺术的道路上，闯出了新路子，对增强民族团结、促进各民族之间的友好往来和文化交流，有着十分重要的意义。

近几年来，青海京剧团的同志广泛听取各方面的意见，对剧本、唱腔、表演艺术，乃至服装道具，作了全面的修改，精益求精，使《霍岭大战》成为该团的保留剧目之一。他们不断总结这方面的艺术实践，准备继续编写《格萨尔》连台戏。

青海省海南藏族自治州文工团将《霍岭大战》改编成歌舞剧，获得了极大的成功。他们深入农村和牧区演出，深受广大藏族群众的欢迎。他们还曾到上海、广州等地演出，受到国内外观众的好评。目前他们一方面对《霍岭大战》继续进行加工修改，使之更加完美，另一方面在改编《降伏妖魔》之部。

四川省阿坝藏族自治州文工团将《霍岭大战》改编成舞剧，1983年作为建州三十周年的献礼节目，受到各族群众的欢迎。

藏族地区的其他一些艺术团体，也将《格萨尔》的某些章节改编成舞剧、歌剧或话剧。有的节目，如舞剧《出征》，还在首都舞台和各地巡回演出，受到广大观众的赞赏和好评。

近几年来，《格萨尔》上了广播，成为藏族地区广播电台文艺节目的重要内容之一，深受广大藏族群众的欢迎。党的十一届三中全会以来，随着生产的发展，群众的物质生活有明显的改善，群众手里也有了钱，但因为藏族地区地处边远，文化教育事业落后，电视覆盖面很小，很多地区是空白，文化生活仍然十分贫乏，电台增加文艺节目，播放他们喜爱的英雄史诗，广大群众自然十分高兴。

西藏、青海、四川、甘肃等电台的藏语文艺节目里，已经连续几年播放了《格萨尔》，但群众仍然愿意听，还嫌每天演播的时间太短，听得不过瘾。为了满足群众日益增长的对文化生活的需求，电台同志们在总结经验的基础上，不断改进工作，提高演播质量。西藏电台正在尝试用配乐广播和广播剧的形式来播放。

一部作品，连续几年在几家电台同时演播，仍然受到群众的热烈欢迎，百听不厌，这种情况实属罕见。从这里，也可以看到藏族人民是多么喜爱自己的英雄史诗。

史诗的发展对藏族的曲艺艺术也产生了影响。《格萨尔》本身，从广义上讲，也可以说是一种说唱文学。但它同"折尕尔"等藏族特有的说唱文学又有很大的不同。藏语里没有"曲艺"这样的词汇，但一些研究者，把"折尕尔"等艺术形式，划到藏族曲艺艺术的范畴。我想这样的划分法是有一定的道理。"折尕尔"同民间艺人说唱史诗的最大不同是它短小精悍，形式活泼，十几分钟，甚至几分钟内就可以讲完一段故事、一个内容。而说唱《格萨尔》的艺人们则很难做到这一点。他们一般习惯于把史诗的某一章、某一部从头讲到尾，有时一讲就是几天几夜。虽然很生动，很有趣，也很能吸引人，但它也有个缺陷，不适宜在现代舞台上演出。

近几年来，一些群众文艺工作者，把说唱艺人的说唱内容和"折尕尔"的表演艺术结合起来，又吸收了汉族说书艺人的某些特点，创造了一种新的艺术形式——带表演的说唱《格萨尔》。

他们在舞台上和广场上演出，效果很好，深受群众欢迎。在这方面，拉萨市歌舞团的同志们大胆创新，独树一帜，取得了较为突出的成绩。他们的演出，在全国南方片的曲艺会演中，还获了奖。

随着艺术实践的丰富，这种表演艺术会日趋成熟和完美，使藏族的表演艺术得到新的发展。

广阔的前景

绘画和雕塑较早地取材于《格萨尔》，达到了较高的艺术水平，并同史诗的流传紧密地结合在一起，互相依存，互相影响，互相促进。史诗因为绘画和雕塑艺术的发展而得到更广泛的传播；绘画和雕塑艺术因取材于《格萨尔》，而扩大了自己的题材范围，获得了新的艺术生命。今后一定会得到进一步的发展和提高，会出现更多地以《格萨尔》为题材的优秀的绘画和雕塑作品。

其他艺术形式，尤其是戏剧，对史诗的移植和改编，还刚刚开始。今后随着翻译出版工作的开展，史诗对其他艺术部门定会产生更为广泛而深远的影响。假若说《红楼梦》《三国演义》《水浒传》《西游记》《聊斋志异》等伟大的文学作品对汉族戏剧事业的发展产生过深远的影响，出现了很多取材于这些文学名著的优秀的戏曲作品，那么，不久的将来，在藏族地区也会出现很多"格萨尔戏"。

藏戏是藏族人民喜爱的一种艺术形式，它有悠久的历史，而流传又十分广泛，就内容和形式来讲，比其他艺术形式更适合于改编格萨尔戏，更易于为广大藏族群众所接受和喜爱，广大藏族群众也有这个愿望和要求。但是，到目前为止，其他艺术形式，如京剧、舞剧、歌舞剧和话剧，早已走在前面，作了许多探索和尝试，而且取得了可喜的收获，藏戏却远远地落在了后面。我们热切地希望，一切关心藏戏艺术，一切有志于从事藏戏艺术的同志，共同努力，填补这个空白，为发展藏戏艺术，开拓新的道路，做出新的贡献，至少总不应该落在其他艺术部门的后面。

随着科学技术事业的发展，电影和电视也日益普及，成为最具有群众性的艺术形式。一些文艺工作者正在大胆尝试，将《格萨尔》改编成电影和电视连续剧。这是一件非常有意义的事。只要严肃认真，刻苦努力，大胆实践，定能产生出优秀的作品，为我国的电影电视艺术增添光彩。

如同荷马史诗对欧洲文化艺术事业的发展产生过深远的影响，如同印度史诗对印度文化艺术事业的发展产生过深远的影响，我们深信，《格萨尔》将成为藏族文学艺术创作的一个丰富源泉和肥沃土壤。它对藏族文学艺术事业的发展，已经产生并将继续产生巨大而深远的影响，推动整个民族文化艺术事业发展到一个新的水平。

藏文文献中的《格萨尔》

藏族有悠久的文化传统，有丰富的古籍文献，这是我们研究《格萨尔》的珍贵资料。但是，要从浩如烟海的典籍中，把有关《格萨尔》的论述和记载挖掘和整理出来，并非易事。这里略陈管见，以期引起学术界同志对这一问题的关注和重视。

最初的记载——族属未定的格萨尔

从目前了解到的资料看，最早的藏文文献是从敦煌石窟千佛洞十七号藏经洞里发现的吐蕃时代的藏文典籍，距今已有一千多年历史。这些珍贵的历史文献，被帝国主义分子所窃掠，现在分别收藏于法国和英国的图书馆。我们从敦煌的文献中，发现了印度的史诗《罗摩衍那》梵文本残卷和部分藏文译文。这说明早在吐蕃时期，藏族学者就注意到印度史诗，并开始对它进行翻译和研究。

在藏文文献中，最早出现格萨尔这个名字的，要算《国王遗训》《嘛呢宝训》和《莲花生大师全传》。

《国王遗训》里有这样两段话：“北方乃是格萨尔军王，强力射箭立靶在四方，同时射中四靶者为王。……”①意思是说格萨尔统治的地方崇尚武功，常举行射箭比赛，胜者为王。《国王遗训》相传是松赞干布所著，后来从拉萨大昭寺的房梁上发

① 译自《国王遗训》，拉萨木刻本，第19页。

现了这部著作，属于佛教后宏期的"伏藏"经典。但据藏族学者考证，系后人托古之作，因书中记载了很多松赞干布以后的事情。

《嘛呢宝训》里有这样两段记载："大唐皇帝的王子说：'吐蕃杀了我们的弟兄，削弱了我们的军队，所以是我们的敌人，公主不能嫁往吐蕃。格萨尔军王英武善战，国家如遇危险，可请他来援救。所以，应把公主嫁给格萨尔军王。……'""……吐蕃使臣说：'我吐蕃最早来到此地求娶公主，所以公主应嫁往吐蕃。'霍尔使臣说：'如果不把公主许嫁我主格萨尔，我等将发大兵。……'"[①] 这里不但有格萨尔，还出现了霍尔国的使臣，称格萨尔为"我主"。看口气，像是在格萨尔降服霍尔之后的事。《嘛呢宝训》和《国王遗训》《五部遗教》《莲花生大师全传》等书一样系佛教后宏期的"伏藏"经典，是宁玛派（红教）的重要著作，产生于十一世纪之后。熟悉历史的人都知道，唐贞观年间（627—649），是我国历史上民族关系比较和睦的时期，边疆比较安定，各民族友好团结，得到共同发展。这是被史书称赞为"贞观之治"的一个重要表现。唐太宗李世民即位后，采取了一系列缓和民族矛盾的政策。实行睦邻政策，是唐太宗的基本国策之一。"和亲"是其中一项重要内容。唐蕃友好，"和同为一家"，符合大唐和吐蕃两方面的利益和愿望，也符合藏汉人民的共同利益和愿望。文成公主远嫁吐蕃，正肩负着重大的历史使命，绝不是像《嘛呢宝训》所叙述的那样，是武力威胁的结果。再说，当时正是唐朝建国之初，国力昌盛，雄才大略的唐太宗，岂能屈服于武力威胁？这段记载与其说根据史实，不如说是来源于民间传说，更为确切。

《五部遗教》中说："在北方七星升起的天空之下，所谓仲地之内有格萨尔军王。"[②] 这里出现了"仲·格萨尔"。仲，有人说在沙洲一带，也有人说是高昌地区。《五部遗教》的成书年代，是个有争议的问题。它主要记述了莲花生大师和赞普赤松德赞的事迹，因此，有人说它是吐蕃晚期的著作。但书中又有关于蒙古军队入藏的事情，有人又怀疑是元以后的作品。不管怎样，仅凭这样一段话，并不能证明格萨尔实有其人；更不能证明除岭·格萨尔之外，还有一个所谓的仲·格萨尔，或北方格萨尔。

《莲花生大师全传》里也出现了格萨尔的名字："……萨贺尔（即今孟加拉国）

---

① 译自《嘛呢宝训》"迎娶文成公主"一章，拉萨木刻本。

② 译自该书藏文木刻版，第6页。

王珠纳铮有一个非常美丽的女儿叫孟达日娃。前去向她求婚的有印度王、象雄王、格萨尔王。……"还说格萨尔王是莲花生大师的弟子①。

关于格萨尔求婚一事，和上面的记载相似。不同的是，求婚的对象变了，从东方转向西方。疑是源于民间传说，并无事实根据。

说格萨尔王是莲花生大师的弟子，倒有点接近于史诗中的描写。史诗的第一部《仙界遣使》里说格萨尔是莲花生大师的化身。值得注意的是，这是到目前为止，我们所能见到的将格萨尔和莲花生大师连在一起的最早的史书，又是《莲花生大师全传》这样一部重要的著作，其影响就更大了。

在另一部著名的藏文史书《贤者喜宴》中说，当时的吐蕃，受到邻近各国的侵犯，他们虎视眈眈地窥视着藏地。书中用这样一段话来描述当时的形势："汉地之王像蛇盘绕林木，印度之王像狼伺袭羊群，波斯之王鹰扑鸟群，格萨尔王像系在树上之马，暴躁不休。"②

就是说，吐蕃处于四面受敌的状态。在这里，把格萨尔王作为与汉王、印度王、波斯王相并立、互不统属的另一个国王，不仅把格萨尔作为外族人看待，而且说他企图迫不及待地侵犯藏地。

《贤者喜宴》中还有这样一段记载：赞普松赞干布逝世，禄东赞从前线返回拉萨奔丧时，恸哭道："吾王啊，您英略盖世，就是格萨尔军王他，闻王之名生敬信，发愿来世托生为侍臣。"③

《贤者喜宴》成书较晚，于明嘉靖四十三年（1564）写成。从全书来看，并不是把格萨尔作为藏族历史上曾经出现过的一个英雄来叙述，也没有明确指出他是北方哪个民族（或国家）的首领，只是在论述松赞干布的业绩时，作为一个比喻，一种修饰语，提到他的名字。

在第五世达赖喇嘛阿旺罗桑嘉措所著《西藏王臣记》中，有这样一段记载："当时（指吐蕃时代）的情况是，因为有印度法王、波斯财王、格萨军王、美色市王等，都羡慕唐皇敬信佛法，后妃享有荣华，太子爱好武艺，文成公主又是花容玉貌般的

---

① 见《莲花生大师全传》，青海塔尔寺木刻版，第105页。

② 见《贤者喜宴》藏文版寅卷。

③ 见《贤者喜宴》藏文版寅卷。

美丽，大家都分别派遣使臣前去中原，争聘文成公主为妃。"①

《西藏王统记》里，也有类似的记载："……格萨尔军王之大臣等百骑前去求娶文成公主。……格萨尔使者住城南，霍尔使者住城北。……巴达霍尔王之臣等百骑也来求娶文成公主。"②

所有这些材料，有一个共同点，就是把格萨尔作为外族人，或者不说明是外族，但与松赞干布相提并论。可以说这时的格萨尔族属尚未确定。

关于文成公主的民间故事和藏戏《文成公主》里，也把格萨尔说成是和松赞干布同时代人，他们都曾派使者到长安去求婚。藏族群众中还流传着这么一句话：印度佛王，汉地法王③，格萨尔军王，大食财王④，藏地黑发百姓之王。这也说明把格萨尔看作是外族人。但是，以上史书，都不是专门论述格萨尔的历史，而是在谈到迎娶文成公主时，说有很多国家的使臣竞相向大唐求婚，其目的是要用夸张的手法说明吐蕃强盛，松赞英武，大唐不得不将公主许配给吐蕃赞普。在这些史书中，格萨尔只是一片绿叶，他的作用仅仅是陪衬英明君主松赞干布。

但是，这些记载说明一个重要问题：早在吐蕃时代，藏族群众中就流传着关于格萨尔的各种传说，人们把他看作是一个崇尚武功的古代英雄，而且具有很大影响，将他同松赞干布这样的英明君主相提并论。这些资料，有助于我们更好地去探讨《格萨尔》的产生年代，以及它形成、演变和发展的过程。

在《江杰·锐白多吉传》⑤里，江杰·锐白多吉以回答他的弟子土观·曲吉尼玛提问的形式，谈了他对格萨尔的看法，并提出格萨尔是蒙古族后裔这样一个新观点。他说，格萨尔是在藏族历史上出现过的真实人物，但在故事（指史诗《格萨尔》）中把他过分夸大了。他还认为，格萨尔是准噶尔的后裔，而准噶尔是善于征战的蒙古族的一个部落。因此，格萨尔也很会打仗，成为藏族的一位著名的军事首领。

江杰·锐白多吉七岁时就到北京，曾经当过七世达赖喇嘛格桑嘉措的经师，又被乾隆皇帝封为帝师。他对藏族文化有较深的研究，从小又受到汉族、满族和蒙古族文化的熏陶，终于成为一位博学多才的学者，在藏族政、教两界都享有很高的威

① 《西藏王臣记》汉译本第 31 页，北京民族出版社 1983 年版，郭和卿翻译。

② 译自《西藏王统记》藏文版《迎娶文成公主》一章，北京民族出版社 1982 年版。

③ "法王"指以刑法治国的国王，而不是佛法之法。

④ 传说是指波斯王。

⑤ 甘南拉卜楞寺木刻本，存北京民族图书馆。

望。一生著述甚丰，其主要著作，收集在木刻版的《江杰·锐白多吉全集》里，因此，他的观点对当时的人和后人，都有很大影响。

第三世生钦活佛洛桑旦增也认为格萨尔是准噶尔后裔。他还进一步指出，是成吉思汗的后代[1]。从目前接触到的材料看，生钦·洛桑旦增可能是藏族学者中唯一一位说格萨尔是成吉思汗后代的人，但是他除了发表这样一个结论性的意见外，没有作进一步的解释和发挥，更没有提供别的材料。尽管如此，生钦·洛桑旦增不仅是江孜地区的一位大活佛，而且是一位著名的学者，曾经当过第八世班禅的经师，所以他的见解受到很多人的重视，这一论点，一再被人提及。

《娘堆佛教史》[2]（手抄本）中说，格萨尔大王的军队曾经到过后藏地区。什么时候来的，为何而来，都没有记载。就笔者所见到的资料看，有关格萨尔的著作，大部分是安多、康和那曲地区的学者、喇嘛撰写的，在后藏地区，研究《格萨尔》的人很少，这可能同史诗的流传有关系。从这个意义上讲，这部手抄本中的有关记载，值得注意。

从人变成神——观世音的化身

《莱隆·协白多吉全集》中，有一段关于格萨尔的记载。莱隆·协白多吉认为格萨尔是观世音的化身，八十名英雄是印度八十个大成就者的化身。这种说法当然是以宗教观点为依据的。

莱隆·协白多吉和第七世达赖喇嘛是同时代人，曾经当过郡王颇罗鼐的上师。颇罗鼐本人在西藏历史上是一位很有影响的人物，协白多吉作为他的老师，声望自然也随之提高。所以，此说一出，被很多人接受，并广为流传，至今有很多人相信这种观点。这种说法可能最初源于僧侣文人，尤其是宁玛派（红教）的喇嘛，或者是作者将史诗中的有关描写，当作史实。因为在《仙界遣使》和《英雄诞生》等部里，就说格萨尔是莲花生的化身。按照藏传佛教的说法，西藏是观世音的教化之地，在藏地传播佛教的莲花生大师，则被说成是观世音的化身。既然莲花生是观世音的化身，而格萨尔又是莲花生的化身，那么从佛教观点看，把格萨尔说成是观世

① 见《生钦·洛桑旦增全集》藏文木刻版。

② 娘指年楚河，堆是上游，娘堆，即年楚河上游的江孜地区。

音的化身，是顺理成章的事。

西藏那曲地区绕登寺的第五世活佛洛桑单增对格萨尔也作过研究。在他的全集中，有一卷是专门论述格萨尔的，有三百多页，可以说是一部论述格萨尔的专著。他认为，格萨尔有文、武、权、胜（指战胜敌人）四种形象，在不同的时候，以不同的形象出现，完成自己特殊的使命，但他的本身却只有一个，是观世音菩萨的化身。他来到人间，是为了造福于藏族百姓，降服四方的敌人，保卫国土，安邦治国。他还说，格萨尔的八十员大将是印度的八十位著名的大成就者的化身，他们是来帮助格萨尔完成自己的使命。这位活佛在他长达三百多页的著作中，从各个角度极力论证格萨尔是观世音的化身，企图在神的殿堂中，增加一个受群众崇敬的新神，以扩大宗教在群众中的影响，对史诗本身，却几乎没有论述。

这类著作的一个共同点是，格萨尔被说成是观世音的化身，是天神之子，格萨尔的身价也一下子被提高了，由人变成了神。过去在宁玛派（红教）寺院和一部分群众中流传的所谓《格萨尔颂》《格萨尔祈祷祝词》等，都属这一类。这样的著作还不少，但既没有什么史料价值，也没有什么文学意义。

岭国的君王——岭·格萨尔的出现

在藏族学者中，第一个把格萨尔说成是岭国的首领，并把他同《格萨尔》这部史诗联系起来的，恐怕要算松巴·益西班觉[①]。他是十八世纪一位著名的学者。他的《关于格萨尔的答问》，曾经被研究《格萨尔》的人广泛引用。蒙古人民共和国研究《格萨尔》的专家策·达木丁苏伦在他的《〈格斯尔传〉的历史源流》一书中，辟专章详细引用了《答问》，而且作了分析研究。鉴于这种情况，这里就不作过多的叙述，只扼要地介绍松巴·益西班觉的基本观点。他在《答问》中说：

"在康区上部，自下而上有黄河、雅砻江、金沙江等三条大河，在中间者为雅砻江，连同吉云及粗隆委两水，共三条河流环绕的地带是格萨尔的诞生地，它在德格的左边，是德格所属的地区。……他父母的帐房所在地，叫做吉尼玛滚奇。它属于德格地区的丹和岭两大部落中的岭部落。格萨尔诞生之后不久，被他叔父晁通驱

① 有人认为松巴·益西班觉是蒙古族，也有人说是土族。

逐到黄河源头扎陵湖和鄂陵湖附近的拉隆玉朵地方。他在那里长大，成为一位英勇的武士，……以后，格萨尔到丹部落去，被那里的猛犬追逐，马惊坠地，因而致死……"

松巴·益西班觉在分析各种资料之后，做出结论说：

"格萨尔虽然实有其人，但《格萨尔》中的格萨尔，则是根据历史上的人物，作了过分的渲染和夸张，已经不是原来的真实面目了。"①

国内外很多研究《格萨尔》的专家学者，都认为松巴·益西班觉的论断真实可信，经常被人引用，做了不少文章。但仔细分析，他的论点是经不起推敲的。他把作为民间文学作品的《格萨尔》同一般的史书混为一谈，说格萨尔诞生在德格地区的岭部落，小的时候受到他叔父晁通的迫害，被驱逐到黄河源头，在那里长大等等，完全是根据史诗中的《英雄诞生》和《赛马称王》等部，没有别的任何史料作依据。至于说格萨尔到丹部落去，在那里被猛犬追逐，坠马而死，也是根据当地的民间传说。当地还有一种说法，格萨尔被疯狗咬伤，医治无效而去世。

《果洛族谱》②一书中，沿用这种说法，并进一步作了发挥，说格萨尔诞生在岭地（指德格地区），七岁时受到他的叔父晁通的迫害，来到果洛。十五岁时在玛多地区（今果洛州玛多县）举行赛马大会时取胜，成为岭国之王。《族谱》的作者以自豪的口吻说，现在的果洛地区，就是当年岭国的疆域；果洛三部落都是岭国的后裔。

这部《族谱》，以及类似的书，与其说是以史料为根据编写的，毋宁说是以民间传说为基础整理加工的，然后披上一层历史外衣。基本方法不是由古到今，而是由现在往远古推论，从现实的人出发，与古代英雄拉关系，续家谱。书中关于格萨尔身世的叙述同史诗中的有关描写完全一样，其真实性是值得怀疑的。另一位藏族学者色多活佛的《自传》中说，格萨尔诞生在古代岭国的金达地方，即今德格县境内。我怀疑他只是根据史诗和民间传说，而没有更多的依据。

在《第八世达赖喇嘛绛边嘉措传》里，有这么一段记载：

"正如罗扎·来吉多杰（他是格鲁派即黄教创始人宗喀巴的老师——引者注）

---

① 《关于格萨尔的答问》，见《松巴·益西班觉全集》，拉卜楞寺木刻版，现存北京民族图书馆。

② 据说有好几种《果洛族谱》，全系手抄本，后由于历史原因而散失了。笔者所见是一部残本，由果洛州政协翻印（油印本）。这部《果洛族谱》是解放前根据过去的《族谱》改写的，1983年9月我们特意去果洛州玛多县拜访请教，当时该书作者仍健在，80多岁，不期，未遇，甚憾。

所说，江河出于雪山，人杰来自天神，在多麦地区的芒康赛姆岗，有一位由神的化身到人间的岭·格萨尔，他英勇无畏，无比聪明，十分威严，又胸怀宽广，品德高尚。他有一个侄儿叫扎拉孜杰（史诗中说是嘉察的儿子——引者注），住在拉日岗①，管辖着多堆地区的十八个部落，他们都是天界白梵天王的后裔。"

这段叙述，同史诗里的描写基本上是一致的。不同的是，说格萨尔的故乡在芒康地区。芒康在金沙江以西，在今西藏自治区境内。

《朗氏族谱灵犀宝卷》中，有这样一段记载："朗氏家族有一位大成就者叫强秋多吉，曾经到五台山去修行，到了格措湖畔，遇到格萨尔大王，格萨尔向他供奉了一件罗刹的大氅、一条花辫子、一匹黑马，并且说：'我立志驱除人间的恶魔，请给我的事业以护佑，并给我作长生不老的加持。'大成就者强秋多吉说：'当死亡来临的时候，天上的神也无法阻挡，我只能护佑你不受魔障的欺凌，活到八十八岁。'强秋多吉来到五台山，天天在禅房静坐修定。一天，忽然显现出岭·格萨尔派来使者的征兆，睁眼一看，果然有使者出现在身边，说：'大成就的瑜伽行者啊，格萨尔大王已经准备了足够的供奉，请你不要留在异域他乡，还是回到自己的故乡去吧！'……后来强秋多吉骑着神鼓来到岭国，受到空行仙女的迎接。到了岭国后，受到格萨尔大王和他的将领们的欢迎。格萨尔遵照强秋多吉大师上次的嘱托，献上从地下挖掘出来的《五部遗教》，还有许多法衣法鼓和稀世珍宝。岭国的三十英雄，三十青年，三十大师，三十贵妇，也都供奉了自己的礼品，并请求大成就者强秋多吉留在岭国。"①

这段以史实的面貌煞有介事地写下的文字，十分神奇，本身已经近似神话故事了。强秋多吉生活在什么年代，他的生平事迹如何，《朗氏族谱》里均无记载。朗氏家族的僧人扎巴迥乃曾任帕竹噶举派的主寺——丹萨替寺的主持（大约在公元1208年），这之后，他们家族世代承袭丹萨替寺寺主的职务，成为这一地区拥有较大实力的割据势力。在《朗氏族谱》中，他们上与莲花生大师拉关系，自称是莲花生大师的爱徒；下与格萨尔找联系，说大智大勇的格萨尔王两次请他们家的僧人去岭国。作者编造这么一个神奇的故事，无非是想借格萨尔名字，抬高朗氏家族的身价。

就是这样一段离奇的记载，被一些学者当作信史，一再引用，甚至以此作根据，来考证格萨尔的生卒年代。

①　原书系手抄本，原文较长，仅摘译其有关内容。

阿里地区著名的学者、大堪布昂旺扎巴在他所著的《拉达克佛教史》中说，格萨尔在战胜卡其松耳石宗（相传是今克什米尔地区）之后，在归国途中，将缴获的一部分战利品送给阿里国王，其中有战马、马鞍、刀、矛、弓、箭、铠甲等物件。阿里国王把这些东西作为最珍贵的传家之宝保存下来。据说这些东西直到民主改革时，还完整无损地保存在阿里地区的寺院中。书中还谈到《格萨尔》中的《卡其松耳石宗》之部，就是根据这一历史上真实发生过的事件为依据编写的。[①]

智贡巴·丹巴绕杰在《安多佛教史》中，对格萨尔诞生的年代，以及他活动的地区作了考证。他认为，今青海省果洛地区，就是过去岭国的疆域。书中写道：

"黄河上游地区，过去完全被格萨尔大王统治着，关于他的诞生年代，有铁鼠年和水蛇年两种说法，都说是在第一个甲子年的最初阶段。格萨尔曾迎请祥秋哲规和穆底扎纳作为自己的上师，向他们学佛，并广建寺院。关于他的诞生地，一说在巧扎寺附近雅砻河流域的居措廓卡；一说在达萨纳隆地方。总之，关于他的历史，有各种说法。"[②]

《安多佛教史》是一部重要的历史著作，影响很大，不少同志根据书中的有关记载论证今果洛地区就是古代岭国的地方。其实智贡巴·丹巴绕杰对格萨尔的论述，也没有超过前人。他说"格萨尔曾迎请祥秋哲规和穆底扎纳作为自己的上师"，就经不起推敲。祥秋哲规是吐蕃赞普赤松德赞时代的一位著名的修行者，相传是莲花生大师的嫡传弟子。穆底扎纳是印度的一位高僧，宋朝时来到我国，曾长期住在邓柯县一带，著有《语法入门》等书。他俩相隔二三百年，格萨尔怎么可能同时请他俩作自己的上师呢？

智贡巴·丹巴绕杰是一位严肃的学者，他在叙述有关格萨尔的问题时，采取了比较客观的态度，最后还强调指出：关于格萨尔的历史，"有各种说法"。遗憾的是，这一句很重要的话，恰恰被一些人有意无意地忽略了。

佛教的护法神——被改造了的格萨尔

在藏族学者中，对《格萨尔》全面而深入地进行过研究的，应该首推米旁·朗

---

① 原书系手抄本，笔者在一位藏族学者处看到该书。

② 译自《安多政教史》，甘肃民族出版社 1983 年版，第 234 页。

吉嘉措。

米旁·朗吉嘉措是四川省甘孜藏族自治州石渠县人，居噶寺的活佛，属宁玛派（红教）。他博学多才，一生著述甚丰，在佛学、历史、语言学、文学等方面都有较高的造诣。在藏族地区，在宗教和文化两个方面都有较大影响，他的主要著作都收集在《米旁全集》[①]中。

米旁·朗吉嘉措对《格萨尔》的研究，做了三个方面的工作。

首先，对格萨尔的生平作了考证。他认为格萨尔是岭仓土司的祖先，和萨迦派的八思巴、噶举派的桑吉叶巴是同时代人。他说格萨尔是天神之子，为了普度众生，来到世间。基本观点没有超出史诗《仙界遣使》和《英雄诞生》之部所论述的范围。他还对格萨尔的服饰、战马和使用的武器，作了详细叙述。不仅如此，对三十英雄以及王妃、女将的来历，各自的特点，他们的服饰、战马、使用的武器，以及史诗的曲调，也作了一番考证。

其次，米旁写了不少颂扬格萨尔的祷词，这些基本上都属于经文，而不是文学作品。这类作品，在米旁关于《格萨尔》的著作中所占分量最大，如《格萨尔喇嘛颂》（也可译作《格萨尔上师瑜伽》）、《格萨尔如意祈祷词》。在这些著作中，米旁从不同的角度论证格萨尔是由神变成的人，格萨尔和自己所信奉的活佛（或上师）在本质上是一致的，原来都是天界的神，投生到人间，才有了人的形体。因此，他提出了"一体论"的观点，即信奉自己所崇敬的神佛（或上师）和信奉格萨尔，并不矛盾，在本质上是一致的，都是信佛，都可以得到正果。按照藏传佛教的说法，尽管所有的活佛和大喇嘛都是神的化身，所有的信徒都信奉佛祖，但每一个信徒所处的环境、地位不同，尤其是因为"缘份"不同，因此各人所崇敬的喇嘛活佛是不一样的，每个人都有自己的"本尊"。按照米旁的解释，格萨尔不过是神的另一种形象而已。

基于这种观点，米旁又把格萨尔说成是佛教的护法神，敬奉格萨尔也就是敬奉佛祖。他还专门写了一部《敬奉格萨尔颂词》，有详、略、中三种不同的刻本，论述了敬奉格萨尔时要念什么经，需要哪些供品，要举行哪些仪式。

米旁认为格萨尔有四种形象，即国王、护法神、本尊和英雄，也就是前面提到的文、武、权、胜四种形象，不同的时候，他以不同的面貌出现，起不同的作用。

① 原版是木刻版，现存德格印书院。

《格萨尔》初探（修订本）

但目的只有一个，就是降妖伏魔，弘扬佛法。

这样，米旁就把格萨尔这个传说中的古代英雄，改造成佛教的护法神。同时，他还想用自己编写的《祈祷词》和《颂词》之类的经文，去代替在民间广泛流传的史诗《格萨尔》，将一部伟大的民间文学作品篡改成经文，至少想把它改造成宣扬佛教教义的僧侣文学，或佛经文学。

米旁还写有一本《祈祷经》，说格萨尔和无量寿佛在本质上是一致的，念诵这本经，可以保你消灾祛病，免除战祸，长生不死，常享安乐。

他还写有敬奉格萨尔的兄长嘉察协噶的颂词，叫《敬奉嘉察协噶颂词》，仅两页。一篇《祈祷平安颂词》，内容是祈求格萨尔保护百姓平安，佛业昌盛，只有一页。

另有一篇的题目叫《祈求格萨尔招福》，也只有两页。"招福"原系藏族的原始宗教的一种仪式，后来被佛教徒袭用，并说念了这种经，可以把财宝和福分统统招来。这种仪式解放前在藏族地区很普遍，这里只不过把格萨尔大王抬出来，请他为自己招福。这几部作品看来很可能是一些未完成的著作的提纲。在米旁的影响下，别的僧侣文人也写了不少类似的作品。

这类颂词在一部分信教的群众中有较大的影响，他们把格萨尔作为护法神来供奉。解放前一些，宁玛派（红教）喇嘛和群众经常念诵这些"颂词"，或请人念诵，就像念经一样，求格萨尔保佑自己吉祥如意，平安长寿。

米旁还写了一本《岭国的太平大歌舞》，约十几页，是用"卓舞"①的形式，赞颂岭国的三十位男英雄和三十位女英雄。但因歌词太文雅，艰深难懂，一直没有能在群众中流传。而群众自己创作的一些歌词，和民间的音乐、舞蹈一起，流传下来了。如工布地区，在工布"卓舞"和工布"箭舞"中，就有歌唱格萨尔和珠牡的内容，用问答形式，边唱边跳，生动活泼，至今流传不衰，深受群众喜爱。

米旁的徒弟，孜规格寺（位于昌都澜沧江畔）的第二世曲林活佛曾学《诗镜论》的笔法，用韵文体写了一部《格萨尔故事》。大概是认为民间艺人说唱的史诗太粗俗，不能列入高雅的诗歌之林，企图用僧侣文人的作品，去代替人民群众的创作，可是也没有能在群众中流传。

第三，对民间流传的史诗本身进行加工整理。米旁写过《赛马颂词》和《降伏

① "卓舞"是广泛流传在藏族牧区和农村的一种舞蹈，边唱边跳，其风格粗犷豪放。

霍尔颂词》两部书。《赛马颂词》是根据《赛马称王》改写的，颂扬格萨尔在岭国的赛马大会上取得胜利，并夺得了王位。《降伏霍尔颂词》是根据《霍岭之战》改写的，颂扬格萨尔降伏霍尔白帐王的英雄业绩。这两部书篇幅都不长，只能算个提要。米旁·朗吉嘉措大概是想以此为基础，按照自己的意图和需要，重新编写，或加工整理，可惜没有来得及实现他的愿望，这位博学多才的学者就圆寂了。

他的遗愿由他的弟子居勉土登完成了。居勉土登整理了《英雄诞生》和《赛马称王》，解放前由德格岭仓土司刻印。这两部书现在已由四川民族出版社整理出版。

写这类"祈祷词"的人还不少，主要是宁玛派（红教）喇嘛，也有一些是格鲁派（黄教）喇嘛，如甘孜县甘孜寺的扎噶活佛是格鲁派（黄教）活佛，与米旁是同时代人，他也写过一部《格萨尔祈祷词》。康区的另一位喇嘛朵庆孜·益喜多杰先后写有《格萨尔祈祷词》《格萨尔成就法》和《具有佛法内容的格萨尔故事点滴》[①]等书。

《噶托寺史话》（噶托寺在今四川省甘孜州白玉县）里有这样一段记载：格萨尔的兄长嘉察协噶战死之后，噶托寺僧人曾举行法会，念经超度。嘉察生前用过的武器和盔甲全部供奉在该寺。

据说这些东西一直保存到民主改革前。"文革"中，这些遗物大都已丢失，只有一顶头盔，被群众保护下来，现在又献给该寺了。

当然，这些只是传说而已。这样的传说和相传是格萨尔及其将领的遗物，在藏族地区几乎到处都有，但并不能证明在历史上真有格萨尔其人。

当代藏族学者谈格萨尔

在当代的藏族学者中，有不少人认为藏族历史上出现过格萨尔这么一个人，他是岭仓土司的祖先，古代岭国的首领。他主要的活动地区在今四川省甘孜州和阿坝州、青海省果洛州和玉树州一带。果洛州政协副主席俄合保活佛和他的弟弟、州政协副秘书长昂欠多杰，在黄河源头作了实地考察，写了二三万字的论文，专门阐述

① 直译应为《佛法故事点滴》。史诗《格萨尔》发展到后来，被一些上层喇嘛活佛歪曲篡改，增加了很多宣扬佛法的内容，变成为僧侣文学和佛经文学。这类史诗被称之为"佛法故事"，以区别于民间流传的史诗。藏语叫"曲仲"，专指有佛法内容的格萨尔故事，而不是指一般的佛经故事。

这一观点，1983 年在青海西宁召开的全国少数民族史诗学术讨论会上发表，引起与会者的重视。

西北民族学院才旦夏茸教授在他著的《藏族历史年鉴》中说，格萨尔诞生于藏历第一个甲子之前的庚子年，即公元 1000 年[①]。才旦夏茸教授对这一问题采取了很慎重的态度，他在这句话后面加了一个括号，说："根据传说故事。"接着又写道："《朗氏族谱灵犀宝卷》中说：朗氏孜规为格萨尔祈福，预言他能活 88 岁。"

夏格巴在他所著《西藏政教史》中，对格萨尔其人其事，也作了一番考证。他在书中写道：

"当时（指朗达玛被杀之后），在多堆、多麦地区交界的地方，出现了一个叫格萨尔·洛布扎堆的人。他不但拥有强大的军事力量，自己还善于变幻，懂得法术。在老百姓中间有不少关于他同邻近的许多国家打仗的很动人的故事。很多文献中说，不但有许多关于格萨尔的生动的传说故事，还有铠甲、弓箭、宝剑等珍贵的文物。"作者又说："我自己看到过《英雄诞生》等十几部关于格萨尔的故事，其中有些是根据想象编写，或根据艺人的说唱记录的，只有少数署有作者的名字。多仁噶伦旦增班觉在自传中说：'在我们家的藏书中，有一部关于征服霍尔的、没有结尾的书。正好当时我的父亲（指贡班智达）带兵到康区去，为了表示吉祥圆满，我写了一百多页的续书，使这部书首尾完整。'对于这样的杜撰，其真实性如何，使我产生了怀疑。《霍岭大战》里，有一段晁通的唱词，他在歌中唱道：'能在岩石上钉木桩的，只有我和莲花生大师，在我们两个里面，要算我的法术高。在世上的佛爷当中，要数我和萨迦法王道行高，我们两个相比较，我晁通还要高一筹。能在江河上面架桥的，是唐东杰布和我两个，我们两人相比较，还是我的本领强。'莲花生大师、萨迦法王和唐东杰布，不是同时代的人，他们相隔几百年。从这些描述来看，格萨尔是否真有其人，就更令人怀疑。"关于岭国疆域，作者指出："关于格萨尔居住的地域，普遍的说法是多堆和多麦交界的果洛地区。但是，在老年人的传说中，又有人说在芒康、工布、达纳、沃油、白朗等地，总之说法很多。"

夏格巴在编写《西藏政教史》时，查阅了大量的藏文文献资料，也访问了一些对西藏历史和宗教有研究的学者和喇嘛活佛，还直接访问了传说是格萨尔后代的第四十九代岭仓土司，从史学的角度对格萨尔作了一番认真的考证。但是，他的态度

① 才旦夏茸著：《藏族历史年鉴》，青海民族出版社 1982 年，第 152 页。

很谨慎，除了介绍有关的史料和各种说法外，没有明确表示自己的看法。他强调指出，"要弄清格萨尔王的真实面貌，去掉那些夸张和编造的说法，就要作一番认真细致的考证。"①

著名的藏族学者、《白史》的作者安多·根敦群培对格萨尔也作过一些探讨。他认为历史上没有格萨尔这么个人物，完全是讲故事的人编造出来的。他的《白史》是一部未完成的书稿。此书尚未写完，他就遭到原西藏地方政府的迫害，身心受到严重摧残。1951年西藏刚刚解放，他就去世了。据熟悉根敦群培的同志介绍，在他的《白史》中，准备对格萨尔作一些论述。可惜由于受到反动农奴主的迫害，这一想法未能实现。不过他还是留下了一首谈格萨尔的诗：

> 高山之巅找不到凶猛的雄狮，
> 雪域之邦哪里有格萨尔大王？
> 任凭夸张的说法、生花的妙笔，
> 纵情书写华丽的诗篇。

意思是说，如同雪山上没有狮子一样，藏族历史上没有格萨尔，格萨尔的故事是用夸张的手法书写的"华丽诗篇"。

按照藏族传统的说法，说雪山上有狮子，很多装饰品、壁画、刺绣、寺院和贵族的建筑物以及藏币，都采用这种图案。雪山上有狮子，好像成了无可争议的事实，虽然谁也没见过。根敦群培运用现代科学的观点，推翻了传统的说法，说狮子只能产生于热带，雪山之上不可能生存。他还专门写了一本小册子，论述雪山上没有狮子这一观点。这个完全符合现代科学的观点，一经提出，曾引起轩然大波，被认为是异端邪说，激怒了很多人，引起他们强烈的反对，认为是对民族尊严和民族传统的亵渎。这也并不奇怪。旧西藏实行政教合一的政治制度，在思想意识领域，神权占统治地位，三大领主禁锢人们的思想，不允许有任何一点新的、科学的，哪怕是属于常识性的观点出现。但科学毕竟是科学，是禁锢不了的；事实毕竟是事实，是改变不了的。尽管根敦群培本人受到残酷迫害，但他关于雪山上没有狮子的观点，最终被人们普遍接受。

---

① 根据藏文本翻译。

根敦群培正是有感于此，才写了这样一首诗。他把格萨尔同雪山狮子相比，认为都是夸张的说法，实际上是不存在的。虽然只有这么一首诗，但流传很广，影响颇大。在藏族的知识界，有不少人赞同他的观点。

当我们对藏文文献中关于格萨尔的记载，作一次匆匆巡礼之后，就会发现藏族学者对格萨尔的论述，经历了这样一些变化：在较早的历史文献，如：《国王遗训》《五部遗教》《莲花生大师全传》《嘛呢宝训》《贤者喜宴》，以及稍后一些的第五世达赖喇嘛所著《西藏王臣记》里，格萨尔的族属没有确定。有的认为他是北方某个民族的首领（或国王），有"祝古·格萨尔""仲·格萨尔""霍尔·格萨尔"等多种说法。有的则认为格萨尔是准噶尔后裔，是成吉思汗的后代。有的笼统地称"格萨尔军王"，将他与"松赞干布"或"赞普"并提，没有说明他是哪个国家、哪个民族、哪个地区的"军王"。

后来就把他神化了，说他是观世音菩萨的化身。既然是神的"化身"，按照藏传佛教的说法，就要降临世间，变作血肉之躯。降临到什么地方呢？当然要降临到藏族地区，因为藏族地区是观世音的教化之地。这时族属才开始确定：格萨尔是藏族。

再后来，就说格萨尔是岭国的君主，认为格萨尔是藏族历史上真实有过的人物，并认为他生活在黄河上游地区，即现在的青海省果洛藏族自治州和四川省甘孜藏族自治州一带。格萨尔的出生年代，大约在藏历第一个甲子，或稍早一点，即公元十一世纪前后。

随着《格萨尔》在群众中的影响日益扩大，一些僧侣文人又提出新的观点，把格萨尔歪曲、篡改为护法神，并编写《颂词》和《祈祷词》之类的东西，企图把一部民间文学作品篡改为佛经文学。

到了现代，一些藏族学者，又从不同的角度作了一些探索，取得了一定的成绩。

从过去藏族学者对《格萨尔》的研究情况来看，有两个弱点：

第一，无论对藏族历史，还是对具体历史人物的研究，都没有摆脱神学的束缚。没有把研究工作建立在科学的世界观和方法论的基础之上，没有把史学和文学研究从神学的桎梏下解放出来，变成人文科学。

第二，分不清史诗和史书的根本区别。由于历史的局限，不少藏族学者不仅没有科学的世界观和方法论作指导，甚至也缺乏基本的文艺理论和文学知识。他们往往把民间文学作品《格萨尔》当作一般史书来看待，并根据史诗和传说提供的线索进行烦琐考证，牵强附会，猜测推论，因此使自己走入迷宫，找不到出路，最后只好回到神学那里去。

直到解放前，藏族学者对《格萨尔》的研究，主要限于格萨尔是真还是假，是人还是神，以及岭国在什么地方这样一些问题，对史诗本身的思想内容和艺术成就，它在藏族文学史上的地位和影响，以及多方面的科学价值等重大问题，则基本上没有涉及。我们是历史唯物主义者，不能脱离历史条件去苛求前人。尽管存在上述弱点，我们应该充分肯定先辈在研究《格萨尔》方面所做的巨大努力和可贵贡献。他们积累的丰富资料是一份珍贵的民族文化遗产，是今后我们开展《格萨尔》研究的重要资料。

藏文文献中关于格萨尔的记载是很丰富的，由于笔者学识有限，只能一鳞半爪地作一些蜻蜓点水式的介绍，无疑是以蠡测海，挂一而漏万，而且还可能有不少谬误。我之所以提出这一问题，是为了引起大家的重视。过去我们对国外研究《格萨尔》的情况，或其他方面的资料是比较注意的，但对藏文文献中的有关论述却关心不够，而这一部分恰恰是非常重要的，是研究《格萨尔》的很珍贵的第一手资料。就这些文献资料作一番认真探讨，对搜集、整理和研究《格萨尔》无疑是一件非常有意义的事情。

《格萨尔》同宗教的关系

马克思主义的理论告诉我们，宗教是一种社会意识形态和文化现象。作为文化现象的宗教，它的产生，是历史之必然。

从现有的藏文文献资料看，藏族在远古时代信奉原始宗教，崇拜自然神。但关于这方面的记载非常零散、非常之少，使得我们无法对藏族的原始宗教有更多的了解、作更深入的探讨。随着社会生产力的发展，宗教观念日趋明显和复杂，更加系统化，也更加理论化了。社会上开始出现了一批宗教职业者——巫师。这时，就逐渐形成了藏族特有的民族宗教——苯教。

从氏族社会末期到奴隶制国家政权建立后的一个相当长的时期内，苯教在藏族社会中占统治地位，在国家的政治生活中，起着重要作用。

自从佛教传入藏族地区之后，一千多年来，它对藏族社会的各个方面，包括文学艺术，产生了极为广泛而深刻的影响。解放前的西藏，还处在封建农奴制社会阶段，实行政教合一的政治制度，居民的绝大多数都信奉佛教。

产生在这样一个社会的文学巨著《格萨尔》，不可能不受到宗教的影响。由于史诗产生的年代久远，地域广阔，流传的形式多种多样，内容纷繁复杂，丰富多彩，因此，它同宗教的关系也呈现出极为复杂的现象，从内容到形式，从流传、演变到发展，从搜集整理到加工修改，都受到宗教广泛而深刻的影响。不仅不同的宗教对它产生了不同的影响，在同一种宗教里，不同的教派也对它采取了不同的态度，呈现出错综复杂的现象。同时，由于《格萨尔》规模宏大，卷帙浩繁，在长期流传过程中，又经历了重大的演变和发展，各种分部本所表现的宗教观点也不尽相同，甚至互相矛盾。因此，要比较全面而准确地论述宗教对史诗的影响，指出史诗中宣扬的各种宗教观点及其对群众的影响，同时正确地阐明史诗中所表现的反对宗教迷信和宿命论的积极的思想内容，需要进行专门的研究。有的问题在别的章节也涉及了。这里仅就宗教同史诗有关的几个问题，作一概括的叙述。

对自然神的崇拜

《格萨尔》里认为山有山神，水有水神。每个地方，各有自己的土地神和地方神，掌管着那一个地方的百姓们的荣辱祸福，生老病死。龙宫里的龙王叫邹纳仁钦，把他也作为一种神来供奉。史诗里说格萨尔的生母是龙王的幼女梅朵娜泽。另外还有叫"念"和"赞"的神（属于山神和土地神）。他们数量众多，在史诗中占了很大比重。这种神是其他民族所没有而为藏族所特有的。史诗里反复宣扬格萨尔是神、龙、念三位一体的英雄，在他身上凝聚着他们三者的精灵。

史诗里说，位于黄河源头的玛沁邦热（即玛沁雪山）是岭国的神山，也是格萨尔本人的寄魂山。扎陵湖、鄂陵湖和卓陵湖是岭国的三大神湖，也是岭国三大部落——嘉洛仓、鄂洛仓和卓洛仓的寄魂湖。《格萨尔》里还有两个重要的神：一个叫威尔玛，是岭国的战神。每当格萨尔或岭国的部队出征作战，或遇到危难时，总要先祭祀他，焚香祝祷，请他来助战或护佑。另一个叫格作念布，是岭国的山神。佛教徒和苯教徒都不敬奉威尔玛神，认为不是他们的神，在佛教和苯教的典籍里，没有他的名字；在佛教和苯教的神殿里，也没有他的位置。威尔玛和"赞""念"一样，很可能是原始社会后期的一种自然神，由物神观念演化而来。一千多年来，尽管苯教和佛教在藏族社会产生了重要影响，在意识形态领域里占据统治地位，但威尔玛这位史诗时代产生的战神，一直成为群众信仰、供奉的对象，在偏僻的牧区和山村，对战神威尔玛的崇拜更为普遍。

像战神威尔玛和山神格作念布这样的神，可以看作是古代藏族人民创造的民族之神。在他们身上，体现着古代藏族人民的意识形态、宗教观念和民族精神。恩格斯在分析这种民族之神时曾经指出："在每一个民族中形成的神，都是民族的神，这些神的王国不越出它们所守护的民族领域，在这个界限以外，就由别的神无可争辩地统治了。只要这些民族存在，这些神也就继续活在人们的观念中；这些民族没落了，这些神也就随着灭亡。"[①]《格萨尔》里认为一切自然现象都有不同的神灵主宰着，不仅山有山神，水有水神，风雨雷电、日月星辰也各有神灵在主宰。史诗里关于这方面的描写是很多的。

《英雄诞生》里说，当格萨尔诞生的时候，天神和土地神、地方神显灵，出现很多祥瑞之兆。天空中雷声轰鸣，降下花雨，郭姆（格萨尔的生母）家的马、牦牛、乳牛和羊等四种家畜，同时生下了马驹、牛犊和羊羔。她的帐房被一团彩云所笼罩。岭国的百姓见了这些吉兆，便知道岭国诞生了一位灵性非凡的英雄豪杰。

格萨尔幼年时，遭到他叔叔晁通的诬陷迫害，他母子二人被赶出岭地，送到黄河下游最苦的地方。离开岭地时，郭姆大声呼喊，祈求山神格作念布和地方神吉杰达日为他们母子俩作救主和旅途中的保护神。郭姆的真诚感动了山神和地方神，他们在暗中保护母子二人，并帮助格萨尔降伏当地的鬼怪和破坏草场、危害百姓的鼠王扎哇卡且和扎哇米茫。《格萨尔》里认为，牧草枯黄，草场遭到破坏，牲畜大量死亡，也是由于那里的地方神和鬼怪作祟，只有降伏他们，才能使水草茂盛，牛羊肥壮。[②]

《赛马称王》中有这样一段描写：草原上鲜花盛开，蓝天白云，丽日当空，岭国举行隆重的赛马大会，众英雄扬鞭催马，奋勇争先，岭国百姓万众欢腾，喜气洋洋。正在这时，当地的土地神虎头妖、豹头妖和熊头妖作祟，瞬息之间浓云翻滚，雷鸣电闪，降下大冰雹，使得赛马大会几乎无法进行。格萨尔使用法术，请求天神帮助，降伏三妖，顿时乌云消散，晴空万里，阳光明媚。[③]

格萨尔同魔王或敌国作战时，双方借助风神、雷神或山神、地方神，大施法术，战胜对手的描写就更多。所有这些，都表现了万物有灵观念和对自然的崇拜。

万物有灵的观念，是产生原始宗教的思想基础。恩格斯曾经指出，"宗教是在最原始的时代从人们关于自己本身的自然和周围的外部自然的错误的、最原始的观

①　《路德维希·费尔巴哈和德国古典哲学的终结》，《马克思恩格斯选集》第四卷，第 250 页。

②　《英雄诞生》（藏文版），四川民族出版社 1981 年版。

③　《赛马称王》（藏文版），四川民族出版社 1981 年版。

念中产生的"[①]。"一切宗教都不过是支配着人们日常生活的外部力量在人们头脑中的幻想的反映。在这反映中，人间的力量采取非人间力量的形式。"[②]

唯物主义认为，宗教观念不是一开始就有的，而是伴随着生产力的提高和人类思维能力的发展而逐渐产生的。当人类刚从动物界分离出来时，大脑思维能力还不发达，还不可能产生任何宗教观念和宗教信仰。到了氏族制社会，人类思维能力有了进一步发展，逐渐认识到许多自然现象和人类生活有着密切的联系。但由于当时人类征服自然的能力极为有限，对自然界变化多端的现象无法理解，因而在人们的意识中产生一种幻觉，这种幻觉逐渐成为一种超自然的力量。它反过来控制着人们的思想意识，才产生了原始神话和原始宗教。正如恩格斯所指出的那样："由于自然力被人格化，最初的神产生了。"[③]恩格斯认为宗教产生于原始社会的蒙昧时代，"其根源在于蒙昧时代的狭隘而愚昧的观念"[④]。

万物有灵观念，主要表现在对自然的崇拜。在远古时代，生产力极为低下，人们对自然界的依赖性很大。藏族人民生活在世界屋脊之上，那里高寒缺氧，气候恶劣，地质构造复杂，忽而雷电，忽而风暴，忽而雪崩，忽而冰雹，忽而冰湖决堤，忽而泥石流突奔，忽而强烈地震，忽而火山爆发。刚刚还是冰雹倾盆，暴雨如注，转眼之间又是蓝天万里，阳光灿烂，彩虹横空，天地间出现许多壮丽景观。各种自然现象既严重地威胁着古代藏族人民的生产劳动和日常生活，也为他们造成各种有利条件，造福人类。自然界的各种变化，都同人们的生产、生活有着密切联系。人们无法解释，更无法控制这种自然现象，便觉得在他们周围布满了超自然的存在物，认为自然力就是神灵，每一种自然现象都有不同的"神灵"主宰着。他们按照对人们生产、生活的不同影响，把各种自然现象分为"吉兆"和"凶兆"，并以此为依据，决定自己的行为。

《格萨尔》中关于各种自然神的描写，正反映了古代藏族人民的宗教观念，是符合当时人们的认识水平和客观实际的。

《格萨尔》里对古代藏族人民的"灵魂"观念，也有非常具体、非常形象的描

① 《路德维希·费尔巴哈和德国古典哲学的终结》，《马克思恩格斯选集》第四卷，第 250 页。

② 《反杜林论》，人民出版社 1970 年版，第 311 页。

③ 《路德维希·费尔巴哈和德国古典哲学的终结》，《马克思恩格斯选集》第四卷，第 220 页。

④ 《路德维希·费尔巴哈和德国古典哲学的终结》，《马克思恩格斯选集》第四卷，第 220 页。

写。灵魂观念，在古代各民族中曾经普遍产生过。恩格斯说："在远古时代，人们还完全不知道自己身体的构造，并且受梦中景象的影响，于是就产生一种观念：他们的思维和感觉不是他们身体的活动，而是一种独特的、寓于这个身体之中而在人死亡时就离开身体的灵魂的活动。从这个时候起，人们不得不思考这种灵魂对外部世界的关系。既然灵魂在人死时离开肉体而继续活着，那末就没有任何理由去设想它本身还会死亡，这样就产生了灵魂不死的观念。"①

史诗里认为，人的肉体和灵魂可以分离。肉体可以死亡，灵魂却永远存在，人死后，灵魂即离开肉体到另一个世界去了。不仅普通人是这样，被称作天神之子的格萨尔大王也是这样。他的灵魂寄托在玛沁雪山上，如果谁要杀害他，仅仅伤害他的肉体是不行的，只有摧毁巍峨高大的玛沁雪山，才能夺取他的生命。珠牡的灵魂寄托在扎陵湖中，辛巴·梅乳泽的灵魂寄托在红野牛身上。其他人物的灵魂，也各有所寄托。

《格萨尔》里认为，不仅人有灵魂，就是妖魔和动物也有灵魂。魔王鲁赞的灵魂分别寄托在三个地方：大海、古树和野牛。

这大海浓缩成一碗癞子血。格萨尔把这碗血打翻，把树砍倒，把野牛杀死，才降伏了魔王。

霍尔国的白帐王、黑帐王和黄帐王的灵魂，分别寄托在白野牛、黑野牛和黄野牛身上。

《格萨尔》里说，不论岭国的将士，还是敌国的妖魔，他们战死之后，只是肉体被消灭，灵魂并不会消亡，而继续在轮回之中游荡。因此，每当战争结束，格萨尔都要大做法事，祈祷祝福，不仅要超度岭国将士们的亡魂，还要超度妖魔的灵魂。因此，史诗里对格萨尔有这样的评价："早上是降伏魔王的屠夫，晚上是超度亡魂的上师。"②

这种关于古代藏族人民灵魂观念具体形象的描写，在别的文学作品中还不多见，因此具有很高的认识作用和文献价值。

① 《路德维希·费尔巴哈和德国古典哲学的终结》，《马克思恩格斯选集》第四卷，第219—220页。

② 屠夫，藏文里含有强者、勇士之意。

与苯教的关系

长期以来，国内外研究《格萨尔》的一些学者，认为格萨尔是信奉苯教（有的译作苯钵教，俗称黑教）的，史诗宣扬了苯教的观念，因而遭到佛教徒的禁止和反对。

法国学者达维·尼尔在她所著的《岭·格萨尔之超人生活》一书中认为："有理由相信，最古传说（指《格萨尔》）与苯钵教有关。此种教在藏中早于佛教之输入，然后在此传说上加以佛教之渲染耳。"①

汉族学者马长寿先生在《钵教源流》中说："在四世纪至七世纪时，西康中部猛共地方建立一帝国，其名曰'林'。'林'之君主有格萨王者，乃信钵教。盖当时尚值佛法基础未固之际，而一般人民仍生活于钵教信仰之中"，又说钵教"第十九神日南巴杰为林·格萨尔王之巫师"②。

任乃强教授在《〈藏三国〉的初步介绍》一文中说："林葱安抚司自称为格萨尔之后。""林葱原系康北大国，信奉黑教（即苯教）……元时始改奉花教。"

王映川同志在《"格萨尔史诗"的神话传统与宗教关系》一文中，比较系统地阐明了这一观点，说明格萨尔是信奉苯教的。③

持这种观点的主要依据是，史诗中有许多求神、上供、卜筮、诅咒、杀牲血祭等苯教的仪式。史诗里还有许多反对佛教的内容，如毁坏佛像，嘲弄喇嘛，直至捣毁地狱，大闹阎王殿等等。有的研究者认为，这是佛教徒，尤其是格鲁派（黄教）各寺院把它列为禁书的主要原因。

在史诗的一些颂辞和唱词中，多次提到苯钵教的创始人敦巴协饶，把他同佛祖和佛教的著名喇嘛并列，加以歌颂，这也是认为格萨尔信奉苯钵教的根据之一。达维·尼尔在上面提到的那本书中说："钵教之发明者格鲁辛腊，在传奇（指《格萨尔》）之歌词中常被很尊敬地提到或祈求，全部歌词系由巫教孕育而出。"

另一种意见则认为，《格萨尔》里宣扬了佛教的观点，贯穿了一种"抑苯扬佛"的观点。

---

① 青海省民研会翻译出版的资料本。

② 转引自《四川民间文学论丛》，1980 年第一期，第 47 页。

③ 《西藏研究》，1982 年第二期。

《格萨尔》史诗说唱艺人才让旺堆（降边嘉措供图）

的确，由于历史的原因，《格萨尔》同苯教的关系，呈现出一种复杂的现象。一方面，史诗里把苯教的创始人敦巴协饶同释迦牟尼等神佛并列，在"颂词"和"祈祷词"中虔诚祝祷，热烈讴歌。不仅如此，还把苯教里的其他神，尤其是护法神，当作格萨尔或岭国的护法神来供奉和祝祷。比如，史诗中说霍尔白帐王是个魔王，他们信奉苯教，他们供奉的神是朗特嘎布、帕特查喔和萨特纳布。按照佛教的说法，这些神不是佛教的神，不能供奉。但格萨尔和岭国的大将们，在呼唤神佛和祝祷时，将他们同观世音和莲花生等并列起来，一同颂扬和祝祷。

又如《大食施财》里，说大食财王信奉三个神：宗拉嘎琼、土地神哲日惹巴和珠拉拖吉。这些都是苯教的神，但在史诗里作为正面的神，加以颂扬。

另外，有许多关于杀牲血祭、占卜咒诅，以及其他一些宗教仪式，都作为正面的活动，加以描绘和颂扬。

另一方面，又把苯教作为岭国的主要敌人——四大魔王信奉的宗教，处处加以贬斥和嘲讽，而把岭国的百姓说成是虔诚信仰佛教的，将格萨尔同四大魔王的斗争，说成是为了降伏妖魔，弘扬佛法。

为了弄清《格萨尔》同宗教的关系，有必要对藏族历史上的佛、苯之争，作一个概括的叙述。

苯教是流传在我国藏族地区的一种宗教，它起源于象雄地区。

公元七世纪初，佛教传入藏族地区。在这之前，苯教在藏族社会中占据统治地位。那些专司祭祀占卜的巫师，被说成是通达鬼神、回旋于人神之间的使者，他们既能通神，便成为"神"的代言人；又懂法术，能役使精灵魔怪，自然就成为人们生活的指导者和保护者。他们实际上干预着人民生活的各个方面：从婚丧娶嫁、农耕放牧，到交兵会盟等重大事情，都由苯教巫师来决定，并由他们主持一定的仪式，甚至王朝内部的重大事件，如赞普的建陵安葬，新赞普的继位主政，都由苯教巫师来决定。藏文史书中说："自聂墀赞普起至拉脱脱日聂赞之间，凡二十六代，都是以苯教护持国政。"[1]

苯教巫师的权力逐渐膨胀，成为威胁吐蕃王室的一种强大势力。因为最大的、左右国政的巫师，照例都是几家大贵族的子弟世袭担任。这几家大贵族又与王室通婚，享有"尚论"的地位，形成专权的外戚集团。他们轮流执掌吐蕃军政大权和教

---

[1] 藏文本《王统世系明鉴》，北京民族出版社 1981 年版。

权，赞普权力逐步被削弱，甚至新赞普的继立都由他们决定。而苯教巫师总是在关键问题上，假借"神"的意志，支持贵族势力，打击王室。因此，吐蕃王室从自身的利益出发，同苯教发生了日益尖锐的斗争。

恰在这时，佛教传入了藏族地区。佛教作为一种新的思想体系，一经传入藏族地区，立即受到王室的欢迎和支持，把它作为自己的思想武器，同苯教相对抗，用以打击苯教和贵族势力，巩固自己的统治。

苯教起源于民间的自然崇拜，属于泛神论或多神论。苯教认为山有山神，水有水神，天地万物都有"神灵"主宰，人的生老病死、吉凶祸福，自然界的风雨雷电，都各有一种"神"在主宰。

王辅仁同志在《西藏佛教史略》一书中指出：

"苯教从内容上看，是一种原始宗教，或者说是一种万物有灵的信仰，它所崇拜的对象包括天、地、日、月、星辰、雷电、冰雹、山川，甚至土石、草木、禽兽，包括一切万物在内。这种宗教在科学上称作灵气萨满教。它本是流行在西伯利亚和亚洲腹心地带（包括我国东北、内蒙古地区）的一种原始宗教，因为这种宗教的巫师叫作萨满，所以称作萨满教，后来逐渐成了全世界公认的一个科学名词，在宗教学、民族学的材料中，把与这种宗教类似的原始宗教统称为灵气萨满教。苯教可以说是灵气萨满教在西藏的地方形式。"[1]

而佛教基本上属于一神教。这种教义，更有利于巩固和强化吐蕃王室的中央集权统治。佛教一经传入，吐蕃王室就把它作为自己的工具，以此来对抗苯教巫师及其支持者贵族势力，并从思想上加强对广大人民群众的控制。

统一青藏高原的各个部落、建立吐蕃王朝的赞普松赞干布，被说成是观世音的化身。

由于获得了王室的支持，佛教在藏族地区得到很快的发展。但是，苯教和贵族势力也不肯轻易放弃自己的权力，退出政治舞台。这样，从一开始，苯、佛之间，就展开了尖锐激烈的斗争。经过多次反复激烈的较量和斗争，大力倡导、支持佛教的赞普热巴巾被信奉苯教的人杀害，由支持苯教的朗达玛继任王位。朗达玛在夺得政权之后，以暴力手段消灭佛教，屠杀僧人，逼迫僧人还俗、改宗，封闭和摧毁寺庙，强行推广苯教，在整个藏族地区造成一时恐怖的局面。不久，朗达玛又被信佛

---

[1] 王辅仁著：《西藏佛教史略》，青海人民出版社 1982 年版，第 15—16 页。

的僧人所杀。从此酿成王室的内乱，导致吐蕃王朝的崩溃，造成了青藏高原长达四百年之久分裂割据的混乱局面，给人民群众带来了深重的苦难。

长期以来，佛教徒们把朗达玛看作是造成这一灾难的罪魁祸首，说他是"魔王"转世，传说他头上长角，每天要一个女人给他梳头，梳完头就把她杀掉；说他极端残忍凶狠，杀的人无计其数，杀一人，如农夫割一根小草。《降伏妖魔》中说，格萨尔当了岭国的国王之后，降伏的第一个魔王鲁赞，就是头上长角、每天要吃一百个小孩的极端残暴的妖魔。佛教徒们附会说，朗达玛就是鲁赞的化身。在一些分部本中，也说朗达玛是魔王转世、佛教的仇敌，极力加以丑化。

另一方面，佛教徒们又用最热情的语言，赞颂在藏族地区大力倡导佛教的赞普松赞干布、赤松德赞和热巴巾。他们被看作是藏族历史上最有作为的三位赞普，史书上称之为"法王祖孙三代"。在一些分部本，如《姜岭大战》和《门岭大战》里，还说格萨尔是赤松德赞的化身。

这种"抑苯扬佛"观点的形成，也有一个演变和发展过程，同藏族历史上的佛苯之争有密切关系。从一些手抄本，尤其是民间艺人说唱的内容来看，在最初阶段，史诗的教派观念不明显，凡是神佛它都信仰、崇拜和颂扬，凡是鬼怪都贬斥、诅咒和反对，并不区分是哪一教派的神和鬼。这也是合乎情理的。在古代，普通的藏族群众和民间艺人，不同程度地都信仰宗教，包括原始宗教，反映到史诗中，就有许多宗教迷信观点。但他们的宗教知识毕竟有限，更不可能有明显的教派观点，自己知道什么神，就歌颂什么神，喜欢谁就信仰谁。因此，在史诗中出现了许多神和鬼，他们之间的关系很不明确。从严格的宗教观点来看，很多观念是模糊、混乱，甚至互相矛盾的。不但这一部同另一部有矛盾，同一部的各种异文本之间有矛盾，就是同一个手抄本，一个艺人自己说唱的本子里，也有许多混乱和矛盾的地方，连艺人自己也讲不清楚。

在许多手抄本和艺人的说唱本里，主要表现的不是教派之争，而是神魔之争、善恶之争。神代表正义、真理、善良、美好幸福及和平安宁，魔象征着邪恶、谬误、丑恶、苦难和战乱。如扎巴老人说唱的《仙界占卜九藏》中，只有神与魔、善与恶的斗争，而没有佛苯之争，更没有"藏族地区是观世音的教化之地"这样的说教。

经过僧侣文人加工整理的本子，情况就有很大的不同。如德格木刻本《仙界遣使》《英雄诞生》和手抄本《霍岭大战》《卡契玉宗》等部中，把神同佛联系起来，把魔同苯联系起来，然后说格萨尔信奉佛法，妖魔鬼怪都信奉苯教，进而阐明佛法代表善良、公正和一切美好的事物，而苯教则代表邪恶、苦难和一切丑恶的事物。格萨尔要降伏妖魔，弘扬佛法，就必然要消灭苯教。

最初没有明确说格萨尔和岭国的百姓信奉佛法，而是信一切神。上述几个本子里，宗教观念有了重大变化，说格萨尔和岭国的百姓都信奉佛法。晁通是个阴险毒辣的两面派人物，就说在整个岭国中只有他信奉苯教，连帮助他谋害格萨尔的巫师，也被说成是从象雄地方来的苯教徒。

霍尔白帐王的上师特让喇嘛在别的本子里只说他是会使用法术的降神喇嘛，给白帐王出了很多坏主意，干了很多坏事，并没有说他属于哪个教派。扎巴和次多的说唱本里，说他是一个像"魔鬼那样坏的人"。经过僧侣文人整理的拉萨手抄本《霍岭大战》里，却写明白帐王信奉苯教，特让喇嘛是苯教徒。不仅如此，还把苯教的神都说成是白帐王的护法神和战神，他们都替白帐王干了许多坏事，最后又都被格萨尔降伏，让他们改宗，皈依佛法。在《卡契玉宗》里，"抑苯扬佛"的观点表现得最突出、最明显，说卡契国王迟丹是魔王朗达玛时代一个苯教大臣路贝的化身，"他的灵魂未得解脱，死后堕于恶道，次第转生，现在生为卡契国王之子，取名叫作迟丹王"。他来到人间，就是要弘扬苯教，消灭佛教，制造祸乱，危害百姓。

迟丹王自己宣称："他（指格萨尔）未断欲贪称作佛，把不当的邪法作正法，应破的教就是他的教，应灭的法正是他的法"；"最后决策是打岭国，把莲花生邪教来灭亡。建立正法苯教，使苯教比以前更兴旺"；同时又一再歌颂格萨尔"是镇压邪魔外道苯教的人"。格萨尔也宣称："如不降伏卡契灭苯教，对于佛教一定有损伤。""西方卡契兵马入侵，是岭国英雄克敌时，敌兵前来犯国境，降伏西方卡契是此时，苯教转成佛教是此时。"后来迟丹王被格萨尔降伏，卡契玉宗的百姓都改信佛法。[①]

从这里也可以看出，随着佛教在藏族地区取得统治地位，苯教的势力被逐渐削弱，《格萨尔》里抑苯扬佛的思想倾向也日益增强。

那么，怎样解释《格萨尔》所描述的格萨尔和岭国百姓求神、上供、卜筮咒诅、杀牲血祭等苯教的活动呢？这有很深刻的历史原因。一方面说明史诗产生在遥远的古代，真实地记录和反映了古代藏族人民的社会生活、风俗习惯和宗教信仰，以后虽经僧侣文人多次删改，窜入了许多新的内容和观点，但不能影响和改变史诗的基

---

① 藏文本《卡契玉宗》，西藏人民出版社 1979 年版。

本内容和主要情节，同时也反映了佛苯之争的历史过程。

在长期历史发展过程中，苯教和佛教处在尖锐的对立之中，进行了你死我活的激烈斗争。另一方面，为了争取群众，战胜对方，两者之间又互相影响，互相吸收，互相融合，出现了"你中有我，我中有你"的复杂局面。同苯教相比，佛教有丰富的典籍，有很完整的理论体系。从理论上、思想上进行论战，苯教不是佛教的对手。但是，佛教有个根本性的弱点：它是一种外来宗教，在当时还不为藏族群众所了解和接受，在群众中没有基础。在这方面，苯教占有绝对优势，因为它是一种土生土长的民族宗教，居民中的绝大多数人都熟悉并信奉苯教。这是在藏族历史上的第一次禁佛运动中，佛教遭到失败的重要原因之一。

为了让佛教在藏族社会中扎下根，佛教徒们总结了历史的经验教训，不得不改变佛教的某些形式，并吸收苯教的一些教义和仪式来为自己服务，把苯教的很多土地神和地方神，乃至原始宗教里的许多叫"赞"和"念"的土地神和地方神也被封为佛教的护法神。《格萨尔》中关于苯教的种种描述，正反映了苯、佛之间既相互对立和斗争，又相互吸收和利用的历史事实。

与佛教的关系

前面已经提到，就总体来讲，《格萨尔》宣扬佛教的观点，信奉释迦牟尼，佛教里有的佛、菩萨和神，几乎都提到了，成了歌颂、祈祷、信奉的对象。史诗中还把莲花生大师放在突出的地位，说格萨尔是莲花生大师的化身；莲花生大师又是观世音的化身，因此，格萨尔也就是观世音的化身。莲花生大师在整个史诗的情节发展中，起着重要的推动作用。

格萨尔自己多次宣称，他来到世间，是要弘扬佛法，降伏妖魔，"把魔地变为佛法昌盛的地区，把信奉苯教的众生教化成佛祖的信徒"。

史诗里还有一个重要的神，那就是大梵天王，说在天界里，格萨尔是他的儿子。大梵天王原是印度婆罗门教与印度教的创造之神，与湿婆神、毗湿奴神并称为婆罗门教和印度教的三大神。婆罗门教和印度教认为世界万物（包括神、人）都是大梵天王创造的，称他为始祖。既是个创造神，魔鬼和灾难等也是他制造的，所以在三大神中地位并不高，崇拜者也不多。被佛教吸收为护法神之后，大梵天王的地位有所提高，为释迦牟尼的右胁侍，持白拂。按照佛教的说法，大梵天王是世间的神，尚未脱离六道轮回，信奉佛祖，就不能信奉他。佛经里明确讲，"信仰佛、法、僧三宝，便不能信奉世间的神"。据说目前在印度，只有拉贾斯坦邦的普希伽尔有一个供奉他的庙宇。但在我国藏族地区却不同，他的地位被极大地提高了，过去每一座寺院，几乎都有他的塑像和画像，作为一个重要的神来供奉。这种地位的变化，不知是得力于《格萨尔》的广泛流传，还是因为他的地位在藏族地区被提高之后，史诗的创作者们为了借助神灵的影响来抬高《格萨尔》的地位，才说格萨尔是大梵天王之子。

史诗里说，岭国的三十个英雄，是印度八十个大成就者的化身；格萨尔的母亲郭萨娜姆是法身大佛的化身；珠牡等妃子，也被说成是神佛的化身。总之，是想方设法同神佛拉上关系。

从这些方面看，史诗里贯穿了一种抑苯扬佛的观点；在藏传佛教的各个教派当中，又突出了宁玛派（红教）的地位。

《格萨尔》的流传、演变和发展，同宁玛派（红教）的形成和发展过程，有着十分密切的关系。这些问题已经在《流传和演变》一章中谈到。这里，着重谈谈莲花生大师在史诗中的地位和作用，这将有助于我们更全面地认识史诗的流传、演变过程和它的宗教倾向。

在《仙界遣使》等部中，格萨尔被说成是莲花生大师的化身，是莲花生大师派他来"教化"藏族地区众生的。

莲花生，亦称"乌金大师"，八世纪印度僧人，乌仗那国（今巴基斯坦斯瓦河谷一带）人，属印度"因陀罗部底"系的密教传承，以咒术知名当时。

赞普赤松德赞（742—797 年[①]）即位之后，请来了当时印度著名的佛教学者寂护到藏族地区来，传播佛教，但因遭到反佛的苯教势力的反对，只得将他送回尼泊尔。寂护临行前，建议赞普赤松德赞迎请莲花生大师进藏。莲花生来藏后，藏王又请回寂护。他们共同建成了西藏第一座佛教寺院——桑耶寺（在今西藏山南扎囊县境内），并用密宗法术同苯教巫师斗争，对传播佛教起了很大作用。

为了同苯教争夺群众，让佛教在更大的范围内得到传播，莲花生大师又改造和

---

① 有的史书上说赤松德赞生于 755 年。

吸收了苯教的一些仪式和教义，将苯教的一些神封为佛教的护法神，在佛教的藏族化方面做了大量工作，想了很多办法，花了很大的工夫。这样做的结果，即使佛教更容易为广大藏族群众所了解和接受，又缓和了佛苯之间的矛盾和斗争。经过他的努力，才使佛教战胜苯教，在藏族社会真正扎下了根，这就逐渐形成了佛教的一种特殊派别——藏传佛教，俗称喇嘛教。因此，莲花生大师在藏族地区享有很高的声誉，后世藏传佛教的宁玛派（红教）尊奉他为"祖师"，也受到其他教派的尊崇，不但说他是无量佛的化身，还将他同佛教的创始人释迦牟尼佛并列，称他为第二佛。后世僧人给他追封了八个尊号，把他抬到至高无上的地位，说他是长寿不死佛。过去在较大的寺院中，几乎都供有他的塑像。

史诗的整理者和传播者们，把这样一个人抬出来，说格萨尔是他的化身，替他传经布道，弘扬佛法，完成他未竟的事业。这样，在一个实行政教合一、神权占统治地位的社会里，自然便于扩大史诗在群众中的影响。

不仅如此，史诗里还直接描述了莲花生大师的许多活动，从史诗的第一部《仙界遣使》开始，他的活动就具有重要意义，影响着整个情节的发展。如德格木刻本《仙界遣使》共四章，其中后两章主要叙述的就是莲花生大师的活动。

莲花生大师对格萨尔说："雪域污浊的世界，众生没有幸福和安乐。为了降伏霍尔和妖魔，拯救众生出苦海，管理好雪域的事情，弘扬神圣的佛法，聪明的神子推巴噶瓦，不要耽误快到雪域去。"①

格萨尔向莲花生大师立下誓言，决心到人间去降妖伏魔，弘扬佛法，拯救陷于苦海之中的藏族百姓。

按照木刻本《仙界遣使》《英雄诞生》等的叙述，格萨尔一生中最重要的活动，都是在莲花生大师的指导下进行的，每当格萨尔处在危难关头，都有莲花生大师指引方向，化险为夷。有些分部本，也靠莲花生来连接。如上一部讲完了，下一部同它没有直接联系，格萨尔已经率领岭国大军回到岭国，正在修行或干别的事，莲花生大师就托梦告诉他，什么地方妖魔在作乱，让他率领大军去降伏，由此又产生一个新的故事。《门岭之战》等部就是这样。

有的分部本中还通过格萨尔的嘴，一再宣称自己来到世上，是为了宏扬佛法、降妖伏魔，让罪孽丛生的魔地，变成佛法昌盛的圣地。

---

① 《仙界遣使》（藏文版），四川民族出版社 1980 年版。

正因为如此，宁玛派（红教）对《格萨尔》的流传采取了宽容、支持的态度。尤其在宁玛派（红教）刚刚兴起的时候，一些宁玛派（红教）喇嘛利用挖掘"伏藏"、宣扬"天传神授"等形式，对史诗的发掘、保存和流传，起了积极的作用。一些靠所谓"神授"得来的本子，很可能就出自他们之手；或者是根据民间艺人的说唱记录整理而成。很多颂扬格萨尔的祝词和祈祷文，是宁玛派（红教）喇嘛写的。一些木刻本和手抄本，也都经过他们加工整理，因为在旧社会，只有僧侣贵族才掌握文化。

在记录整理和加工修改的过程中，僧侣文人很自然地会以自己的意识和感情，按照自己的观点去修改，甚至篡改《格萨尔》，使之成为僧侣贵族所接受、所需要的东西，如经过宁玛派（红教）喇嘛米旁·朗吉嘉措和他的弟子居勉土登等人整理修改的木刻本《仙界遣使》《英雄诞生》《地狱之部》和手抄本《察瓦绒箭宗》里，就比较集中、比较突出地宣扬了佛教的观点，尤其是宁玛派（红教）的观点，有很浓厚的教派色彩。

我们试作一点比较来说明这个问题。同是一部《仙界遣使》，经宁玛派（红教）喇嘛整理的岭仓木刻本，同扎巴老人的说唱本，在内容和情节上，都有很大差异。木刻本《仙界遣使》里，为我们描绘了一个完整的天神世界，有很多关于因果报应、轮回转世的说教，劝导人弃恶从善、笃信佛法。

扎巴老人的说唱本里，主要讲神与魔、善与恶的斗争，没有涉及佛苯之争，尽管提到许多佛教的神、菩萨和莲花生大师的名字，但佛教的观点不明显，更谈不上有什么教派观点。扎巴老人说唱的《仙界占卜九藏》的《开篇》里，讲了这样一个故事：

很早很早以前，有魔鬼三弟兄，他们吃人肉，喝人血，吞食人骨头，穿人皮，十分凶残。后来被天神制伏，但因祈祷时说了反话，投生时变成三只螃蟹。现世佛释迦牟尼和莲花生大师在宏扬佛法之时，从汉地扎西山上的五台山宫殿遥望藏族地区，发现在一个巨石下面，有三只螃蟹互相咬着，分解不开，顿生怜悯之心，一挥铁手杖，巨石立即被粉碎，螃蟹得到解脱。再投生时变成有九颗头的雪猪子。在三十三界天的大梵天王看见它，认为是不祥之兆，立即挥剑去砍，雪猪子的头滚落在地，变成四颗黑的、三颗红的、一颗花的、一颗白的头。四颗黑头滚下坡去，一面祝祷：我们是妖魔的精英，愿我们来生变为佛法的仇敌、众生命运的主宰者。后来果然遂了他们的心愿：先后变作北方魔王鲁赞、霍尔白帐王、姜国国王萨当、门国国王辛迟，成了危害四方的四大魔王。三颗红头滚到峡谷之中，分别变作霍尔国的大将辛巴、修行者桑吉嘉和霍尔的另一员大将唐孜玉珠。花头边滚边祝祷：愿来世投生到一个圣洁的地方。以后变成岭国的切稀古如，但未能成就大业。最后一颗白头心地十分善良，他想，前面几个都要变成魔王，但愿我能变作降伏魔王、保护百姓的世界军王。后来像他自己祈祷的那样，升到天界，变作大梵天王的十五个神子之一布多噶波。[①]

这里讲格萨尔和四大魔王原来都是兄弟，因各人的心愿不同，后来才向善、恶两极发展。尽管有莲花生出场，但主要讲的还是善与恶的斗争，目的在劝说人们弃恶从善，而不涉及佛苯之争，也不像岭仓木刻本那样，有许多阐述宗教教义的说教。

不少宁玛派（红教）寺院还把格萨尔作为自己的护法神，在寺院里为他绘制有塑像、壁画和卷轴画。

从史诗流传地区来看，宁玛派（红教）的寺院多一些、势力大一些的地方，如西藏的昌都、那曲，四川省的甘孜、阿坝，青海果洛、玉树、黄南，流传要广一些。相反，在格鲁派（黄教）势力占统治地位的地区，如拉萨、日喀则、山南和青海湟中（以格鲁派寺院塔尔寺为中心），相对来讲，流传就少一些。尤其值得注意的是，至少在我们所能了解到的一段时间内，这些地区没有出现过较为著名的说唱艺人。这当然不只是宗教原因，还有其他方面的因素，需要进一步探讨。

与宁玛派（红教）僧侣的作法不同，格鲁派（黄教）对《格萨尔》是采取压制和反对的态度，严禁在寺院里说唱史诗。但为什么要压制和反对，解释各不相同，原因也是多种多样的。

一个比较普遍、影响较大的说法是说唱《格萨尔》，会冒犯达赖喇嘛的护法神乃琼和拉萨地方的护法神噶玛厦。为便于读者了解，简要地介绍一下这一说法的由来。

第一世达赖喇嘛根敦珠巴和第一世班禅克珠·格勒贝桑都是格鲁派（黄教）创始人宗喀巴（1357—1419）的弟子。宗喀巴创建了格鲁派（黄教）三大寺之一的甘丹寺。不久，由他的弟子绛央曲杰主持，在拉萨西郊创建了格鲁派（黄教）最大的寺院——哲蚌寺。寺院建成不久，便把乃琼护法神迎到哲蚌寺，作为该寺的护法神。

① 见扎巴老人说唱本《仙界占卜九藏》，北京民族出版社 1984 年版。汉文译名不同，藏文书名是一样的。

这里还有一个有趣的传说：

据说当年莲花生大师到藏族地区来传播佛教时，战胜并降伏了苯教的护法神，但莲花生大师并没有把他们处死，或像别的菩萨降伏妖魔那样把他们打入地狱，压在宝塔或大山之下，让他们永生永世不得翻身，而叫他们皈依佛法，做佛教的护法神。

史诗中说，霍尔国的国王白帐王、黄帐王和黑帐王都信奉苯教，把苯教的诸神奉为自己的护法神。莲花生大师战胜苯教的护法神之后，给他们委派了各种任务，让他们做各寺院和各地的护法神。拉萨地方的护法神，就是霍尔国的护法神乃琼和嘎玛厦。

乃琼护法神，原名多吉扎堆，皈依佛法后，被封为拉萨东郊菜公圹地区一个小寺院的护法神。一次寺院失火，寺主非常生气，对着多吉扎堆的塑像严厉训斥：你连自己和自己的寺院都保护不了，怎么还能降伏妖魔，保卫神佛？！从今后我再不能供养你这么个没有用的东西，你愿意到哪里就到哪里去。

多吉扎堆不愿意离开该寺，求寺主宽恕，继续让他留在寺内做护法神。寺主正在火头上，不仅不答应，还踢了他一脚。那尊塑像便立即变成一只小白鸽，他不愿意离开供养了他多年的寺院，依然栖息在寺内。

寺主余怒未息，逮住小白鸽，装在小木箱里，扔到拉萨河去了。

这一天，哲蚌寺的堪布①，得到神的预言，叫佣人到河边去等候，并告诉他，今天不管从拉萨河上游漂来什么东西，你都要把它带来，路上不准打开，不准乱翻，更不准丢失。

那个佣人在拉萨河畔整整等了一天，什么也没有见到。他有些不耐烦，也很失望，很想回去，但又不敢走。一直等到黄昏时候，突然看见从上游漂来一只小木箱，到了正对着哲蚌寺的地方，刚好被一枝树杈挡住。佣人估计堪布要的东西就是这个，于是拿着小木箱回寺院去。

走着走着，那东西越来越重。佣人感到很惊奇，怀疑里面有什么稀世珍宝，便想打开看看，但想起堪布的话，又不敢擅自打开，只得背着木箱继续朝前走。

到了哲蚌寺的山脚下，那木箱越发变得沉重，好奇心和贪欲心促使那佣人不顾一切地想打开木箱看一看。刚一打开，小白鸽突然飞走了。

---

① 寺院里主持行政事务的最高负责人。

佣人只好将空木箱拿去交给堪布。堪布见是一只空木箱，非常生气，严厉地斥责他。佣人解释说，除了一只小白鸽，什么东西也没有。

堪布说："我要的就是那只小白鸽，赶快给我找回来。"他俩一起出去找，见那只白鸽正落在一棵白杨树上。他们上去逮时，小白鸽便死在树上了。

那位堪布再次训斥佣人说："你不听话，闯下了大祸，这不是一只普通的鸽子，是护法神。现在这位护法神已经无法请到我们的寺院里去了。"

于是他们将小白鸽依旧放进木箱，埋在白杨树下，又盖了一座小房子。据说小白鸽显灵，说："我的住处小了点。"

寺院的喇嘛听到这话，都感到十分惊奇。从此，这护法神就叫"乃琼"，藏语的意思是"住处小"，成了哲蚌寺的护法神。

这座小庙至今还在哲蚌寺前。

到了十六世纪中叶，格鲁派（黄教）寺院的势力已经远及于阿里、康区和安多等地，逐渐形成了一个庞大的寺院集团势力。哲蚌寺在格鲁派（黄教）寺院中实力最为雄厚，寺内的法台[①]实际上掌握着整个格鲁派（黄教）寺院势力的领导权。1546年，哲蚌寺的上层当权僧侣，找来了年仅三岁的索南嘉措（1543—1588）作为前任法台的转世"灵童"，称他为"活佛"。从此，格鲁派（黄教）正式采用了活佛转世的制度。这一事件是格鲁派（黄教）寺院集团形成的重要标志。

蒙古族土默特部首领俺答汗，在率部占据青海后，于明万历四年（1576），邀请索南嘉措到青海讲经说法。两年后的明万历六年（1578），俺答汗又赠给索南嘉措一个尊号："圣识一切瓦齐尔达喇达赖喇嘛"[②]。这是达赖喇嘛名号的开始。

后来，格鲁派（黄教）寺院集团又追认宗喀巴的弟子根敦珠巴为第一世达赖喇嘛，根敦珠巴的法位继承人根敦嘉措为第二世达赖喇嘛，作为根敦嘉措转世活佛的索南嘉措，成为第三世达赖喇嘛。第四世达赖喇嘛叫云丹嘉措。

第五世达赖喇嘛阿旺罗桑嘉措受到清朝皇帝的正式册封，并被赐予金册金印，他的号召力更大了，逐渐成为西藏的最高统治者。达赖喇嘛也从哲蚌寺迁居布达拉宫。按照传统，以后的达赖喇嘛都是哲蚌寺的当然法台。

---

① 藏语叫"赤巴"，即掌握全寺政教事务的最高负责人。

② 瓦齐尔达喇，梵语，金刚持的意思；达赖，蒙古语，大海；喇嘛，藏语，意为至高无上的人。合起来就是达赖喇嘛的封号。

随着达赖喇嘛地位的提高和权力的增大，作为他最主要的护法神的乃琼的地位也跟着提高，信奉他、崇拜他的人也更多了。这时，才产生这样一个说法：说唱《格萨尔》，尤其是说唱《霍岭大战》之部，赞颂格萨尔如何英勇无比，战胜霍尔国的白帐王，乃琼和嘎玛厦等护法神听了之后，想起过去打败仗的情景，就会不高兴。他们一发怒，便会使拉萨地区的百姓遭灾受难。更重要的是，会直接危害达赖喇嘛的健康，影响佛法的传播和兴盛。因此，不让人在拉萨地区说唱《格萨尔》，更不允许在哲蚌寺和拉萨八角街里说唱，因为大昭寺就在八角街。但也有例外，每逢过节，允许哲蚌寺的喇嘛讲《格萨尔》故事，但必须在寺外。

拉萨地区有很多传说，说什么人在什么地方，因为讲了《格萨尔》，遭到乃琼护法神的惩罚。拉萨、日喀则还有一种说法："讲了《格萨尔》，必定遭祸殃。"这样的话，显然是僧侣贵族们编造出来的，同"岭国每人嘴里有一部《格萨尔》"的说法截然相反。

从这些说法来看，格鲁派（黄教）寺院，尤其是拉萨三大寺禁止说唱《格萨尔》，并不是因为它有反对佛教的内容，更不是有反对格鲁派（黄教）的内容，而是怕冒犯达赖喇嘛和拉萨地方的护法神。

既然《格萨尔》中贯穿着一种"抑苯扬佛"的思想，格萨尔以"降伏妖魔，弘扬佛法"为己任，那么，为什么又会遭到僧侣贵族，尤其是格鲁派（黄教）各寺院的禁止和压制呢？我想主要有以下这样一些原因：

第一，尽管史诗中一再声称要"弘扬佛法"，而且确实也贯穿了"抑苯扬佛"的倾向，但是，格萨尔及其他英雄人物的所作所为，是直接违背佛教教义的。佛教戒律的头一条就是"不杀生"。而格萨尔及其所率领的将士们，到处作战，所杀之人，不可胜数。往往一次战斗下来，就血流成河，尸盈旷野。

又如，佛教宣扬出世思想，劝导人们走向空门，宣称对一切事、一切人，甚至对敌人，也要采取宽容、忍让的态度，不图报复，不怀怨愤之心。而《格萨尔》则不然，它通过格萨尔这一英雄形象大力宣扬积极的入世思想，主张有恩必报，有仇必雪，对敌人，对恶魔，绝不宽容。北方魔王和霍尔国王抢了格萨尔的爱妃，占了岭国的土地，杀害了岭国的人民，掠夺了岭国的牛羊，格萨尔就不辞万难，带兵去攻打北方魔国和霍尔国，直到把魔王鲁赞和白帐王杀死，把爱妃夺回来。姜国萨当王派兵来抢夺岭国的盐海，格萨尔就奋起反击，保卫盐海，消灭魔王。阎王将他的

223

母亲、妻子和岭国的将士打入地狱，他就大闹地狱，去搭救母亲和妻子，超度将士们的亡魂。这样大胆的行为，是佛教教义绝对不允许的。

第二，藏族人民在遭受长期分裂局面所造成的深重苦难之后，希望能出现格萨尔这样一个英雄，铲除大大小小占地为王的土邦部落和地方割据势力，重建一个像吐蕃王朝那样统一的、强大的、昌盛的国家。在这里"妖魔"不只是指苯教或其他异教徒，而是泛指那些拥兵自重、实行封建割据、残民以逞的反动统治者。同样，这里的佛或佛法，在一定程度上反映了人民要求安定、统一、幸福的美好愿望，表达了人民群众向往正义、公正、合理的社会理想，它已经不是本来意义上的佛法，更不是一般地宣扬佛教教义或宗教迷信。

值得一提的是，在藏语里"法"这个词的外延很广，包含很多内容，可以作多种解释，相当于汉语中的"道"。它有时泛指所有的宗教，包括各种异教；有时专指佛法；有时则有更为广泛的含义，指一切善良、正义、公正、合理的行动。比如，说一个人有"法心"，是说他心地善良，而不是说它笃信佛法；说"按法行事"，指的是行善事，而不是说按宗教教义办事。在这里，史诗的创作者和演唱者们享有很大的自由和发挥的余地，在"法"这个词语下面，可以作很多文章。因此，在《格萨尔》里，往往在"佛法"的掩盖下，曲折地表达了人民群众的爱憎、理想和愿望。

就拿格萨尔来说，尽管他一再宣称自己来到人世间，就是为了"宏扬佛法"，但在实际行动中，史诗的作者并没有把他塑造成一个虔诚的佛教徒。恰恰相反，有时还直接违背佛教的教义和教规，显得有点"离经叛道"。

由于这一方面的原因，《格萨尔》又遭到一切佛教徒，包括宁玛派（红教）教徒的反对。因此，我们看问题不能只看表面现象，而要看它的实质，看它的基本内容和主要倾向。

第三，佛教提倡清心、寡欲，超凡脱俗，严守教规，其中尤以格鲁派（黄教）为甚。格鲁派（黄教）教派是宗喀巴在进行"宗教改革"的基础上建立的。黄教，藏语叫"格鲁"，意思是善规（或善律），这是由于该派倡导严守戒律而来的。宗喀巴提倡禁欲主义，主张佛教僧人应斩断与世俗社会的联系，严守戒律，过僧人纯粹宗教的生活。说唱史诗，是一种娱乐活动，能招徕、会聚很多听众，这就必然破坏寺院的教规，分散喇嘛们的精力，影响念经求佛的宗教活动，当然要受到寺院当权者们的反对。

我们还必须看到，所谓佛教反对和禁止说唱《格萨尔》，也是相对而言，从来也没有听说哪个老百姓，或哪个艺人，因为说唱《格萨尔》而受到僧侣贵族或寺院的惩处和迫害。我倒认为，在一个全民信教的社会里，从宗教迷信和社会舆论方面去限制（比如说讲《格萨尔》故事，会触怒护法神，危害佛爷的健康，给僧俗百姓带来灾难等），其危害更大，流毒更广，比鞭打、迫害一两个说唱艺人的影响要严重得多。

尽管僧侣贵族严禁在寺院里说唱《格萨尔》，用各种办法限制它的流传和发展，但是，这一英雄史诗仍然在群众中广为流传，表现了强大的艺术生命力。

任乃强先生当年到藏族地区考察时，就注意到这种现象。他在《〈藏三国〉的初步介绍》一文中，专门叙述了这些情况，第二节的标题叫《普遍流传的禁书》。这个标题很有意思，很耐人寻味。一方面是"普遍流传"，"家弦户诵"，"脍炙人口，任何人皆能道其一二"；另一方面，又"禁止刊行"，"禁止僧侣阅读此书"。任先生说："西藏政府，虽承认格萨尔为喇嘛教一大护法，供塑像于大昭寺内[①]，但对于叙述格萨尔史实之'藏三国'，则禁止刊行。黄教寺院，并禁止僧侣阅读此书。惟在寺外偷看，亦不严稽。今日康藏寺院，十分之八皆属黄教，故向喇嘛寺寻访此书，僧侣皆愠而不对，惟花教寺院（藏云萨迦巴）则不禁。德格更庆寺经版中，有巨幅之格萨尔雕像，供各地嗜格萨尔传者购印供奉。但无格萨尔传文之雕版。康、藏、蒙各地所流行之格萨尔全属写本。有若干花教寺僧，藏有其全部底本，即以替人钞写此书为业。余此次入康，所见此书钞本甚多；有书写甚之篆楷者，亦有颇潦草者。书页大小，装潢精粗亦不一。有全用墨钞者，亦有夹书红字或金银字者，又有正楷与行书夹钞者。大抵神名用红字，散文用行书，诗歌作楷写。钞此书者，盖亦视之如经典，工作甚为庄严，非钞小说、剧本可比。"[②]

流传之广，可见一斑。其实，不仅其他教派里有人喜爱《格萨尔》，在格鲁派（黄教）里，也在悄悄流传；也有很多人喜爱它，其中有些人的地位还很高。如昌都的大活佛、第十世帕巴拉，其宗教地位仅次于达赖、班禅，居第三位，在自己的经堂里，绘有格萨尔和三十位英雄的画像，把他们作为格鲁派（黄教）的护法神。

① 笔者作过认真调查，拉萨大昭寺内没有格萨尔的塑像或画像。

② 任先生未曾去拉萨，是听别人介绍，而所传有误。转引自《四川民间文学论丛》，1980年第一期，第39—40页。

他把一些说唱艺人请去，常年在家里说唱，还让人将他们说唱的内容记录整理成文字。据说在第十世帕巴拉及其父亲主持下，整理成手抄本的，就有十七八部之多。

拉萨的一些贵族农奴主中，也有人喜欢《格萨尔》。著名的说唱艺人扎巴老人和桑珠，解放前就曾长期在拉萨说唱。

这里面，也有两种情况。一种人是出于自己的爱好，当作一种娱乐，并没有什么明确的目的。另一种人则不然，他们看到史诗在藏族群众中的巨大影响，意识到要简单地去限制和禁止是不可能的，于是转而采取利用和篡改的办法。

在这方面，宁玛派（红教）喇嘛表现得很突出，米旁·朗吉嘉措就是一个典型。他们把佛教教义注入史诗中去，按照僧侣贵族的需要，全面篡改，把它作为宣扬宗教的一个通俗读物，企图用经过他们篡改的《格萨尔》去代替人民群众的伟大创造。因此，这些僧侣文人就把《格萨尔》分成两类，把经过他们加工修改、注入佛教内容的史诗叫作"曲仲"，意为具有佛法内容的格萨尔故事，前面提到的有关格萨尔的"祈祷辞""祝辞""长寿辞"等都属于这一类。把在群众中流传的《格萨尔》称作"杰仲"。杰，是藏语"杰布"的简称，即国王，这里指格萨尔。

杰仲，就是有世俗内容的格萨尔故事。

一方面，僧侣贵族大力宣扬和提倡喇嘛和识字群众诵读"曲仲"——有佛法内容的格萨尔故事，并为此而提供方便，刻印了很多本子，广为传播。他们不仅允许喇嘛在寺院里阅读，在宁玛派（红教）势力较大的地方，如西藏的那曲和四川阿坝等地，不少寺院还把"曲仲"当作经书，作为喇嘛必读的内容，一些活佛也带头诵读。另一方面，又用各种办法，制造各种舆论，千方百计去贬低《格萨尔》，限制乃至禁止它在群众中流传。所谓"讲了《格萨尔》，必定遭祸殃"之类的话，就是在这种背景下产生的。

尽管如此，经过僧侣文人加工篡改的《格萨尔》，即所谓的"曲仲"，始终没有能在群众中广泛流传，而人民群众自己创作的伟大史诗，即所谓的"杰仲"，却不胫而走，流传越来越广，影响越来越大。曲仲没有能深入到群众中去，而杰仲却冲破种种限制，悄悄地走进了神圣的殿堂。格鲁派（黄教）的第三大活佛、第十世帕巴拉的例子，就很能说明问题。

上一世热振活佛（热振是一位著名的格鲁派活佛，他当过摄政王，热振寺在拉萨郊区）和公德林也十分喜爱《格萨尔》，经常把民间艺人叫到家里去说唱。据说在热振活佛的经堂里，就供有格萨尔的塑像。

青海塔尔寺①是格鲁派（黄教）的六大寺院之一，它将格萨尔作为自己的护法神之一。在该寺的主体建筑大金瓦殿的壁画中，有一幅格萨尔像。关于这幅画像，还有段传说：

当初在修建塔尔寺时，白天砌的墙，夜里就倒塌，房子怎么也盖不起来，后来请人占卜，问是什么原因。占卜的人说，这是因为妖魔作乱，只有迎请格萨尔，才能镇住妖魔。寺主便主持祈祷法会，迎请格萨尔作塔尔寺的护法神，并在大金瓦殿的壁画上绘制他的画像。果然十分灵验，从那以后，寺院的建筑十分顺利。

格鲁派（黄教）始祖宗喀巴故乡的寺院，要靠格萨尔保佑才能兴建，可见格萨尔的影响已日益增强。

前面已经讲过，昌都类乌齐县的达纳寺有一面金鼓，相传是格萨尔使用过的。十三世达赖喇嘛很喜爱它，该寺就将那面金鼓献给达赖喇嘛。该寺还珍藏着相传是格萨尔亲自使用过的宝剑、弓箭和盔甲等东西。十三世达赖喇嘛土登嘉措圆寂之后，该寺将宝剑献给原西藏地方政府，放在土登嘉措的灵塔里。达赖喇嘛是格鲁派（黄教）最大的活佛，也是藏传佛教界的精神领袖，解放前是西藏政教的最高统治者，把格萨尔的宝剑（尽管只是传说）放在他的灵塔之中，这不是一件寻常的事，它实际上表明：僧侣贵族们已无法阻止《格萨尔》在藏族群众中流传，只能举起格萨尔这面旗帜，争取群众，以巩固和加强自己的统治地位。

这就出现了非常微妙的现象：一方面，史诗的创作者和传播者们，打着宣扬佛法的旗号（如说格萨尔是莲花生大师的化身，来到人世间是为了降妖伏魔，弘扬佛法）使自己得以存在和发展；另一方面，僧侣贵族们又利用格萨尔在群众中的影响，宣扬宗教迷信，把格萨尔歪曲、改造成佛教徒们可以接受和利用的护法神，使宗教教义浸入到史诗里面去，用以欺骗和愚弄群众，维护统治阶级的利益。

在这种情况下，要区分哪些是人民群众和民间艺人们的创造，是他们智慧的结晶，哪些是经过僧侣贵族们歪曲和篡改的赝品；哪些是具有人民性、民主性的精华，哪些是浸透了宗教迷信思想的糟粕，是一件非常严肃、非常细致的工作。就是出于僧侣之手，也要作具体分析。因为宗教界里面也是贫富悬殊，等级森严，处于统治地位的上层喇嘛和处于被压迫、被剥削地位的贫苦喇嘛之间，存在着尖锐的阶级对

① 塔尔寺始建于明嘉靖三十九年，公元 1560 年。

立。那些贫苦喇嘛，实际上是穿着袈裟的农奴和牧民，他们的爱憎好恶、欣赏情趣、道德标准和审美观点等，基本上同广大的农牧民群众是一致的。当这些喇嘛走进寺院的时候，很有可能把他们喜爱的史诗也带了进去，这是《格萨尔》能在僧侣中广泛流传的重要原因。

概括起来讲，《格萨尔》同宗教的关系，表现了这样一些特点：

第一，史诗里表现的宗教观点很复杂。它信奉、颂扬各种各样的神，既有原始宗教的自然神，又有苯教和佛教的神。史诗中说格萨尔以"弘扬佛法"为己任，信仰释迦牟尼和观世音菩萨，但他又尊奉神、龙和念三种神，而不是佛教的佛、法、僧三宝。格萨尔和岭国敬仰的战神是威尔玛神。这些现象从宗教观点来看是矛盾和混乱的，从佛教的观点来看则是不能允许的。总之，从万物有灵论和灵魂观念、自然崇拜、祖先崇拜到原始宗教的产生，从原始宗教到人为宗教的出现，从泛神论、多神论到一神论的演变、发展，在史诗中都有所表现。从某种意义上讲，《格萨尔》产生演变和发展的过程，可以看作是藏族社会的一部宗教发展史。

这也不足为怪。宗教既是客观存在，它也决定了在人的意识中必然有所反映。宗教以经济发展为基础，始终依附于原始公社、奴隶制和封建农奴制，随着社会各个发展阶段的向前推进而演进，不断地加深对人民群众的精神束缚，因而在人民群众的意识形态中，在生活领域的各个方面，包括文学艺术活动，无不受宗教的影响。《格萨尔》中所表现的宗教观念，正反映了这样一个普遍的现象。因此，《格萨尔》里表现的宗教观念，有着深刻的社会历史原因，有它的必然性和合理性，而不能简单地归结为僧侣贵族的影响和篡改。

第二，从《格萨尔》的某些部分来看，它的教派观点很清楚，贯穿了一条"抑苯扬佛"的思想倾向。这种倾向，在经过僧侣文人加工整理的木刻本和手抄本中，尤为明显。一般来讲，民间艺人的说唱本中，宗教色彩和教派观点要少一些；同一个分部本，在不同的异文本中，由于产生年代、流传地区、演唱者和整理者的不同，思想内容和宗教观点往往有一定的差异，有的差异比较大；不同的分部本之间，这种差异就更为明显。

第三，在佛教的各派之中，又更多地宣扬了宁玛派（红教）的观点，宣称格萨尔是宁玛派（红教）始祖莲花生大师的化身；莲花生大师的活动，在史诗中占有重要地位，影响着整个情节的发展；不少宁玛派（红教）寺院把格萨尔作为自己的护法神，并企图用自己的观点和需要来篡改史诗。这就产生了与人民群众创造的英雄史诗相对立的所谓曲仲——有佛法内容的《格萨尔》。这种"曲仲"，已经不是民间文学作品，而是佛经的一个变种。

第四，格鲁派（黄教）在兴起之初，对《格萨尔》采取反对、压制和禁止的态度，随着《格萨尔》在群众中的影响日益扩大，一些格鲁派（黄教）寺院和喇嘛，也开始利用史诗，来为自己服务，并直接插手搜集整理工作，借以宣扬自己的观点。如《大食施财》里，出现了"祝愿黄教的事业昌盛"这样的祷词。但这种现象是极个别的，还没有影响到内容和情节的变化，可以看出这类抄本产生的年代要更晚一些。

第五，宗教对史诗的影响，主要表现在开头（《仙界遣使》等部）和结尾（《地狱之部》）部分，以及其他"赞辞"和"祝祷辞"之中。相对来讲，中间各部即史诗的主体部分，宗教的影响要少一些。当然有的地方也有不少宣扬宗教迷信的内容，如宣扬生死无常、因果报应等观点。

第六，就整体来讲，史诗的宗教色彩比较少，受宗教的影响比较小。在当时的历史条件下，同藏族的其他文学作品相比，《格萨尔》的消极成分要少一些，积极的、健康的成分要多一些。它常常在佛法的掩盖下，曲折地反映了人民群众的要求、愿望和理想。

怎样正确认识和对待《格萨尔》中的宗教观点和宗教影响，是一个比较复杂而又不能回避的重要问题，它实际上也关系到对史诗的评价和如何正确进行搜集整理工作的问题。

马克思把人类"掌握世界"①的方式分成四种，其中包括"艺术的"方式和"宗教的"方式。艺术"掌握世界"的方式，是人对现实的一种形象的、审美的、典型化的反映，它给人以美的享受，从而增添人的生活情趣，鼓舞人对生活的热爱与追求，态度是积极的，用佛教的术语来讲，叫入世或淑世。

宗教则与此相反，它宣扬出世观点，采取厌世、遁世的消极态度，寄希望于来世和天国。我们知道，就文学艺术的现实性和宗教的虚幻性来看，两者在本质上是截然相反的。然而，由于它们都偏重于满足人的情感需要，因此，两者之间又存在着某种相通的因素。正因为这样，文学艺术与宗教就结下了不解之缘，致使"宗教

① "掌握"一词，据说原文含有认识、驾驭等意思。

艺术"和"僧侣文学"在一个相当长的时期内，在文艺史上占据重要地位。这种现象，在世界各国的历史上都曾出现过。在我国，无论汉族、蒙古族、傣族，还是其他兄弟民族都出现过这种现象。

藏族社会因为长期实行政教合一的制度，这种现象就表现得更为明显和突出。这种现象也反映到《格萨尔》中来，表现了它的思想内容的复杂性和多义性，由此也产生了许多错综复杂的情况：

解放前，因为《格萨尔》宣扬积极的入世思想，有反对宗教的内容和思想倾向，遭到僧侣贵族，尤其是格鲁派（黄教）的反对和禁止；由于它有宣扬宗教的内容，又被宗教徒，主要是宁玛派（红教）利用和篡改，用来宣扬宗教教义。

解放后，一些同志看到《格萨尔》反对宗教的内容和思想倾向，肯定它的人民性和进步性，大力予以扶植和提倡。

另一些同志则只看见《格萨尔》受宗教影响这一面，认为它宣扬宗教迷信，是"封建糟粕"，想方设法禁止它、压制它，使搜集整理工作受到严重干扰和破坏。

由此可见，用马克思主义作指导，运用历史唯物主义和辩证唯物主义的观点，对《格萨尔》同宗教的关系，进行科学分析，在充分肯定和估价史诗的进步性和人民性的同时，帮助和引导群众正确认识宗教对《格萨尔》的影响，真正做到毛泽东所教导的那样，"吸取其民主性的精华，剔除其封建性的糟粕，"是一件十分重要的工作。我们应该学习和运用历史唯物主义和辩证唯物主义，防止和克服简单化、绝对化和片面性。在这里，应该提倡实事求是的科学态度，赞誉过分或贬抑过多，都是不恰当的。

传说和遗迹

由于荷马史诗在整个欧洲，乃至全世界享有极大的声誉，由于它在世界文学史上占有特殊重要的地位，一个城邦被看作是荷马的故乡便成了一种荣誉。因此，在欧洲曾出现过这样的情形：

很多城邦争说本地是荷马的诞生地。起初是七个，后来是十一个，到后来发展成十几个城邦，都争说本地是荷马的故乡，并用各种办法加以论证，有关它的传说也越来越多。荷马的传记也不少，流传较广的就有七八种。

在藏族历史上，也出现了类似的情形。所不同的是，他们争的不是史诗的作者，因为史诗的部数太多，流传太久远，没有一个公认的作者。大家争的是史诗中的主人公英雄格萨尔的故乡。就是那些不认为是格萨尔故乡的地方，也以有一些关于格萨尔活动过的遗迹和传说而引以为光荣和骄傲。因此，有关这方面的传说故事就应运而生，而且越来越多。还有一个特点是很多人自称是格萨尔或他的某一个大将的后代。

从被称作"世界屋脊之上的屋脊"的阿里高原，到与"天府之国"接壤的大渡河畔；从巍巍喜马拉雅山下，到美丽的三江流域^①；从横断山脉地区到美丽的青海湖畔；从城镇到农村、牧场，广大的涉藏地区，到处都有许多关于格萨尔的传说和遗迹。哺育我们中华民族五千年古国文化的黄河、长江的源头，被普遍认为是格萨尔的故乡，那里的传说故事和遗迹就更多了。那些传说故事想象丰富，语言优美，生

---

① 三江：金沙江、怒江、澜沧江。

231

动有趣，活灵活现，本身就是很好的民间文学作品。如果哪位有志者，能够系统地搜集、编写一本《关于格萨尔的传说故事》并配以图像资料，那是一件非常有意义的事情。

限于篇幅，不能将有关的传说和遗迹都作详细介绍，只能把一些有代表性的说法分类作一个概括的叙述。

与格萨尔的诞生有关的传说

一、格萨尔的故乡在喜马拉雅山

喜马拉雅山被誉为"万山之王"，生活在世界屋脊之上的藏族人民更将喜马拉雅山引以为自豪和骄傲。千百年来，藏族人民用最美好的语言，最真诚的感情，热情讴歌她、赞美她。关于她的传说故事、民歌和其他民间文学作品是非常之多的。《格萨尔》的"山赞"里，经常用最热烈的语言来歌颂她。格萨尔既然被看作是人中豪杰，受到藏族人民普遍的崇敬，当然首先应该把他同万山之王——雄伟壮丽的喜马拉雅山联系起来。流传在西藏地区的民间故事《娜姆扎西次仁玛》，就说格萨尔诞生在喜马拉雅山附近的环湖牧场，而他的老家则在喜马拉雅山的冰雪世界。故事的大意是这样的：

很早很早以前，在喜马拉雅山上，住着姐妹五人。大姐名叫娜姆扎西次仁玛——藏语的意思是吉祥的长寿仙女。二妹叫蒂格霞宗，三妹叫梅幽诺宗，四妹叫觉奇日宗，五妹叫德甘觉宗。她们的父亲叫洛拉笛俄，母亲叫钟萨梅姬。

五姊妹当中，娜姆扎西次仁玛长得最美，心地最善良，本领最高强。两位老人也非常喜欢大女儿，逢人就说，这是雪山上的一朵藏金莲，这朵藏金莲成熟之后，就会结下一朵香遍整个南瞻部洲的花蕊——格萨尔的名字就是由此而来的。

为了让这朵藏金莲开放得更加鲜艳，四个妹妹和她们的父母一致同意让娜姆扎西次仁玛去照管朗穆雍措湖——吉祥天湖，让那碧绿的湖水永远滋润这朵藏金莲。

娜姆扎西次仁玛在天湖之畔生下了格萨尔的妈妈，格萨尔的妈妈生了举世无敌的英雄格萨尔。因为他是藏金莲的花蕊，正如花的芳香遍布全世界那样，格萨尔的英名也传遍全世界。

二、格萨尔的故乡在长江上游

黄河、长江是流经伟大祖国的两条江河，是哺育我们中华民族成长壮大的摇篮。我国各族人民几乎无一例外，都是吮吸黄河、长江的乳汁成长的，各族人民都把黄河、长江看成是自己伟大的母亲，将它们作为我们中华民族不屈不挠的伟大精神的象征，对她们怀有最深厚、最真挚的爱恋之情。生活在黄河、长江源头的藏族人民更是这样。他们很自然地把象征自己民族伟大精神的英雄豪杰，同伟大的黄河、长江联系在一起，于是就产生了格萨尔诞生在黄河源头或黄河、长江上游的种种传说，说格萨尔是喝黄河、长江之水长大的。

《英雄诞生》之部里说格萨尔的故乡在黄河、雅砻江和金沙江三水之间。居住在长江上游的藏族群众传说格萨尔诞生在长江上游地区的金沙江和雅砻江之间，更确切地讲，在今四川省甘孜藏族自治州的德格和石渠县一带。

解放前邓柯县①有一家大土司叫岭仓（有的译作林葱），他们自称是格萨尔的后代，直到民主改革前，一直续有家谱，到现在已经是第四十九代了。岭仓土司，藏语里就叫岭仓王，自称岭仓是个国家。国王下面还有大臣，有一套较完整的组织机构。所谓岭仓土司，一方面是翻译上的问题；另一方面，历代中央政府只承认他们是掌管一个地方的部落首领或土司头人，不允许他们称王。在汉文、蒙古文和满文里，不准使用"国王""国家"这样的字眼，而称作"土司"。但他们自己一直称国、称王。

当地群众传说格萨尔诞生在德格县的阿须区吉苏雅地方。那里有一座楼房，传说就是史诗里说的格萨尔居住的森珠达孜宫殿（一说在金达地方）。岭仓土司在吉苏雅地方修了一座神庙，这不是一般的庙宇，而是岭仓土司家的家庙。

据说第一代岭仓土司修建格萨尔庙时，只有一层楼，以后又扩建成二层楼。

《英雄诞生》里有这样一段话：

> 若问觉如的出生地，
>
> 它就叫作吉苏雅。
>
> 两水汇合潺潺流，
>
> 两岩相对如箭羽，

① 邓柯县的建制已撤销，归并到德格、石渠县了。

两个草坪如铺毡。

前山如同大鹏筑窝巢，

后山犹如青岩碧玉峰。

右山恰似母虎吼，

左山好比长矛刺蓝天。[1]

当地群众认为，史诗中所描绘的这些地貌特征，与当地的情况完全相同。这两水之间的地方，是现在格萨尔神庙的遗址，也就是格萨尔诞生时其母郭萨娜姆撑帐篷之地。神庙背后的岩石确如"两岩相对如箭羽"；前面的草地如"铺毡"。而且该地至今仍用史诗中的名字——吉苏雅。

解放后，格萨尔神庙被列为重点文物保护单位。当时庙内保存有传说是岭国时代留下的很多珍贵文物，如格萨尔王的象牙印章；总管王绒察查根的家谱；三十员大将之一娘察阿登的金剑等。庙内供奉着格萨尔骑马的铜塑像，有丹玛、辛巴、珠牡等人的泥塑像。另外还有很多壁画，主要是格萨尔家族的历史和他一生的战斗故事。

在今德格县和石渠县一带，还有不少遗迹，传说是总管王绒察查根、晁通、嘉察、丹玛等人居住的地方。每一个地方，又结合他们的生平事迹，有很多传说故事。岭仓土司还经常雇人抄写或刻印史诗，到处传播，并以此为荣。在自己家里，他也藏有很多手抄本和木刻本，作为传世珍宝。

据一些同志考证，表现格萨尔童年和少年时代生活的头几部分章本《英雄诞生》《赛马称王》等中的地名和当地的地名基本相同，而且几乎都沿用至今。史诗中所描绘的自然环境、地理、地貌，也与现在德格、石渠县极其相似。

有些传说和遗迹，同史诗的内容有直接联系。比如：格萨尔神庙附近的岩石上，有一个很像小孩臀部和大腿的印痕。传说格萨尔生下不到一昼夜，便大显神威，用法力降伏了危害人畜的七只魔鸟。当时他是背靠岩石，射死魔鸟的，因此在岩石上留下了三岁孩子那么大的臀部和大腿的印痕。

在另一块岩石上，也有一个状如小孩的印迹。关于这个印迹有这样的传说：

格萨尔诞生时，出现了许多祥瑞之兆，森伦的正妃嘉萨到郭萨娜姆的帐房去看，她见郭姆怀里正抱着一个男孩，立即意识到这母子俩将来会威胁到自己在岭地

---

① 《英雄诞生》（藏文版），四川民族出版社出版。

的权势和地位，便从郭姆怀里抢过格萨尔，往岩石上摔去。格萨尔是天神之子，没有能摔死，只在岩石上留下一道深深的印迹。

在今甘孜州石渠县吉柯地方，有一座山叫荡然玛，山上有个叫"咯咯"的山口。关于这个山口，也有个传说：

格萨尔稍大一点时，他的叔父晁通想害死他，便请苯教巫师阿尼贡巴然扎用咒术咒死格萨尔。格萨尔知道后，便用神通去追赶阿尼贡巴然扎。阿尼贡巴然扎逃到荡然玛山口时，回过头来用手遮着前额，见格萨尔追了上来，失声惊叫："咯！咯！"那山口以后就叫"咯咯"。咯咯山口的岩石上，有一个像人影的痕迹，相传是当年阿尼贡巴然扎用手遮阳的痕迹。

在晁通的策划下，岭地六部开会，决定将格萨尔母子俩放逐到黄河上游。当他俩走到吉柯地方时，那里的十三座山峰都一起朝他们母子二人走的方向转去。至今人们可以看到那十三座山峰都朝着玛柯方向，似乎在遥望远去的格萨尔母子。

还有很多传说和遗迹，都与《英雄诞生》《赛马称王》等部的描写相吻合，连地名、地形和地貌也相同。那些认为格萨尔在历史上实有其人，他的故乡在邓柯县，是岭仓土司的祖先的人，把这些传说和遗迹作为重要依据。

这种观点流传很广。在《格萨尔》的研究者当中，持这种观点的人也很不少。不仅国内有很多人相信这些传说的真实性，认为格萨尔就是岭仓土司的祖先，国外一些学者也赞同这种说法。石泰安教授在《岭地版藏族格萨尔王传》一书的序言中说："'岭'这个小王国是由一位藏族首领统治着，位于打箭炉（即四川康定）到玉树（即青海玉树州结古镇）的北大道上，它的治所在中国地图上的名称是林葱（即岭仓），在欧洲地图上是（gozegomnd）或叫作林·古斯（ginggose），大体上它是位于玉树的东南和德格的北部。""……某些迹象使人相信这个林国在十三世纪就已存在，它在当时已相当强大，无疑已扩张到了黄河上游以北。"

另外还有许多关于格萨尔降伏妖魔、为民除害的故事。据说在阿须区的吉德饶涅山谷，有个叫炯龚的妖魔经常传播瘟疫，使牲畜大批死亡。格萨尔决心为故乡人民除害，使用法术将那个妖魔杀死，把危害畜群的瘟疫全部消除了。从此，这一地区牛马肥壮，六畜兴旺。那个妖魔住的山洞传说就在阿须区，传说过去当地牧民一遇牲畜有病，便把牲畜赶到那个洞口去拴一阵，据说就能治好畜瘟。

格萨尔小时候，同他母亲在吉麦龙秋波住了一年。那里有个名叫恩洞日的妖魔经常残害众生。格萨尔为了降伏他，假装挖地鼠，把恩洞日的九个住地都挖倒，将妖魔压在地下。吉门庆格郭地方，有个山洞，传说就是当年格萨尔挖地鼠、降伏妖魔恩洞日的遗迹。

金沙江的西岸有个叫亚丁的山洞，传说那个洞里从前住着一个专吃小孩的妖魔，那里的小孩几乎被他吃光了。格萨尔为了降伏这个妖魔，来到金沙江西岸，对妖魔说："江那边有很多小孩可以吃，你为什么不到对岸去？"妖魔说："我无法过河。"格萨尔说："我送你过河。"说着便把妖魔的脖子拴在自己坐骑的尾巴上，自己骑在马上，往江里走。到江中心，河水的冲力把妖魔往下冲，马却用力往上拉，结果把妖魔撕成两半。从那以后，西岸的百姓过上了和平安宁的日子。

当时金沙江上还无渡船，格萨尔为了便利百姓，用妖魔的胸膛做了只船，叫孔查穆船，渡口也取名为孔查穆渡口。这一渡口在格萨尔神庙的上方。现在藏族地区使用的牛皮船，据说就是仿造孔查穆船制作的，其结构很像人的胸叉。

这类关于格萨尔为民除害、造福百姓的传说还很多。有的传说和遗迹同史诗里的某些描写相吻合，当地群众更是深信不疑，作为有灵验的神物，真诚敬仰，认真保护。

位于长江源头的青海省玉树地区，也有许多关于格萨尔的传说。

《英雄诞生》等部里说，格萨尔诞生在达木堆多。相传那地方就在玉树州和甘孜州交界、巴颜喀拉山南麓的玛茂柯曲河流域。史诗里说，格萨尔的诞生地有三个特征：一是马尾般的柏树左边，二是在碗口大的泉眼右边，三是在一个像箭羽般的崖石之下。有人考证，那里的地势同史诗里的描写完全一样，因此认定那地方就是格萨尔的诞生地。

《赛马称王》里说，格萨尔的坐骑江噶珮布是同格萨尔一起来到人间的，它通人性，懂人话。出世之后，它曾在柏日扎纳山和野马一同漫游山野。在岭国举行赛马之前，格萨尔的母亲郭姆和珠牡到这里捕捉千里驹，珠牡还为它念诵祝词，让它跟随格萨尔成就大业。玉树地区传说，柏日扎纳山就在今玉树州称多县扎朵乡的梅兰拉卡山下。这座山在藏族地区非常有名，因为山势很高，从这里南可望到藏族地区的四大神山之一的噶朵觉卧山（在玉树州称多县扎朵乡境内），北可望到传说是岭国举行赛马大会的赛马滩（在玉树州曲麻莱县麻多乡）。在赛马滩北边，还有传说当年格萨尔登上王位时放黄金宝座的遗迹。往东可以看到四大神山之一的阿尼玛卿雪山，这座山之所以出名，还因为它被看作是三大河流的发源地。梅兰拉卡山的北面有一条河，流入黄河；东南的一条小河注入大渡河；西南的一条小河汇入长江。当地传说，岭国的神山古如扎嘉和阿育德乌山也在它的附近。当地群众和一些藏族学者认为，那里的山势和地理环境同史诗里的描写是一致的。

在今青海省果洛藏族自治州和甘肃省甘南藏族自治州一带，也有很多关于格萨尔的传说和遗迹，以证明这些地区是古代岭国的疆域，是格萨尔生活和战斗过的地方。

阿尼玛卿雪山是青海省境内最高的一座雪山，它高耸入云，巍峨壮丽，气势磅礴。藏族群众认为它是"神山"，每年都有人环绕这座雪山转圈，叫朝拜神山。不能去转山的，也要到山下去焚香祝祷。当地的群众认为它是安多地区的地方神（山神），保护着僧俗百姓吉祥平安。果洛地区传说，阿尼玛卿雪山是古代岭国的神山，是格萨尔本人的"寄魂山"。也就是说，格萨尔的生命寄托在这座雪山上。那里有座叫萨纳日根的山峰，相传是格萨尔敬山神烧香的地方。又说触措鄂布湖是格萨尔的"寄魂湖"。

位于黄河源头的扎陵湖、鄂陵湖和卓陵湖，传说是岭国的嘉洛①、鄂洛、卓洛三部落的寄魂湖。

这三座湖都在今玛多县。围绕着这三座"寄魂湖"，有很多传说和遗迹。相传当年岭国举行赛马大会的地点，就在玛多县境内，赛马的起点是阿钦格日扎嘉山，终点在阿白德乌。离那里不远，有一个石台，据说当年格萨尔在赛马大会上获胜，在那里举行登基大典。那石台就是从前的宝座，周围还有其他一些遗迹。

传说格萨尔被他的叔父晁通赶出岭地后，便同他的母亲郭姆一起到果洛来，住在那里，靠打雪猪子、挖人参果度日，生活非常艰难。格萨尔母子从哪个山口进到果洛地区，在哪里搭帐房，又在什么地方打雪猪子、挖人参果，当地群众都能讲得活灵活现。还有一个地方叫玛支纳宗琼布，相传格萨尔也曾在那里居住，留有不少遗迹和传说。当地群众还说，这些传说和遗迹，同史诗里的描写是吻合的。

果洛地区至今还有一些人家叫"岭仓"（ གླིང་ཚང་ ），自称是格萨尔的后代；有一些部落叫"岭廓"（ གླིང་འཁོར་ ），自称是岭国的属民。

---

① "嘉洛部落"的"嘉洛"和"扎陵湖"的"扎陵"，在藏文里是一个字，（ རྒྱ་ལོ ）本应统一，但在《中华人民共和国地图册》里写的是扎陵湖；而《格萨尔》的翻译者和研究者们，习惯上写作嘉洛部落，今从习惯。

三、格萨尔的故乡在芒康

在西藏地区广泛传说格萨尔诞生在金沙江两边的芒康宗，藏语叫芒康查穆岭。芒康，意为红色的地区，那里的山和土地都是红色的，因而得名。查穆岭，即美丽的岭地。芒康查穆岭，就是鲜红美丽的岭地，《格萨尔》里也经常称岭国为查穆岭。

芒康地区也有许多关于格萨尔的传说和遗迹。有传说是格萨尔居住过的地方；那里一个很美丽的草原，传说是珠牡放羊的地方。在一座岩石上，有一个深深的印槽，很像一个人的投影，传说那原来是一个女妖。格萨尔幼年时，曾受她危害，等到格萨尔长大以后，就把她降伏了。

那里的很多地名在史诗里也可以得到印证，自然环境同史诗里描写的也非常相似。决定格萨尔的命运、争夺岭国王位的那场著名的赛马大会，传说就是在芒康宗的一个大草坪上举行的。为了纪念这个有意义的事件，当地群众经常在那里举行赛马大会，这种风俗，一直延续到民主改革时。

在西藏一些地方，传说格萨尔和珠牡在那里居住过，有不少遗迹、遗物。如：羊卓雍措湖畔，也有一个岭仓，相传是格萨尔的后代。

西藏那曲地区的群众，认为格萨尔的故乡在他们那里，索县和巴青县一带，是古代岭国的地方。索县有座赞丹寺，意为檀香树寺。传说郭萨娜姆生下格萨尔后，剪脐带时，一些血流在地上，不久便在那里长出一棵又粗又大的檀香树。后人将它砍了作栋梁，建了一座寺院，取名赞丹寺。那是一座很著名的寺院，十年动乱中被毁坏了。

在一个相当长的时期内，人们普遍认为四川甘孜州是格萨尔的诞生地，岭仓土司是格萨尔的后代。这是因为在三十年代和四十年代，一些汉族学者，以后是一些外国学者到甘孜地区调查，了解到这方面的一些情况，然后写了不少文章，对外界作了广泛的介绍。而果洛、玉树、芒康、那曲等地在偏僻地区，交通不便，至今很少有人去作深入的调查研究，所以这方面的情况不为外界所知。实际上在果洛、玉树、芒康和那曲等地，也有很多关于格萨尔的传说和遗迹，起码是不比德格、石渠地区少。

有关其他人物的传说和遗迹

在史诗里，除格萨尔外，他的妃子珠牡是个很重要的人物，在民间，关于她的

《格萨尔》初探（修订本）

传说也相当多。

史诗里说，珠牡是岭国三大部落之一嘉洛仓的女儿。黄河源头的扎陵湖，传说是嘉洛仓的"寄魂湖"。在离扎陵湖不远的地方，有一座山峰，叫"珠牡达热"（འབྲུག་མོའི་ཏྭར）——即珠牡的马圈。当地群众传说，在那座山峰上，经常可以找到一些箭头、铠甲上的铁片，以及其他一些遗物，证明古代这里不但有人居住，还发生过战争。

果洛州班玛县有一片较大的温泉区，约两亩多地，其中一个温泉叫"珠牡温泉"（འབྲུག་མོའི་ཆུ་ཚན），相传是珠牡洗澡的地方。离温泉不远，有两堆石头，一堆叫"亚多"——意为上方的货物堆；另一堆叫"玛多"——意为下方的货物堆。据说是当年珠牡从外地运到岭国的货物变成的。

在那一片温泉区，还有格萨尔温泉、嘉察温泉、查根温泉……直到现在，当地群众每年都要选吉日去那里洗澡，还有远从甘肃省甘南州和四川省阿坝州等地来的农牧民。据说洗了澡可以治眼疾，能够眼明心亮。

在班玛县，有相传是珠牡纺线、织牛毛毡的织坊的遗迹。还有一座红山包，相传是珠牡的帐房变的，叫"珠牡红帐房"（འབྲུག་མོའི་གབར་དམར）。

另外有几个地方，相传是珠牡坐禅修行的地方，叫"珠牡禅房"（འབྲུག་མོའི་སྒྲུང་ཁང）。

果洛州花石峡镇西边有座湖，藏语叫柏如桐措，汉语叫黑湖，又叫黑海。关于这个湖，有这么一个故事：

霍尔白帐王入侵岭国，抢走珠牡，强逼成婚，珠牡生了一个孩子。后来格萨尔征服霍尔，救出了珠牡，把她带回岭国，却杀了她的孩子。珠牡内心十分痛苦，既感到羞愧，又感到委屈。她还觉得格萨尔喜欢另一个妃子梅萨，而对自己表示冷淡，顿生嫉妒之心。由于极度痛苦，珠牡骑着马想投黑湖自尽。这时，格萨尔变成一个羊粪蛋，抓住珠牡的马尾巴，无论珠牡怎样挥鞭打马，马一步也动不了。以后珠牡受到神的启示，打消自杀的念头，又回到了格萨尔身边。

在《赛马称王》和其他一些分部本里，珠牡在唱词中经常说他们嘉洛仓的管辖范围有十个地方：聂恰河上六条川，加上下游的道雄川、雄伟的杰吉噶布拉山，宫殿般的达孜堡，还有赛措和玉措湖。有人考证，这十个地方都在玉树州治多县境内，今治多县政府所在地加吉博洛格前面的河就叫聂恰河，上游有六条川：梅阔川、东代川、额庆川、多次川、热如川、察曲川。聂恰河北岸的加吉博洛格神山下有座古城堡的遗迹，相传是珠牡父亲嘉洛·敦巴坚赞的住地。那里还有一个温泉和三座小湖，传说珠牡未出嫁前曾到这温泉来洗头。这三座小湖，分别叫黄金湖、海螺湖和松耳石湖。周围还有嘉洛仓的马场和搭帐房的地方。有人认为，所有这些，都与史诗里的描述相吻合。

还有一种说法，岭国的总管王绒察查根曾在今玉树州称多县的巴彦查拉地方居住。在那里有座古坟，传说是绒察查根的儿子朗恩玉达的墓，当地群众称之为"朗恩德布"，意为朗恩之墓。今称多县政府所在地达瓦如瓦的后山，有个山寨叫嘎德琼宗，相传是格萨尔的一名大臣嘎德·琼炯柏纳的住地，今玉树州政府所在地结古镇及称多、苟查、东巴等地，都是嘎德管辖的地方。在结古寺有一座宫殿叫扎武红宫，相传是嘎德的宫殿，1958年在那里发现了很多古代的箭镞。

玉树州囊谦县的当巴百户，到现在还自称是三十英雄之一森达阿东的后裔，并引以为豪。

在西藏和其他藏族地区，也有许多关于珠牡的传说。索县也有叫嘉洛、卓洛和鄂洛的地方，与史诗里说的岭地三部落的地名完全一样，相传是"岭国三姊妹"珠牡、莱琼和白噶娜泽的故乡；在一个大石包上，有一双很大的脚印，相传是珠牡背水时踩下的；还有两块很像人影的大石头，传说是格萨尔和珠牡变成的。

芒康县有一个草坪，传说是珠牡小时放羊的地方。与芒康县相隔几千里远的甘肃省甘南藏族自治州的黄河边上，有一片大草原，相传也是珠牡放羊的地方。草原上有一片鹅卵石，远远望去，一片灰白，酷似粪灰。据说那些石头，都是羊粪变成的。

在玉树州，有座瀑布，叫珠牡瀑布，传说是珠牡洗头的地方。

阿达娜姆是格萨尔的另一个妃子，她的经历颇有些传奇色彩。在民间，关于她的传说故事很多，也有一些关于她的遗迹。

最著名的是所谓"阿达角城"（ཨ་སྦྲག་ར་རྫོང），即用鹿角、野牛角和牦牛角堆砌而成的城堡。阿达角城遗迹在果洛州达日县境内。

还有一座"阿达肉库"（ཨ་སྦྲག་ཤ་མཛོད），相传阿达娜姆打猎之后，就将猎物存放在那里。

在阿达肉库附近，有一个大石包，相传是阿达娜姆宰野牛时磨刀的地方。离那里不远，有座磨房的遗址，叫阿达磨房，相传是阿达娜姆推磨的地方。

《格萨尔》史诗说唱艺人达瓦扎巴（降边嘉措供图）

有关其他人物的传说和遗迹也很多。

嘉察宗——德格县龚垭地方，靠近川藏公路的山坡上，有五座残破的古城堡，当地群众称之为"嘉察宗"，相传是嘉察居住过的地方。

还有一座小山，叫嘉察协噶岗。山上有一座小房子，传说是嘉察住过的，现已倒塌，但遗迹尚存。据说有人曾从那里挖出过箭、矛等古代兵器。

在其遗址上，当地群众建了一座小寺，只有几个喇嘛，整日盘腿坐在寺中念哑巴经，只动嘴，不出声。据说他们念的只有两句疑问句：

"格萨尔大王何时能显圣？英雄嘉察何日再回来？"直到民主改革时，这座小寺庙还完整地保存着，当地群众还经常去烧香拜佛。

果洛州班玛县，有一块巨大的岩石，中间断裂，整整齐齐分为两半。相传是嘉察的宝剑铸就之后，曾在这块岩石上试剑，一剑便将岩石劈为两半，显示了巨大的神威。当地群众直到现在还常到那里去焚香祝祷。

西藏嘉黎县，也有一座楼房，相传嘉察在那里居住过。关于晁通的故乡，也有好几种说法。一说在德格县境内。德格县玉隆地方（在金沙江东边），有个晁通宗，相传是晁通的故乡。

位于金沙江西边的昌都地区，也有一个晁通宗，当地人说晁通的故乡在那里。

果洛地区的群众传说晁通的故乡在达日县境内，在黄河和柯曲河之间。他们认为，他们那里的地势、地貌，同史诗里描绘得完全一样。

离那里不远，有一个平川，传说是晁通的马圈，在今班玛县境内。

还有一种说法，晁通的故乡在昌都左贡县。解放前那里还有一座房子，当地传说，曾是晁通住过的，据说同史诗里讲的情况一样。

与格萨尔的故乡在芒康一说相联系，说晁通也是芒康人。芒康宗有一个地方叫普若那宗，相传晁通的老家就在那里。晁通的房子叫"普若那宗"（ བོ་རོག་ནག་རོང་），这一地方，也因此而得名，同史诗里使用的名称是一样的。

晁通禅房（ཁྲི་ཐུང་སྒྲུང་ཁང་）——在果洛州达日县和玉树州囊谦县都有晁通禅房，传说是晁通坐禅修行的地方。

青海省黄南藏族自治州尖扎县拉穆德钦寺的夏茸尕布活佛，传说是晁通的化身，到现在已经是第七代了。在寺内，过去供奉着晁通的塑像，以及铠甲、宝剑等遗物。第七世夏茸尕布活佛是全国人民代表大会代表，在当地群众中有较大的影响。我曾向他请教：一般人认为晁通是阴险毒辣、反复无常的小人，是群众嘲笑、咒骂的对象，您为什么还要自称是他的化身？他回答说："为什么说我是晁通的化身，我也讲不清，从第一世活佛起，都这么讲，我们只是沿用传统的说法。不过我们对晁通的看法确实与一般人有所不同。我们认为晁通是很勇敢、很聪明的人。他也有毛病，爱逞能，出风头，甚至有些狡黠，但不是内奸和两面派。"他还说，传说晁通是护法神马头明王的化身，后来，他既不是病死的，也不是战死的，而是融入马头明王的心田，归天去了。在《地狱之部》里也是这么写的。

在他们寺院，不允许讲晁通出丑、打败仗的故事，只能讲晁通打胜仗和其他方面的内容。

在果洛州达日县，有传说是三十英雄修行的禅房的遗迹。甘德县境内有一座山峰，山顶有一幢石头房子，相传格萨尔的侄子、嘉察的儿子就埋葬在那里。

巴拉宗——西藏贡觉县巴拉村，传说是三十英雄之一巴拉森达阿丹（丹玛）的故乡。

四川阿坝藏族自治州，有一家土司，自称是丹玛的后代。据说民主改革前，他们家一直珍藏着很多传说是丹玛用过的东西，还收藏有很多部《格萨尔》。

甘孜州的邓柯县，又名丹玛宗，传说也是丹玛的诞生地。

"邓"和"丹"在藏语里是一个字"འདན"；"柯"是"地区"，邓柯即丹玛管辖的地方。这一带青稞长得特别好，《丹玛青稞宗》相传就是根据这个地方的情形写的。

西藏昌都边坝县的边坝活佛，也自称是丹玛的化身。在一部《格萨尔喇嘛祈祷颂词》里，把这种关系讲得活灵活现。显然，这"颂词"写得较晚。

西藏那曲有一个叫晋噶尔的家族，自称是准噶尔人（晋噶尔即准噶尔的藏文译音）而不是藏族，说他们是辛巴的后代，他们家过去收藏有辛巴用过的全套盔甲。还说辛巴的胡子上长有一面小铜镜，胸前有面护心镜。这些东西据说可以防邪避害。他们家作为传家宝，一直珍藏着。

西藏日喀则南木林县嘉措区唐巴乡有一家贵族，叫唐本，自称是三十员大将之一唐孜玉珠的后代。解放前在唐本庄园里有座唐本寺，那里珍藏着唐孜玉珠的头盔、铠甲，一顶大牛毛帐房上的一片牛毛毡，还有珠牧的一顶帽子、一件衣服。每年要选吉日，在庄园里"亮宝"，让大家朝拜。实际上是每年晾晒一次，以防虫蛀腐烂。

在整个史诗中,《霍岭大战》这一部流传相当广,在群众中影响也很大。霍尔王被说成是一个魔王,他被塑造成一个残忍、贪婪、愚昧的暴君的典型。有趣的是,解放前的西藏有一家大贵族,叫霍尔康,自称是霍尔王的后代。现在的霍尔康色·索南边巴是一位著名的学者、藏书家,他曾资助许多学者著书立说。著名的蒙古族学者格西曲扎,在他的资助下编纂了《格西曲扎大字典》,并由他出钱,木刻刊印。著名的青海藏族学者、《白史》的作者根敦群培也曾得到过他的帮助。霍尔康家收藏的书很多,范围很广泛,他资助人,也不分民族和地区,只要对发展藏族文化有益的事,他都支持。可是他们家就是不收藏《格萨尔》,也不资助别人编纂刊印。

我曾向霍尔康色·索南边巴请教:"说你们家是霍尔王的后代,有什么根据?"他说,"我也说不清楚,祖祖辈辈都是这么说的。我们家曾是贵族,也没有因为我们家传说是霍尔王的后代而受到歧视。"

在四川省阿坝州若尔盖县有一个叫霍尔的寨子,只有三十多户人家,据说是霍尔部族的后裔,住地至今沿用霍尔这个地名。寨子里的人都熟悉《霍岭大战》的故事,但一般只讲上部《霍尔入侵》,不讲霍尔王打败仗的下部《征服霍尔》。

距离他们不远,在黄河边上的一些牧民,也自称是霍尔的后代,住的是花色帐篷。他们非常好客,陌生的旅客来到家里也会热情款待,用最好的食物招待。但是,每当夕阳西下时,他们忌讳骑枣红马的客人,对这样的客人拒绝接待。因为一看到枣红马,就会使人想起格萨尔的大红马江噶佩布。霍尔被征服后,霍尔人一见大红马就胆战心惊,回避犹恐不及,以后就逐渐成为一种忌讳。解放前,熟悉情况的商旅,都不骑枣红马路经该地。

另外还有一种传说:霍尔的白帐王被格萨尔杀死前,格萨尔曾将马鞍压在白帐王的背上(《霍岭大战》里也是这么写的),使他抬不起头,直不起腰,把他当作畜牲,以示侮辱。到民主改革前,当地群众还用马鞍模型作祭祀用品,以示哀悼。

与格萨尔的活动有关的遗迹

格萨尔一生征战四方，在整个藏族地区，几乎到处有这方面的传说和遗迹。史诗里说格萨尔当了岭国的国王之后，首先便出征北方魔地，消灭了四大魔王之一的鲁赞王。北方魔地究竟是指什么地方，有几种不同的说法。其中之一，说是在今西藏工布地区。工布江达县措果区有一座湖，风景非常优美，当地群众说那是一座神湖，每年都有很多群众前去朝拜。传说那座湖过去就是魔王鲁赞的寄魂湖。

离措果区不远，在八河桥附近，有几座古堡，传说是鲁赞王的城堡。

解放前后，扎巴老人曾经长期在这一地区说唱。民主改革以后，他又在这里当道班工人，对那里的情况非常熟悉。他说，史诗里描绘的自然环境、地势地貌，和当地的情况完全吻合，甚至史诗里说的某些习俗，也一直保存下来了。

另一种说法是魔地在今青海省海西州都兰县察汗乌苏地方。也有人说在西藏那曲安多县，在当地群众中，都有不少传说。

云南省迪庆藏族自治州，藏语叫"姜"（ᦕᦵᦅ），吐蕃王朝崩溃后，那里曾建立一个小的政权。姜国国王的后裔，后来成了当地的一个大土司，一直延续到民主改革时。

据说史诗中的《姜岭大战》，讲的就是格萨尔征服姜地的事情。那里的很多山名、地名，都和史诗中讲的完全一样。在迪庆州，还有很多遗迹。每个遗迹，都有一个有趣的故事，而且都能同《姜岭大战》联系起来。

在我的家乡四川省甘孜州巴塘县，有一个地方叫"格萨尔拉昂"。"拉昂"，是藏语"炒青稞的铁锅"之意。据说格萨尔当年统率大军出征姜地时，曾在这里炒青稞打尖，因而得名。朝前走不远，在通往金沙江的路上，有一块较为平坦的大石包，上面有两个很深的脚印。传说格萨尔快过金沙江时，为了试试臂力，站在石头上，用抛石器扔了一块石头，因此留下了这个脚印。那脚印一前一后，很像拉开架势，正在用抛石器扔石头。老人们说，放羊的孩子或远出家门的人，只要踩踩那个脚印，就能得到格萨尔的保佑，打石头也能打得准。我小的时候，也曾多次踩过那个脚印。在河对岸的田野上，有一块如一座楼房那么大的石包，传说是格萨尔扔过去的石头。当地群众把它视为珍宝，认为是格萨尔大王留给巴塘人民的宝物，称它为"金子般的磐石"。从前有不少人围着它转经，以额头触石，表示祝祷。那片田地土壤肥沃，庄稼长得特别好，传说是因为得到那宝石的"宝气"。

今西藏芒康县嘎拖地区，一马平川，地势非常开阔。

传说格萨尔的部队曾在这里安营扎寨，因而得名。"嘎拖"（སྒར་ཐོག），意为"营地"。

巴塘和芒康，仅一江之隔。过了金沙江，继续朝前走，就到了迪庆州——姜地。沿途有很多关于格萨尔的传说故事，据说都与当年出征姜地有关。

门隅地区位于喜马拉雅山南麓，是我国门巴族和藏族居住的地方，也是著名诗人、第六世达赖喇嘛仓央嘉措的故乡。据说《门岭大战》讲的就是格萨尔出征门隅地区的故事。据出生在那里的门巴族和藏族同志介绍，远在喜马拉雅山那边，也有很多关于格萨尔的传说故事。《门岭大战》里描绘的门隅的风土人情和山川地形，同那里的实际情况非常相似。

在甘南、阿坝、果洛三个藏族自治州的广大地区，关于格萨尔和霍尔打仗的传说，以及与此有关的遗迹就更多了，据说古代的霍尔部族就生活在这一地区。

从有关的传说和遗迹来看，有两点值得注意：

首先，《降伏妖魔》《霍岭大战》《姜岭大战》《门岭大战》这四大部，作为史诗的核心组成部分，关于它们的传说和遗迹非常多，流传很广，而且各地的说法也比较一致。

其次，这四大部的故事发生的地点，所指都较具体，《降伏妖魔》中的北方魔地在工布地区（也有说在黑河地区，两者相距不太远）；《霍岭大战》发生在今甘肃、青海藏族地区；《姜岭大战》中的姜国在迪庆州；《门岭大战》中的门隅即指现在的门隅。这些地方的自然环境、地理特征、山川地名，都与史诗的描写有某些相似之处。

此外，在西藏阿里、山南、察隅、那曲等地，在四川甘孜州木雅地区，都有很多关于格萨尔的传说和遗迹。据说《阿里山羊宗》《取阿里金窟》《雪山水晶宗》《卡契玉宗》《山南香獐宗》《山南头盔宗》《察瓦绒箭宗》《察瓦绒盐宗》《芒康绵羊宗》《木雅金子宗》《木雅云彩宗》等部的故事，就发生在上述地方，史诗中所描述的很多景物，都可以从那里得到印证。

有关格萨尔的文物

民主改革前，各地区、各寺院，以及一些大家大户的家里，或多或少都有一些传说是格萨尔的遗物，并将之视为珍宝，代代相传。人们传说，能够保存格萨尔的遗物，可以"招福"，或者保佑一家人平安无事。据青海省民研会的同志介绍，20世纪50年代末、60年代初，他们在搜集《格萨尔》时，征集到很多有关的文物资料，有刀、矛、弓、箭、盔甲、马鞍等，可惜在"文革"中都散失了。

西藏阿里地区的一座寺院里，直到民主改革时，还保存着很多大刀、宝剑、长矛、马鞍，在护法神殿里还珍藏着七副盔甲。据说当年格萨尔降伏克什米尔地区后，将缴获来的一部分战利品送给阿里国王。阿里国王非常高兴，把它们作为最珍贵的礼物，世代相传。《卡契玉宗》里，讲的就是格萨尔经过阿里地区，到克什米尔作战的故事。

西藏昌都类乌齐县的达纳寺里，有一面鼓，叫"声震三界的金鼓"，相传是格萨尔用过的，过去一直供奉在寺内。十三世达赖喇嘛知道后，曾表示他非常喜爱这个东西，寺院就将那面鼓献给达赖喇嘛了。

该寺还有一把宝剑，传说也是格萨尔用过的，供奉在寺内，能够镇妖伏魔，护佑寺院不受损害。十三世达赖喇嘛去世后，他们知道十三世达赖喇嘛生前很喜欢格萨尔的遗物，就将那把宝剑赠送给原西藏地方政府，放在十三世达赖喇嘛的灵塔里了。

达纳寺还珍藏着一部用金粉写的《八千颂》[①]，相传是格萨尔的父亲森伦王归天之后，格萨尔出钱请人书写并捐赠给该寺的。

这里还有一个小故事：由于该寺藏经楼里的经书太多，梁柱承受不了，快要倒塌时，格萨尔射了一箭。那支箭显了神威，像一根巨大的栋梁支撑着藏经楼。

在藏族地区，关于格萨尔和史诗中其他一些主要人物的传说、遗迹和文物很多，这里不可能，也没有必要详细介绍。但从以上简要的叙述中，我们可以得出这样一些认识：

---

① 一部重要的佛教经典。

第一，《格萨尔》这部英雄史诗在藏族地区流传广泛，深入人心，家喻户晓，深受群众的喜爱。在藏族历史上，没有任何其他作品能像《格萨尔》那样影响久远，具有广泛的群众性。这些传说、遗迹和文物是随着《格萨尔》的流传、演变和发展而产生的；而这些传说和遗迹的出现，又使《格萨尔》本身得到更广泛的传播，扩大了它在群众中的影响。从某种意义上说，全民族都参加了这部伟大的史诗的创作和传播。在它上面，凝结着藏族人民的无穷智慧和伟大的创造力。

第二，这些传说和遗迹，都有地方特色，自成体系。从大的方面讲，有四个系统：四川甘孜州的德格——邓柯地区；青海省的果洛和玉树地区；西藏的芒康地区，以及那曲地区。

值得注意的是，围绕着这些传说、遗迹和文物，大多都有一段有趣的故事，而这些故事，或者同史诗中的某一情节有关联，或者同当地某一座寺院、庄园、村寨的来历，同某一个喇嘛活佛、土司头人、知名人物的活动相联系。这些故事本身也很生动有趣，认真搜集和研究这些传说故事，对了解史诗的产生年代、时代背景、流传和演变情况，及其在群众中的影响，都不无益处。

第三，在对《格萨尔》进行研究的时候，如果离开对作品本身的艺术分析，离开对藏族历史文化的深入研究，只根据这些传说和遗迹，进行烦琐考证，牵强附会，是得不出科学的结论，不可能真正认识《格萨尔》的伟大价值，也不可能正确评价它在文学史上的地位。

蒙藏《格萨尔》的关系

《格萨尔》这部伟大的英雄史诗，广泛流传在我国藏族和蒙古族地区，在这两个民族的文学史上都占有重要地位。蒙古族学者们把《格萨尔》与《蒙古秘史》《江格尔》誉为蒙古族古典文学的三大高峰。然而蒙藏两个《格萨尔》[①]之间的关系究竟是怎样的呢？两者之间有什么异同？它们是怎样互相影响的？这是研究史诗的人普遍感兴趣的问题，也是进行比较文学研究的一个重要课题。深入研究这方面的问题，从中找出一些带规律性的东西，对于弄清我国各民族之间的关系史，了解蒙藏两个兄弟民族源远流长的深厚情谊，进一步增进各民族之间的相互了解，加强民族团结，促进各民族文化艺术事业的共同发展，都是一件十分有益的事情。

几种不同的看法

目前国内学术界对这一问题，有着不同的看法，归纳起来，大体有四种意见。

一种意见认为蒙文《格萨尔》是藏文《格萨尔》的翻译本。

另一种意见认为蒙藏两种《格萨尔》之间没有任何关系，二者是独立的作品。

[①] 蒙文《格萨尔》通常写成《格斯尔》或《格斯尔汗传》，系译音的不同。藏文" སེར"，在牧区读重音，译成汉文也是"斯尔"。有的同志仅仅根据译音的不同，把《格萨尔》和《格斯尔》说成是两部完全不同的史诗，是不正确的。本书将藏文本和蒙文本均写作《格萨尔》。

第三，认为藏文《格萨尔》是蒙文《格萨尔》的变本。

第四，认为蒙藏两种《格萨尔》系同源异流的作品。

这四种意见中，第二种意见不大符合《格萨尔》在两个民族中流传的实际。关系肯定是有的，关键要弄清是什么样的关系，以及它们的意义和影响。

第一和第三、第四三种意见，实际上是一个意思：同源异流。不同的是，第三种意见认为蒙文本是源，藏文本是流；第一、四种意见则认为藏文本是源，蒙文本是流。

这几种不同的观点，集中地反映在1983年在西宁召开的我国第一次少数民族史诗学术讨论会和1985年在赤峰举行的第一次《格萨尔》学术讨论会上。这两次学术讨论会，对于促进和推动我国的史诗研究，尤其是《格萨尔》的研究，产生了重大影响。鉴于这两次讨论会的文集尚未出版，一些论文也未公开发表，这里就不一一列举。

国外研究《格萨尔》的学者当中，也有各种不同的意见。蒙古国学者、研究《格萨尔》的专家策·达木丁苏伦曾经指出："关于《格萨尔王传》蒙古版本的起源有三种说法：一种说法是由藏文作品中译出，另一种说法是蒙古人根据西藏的题材自己创作的，再一种说法是纯属蒙古人自己的独创。"①

长期以来，藏族学者对《格萨尔》作了很多研究，但由于交通闭塞，对外文化交流工作做得很差，因此很少为外界所知。我国其他民族的学者专家和外国学者研究《格萨尔》，首先是从蒙文本开始的。过去大多数人还不知道有藏文本《格萨尔》，更不知道在藏族地区流传得那么广泛，篇幅那么巨大，影响那么深远。但是，随着研究工作的深入开展，他们发现这两个《格萨尔》之间有着密切的联系。据策·达木丁苏伦介绍，苏联学者 б·я·符拉基米尔佐夫在研究蒙古文学的过程中，多次接触到《格萨尔》的内容。在外国学者当中，他第一个指出，西藏确实存在着包括《格萨尔》在内的西藏文学，且与佛教经学同时存在。符拉基米尔佐夫说："在西藏的部族当中，关于恺撒王的传奇故事受到广大藏民们的欢迎。无论在西藏，还是在其他居住着藏族人或与藏族部落有关系的什么地方，这类故事的传播形式很多：有的是诗人——歌手说唱；有的则编成普通的神话故事来讲；在藏民的手里还保存有关于恺撒王的传奇故事书。用蒙文写成的书中，有许多关于格斯尔传奇故事的不同

① 策·达木丁苏伦:《〈格萨尔传〉的历史源流·引言》。

章节，有的是翻译本，有的是转述本（着重号系引者所加）……但是，很难搞清楚，究竟由谁在什么时候翻译出这本格斯尔汗的传说；同样，很难确定蒙古的译文究竟来自哪一本恺撒王传奇故事的藏文本。总之，要想区别蒙古的格斯尔汗和西藏的格萨尔王，那是将来的事……"接着，他又强调指出："关于格斯尔汗的传说在蒙古是较为普遍的，蒙古人或与蒙古有关系的部族都把格斯尔的故事当作他们本民族的创作，实际上，可能确实如此。"①

这里，认为格萨尔的故事就是恺撒王的故事，虽然是错误的，但值得注意的是，符拉基米尔佐夫在这段话里讲了三层意思：

第一，格萨尔的故事在藏族地区流传得十分广泛；

第二，蒙文的格斯尔传奇故事是藏文的翻译本或转述本；

第三，格斯尔汗的传说在蒙古族地区流传也相当普遍，他们认为是本民族自己的创作。

在没有接触多少藏文资料的情况下，一个外国学者，在当时能有这样的见解，应该说是难能可贵的。

策·达木丁苏伦对这一问题采取了十分慎重的态度，他在概述了有关这方面的各种论点之后，并没有轻率地下结论。他着重指出："为了弄清这个问题，我曾认为有必要根据最大可能将手中已有的格萨尔王传的西藏版本和蒙古版本作一详细的比较，以便于解决它的起源，因为这对研究蒙古文学有其重要的意义。"当时，他不无遗憾地说："西藏的手抄本既没有用藏文出版，也没有用其他什么文种发表过。……对于格萨尔王传的藏文手抄本至今没有人研究。"他认为研究藏文《格萨尔》是弄清这一问题的关键。策·达木丁苏伦的这段话是三十年前说的。当时的情形确实像他所说的那样，藏文《格萨尔》既没有正式出版，也没有人研究。

现在，情况有了根本的改变，近几年来，出版了很多藏文本《格萨尔》。1981年，策·达木丁苏伦根据这些新的资料，作了比较研究，并着重从词源学的角度进行分析，然后作出了自己的判断：

"从词源的角度分析《格萨尔》史诗中的主人公的名字，可以得到这样的结论，史诗中的人物来自西藏。我认为，今后继续研究格萨尔传中的人名，可以进一步证实《格萨尔》确实属于西藏的这个结论。《格萨尔传》很可能是根据真实的历史事

① 转引自策·达木丁苏伦：《〈格萨尔传〉的历史源流》。

件于十一世纪在安多形成的。"[1]

关于蒙文本《格萨尔》

对蒙文本《格萨尔王传》的各种版本，国内外学者都作了很多考证和分析。现根据他们的研究成果，作一个简要的介绍。最早的蒙文本要算 1716 年（清康熙五十五年），在北京用木刻刊印的《格斯尔可汗传》，一般称之为"北京木刻版"，共七章。解放后，1956 年由内蒙古人民出版社作为《格斯尔可汗传》的上册，铅印出版。这是一个不完整的本子。但因它是最早发现的，影响较大，国外很多学者是通过这一版本了解《格萨尔》的。1836 年，俄国学者雅科夫·施密德曾用活字版刊印了这个蒙文本，后又译成德文，于 1839 年在圣彼得堡出版，使它在更大范围内得到传播。

"北京木刻版"既然是一个不完整的本子，它的续篇是什么呢？大约经过了一百多年，中外学者作了很多考证，始终没有得到一个圆满的解决。解放后，从北京隆福寺发现了一部六章本的蒙文版《格萨尔》，合起来就成了首尾一贯的十三章本。内蒙古人民出版社将它作为"北京木刻版"的续篇，称为"内蒙古下册版"，正式出版。但从内容上看，再与藏文本作一粗略的比较，就可以发现，两者之间并没有必然的内在联系，更不是上下册的关系，而是两个相对独立的、不完整的分章本，只是同别的版本相比，这两本书的联系要紧密一些，共同性要多一些。这十三章本里，魔鬼喇嘛施用法术把格萨尔变为驴子（第六章、第十章）和格萨尔大战杭盖哈尔盖山地方的那钦汗（第十三章）的情节，是藏文本所没有的，其他内容在藏文本中都有，可以明显地看出它们之间的渊源关系。

其他各种版本的简要情况是：

"乌素图召本"，1958 年从内蒙古呼和浩特市郊区乌素图召庙发现，是竹板手抄本，故称"乌素图召本"。该书共八章。其基本内容与"北京木刻版"的一至七章和"内蒙古下册版"的第八章相同，只是第一章的末尾和第八章的前头稍有不同。

"鄂尔多斯本"，1956 年从内蒙古伊克昭盟原扎萨克旗发现的竹板手抄本，该书的内容同北京的十三章本和"诺木其哈敦本"的部分篇章基本一致。但在字句上有

---

[1]　策·达木丁苏伦：《关于〈格斯尔〉研究的一些问题》，译自西德《亚洲研究》第 73 卷，特别研究项目第 12、1981 年第三次史诗讨论会报告集。

较大的差异，并增添了一些不同的故事情节。

"咱雅本"，1903 年从现在蒙古国的策其尔力克市咱雅班智达①的书库里发现的手抄本，通称"咱雅本格斯尔"，共十八章，1960 年在蒙古人民共和国首都乌兰巴托影印刊行。据说这是一部较有特色的本子，它的基本内容和"北京木刻版"相同，又吸收了别的本子的内容，并加以缩写，从某种意义上讲，可以说是蒙文《格萨尔》的缩写本。

"扎木萨拉诺本"，是蒙古国的扎木萨拉诺博士 1918 年在库伦（今乌兰巴托）从一位内蒙古人手里获得的，他把它作为"北京木刻版"的续篇，加以整理缮写，视为珍本，因而得名。该书的章节及基本内容和六章本的"内蒙古下册版"相同，两地相距遥远，但两个抄本的内容基本相同，可见曾有很多手抄本在各地流行。

"诺木其哈敦本"，是 1930 年左右从蒙古国北杭盖省发现的，它原是鄂尔多斯图门济浓②的诺木其哈敦所珍藏。该书同"北京木刻版"在内容和文句上都有较大差异，但在正文结束后，标有"康熙五十五年论述"等语，时间与"北京木刻版"相同。

值得注意的是，这一抄本以"北京木刻版"的第七章结束后，还附有一篇叫作《达赖喇嘛和格斯尔二人会晤》的经文，其中写道："敖尼可汗铁虎年一月三日夜，格斯尔由天而降，拜会达赖喇嘛，二人略谈慈悲六道众生……"

在底页里又有附记："这部达赖喇嘛和格斯尔可汗二人会晤之后，对残杀六道众生深表慈悲而撰写的经典，根据虔诚的诺木其哈敦的提议，由苏玛弟嘎日弟的喇嘛堪布额尔德尼朝尔济翻译……"

从这些记载来看：

第一，这本书成书较晚，约在清朝之后；

第二，与藏文手抄本的记述形式相同。藏文手抄本的后面，往往也有类似的记述，说明该书是根据什么人的嘱托，或根据神佛的启示，由某某人记录或编写。

至于根据什么本翻译，没有交代。

"卫拉特托忒文本"，是从蒙古国乌布苏、科布多等西喀尔喀地区的卫拉特民间发现的手抄本，曾于 1960 年在蒙古国首都乌兰巴托影印刊行。据说该书的前四章和

---

① 班智达，梵语借词，意为学者、博士。

② 图门：万户长；济浓：爵位。

最后一章的内容与"北京木刻版"大体相同，而另外两章则与"内蒙古下册版"完全相同。这本书实际上是将上述两本书中的内容转写为卫拉特托忒文。

"布里亚特格斯尔"，这是从布里亚特民间艺人的口述中搜集，用布里亚特新蒙文记录、整理的，有几种不同的版本。其中有两种被称为"阿伯①格斯尔"的版本，一部是民间艺人德密特日耶夫说唱的十章本；另一部是那木吉拉·班达诺记录整理的九章本。据说还有其他一些不同的版本。这些说唱本是以布里亚特民间故事的形式写成的，在思想内容和故事情节等方面，和其他各种蒙文本有很大的差异，但就其总体方面来讲，与北京的十三章本基本相同，它们之间有着明显的渊源关系。

《岭格萨尔》，是从蒙古国的拉计彦图苏木发现的蒙译文，蒙古国曾于 1959 年铅印出版。该书共二十八章，内容、情节，以及人名、地名和文风等都与其他蒙文本有很大的差异。一些学者认为，它是从藏文翻译过去的。

尽管如此，这是一部迄今为止比较完整的蒙文本。其中又以八、九、十三章流传最为广泛，在"乌素图召本""鄂尔多斯本"②"诺木其哈敦本""卫拉特托忒文本"里都有这三章的内容。

笔者不识蒙文，从汉文转述的故事梗概看，它的基本内容与藏文"贵德分章本"相同，其他部分，也与藏文分部本大体相似。但迄今为止，尚未发现与蒙文《岭格萨尔》相同的藏文本，用以证明是从藏文本翻译的。是否可以这样假设，该书是根据藏文本《格萨尔》，由精通蒙藏两种文字的学者用蒙文转述或改写，而不是根据一种本子翻译的。这一问题还有待于懂蒙藏两种文字的同志作进一步的研究。

从历史上看，蒙藏两个民族的文化交往十分密切，两个民族的学者和翻译家，都有转述或改写其他民族作品的传统。藏族学者介绍印度古典文学《罗摩衍那》《神奇死尸的故事》《诺桑王传》和《苏吉尼玛》等都是采用这种方法，而不是根据梵文逐字逐句地翻译。实际上这是一种再创作。它的好处是，更加适合本民族人民的接受能力、文化水平、欣赏习惯和审美情趣，更易于为本民族人民所理解和吸收，使这些作品深深地植根于高原的土壤之中，具有浓郁的"酥油糌粑"味，为藏族人民所喜闻乐见，成为藏族文学的一个组成部分。

蒙古族学者在翻译介绍藏族的古典文学作品，乃至佛教经典时，同样采用过这

① 阿伯：蒙古语，尊称，是健勇、雄壮的意思。

② "鄂尔多斯本"里没有第十三章。

种方法。

当然，这里讲的是历史上的情形，不是说这种办法作为一个普遍原则，可以到处运用。

从以上的各种版本来看，蒙文本《格萨尔》有这样一些特点：

第一，流传广泛。东到我国东部和苏联布利亚特地区，西到我国新疆卫拉特蒙古族地区和苏联的卡尔美克地区，凡有蒙古族聚居的地方，都有《格萨尔》流传；

第二，它们都是繁简不同的各种形式的分章本，还没有发现完整的分部本；

第三，变异较大，没有定本，但以北京十三章本的影响最大，其他各种版本可以说是以它为蓝本，或者在它的影响下，产生和发展的；

第四，有鲜明的蒙古族特色和草原气息，不能简单地看作是藏文《格萨尔》的翻译本、转述本或改写本。

《格萨尔》在蒙古族人民当中流传、发展的社会历史原因当外界对藏文本《格萨尔》还缺乏了解的时候，对蒙古《格萨尔》的起源有各种说法，这是正常现象。随着对藏文文献的深入研究，对蒙藏两种《格萨尔》之间关系的研究，也深入一步，进而改变了过去的一些看法，根据新的资料，得出新的结论。一般认为，蒙古族《格萨尔》源于藏族《格萨尔》，是从藏族地区传到蒙古族地区的。

前面已经提到，策·达木丁苏伦在《关于〈格斯尔〉研究的一些问题》这篇论文中，集中地表达了这种观点。内蒙古社会科学院文学研究所副研究员其木道吉同志在分析了各种不同的版本之后，得出结论说：

"格斯尔的故事，从藏地传入蒙古地区之后，经过了长期的历史。特别是十六世纪到十七世纪，随着黄教在蒙古的兴盛，蒙古族人民依靠自己的智慧和集体创作的力量，发挥自己固有史诗创作的传统，为适应本民族的社会生活、风俗习惯，通过创造性地改编或移植，使蒙文《格萨尔》不断发展与丰富起来，逐渐演变成为具有自己民族特点的文学形式。"①

《蒙古族文学简史》中指出：《格斯尔可汗传》是蒙藏人民共同创造的宝贵文化遗产。……国内外的研究表明，这部史诗最早是从藏族地区流传到蒙古地区的。所以两部史诗的主要人物和某些故事情节都彼此对应。但是在后代的流传过程中，这

---

① 《民族文学研究》，1983 年创刊号。

两部'同源分流'的作品各自具备了鲜明的民族特色，成为独立存在的民族史诗。"[①]

藏族的英雄史诗《格萨尔》传到蒙古地区，很快得到广泛流传，并同蒙古族悠久的文化传统相结合，经过蒙古族人民的再创造，最终发展成一部为蒙古族人民所喜闻乐见的、具有独特形式的民族史诗，成为蒙古族古典文学的三大高峰之一，绝不是偶然的现象，它有着深刻的社会历史和思想文化方面的原因。我们可以提出这样一个问题：为什么其他国家和其他民族的史诗不能在蒙古族人民当中广泛流传，并产生如此巨大的影响，唯独《格萨尔》产生了那样巨大而深远的影响？反过来讲，同在一个国家，《格萨尔》为什么在别的民族当中不能广泛流传，唯独在蒙古族地区广泛流传，并产生如此巨大的影响？

我们可以从下面几个方面，试作一些分析。

第一，《格萨尔》在蒙藏两个民族的流传和发展，有着大体相同的历史背景和社会原因。

蒙古族是我们祖国大家庭中具有悠久历史和文化传统的一个成员，对我国多民族大家庭的形成和发展，产生过深远的影响。

早在公元前两千多年，蒙古族的祖先就生息在黄河以北的辽阔草原上，以游牧为生，与中原农业地区的各族人民在政治、经济、文化等方面保持着密切联系。直到十二世纪之前，蒙古族没有建立统一的中央政权，而形成大小不一的许多部落。

到了十二世纪末、十三世纪初，蒙古族历史发生了划时代的巨大变化，一代天骄成吉思汗把蒙古各部落统一起来，建立了蒙古汗国，并为统一中国、建立中央王朝奠定了坚实的基础。这与松赞干布统一青藏高原上的各部落，建立吐蕃王朝的情形相同，不同的是成吉思汗的业绩要比松赞干布伟大得多，影响更为深远。成吉思汗在世时，他统一全中国、建立中央王朝的宏图壮志未能实现。直到1271年，他的孙子忽必烈才入主中原，建立元朝，结束了我国自隋唐以来长期分裂混乱的局面。西藏也正是在这个时候，正式纳入我国版图，成为我们祖国不可分割的一个重要组成部分。元朝的建立，对我们统一的、多民族国家的形成和发展，做出了不可磨灭的伟大贡献。

蒙古族的崛起，不但在我国民族关系史上有着重要意义，也是十三世纪世界史上的一个重大事件。骁勇剽悍的蒙古族人民，掀起了巨大的狂飙，席卷欧亚两大

① 内蒙古社科院蒙古文学研究所编写组：《蒙古族文学简史》，内蒙古人民出版社1981年版，第74页。

洲，演出了一场威武雄壮、有声有色的历史活剧，使全世界都为之震惊。

但是，由于蒙古族统治者对内实行阶级压迫、对外实行民族压迫，进行侵略扩张，使各族人民遭受深重灾难，很快激起了各族人民的强烈反抗。元朝建国不到百年，便在人民起义的革命烈火中覆灭。这又与吐蕃王朝崩溃的原因有相似之处。威震中原，极盛一时的吐蕃王朝，也是在奴隶大起义的风暴中遭到覆灭的。元朝灭亡之后，广大的蒙古族地区再次陷入长期的分裂割据局面。长时间的战乱，使蒙古族地区的社会生产力遭到严重破坏，群众生活极度贫困，人民群众渴望国家统一、民族团结、社会安定。不少封建领主也在长期的战乱中遭到削弱，日渐疲惫，也要求实现社会安定，以便得到喘息机会。于是，达延汗顺应潮流，于十五世纪末、十六世纪初一度重新统一了全蒙古。这期间，蒙古社会的生产力有了一定程度的恢复和发展，并与中原各族人民建立了更为密切的联系。

这与藏传佛教萨迦派在元朝中央政府的支持下，建立萨迦政权，从而结束西藏高原长达四百年之久的分裂混乱局面的情形相类似。

《格萨尔》正是在这样的社会历史条件下传到了蒙古族地区。

第二，《格萨尔》除暴安民、抑强扶弱的主题思想，在蒙古族人民中引起了强烈共鸣。

元朝灭亡之后，整个蒙古族地区陷入分裂割据局面。达延汗虽然曾一度统一了全蒙古，但他的统治很不稳固。在民族内部，阶级矛盾日益尖锐，王公贵族等封建统治阶级对蒙古族人民进行残酷的掠夺和剥削，使人民遭受无穷无尽的苦难。统治阶级为了扩大势力，争夺领地，不断进行战争。为了躲避战乱，寻找生路，成千上万的劳动群众常常从一个领地逃到另一个领地，整个社会一直动荡不安。这同吐蕃王朝末期，为了逃避战乱、差役和饥荒，奴隶、农奴和役夫、士卒大批逃亡，牧民大迁徙的情况极为相似。

广大人民群众渴望出现格萨尔这样的英明君主，剪除封建割据势力，消灭残害百姓的妖魔鬼怪——王公贵族、领主头人等反动统治者，建立一个公平正义、繁荣昌盛的理想社会，让人民安居乐业，过上美好幸福的生活。

在对外的民族关系上，明王朝建立之后，对我国各族人民实行反动的大民族主义，进行残酷的压迫剥削，歧视、排斥甚至摧残和消灭他们的民族文化传统。而蒙古族同胞又首当其冲，深受其害。在元朝，蒙古族是统治民族，当他们的势力强盛的时候，压迫过其他民族，同样歧视、摧残和毁灭了其他兄弟民族优秀的文化传统，元朝覆灭以后，他们的势力迅速衰败，并受到报复性的惩罚。

恩格斯曾经深刻地指出：压迫别的民族的民族，自己不能得到解放。这是千真万确的真理。蒙古族的统治阶级，当他们势盛之时实行民族歧视和民族压迫政策。元世祖至元时，把居住在当时中国境内的人分为四等：第一等是蒙古人；第二等是色目人，包括西夏、回回、西域以至留居中国的一部分欧洲人；第三等是汉人，包括契丹、女真和原来金统治下的汉人；第四等是南人，指南宋统治下的汉人和西南各族人民。元朝政府还采取各种办法来固定这些民族的等级，以便强化国家机器，巩固蒙古贵族的统治地位。在《元典章》中纪录的很多法令，都是针对汉人、南人制定的，并且指出蒙古人不受这些法令的约束。

但是，这种民族歧视的政策，对于汉族的大地主阶级是不适用的。一些很早就投靠蒙古统治者的汉族地主，在元朝的地位和待遇都与蒙古贵族相差无几。为了巩固自己的统治地位，元朝中央政府还对汉族地主实行笼络利用的政策。早在元世祖即位之前，便在开平金莲川设立幕府，笼络原来金朝的地主士大夫。在元世祖即位后，更加积极地标榜文治，学习汉法，任用大批汉官，定朝仪、治礼乐、设学校、建官制、奖励农桑、兴修水利，又命令一批蒙古国系生跟从许衡（当时著名的学者）等学习程朱理学。蒙古贵族在统一中国的过程中，对汉族和各族人民实行血腥的大屠杀，纵兵杀掠，十分残酷，《元史》诸将列传中，常有"杀戮殆尽""骸骨遍野""积骸成丘""民物凋丧、千里丘墟""道路断绝"的记载，给我国各族人民造成深重的灾难。有人描述当时的情景说："十年兵火万民愁，千万中无一二留"；"无限苍生临白刃，几多华屋变青皮。"

另一方面，蒙古统治者又基本上没有触动汉族地区的封建经济和汉族地主阶级的利益。与此相反，广大的蒙古族下层人民，根本没有享受到所谓统治民族的特权和利益。北方草原上的蒙古牧民，在繁重的军役和租赋剥削之下日趋贫困，甚至破产流亡。到了元朝中叶，常有大批蒙古族贫民流落到大都、通州等地，有的被卖到汉、回之家做奴婢。

这就是说，当蒙古族作为统治民族的时候，广大蒙古族人民群众依然遭受着残酷的压迫和剥削。统治阶级把他们当作牛马役使，当作炮灰驱遣，一批又一批被赶向战场，使他们人亡家破，十室九空，到处是孤儿寡妇。正当蒙古铁骑踏遍欧亚大陆，剽悍的士兵挥舞战刀，屠杀无辜的时候，他们的父母姐妹、妻子儿女，却在自己的故乡——漠南漠北的草原上痛苦呻吟，饮泪苦熬。这一历史事实再一次雄辩地证明了这样一个真理：我国各族人民之间不但没有根本的利害冲突，恰恰相反，各族人民的根本利益是一致的，他们的命运是紧密联系在一起的。而各民族的反动统治者，又总是沆瀣一气，狼狈为奸，共同对各族人民实行野蛮统治、残酷剥削和血腥镇压。

元朝覆灭以后，蒙古族的势力迅速衰败，从统治地位，一落千丈，处于受统治、受压迫的境地。在蒙古族的统治阶级当中，有很多人迅速投靠明王朝，以苟延残喘。当时国内普遍存在着一种反蒙排蒙的情绪，蒙古贵族统治集团实行民族歧视和民族压迫种下的苦果，现在却不得不由广大蒙古族同胞来吞食。阶级压迫和民族压迫双重苦难落到了他们头上。他们的民族精神受到压抑，民族文化遭到摧残，人格受到侮辱，民族自尊心遭到严重损害。

他们迫切希望改变这种境况。遭受深重苦难的蒙古族人民，自然而然地把遥远的古代社会，当作理想王国，十分怀念成吉思汗时代那种叱咤风云、威震四方的壮烈局面。无论上层统治阶级，还是下层人民群众，在某种程度上都怀有这种民族感情和民族心理，有一种强烈的、普遍的怀旧情绪。他们希望自己的民族重新崛起，而不受别人的歧视和压迫。在这一点上，各阶层人民，包括统治阶级在内，有着共同的利害关系，表现了共同的心理素质。

在这种情况下，《格萨尔》鲜明的主题思想和丰富的思想内容，很容易引起蒙古族各个阶层的强烈共鸣，使他们得到某种精神安慰和精神寄托。更为重要的是，《格萨尔》所表现的民族崛起的发皇精神，使他们感奋，使他们得到鼓舞和激励，成为一种巨大的思想武器和精神力量，推动着全民族的团结和统一。这种民族的团结和统一，强盛和崛起，既符合上层统治者的利益，也符合人民群众的愿望。

依靠谁来实现这种理想和愿望呢？在当时的历史条件下，人民群众还不可能充分认识自己的力量，他们只能把希望寄托在格萨尔这样的英武君王身上。

由格萨尔的形象，他们会很自然地联想到本民族的英雄豪杰，想到成吉思汗、忽必烈这样叱咤风云、扭乾转坤的杰出人物。在长期流传过程中，他们把自己的理想和愿望熔铸到史诗中去，用自己民族的英雄人物作楷模，重新塑造主人公的英雄形象，使史诗具有鲜明的蒙古民族的民族精神、民族气魄和民族风格。有人说，格萨尔是以成吉思汗为"模特"塑造的。

这种说法，不是没有道理，至少蒙文本《格萨尔》是这样。从某种意义上讲，蒙古族人民确实通过格萨尔这个艺术形象，呼唤着自己民族古代英雄的亡灵，以唤起民族意识的觉醒，振奋起民族精神，维护民族内部的团结统一，抵御和反抗外来的民族压迫。《格萨尔》歌颂正义战争，反对侵略战争的思想内容，也很容易为长期遭受战乱之苦的蒙古族人民所理解和接受。他们回顾既往，反思历史，希望自己民族重新崛起，但又不希望出现无休无止的内乱和战祸，给自己民族带来灾难性后果。策·达木丁苏伦在他的《〈格萨尔传〉的历史源流》一书的扉页上，引用了史诗中的两段话：

"格萨尔之使命：'令当权者低头，为受辱者撑腰。'"

"格萨尔之遗训：'不要挥兵去犯人，但若敌人来进犯，奋勇抗击莫后退。'"

策·达木丁苏伦用这两段话来概括《格萨尔》的主题思想和基本内容，是很有道理的。这种思想，正反映了当时蒙古族人民的愿望和理想。

第三，蒙藏两个民族有着相同的宗教信仰。

蒙藏两个民族都信仰佛教。佛教不但在群众中有很大的影响，对两个民族的文化发展，也产生过深远的影响。《格萨尔》在藏族地区的发展和广泛流传，与佛教的后宏期大致在同一时代。它随着佛教的复兴，在广大藏族地区流传和发展，史诗最早的搜集者、整理者和传播者大部分都是僧侣文人。《格萨尔》在蒙古族地区的流传几乎也是这样，它随着藏传佛教格鲁派在蒙古族地区的兴盛而得以流传和发展。一些收藏者、翻译者和传播者就是喇嘛、活佛。那些僧侣文人对史诗的传播是有贡献的。

但是，由于《格萨尔》的主要内容和基本精神是与佛教教义和戒律相违背的，又受到僧侣贵族的反对和压制，极大地限制了它的传播和发展。《格萨尔》在这两个信仰佛教的民族当中，经历了大体相同的历史命运。所不同的是，虽然佛教在蒙古族群众中有很深的影响，但那里的僧侣贵族还没有完全掌握政权，没有实行政教合一的政治制度，在思想文化领域里的控制没有像藏族地区那样严厉，因此，《格萨尔》在蒙古地区的流传，比藏族地区要自由一些。笔者不懂蒙文，无法进行比较，但从一些汉译本来看，蒙文《格萨尔》里宗教迷信的色彩要比藏文少得多。不但如此，在某些地方，还有直接讽刺、嘲弄和鞭挞喇嘛的内容。显然，这是接受了蒙古族原有的民间文学作品的影响。我们知道，在蒙古族民歌和民间故事里，嘲弄那些不守戒律专做坏事的喇嘛和反对宗教的内容是比较多的，这是蒙古族民间文学作品的一个显著特点。但在藏文本里，这方面的内容就要少一些，至少不那么突出和尖锐。

第四，蒙古族和藏族有着大体相同的民族审美意识。

蒙古族、藏族和哈萨克族，被称为我国的三大游牧民族。在元、明时期，蒙藏两个民族大体处在相似的社会发展阶段（这里是指总的方面，仔细分析，当然有许多差异），作为游牧民族，他们的生产、生活方式大体相同，文化传统、风俗习惯等方面，也有许多相同或相似的地方。这必然导致他们在审美意识方面的许多共同性。

《格萨尔》中所表现的崇高美、自然美、夸张美，以及对战马的赞美等，很符合蒙古人民的审美理想、审美标准和审美情趣，一接触就有一种似曾相识的亲切感，而没有陌生或隔膜的感觉。因此，一经传入，就很容易在蒙古族人民中扎下根，同蒙古族丰富多彩的文化传统相结合，放射出灿烂的光辉。

《格萨尔》所表现的民族风格和民族特点，它所体现的民族审美意识，不但同希腊史诗、印度史诗，以及中亚一些国家和地区的史诗有着重大差别，就是同我国南方一些民族的创世史诗相比，也有许多不同之处。这也是《格萨尔》能够为蒙古族人民所接受，并迅速流传和发展的一个重要原因。

第五，史诗是蒙古族人民喜闻乐见的一种艺术形式。

史诗这种艺术形式，早已为蒙古族人民所熟知。史诗这个词是后来使用的术语，蒙古族群众称史诗为"镇压蟒古思（即魔鬼）的故事"。《格萨尔》主要讲的就是格萨尔一生征战四方、降伏妖魔的故事，史诗中说格萨尔是妖魔的征服者。因此，《格萨尔》传入蒙古族地区后，很快就为蒙古族人民所喜爱，并迅速流传开去，而不像别的民族的别的艺术形式，要有一个漫长的了解、鉴别、熟悉、适应和吸收的过程。

蒙古族有很丰富的史诗，在文学史上占有很重要的地位，其中有《勇士谷诺干》《智勇的王子希热图》等短篇英雄史诗，也有《江格尔》这样的鸿篇巨著。研究蒙古文学史的学者认为，蒙古族的英雄史诗最早产生于原始社会末期。在奴隶制形成前后，这种古老的综合性民间艺术进入了它的繁荣期。大约在公元七世纪前后，蒙古的各部落还处于氏族社会末期，一些先进的部落开始孕育着奴隶制因素，史诗最早就产生在这个历史阶段，迄今流传下来的史诗所反映的社会经济形态，都是狩猎业和牧业生产，没有一篇是以反映农业生产为主的作品。这些方面，也与《格萨尔》相同或相近，除《丹玛青稞宗》等少数几部外，《格萨尔》里基本上也没有反映农业生产的内容。

只要将《格萨尔》和《江格尔》作一个粗略的比较，就可以发现两者有不少相似之处。这两部史诗都反映了氏族社会末期社会生活的内容。它们的最古老的部分，可能产生在大体相同的历史时期，即原始社会末期和奴隶制形成时代。

这两部史诗不仅深刻地揭露了残害人民的魔鬼——蟒古思的丑恶本质，真实地反映了人民群众遭受的深重苦难，而且表现了人民群众的美好愿望和崇高理想，表达了对幸福生活的热烈追求。《格萨尔》里塑造了岭国这样一个理想的王国；《江格尔》里也创造了一个蒙古族人民心中的理想王国——宝木巴。通过对这种理想境界的憧憬和追求，集中地反映了这两部史诗共同的主题思想，这也是《格萨尔》和《江格尔》能够长久地活在蒙藏人民当中的一个重要原因。

《江格尔》的艺术结构，也与《格萨尔》有相同之处。《江格尔》是一个有六十多部、十多万行的巨型史诗。它由几十个故事组成，其中某些故事在情节发展上有一定的连贯性，但大多数故事在情节上并没有直接联系，在时间上没有前后之别，顺序不那么明确，每一个故事都可以独立成篇，各部分之间主要是通过几个主要的正面人物相联系。《江格尔》里的各个故事，虽然可以相对独立，但还没有像《格萨尔》那样，发展到形成分部本的程度。

从民间习俗和流传形式看，蒙藏两个民族也有不少相同的地方。蒙古族人民把史诗视为珍宝，过去把《格萨尔》的刻本和抄本当作经卷，虔诚供奉，代代相传。每遇节日盛典则取出来诵读，意在祈福禳灾，训谕子弟。民间艺人从一个部落走到另一个部落，从一个帐房走到另一个帐房，到处说唱。藏族有以说唱《格萨尔》为职业的民间艺人，蒙古族也有很多艺人，还出现了琶杰这样杰出的说唱艺人。《江格尔》和《格萨尔》这些英雄史诗，至今在我国蒙古族地区广泛流传，深受广大群众的喜爱。所有这些习俗和演唱形式，都与藏族的相同。

从以上分析，我们可以看出，《格萨尔》源于藏族，大约在十三世纪之后，随着佛教传入蒙古族地区，大量藏文经典和文学作品翻译成蒙文，《格萨尔》也逐渐流传到蒙古族地区，十四世纪下半叶，即元末明初，在更大范围内得到传播。

　　蒙文《格萨尔》虽然源于藏族，但绝不是藏文本的简单转述、翻译或改编。在长期流传过程中，蒙古族人民用自己的民族审美意识和审美标准，结合自己民族悠久的文化传统，以自己喜闻乐见的艺术形式，进行再创作，把自己的民族意识和民族精神，熔铸到史诗中去，以自己民族的英雄豪杰作榜样，重新塑造了格萨尔的英雄形象。蒙古族人民通过格萨尔这一艺术典型，表达了自己的理想和要求，寄托着民族复兴的强烈愿望和炽热感情。因此，蒙文本《格萨尔》不是藏文本的简单的复制品，它凝聚着蒙古族人民的聪明才智，有着鲜明的民族气魄和民族风格，是深深地植根于蒙古族社会生活中的艺术珍品。我们可以把藏文本《格萨尔》和蒙文本《格萨尔》看作是植根于中华大地上的一对鲜艳夺目的并蒂莲，在它上面，同样凝聚着我们中华民族的伟大精神，体现着我国各族人民追求和平、正义和美好的幸福生活的崇高理想。

　　正因为这样，《格萨尔》这部古老的史诗，才能够永葆艺术青春，盛传不衰，深受蒙古族和藏族人民的喜爱，具有"永久的魅力"，成为一部不朽的伟大史诗。

关于《格萨尔》的翻译 ①

翻译工作的基本情况

《格萨尔》的翻译工作，解放前无人过问。这一工作，主要是在解放后进行的。大体说来，经历了以下几个阶段，产生了几种类型的译本。

第一，20世纪50年代末，青海省文联的同志们在搜集、整理《格萨尔》的同时，组织了一批藏汉族专家和青年同志，共同进行翻译。当时一共翻译了二十八部，五十多本，全部铅印成资料本，约有一千多万字，一百万诗行。我们姑且称之为青海资料本。

第二，1962年，上海文艺出版社出版了《霍岭大战》上册，作为纪念毛主席《在延安文艺座谈会上的讲话》发表二十周年的献礼。这部书是青海省民研会的同志组织人翻译的，是我国第一部公开出版的《格萨尔》汉译本。令人遗憾的是，由于众所周知的原因，下册还没来得及出版，整个工作就被迫停止。在经过二十二年之后，青海人民出版社才于1984年出版了下册，并重新整理、出版了上册，作为完整的一部，与读者见面。目前，青海省民研会的同志，正在组织力量，对《霍岭大战》的汉译本再次加工润色，由中国民间文艺出版社出版。

---

① 本文所涉及的，主要是藏译汉的工作。

第三，王沂暖教授在教学和研究的同时，用很大的精力从事藏族文学的翻译，取得了显著成绩，对促进各民族之间的相互了解和文化交流，加强民族团结，做出了自己的贡献。早在50年代，王沂暖教授就同藏族说唱艺人华甲同志合作翻译了《格萨尔——贵德分章本》。粉碎"四人帮"之后，王教授潜心从事翻译工作，甘肃人民出版社已出版了他翻译的《降伏妖魔》《世界公桑》《卡契玉宗》和《英雄诞生》等部。

第四，近几年来，有不少同志在积极地翻译《格萨尔》，各地的出版部门和刊物也很关心这一工作。《民族文学》《西藏文学》《青海湖》《山茶》《甘肃民间文艺》《陇苗》《贡嘎山》《白唇鹿》《格桑花》《瀚海潮》《原野》等刊物都选载了部分译文。西藏自治区《格萨尔》办公室、四川省《格萨尔》办公室等单位，正在组织社会力量，有领导、有计划地进行翻译。这一部分，大约有二十多部。

对以上四种译文，要进行深入的分析比较，指出他们各自的优点、特点和不足之处，是一件困难的事，也没有多大的必要，因为绝大多数尚未正式出版。这里只想谈一点总的印象，并对《格萨尔》的翻译工作中存在的共同性问题，作一些探讨。

青海资料本是一部珍贵的材料，它是一套真正的资料本，有较高的学术价值。它的特点是忠于原文，几乎是逐行逐句照原文翻译的，对今后进行翻译和研究都很有参考价值，藏文水平不太高、理解原文有困难的同志，对照阅读，可以帮助理解原意。

不足之处是，忠实有余，流畅不够，缺少文采，可读性差。当时青海省委宣传部和省文联组织了很多人，有藏族，有汉族；有老一辈的学者、翻译家，也有刚毕业的学生，在翻译工作中贯彻了群众路线，颇有点"大兵团作战"的味道。这种方法，可以集思广益，取长补短，调动各方面的积极性，发挥各人的专长，形成一个有组织的、统一的力量，速度高，见效快，在短短的两三年中，翻译了二十八部，五十多本，一千多万字，确实是一件了不起的成绩，若不发扬社会主义的大协作精神和集体主义思想，是根本不可能的。

但是，由于缺乏经验，当时没有能形成一个业务上较强的核心力量和指导中心，也没有一套较完备的制度和工作程序，业务上没人统一领导、统一规划，大家各行其是，各人搞各人的，不仅文体、风格不统一，连人名、地名这些完全应该统一，也能够统一的名词术语，也有很多不一致的地方。

另一个不足之处是，当时参加翻译的同志当中，除个别人外，绝大多数人都没有做过文学翻译。因此，没有把握住文学翻译，尤其是史诗翻译的性质和特点。正因为存在这些缺点，致使这套资料本印制已二十多年，但至今不能正式出版而发挥其应有的社会效益，这不能不说是一大憾事。

所谓青海资料本，是一个总的概念，细分起来，各部之间的优劣，有很大的差异。因为当时参加翻译的人很多，他们的文学素养、知识水平以及对翻译工作的认识、工作态度各不相同，处境也很不一样，反映在译文上，就有高低之分、文野之别。现在使用起来，有的可以作为基础，在上面加工修改；有的改动会较大；有的则只能作参考，要重新翻译。但是，不管怎样，这是一项开创性的工作，有这个参考和借鉴，与没有这个参考和借鉴，是大不相同的。因此，我们对青海资料本的历史功绩，应该给予充分的肯定和评价。

《霍岭大战》（上册）是第一部公开出版的汉译本，在社会上引起了较大的反响，它的出版，在《格萨尔》的翻译史上是一件有意义的事情，对于向汉族读者介绍《格萨尔》起了很好的作用。当时首都及地方上的一些刊物，发表文章，给予了很高的评价。有的剧种改编《格萨尔》戏，也以该书为基础。

在翻译《霍岭大战》时，组织了一批藏汉文水平都比较高的同志参加，其中还有一些诗人，他们虽不懂藏文，但可以对译文加工润色。

《霍岭大战》（上、下册，青海人民出版社出版）汉译本的优点是文字通顺流畅，有的诗句，有些段落，比较精炼优美，也注意了文体的一致和风格的统一。可以看出，译者是下了一番功夫的，达到了较高的水平。缺点是不够忠实，删改太多，有的地方，整段整段与藏文对不上。在某些方面，把翻译工作和整理工作合二为一，成了整理式的翻译。这样就使不懂藏文的读者，不能全面地、准确地了解《格萨尔》的本来面貌。

青海省民研会加工修订的新译本（中国民间文艺出版社出版）比旧译本更加简练畅达，可读性强，但译者主观色彩太浓，删改的地方更多，在这方面的毛病，比旧译本更为突出。

王沂暖教授长期从事《格萨尔》的翻译研究，是我们的老前辈。他治学严谨，古汉文的根底很厚，这对翻译史诗是很有好处的。在已出版的四个译本当中，我自己认为《贵德分章本》译得要好一些，既忠实原文，译文也经过反复推敲。他的合作者华甲同志本身就是一位说唱艺人，是青海贵德县人，这部分章本就是他自己保存、说唱的一个手抄本。同说唱艺人合作，当然有助于更好地了解原文的精神实质，更准确地表达原文的语义和风格。

《贵德分章本》的原书不是一个完整的本子，在当地群众中也没有广泛流传，所以，自然会影响到它的艺术效果，不完全是译文本身的问题。

通观王教授的译作，我觉得过分拘谨，不够畅达，有的地方过分拘泥于字面，不能表达原文的精神实质，缺少诗意，可读性较差。王沂暖同志曾多次谦虚地表示说，他的译文属于资料本，基本上保持原貌，为今后整理出版规范本提供资料。他在《世界公桑》的《前言》里说："我过去的翻译，也是以信、达、雅为标准的，基本上不但是逐句直译，而且逐字来译。但译事之难，有时难于自己创作。这部译文，也是为了保持原貌，是逐字逐句进行直译的，但误译之处可能不少，信而不顺，当然存在。至于雅么？失掉原著的艺术风格，恐怕更是多得很吧！"①

为了发扬和继承民族文化遗产的优良传统，促进各民族之间的文化交流，王沂暖教授近八十高龄，仍孜孜不倦地从事《格萨尔》的翻译和研究工作，这种精神是令人敬佩的。作为晚辈，我们应该更好地学习这种精神，并使之发扬光大。目前，王沂暖教授正领导着一个班子，在西北民院领导的关心和支持下，专门从事《格萨尔》翻译，我们预祝他取得更大的成就。

其他散见于各种报刊上的译文，对于向汉族和其他兄弟民族的读者介绍《格萨尔》，加强各民族之间的文化交流和相互了解，无疑起了很好的作用。这些译作，在倾听读者意见，经过加工修改之后，将陆续出版。从已发表的片断来看，译者们是作了认真的努力。越来越多的同志参加到翻译《格萨尔》的行列中来，这是非常可喜的现象，是我们事业兴旺发达的表现。可以相信，不需要很长时间，将会有更多更好的译本同广大读者见面。

关键在于提高译文质量

如前所述，新中国成立以来，《格萨尔》的翻译工作取得了很大的成绩，奠定了很好的基础，为今后出版更多更好的译文，创造了条件。但是，就整个来讲，这一

---

① 甘肃人民出版社 1981 年版。

工作还刚刚开始，已有的各种译文，在汉族和其他兄弟民族的读者中还没有引起应有的反响，甚至不为人所知。我做了一点调查，很多汉族和其他兄弟民族的读者，尤其是青年朋友，不知道《格萨尔》是什么，一些从事民族文化工作的同志对它也很陌生，这同《格萨尔》在藏族群众中老幼皆知、广泛流传的情况，形成了鲜明的对比。究其根源，除了宣传、评价的工作没有跟上外，一个重要的原因恐怕还是译文本身没有达到信、达、雅三者高度的、辩证的统一，译文缺乏艺术魅力，远不如原文那样对读者有强烈的吸引力和感染力。读者只能通过这些译文了解故事梗概和基本内容，而不能得到艺术感染和美的享受。从图书的发行量，也可见一斑。藏族只有三百多万人口，与汉族接近的一些群众，有不少人使用汉语文，即使这样，一部藏文版《格萨尔》，往往发行十多万，至少也有好几万册，汉族加上其他使用汉语文的兄弟民族，有十亿人之多，一本汉译文的发行量却只有几千册，最多的一部也不过两万五千册。

我这样说，丝毫没有忽视和否定前辈专家、翻译家和众多的从事《格萨尔》翻译的同志们所取得的成就，以及他们做出的可贵贡献的意思，恰恰相反，对他们取得的成就、做出的贡献，我是充分肯定、十分尊重的。爱之深，则责之严。我之所以提出这样的问题，只是希望能进一步提高质量，使译文尽可能达到完美的程度。

在目前条件下，应该怎样提高译文质量呢？我觉得以下几个问题，值得我们认真注意。

一、充分认识翻译《格萨尔》的重要性和艰巨性

《格萨尔》是藏族和蒙古族人民共同创造的一部英雄史诗，它不但是藏族和蒙古族人民宝贵的文化遗产，同时也是我们中华民族共同的精神财富。科学文化是没有国界的。《格萨尔》这样一部伟大的英雄史诗，应该成为全世界进步人类的共同财富，正如法国作家伏尔泰在《论史诗》一文中所说的那样："任何有意义的东西都属于世界上所有的民族。"[①]

怎样才能把《格萨尔》变成中华民族共同的精神财富，进而成为全世界进步人类的共同财富呢？这就要通过翻译。而做好汉译本的翻译，是至关重要的。我们是一个以汉族为主体的多民族的社会主义国家，许多少数民族直接使用汉语文，即使有自己语言的少数民族，也把汉语作为自己的第二母语，各民族之间进行交往，大

---

① 《西方文论选》上卷，上海译文出版社 1979 年版。

多也通过汉语作中介。无论现在还是将来，在我国，懂得藏语文的，总是极少数，绝大多数读者将通过汉译本了解和欣赏《格萨尔》。将来翻译成外文，也可能通过汉语文转译，至少会参阅、借鉴汉译本。

藏族的翻译事业有悠久的历史。早在一千三百多年前，在吐蕃王朝时代，就从印度和内地翻译了大量的典籍，有佛经，也有历史、哲学、医学、天文历算、工艺等方面的著作，对繁荣和发展藏族文化事业产生过重大影响。一千多年来，这项工作时盛时衰，规模时大时小，但从未间断。其中以翻译佛经的成绩最为显著。

解放以后，党对藏文的翻译出版事业十分重视，成立了专门的机构。现在全国已有六家藏文出版社，翻译出版了大量的马列著作和毛泽东著作，以及党和国家其他领导人的著作，翻译出版了各种政治理论和文学艺术方面的图书，对于向藏族人民传播马列主义和科学文化知识，起了很大的作用。

所有这些，都是将汉族和其他民族的图书翻译成藏文，介绍给藏族人民。这些都属于输入文化，用翻译界的行话来讲，叫"进口"翻译。在历史上，主要是明、清之后，有相当一部分藏文图书（其中包括佛经）被翻译成为蒙文，介绍给蒙古族同胞，除此之外，几乎没有向其他民族有系统地介绍翻译藏族的文化遗产。近几十年来，国外兴起了一个藏学热，国内也有不少同志关心和研究藏族文化，在这种浪潮的推动下，一些藏族的典籍被翻译成汉文或外文，但这种工作很零散，很不系统，在读者当中也没有产生重大影响。现在，我们开始有组织、有计划、有系统地翻译《格萨尔》，向全国各族人民，乃至全世界人民介绍这部伟大的史诗。就是说，我们将进行一个规模浩大的输出文化的工作。这在藏族文化史上是一件具有划时代意义的重大转折，它至少说明两个问题：

首先，由于我们党实行了民族平等和民族团结的政策，包括藏族在内的各少数民族人民，在我国政治生活中的地位极大地提高了，各族人民真正成了我们国家的主人，这生动地表明了社会主义制度的极大优越性。

其次，各族人民都有自己优秀的文化传统，在长期的历史发展过程中，为创造和发展我们中华民族光辉灿烂的文化，做出了自己一份光荣的贡献。在旧社会，反动统治者实行大民族主义，少数民族优秀的文化传统长期被忽视，被埋没，被压制，甚至遭到歧视和摧残。只有在社会主义时代，在党的民族政策的光辉照耀下，各民族人民的聪明才智，他们的创造性劳动，才受到党和国家的高度重视，长期被埋没、被压抑的优秀的民族文化遗产，拂去了身上的尘埃和污垢，放射出灿烂的光辉，被越来越多的人所认识，并得到社会的承认。《格萨尔》工作所取得的成就，就是一个最有力的证明。

毫无疑问，我们应该学习世界上一切国家和民族的先进的科学技术和优秀的文化遗产，作为我们建设社会主义物质文明和精神文明的借鉴。在这里，"进口"知识是必要的，闭关锁国，盲目排外，夜郎自大是完全错误的。但是只输入，不输出，就会"入超"，在思想文化领域失去平衡，产生危机，会丢掉自己民族的文化传统，失去民族特色和民族气派，甚至丧失民族自尊心和自信心。无论一个民族也好，一个国家也好，在科学技术和文化艺术上，只进不出，是没有前途、没有作为、没有希望的表现，说明这个民族、这个国家对世界文明和人类进步事业没有做出什么贡献。

我们是有几千年悠久历史的文明古国，曾经对世界文明的发展，为人类进步事业，做出过伟大的贡献，至今我们以祖先的伟大创造和辉煌成就而引以为骄傲和自豪。

今天，到了社会主义时代，我们应该对人类进步事业做出新的贡献。毛泽东同志曾经教导我们："中国应当对于人类有较大的贡献。而这种贡献在过去一个长时期内，则是太少了，这使我们感到惭愧。"[1] 我们可以自豪地说:《格萨尔》是我们祖先给我们留下的一份宝贵遗产，也是对世界文明的一个重要贡献。

然而，这种贡献，只有经过翻译，才能体现出来，才能产生社会影响，发挥实际作用。

随着翻译《格萨尔》（不只是《格萨尔》）工作的深入展开，提出了许多新问题。过去我们主要是从事汉译藏，或将外文译成藏文的工作。在翻译界和学术界有一种相当普遍的看法，认为汉文和外文词汇丰富，语法结构复杂，表达能力强，而少数民族语言（包括藏语文）词汇贫乏，表达能力差，因此特别强调要学习和借用汉语的词汇、表达方式，乃至语法结构。这样做，在当时来讲，无疑是正确的，无可厚非的。但是，现在倒过来了，要将少数民族的文学作品翻译成汉文或外文，同样发现很多词语无法准确表达，说明少数民族语言的词汇也异常丰富，表达力也很强，在翻译时就有个创新的问题，有个向少数民族人民学习的问题。

我们是个多民族的国家，我们的党实行民族平等团结的政策。党一贯号召各族人民要亲密团结，互相学习，互相尊重，共同发展。党号召少数民族人民向汉族学习，

① 《纪念孙中山》,《毛泽东选集》第五卷，第312页。

《格萨尔》初探（修订本）

汉族人民也要向少数民族人民学习。我认为任何一个民族，只要它能在历史上生存下来，繁衍发展，就说明有他自己的优点和长处。这一点过去往往被人埋没和忽视。随着《格萨尔》和其他民族文化遗产的发掘、整理和翻译出版，将有助于改变这种状况，提高少数民族人民在我国政治生活和文化生活中的地位。

十月革命之后，苏联共产党和苏维埃政府十分关心各民族之间的文化交往，尤其重视将苏联境内各少数民族的文化遗产翻译成俄文和其他民族的文字，介绍给苏联人民，乃至全世界人民。高尔基对这一工作给予很高的评价，他说："要是把参加到苏维埃联盟的每一个民族的每一部作品都翻译成苏联所有各民族的语言，那就太好了，到那时候，我们就会很快地学会了解彼此的民族文化的特征和特性，而这种了解当然会大大地加速我们建立统一的社会主义文化的过程；这种文化不但不抹煞各民族人民的个性，而且是一个统一的、伟大庄严的、使全世界的面目都为之焕然一新的社会主义文化。"[1]

高尔基这段话是 1934 年说的，距今已经有半个世纪。新中国成立也已三十七年，遗憾的是，因种种原因，这一工作在我国没有能认真地开展起来。

即便在今天，对翻译《格萨尔》以及其他少数民族文化遗产的重要性、严肃性和艰巨性，并不是所有的人都能认识清楚的。就是从事这一工作的同志，也并不是都有明确的认识。但在热心于《格萨尔》工作的同志当中，也有两个值得注意的倾向。

第一，有的同志想尽早地向其他民族的读者介绍《格萨尔》，急于组织翻译出版。虽然主观愿望是好的，但未免急功近利，操之过急。过急就粗糙，而且影响到搜集整理的全局工作。

第二，把翻译工作看得过于简单，又把史诗的翻译等同于一般图书的翻译，以为只要懂两种文字就可以翻译。有的同志拿着书就翻，翻完就要求出版，既没有对原文进行深入的研究，透彻地掌握精神实质，又没有对译文进行认真的推敲和加工修改，缺乏严肃的态度和严谨的学风。

这样的译本自然不会在读者中产生好的影响，不但不能起到宣传、介绍、进行文化交流的作用，还会倒读者的胃口，败坏史诗的声誉。有的同志说："你们把《格萨尔》说得多么多么好，原来是这样啊！""硬着头皮，也看不下去。"坦率地表示不喜欢看。

---

[1]　高尔基：《给阿捷尔拜疆集体农庄报编辑的信》，转引自索伯列夫著《翻译的基础》。

其实，做好翻译并不是一件很容易的事，它本身就带有科学研究的性质，是一种创造性的劳动，就文学翻译来讲，需要进行艺术再创造。并不是懂得两种文字就能够进行翻译。懂两种文字，是最起码的要求。除此以外，还要有较高的文学素养，要懂得历史、哲学、宗教、天文、地理等方面的知识。翻译史诗，还要懂得诗，最好由诗人来翻译。无论在中国，还是在外国，不少翻译史诗和优秀诗篇的，本身就是大诗人。

还有些人看不起翻译工作，认为只是雕虫小技。这更是错误的。伟大的无产阶级文化战士鲁迅、郭沫若、茅盾，都曾用极大的热忱关心、倡导和指导翻译工作，并身体力行，花费很多精力，亲自从事翻译。他们是伟大的思想家、文学家，同时又是杰出的翻译家。他们总是把文学翻译和文学创作放在同等重要的地位。

鲁迅在《关于翻译》一文中说："翻译和创作，应该一同提倡，决不可压了一面。""注意翻译，以作借鉴，其实也就是催进和鼓励着创作。"鲁迅就曾热情地呼唤："我要求中国有许多的翻译家。"[①] 茅盾也曾指出："外国文学的翻译介绍，对于我国新文学的发展，是起了极大的鼓舞和借鉴的作用的。如果说，五四新文学的创作，其中有很大部分，是由于吸取近代世界文学中现实主义精神和民主主义、社会主义思想的丰厚养料而成长起来的，那也不是一句过分夸张的话罢？"[②]

从这些论述中，我们可以清楚地认识到翻译工作的极端重要性。

二、把史诗的翻译提高到艺术性翻译的水平上来

《格萨尔》的搜集整理工作尚在进行之中，还没有整理出一套完善的规范本。在这种情况下，要求产生很好的译本是不现实的。但是，在现有的基础上，使译文质量提高一步，是完全必要的，也是可能的。

那么，提高译文质量的关键在哪里呢？从目前的译文（包括资料本）来看，有两种倾向，值得注意：

一种是自由式翻译，或者叫作创作式翻译，整理、改编式的翻译。用翻译界的行话来讲，叫译得太"活"，活到任意删改原文的内容和情节，使史诗现代化。

另一种是机械式的翻译，就是说，译得太死，死到句句对译，字字对译，形似而神非，译文枯燥无味，死板呆滞，使读者无法理解，更得不到艺术享受。

① 《鲁迅全集》第四卷，第 553—554 页。
② 《茅盾文艺评论集》第 120—121 页。

《格萨尔》史诗说唱艺人巴噶在青海湖畔（降边嘉措供图）

我想，之所以产生这样的倾向，同对于翻译原则、翻译标准的不同理解，有一定的关系。在《格萨尔》翻译工作当中，有一种说法：资料本的翻译，应以直译为主，因此，译得死一些也是应该的，否则会失去学术价值和认识价值；文学本的翻译，应以意译为主，可以译得活一些，要有文学性和可读性。

按照我的理解，所谓资料本和文学本，是根据民间文学的多功能性，从作品的内容出发，对搜集整理工作提出的不同要求。所谓资料本，也就是科学本，应尽可能保持作品的原貌，供学术研究使用，它的发行范围可以小一些。文学本是经过慎重整理，包括必要的删改和编纂，供广大读者阅读的，文学性应该强一些，要有可读性，它的发行范围要广一些。但是就翻译工作本身来讲，不应该有不同的标准和要求，不能笼统地说资料本要直译，文学本要意译。更不能因为是资料本，就降低对翻译工作的要求。从某种意义上讲，对科学本的译文质量，应该提出更高的要求。作品翻译不好，不能准确表达原著的语义、逻辑和风格，怎么进行科学研究？怎么发挥民间文学的多功能性？还谈得上什么学术性和认识价值。

当然，对不同的作品，侧重点可以有所不同。资料本（即科学本）要求更忠实原文，但也不能没有文采，弄得晦涩难懂，佶屈聱牙，味同嚼蜡，或淡如净水，索然无味。文学本要求更富于文采，不仅通顺流畅，还要典雅优美；不但要求准确地表现出原著的思想内容，还要表现原著的艺术风格和民族特色，要传达出史诗的神韵。但也不能离开原文的内容，任意发挥，搞自由式的翻译，或者把翻译工作同整理、改编混同起来。

关于直译和意译两种不同的翻译标准和翻译方法，历来就有许多争论。在佛经翻译的历史上，曾产生过直译派和意译派两个不同的派别。鸦片战争以后，我国的翻译事业有更大的发展，严复总结前人和他自己的翻译经验，提出了"信、达、雅"的标准。作为翻译原则，似乎大家都赞成严复的观点，但在实践中，各人的理解和做法，有很大的差异。"五四"以后，就有所谓"宁信勿顺"和"宁顺勿信"的争论。如果不从概念出发，真正落实到译文上，凡是好的翻译，都应该做到使"信、达、雅"三者高度的、辩证的、完美的统一。信、达、雅三者缺一不可，过分强调某一方面，忽视另一方面，都不可能搞好翻译工作。

从目前的译文看，信而不达、不雅，句句对译、字字对译，是主要的缺陷。究其原因，恐怕是把翻译当作纯技术性的工作，而没有提到艺术性翻译的水平上来。

我们知道，文学翻译最忌机械式的翻译，史诗的翻译更是如此。

别林斯基曾经指出："逐字翻译不但不能接近原文，而且只能使人难以理解原文。"①"字眼的表面相符，还不是切近原文，应当使译文语句的内在的活力符合于原著语句的内在活动。"②他强调指出，文学作品的翻译，"不是从字面上传达原著，而是要传达原著的精神"③。

茅盾同志也反对逐字逐句照字面翻译，他指出："每一种语文都有它自己的语法和语汇的使用习惯，我们不能想象把原作逐字逐句，按照其原来的结构顺序机械地翻译过来的翻译方法，能够恰当地传达原著的面貌，我们也不能想象这样的译文会是纯粹的本国文字。但我们今天还可以在我们的文学翻译中发现上述的现象。"④《格萨尔》的翻译中就存在着不少这样的毛病，"文革"前翻译的几十种本子，近二千万字，至今不能正式出版，一个重要原因，就是对"忠实原文"作了过分狭窄和机械的理解，致使走了一段弯路，以致今天修改起来，也感到十分困难。

好的译文应该是怎样的呢？茅盾同志曾经提出这样的要求："好的翻译者一方面阅读外国文字，一方面却以本国的语言进行思索和想象；只有这样才能使自己的译文摆脱原文的语法和语汇的特殊性的拘束，使译文既是纯粹的祖国语言，而又忠实地传达了原作的内容和风格。"⑤

茅盾同志在谈到文学翻译时，强调要表达原著的精神实质、神韵和风格。也就是说，忠实原文，不是忠实字面，忠实形式，而要忠实地表达原文的内容和精神实质，不必求形似，而要做到神似。

郭沫若同志也曾指出："外国诗译成中文（这里指的是汉文——引者注），也得像诗才行。有些同志过分强调直译，硬译。

可是诗是有一定的格调，一定的韵律，一定的诗的成分的。如果把以上这些一律取消，那么译出来的就毫无味道，简直不像诗，这是值得注意的。"⑥

好的翻译应该做到：原著是诗，译著也是诗；原著是精美的艺术品，译著也是

---

① 转引自《文艺翻译问题》，第 42、21 页。

② 转引自《文艺翻译问题》，第 42、21 页。

③ 转引自《文艺翻译问题》，第 20 页。

④ 《茅盾文艺评论集》上册，文化艺术出版社 1981 年版，第 131 页。

⑤ 《茅盾文艺评论集》上册，文化艺术出版社 1981 年版，第 131 页。

⑥ 郭沫若：《谈文学翻译工作》，《人民日报》1954 年 8 月 29 日第三版。

精美的艺术品。这样的翻译，才是最高意义上的忠实原文。只忠实原文字面，只注意原文的语言外形，而且不能准确地表达原文的丰采和神韵，不仅不能说是忠实原文，而应该说是曲解，乃至歪曲了原文。诗不像诗，更不像史诗，哪里还谈得上忠实？关于这个问题，老舍同志也曾有过精辟的论述。他说：

"文学的翻译是用另一种语言，把原著的艺术意境传达出来，使读者在读译文的时候能够像读原作时一样得到启发、感动和美的感受。

"这样的翻译，自然不是单纯技术性的语言外形的变易，而是要求译者通过语言的外形，深刻地体会原作者的艺术创造的过程，把握住原作的精神，在自己的思想、感情、生活体验中找到最合适的印证，然后运用适合于原作风格的文学语言，把原作的内容与形式正确无遗地再现出来。"①

目前《格萨尔》的翻译工作中，最主要的问题（扩而大之，在其他民间文学作品的翻译中，也存在着类似问题），是诗不像诗，更不像史诗，对译文加工提炼不够，没有能把握住原作的精神，不能准确地表达原著的气势和神韵，没有能表现出藏族人民特有的鲜明的民族风格和民族气派，原著像醇香的美酒，译文却像一杯凉水，有人说像掺了杂质的凉水。

这样的译作，显然不能很好地向汉族和其他兄弟民族的读者介绍这部伟大的史诗，甚至会败坏它的声誉。这是值得我们注意的一个严重问题。

郭沫若同志提出译诗要"诗化"，这是非常重要的。他说："在这儿我想向各位推荐苏联的一个经验，苏联译一首中国诗时，懂得中文（指汉文——引者注）的人先把意思译出来，然后再让懂得诗的人把它加以诗化，集体翻译已经在苏联普遍推行，我觉得这一方法很值得学习。在我们中国，大多只做了第一步，这就是把意思译出来，第二道的加工，根本就没有做，或者很少做到，而这一步工作正是少不了的工作，一杯伏特加酒不能换成一杯白开水，总要还他一杯汾酒或茅台，才算尽了责，假使变成一杯白开水，里面还要夹杂些泥沙，那就不行了。"②

目前《格萨尔》的翻译，除少数几部外，"诗化"的工作做得很差，这是译文质量上不去的一个重要原因。

①　老舍：《关于文学翻译工作的几点意见》。

②　郭沫若：《论文学翻译工作》。

继承和发扬我国翻译工作的优良传统

我们提出这样的问题，是不是对翻译工作的一种不切实际的苛求呢？我想不是的。中国有句古话："取法乎上，仅得其中；取法乎中，仅得其下。"我们应该从实际出发，在现有的基础上，对自己提出较高的要求。如果一开始就把标准定得很低，那就很难产生高水平的译本。取法乎下，只能得其下下了。

这里，回顾一下我国古代翻译佛经的历史，想一想前辈翻译家达到的造诣，我想不无裨益。

茅盾同志指出："两千年前，中国人民不断地与我们的邻邦发展文化交流，吸收他们文化的精英，以丰富并发展我们自己的民族文化。我们的翻译事业是有悠久的历史和光荣的传统的，我们的先辈在翻译佛经方面所树立的谨严的科学的翻译方法，及其所达到的卓越成就，值得我们引以为骄傲，并且奉为典范。"①

在我国历史上，不仅是汉族，藏族、蒙古族、傣族、纳西族和其他兄弟民族，在翻译佛经方面，都取得了很大的成就。对此，赵朴初同志给予了很高的评价，他说：

"中国古代的翻译事业，给灿烂的汉民族的文化创造了巨大的精神财富，在世界上是不可匹敌的。它是我们足以自豪的优秀文化传统之一。

"但是，我们还必须指出常常容易忽略然而非常重要的另外一面，我国自古以来就是一个多民族的大家庭。各个兄弟民族在创造全民族的文化中都做出了重大的贡献和出色的成绩，在佛教方面尤其如此。西藏在吐蕃王朝时期，由于文成和金城两公主的下嫁，引进了盛唐文化和佛教的信仰，并创造了通用至今的文字。……自公元八世纪中叶至十三世纪中叶五百年间，西藏译出的三藏经籍就已收入甘珠、丹珠两藏计算，部数五千九百余种，份量约合三百万颂，约当汉译一万卷。在藏译藏经中，重译甚少，故实际内容大大超过汉译藏经。其中尤以空有两宗的论典以及因明、医方、声明的著作和印度晚期流行的密教经论，数量庞大，为汉译所未有。由于藏文翻译照顾梵语语法的词尾变化和句法结构，因而极易还原为梵语原文，所以

---

① 《茅盾文艺评论集》上册，第119页。

受到现代佛学研究者们的高度重视。"①

赵朴初同志用热烈的语言强调指出："我国各民族文字的大藏经是人类文化史上极为罕见的巍峨丰碑，其中凝聚了多少世代人的聪明智慧和辛勤劳动，体现了我们民族的坚韧精神和伟大的气魄，这是我们引以自豪的无价的精神宝藏。"②

事实确实如此。以藏族为例，在历史上出现过很多杰出的翻译家，他们同时又是学者或著作家，如法·管成、仁钦桑波、玛·锐毕喜绕等，他们把翻译同创作、研究工作结合起来，翻译哪一方面的著作，就成为哪一方面的专家，翻译佛经的，往往都是著名的法师；翻译医书的，就是医学家；翻译天文历算方面著作的，就是天文学家；翻译语言学、诗歌和文学作品的，本身就是著名的语言学家、诗人和作家。在过去，翻译家在社会上有很高的声誉，被称为翻译大师，同学者、著作家齐名，受到社会的尊重，他们为吸收别的民族的先进文化，繁荣发展藏族文化事业，曾经做出了重大的贡献。

吐蕃时代翻译佛经时，采取了相当严肃的态度，不但有严密的组织，而且有一套科学的、完善的工作程序。《梵藏翻译概论》③记述当时情形说，翻译工作由赞普热巴巾直接主持，由当时著名的学者、翻译家和高僧共同翻译。为了准确理解原文意义，还从印度请来了精通梵文的高僧，对译文有严格的要求。甚至连哪些词汇要音译，哪些要意译，哪些要音译加意译，哪些要音译加注，都有明确规定。重要的名词术语，由翻译家、学者和高僧研究确定后，编辑成册，由国王亲自下令公布，全国统一使用，而不能任意编造新词，以保证译文的准确性和统一性。为了使译文准确流畅，在译校过程中，也有一套完整的程序和制度。正因为有这样严格的要求、严肃的态度和比较科学的方法，才使古代藏文的翻译事业达到了很高的水平。

当时不仅从梵文翻译佛经，还从汉文翻译。琨·法成就是一个著名的例子。琨·法成出身于吐蕃贵族琨氏家族，原籍日喀则地谢通门县，是公元九世纪时人。他精通藏、汉文，长期从事汉、藏佛经的翻译工作，在佛教文化的传播和促进汉藏文化交流方面，起了重要作用。

东汉以后，佛教逐渐传入我国，这期间出现了许多佛经翻译家，他们当中有不

① 赵朴初：《佛教常识答问》，中国佛教协会出版，第90—91页。

② 赵朴初：《佛教常识答问》，中国佛教协会出版，第90—91页。

③ 藏文手抄本，存北京民族出版社。

少人是出自西域地区的少数民族。三国时代孙吴的译经大师支谦就是其中最著名的一位。支谦出生在内地,自幼接受汉族文化熏陶,后受业于东汉译经大师支谶的弟子支亮,时人称谓:"天下博知,不出三支。"指的就是支谶、支亮、支谦,可见其影响之大。史书记载,支谦博览经籍,多才多艺,"备通六国语"。吴大帝孙权闻其才名,召为博士,使与韦昭等共辅太子。当时佛经多为梵文,支谦收集众本,译为汉文。

从孙权黄武二年(223),到孙亮建兴二年(253),在这三十多年中,他共翻译大小乘经典三十六部、四十八卷。他翻译的经文信雅畅达,纯用意译,并善于用成语表达佛教思想,故能使冗涩文体变为简洁流利。梁代慧皎撰《高僧传》称支谦译作"曲得圣义,辞旨文雅"。后人公认支谦是继汉代安世高、支谶之后最杰出的译经大师。

鸠摩罗什是另一位著名的佛经翻译家。他是新疆库车人。

据慧皎《高僧传》等书记载,鸠摩罗什自幼学习经典,博览大小乘经论,二十岁时已名震西域诸国,"每至讲说,诸王长跪高座之侧,令什践膝以登焉"。后秦弘始三年(401),后秦王姚兴派人把罗什迎至长安,待以国师之礼。其后的十多年内,罗什率弟子数百人,专事译经。

鸠摩罗什精通梵文和汉文,深知翻译工作的重要与艰苦。在他之前,汉译佛经已日渐增多,但他认为译文"多滞文格义","不与胡本相应"。针对这种情况,鸠摩罗什指出:"改梵为秦,失其藻蔚,虽得大意,殊隔文体。有似嚼饭与人,非徒失味,乃令呕秽也。"(《为僧睿论西方辞体》)因此,他改直译为意译,为求其"达";同时,他又强调不失大义,以求其"信"。他翻译的经论既信且达,文美义足,创造了一种融冶华梵的新体裁,即翻译文学,在我国文学史上开辟了一块新园地。后秦弘始十五年(413),鸠摩罗什临去世前还发誓说:"若所传无谬者,当使焚身之后,舌不焦烂。"可见他对翻译事业是多么重视和认真。他所译佛经及其翻译方法,对后世影响很大。他与真谛(南朝梁人)、唐玄奘并称为我国古代三大佛经翻译家。

从东汉末年开始,用汉文翻译佛经。到了唐初,达到了鼎盛时期。唐玄奘是人们熟悉的一位著名翻译家。他历尽艰辛,遍游诸国,觅取经典,学习梵文,然后带着大量佛经返回祖国。因为他在国外时赢得很大声誉,唐太宗就劝他还俗做官,他严词拒绝,表示决心献身于佛经翻译事业。玄奘认为过去的译文错讹艰涩,不易晓读，他提出了"既须求真，又须喻俗"的翻译原则。从公元654年（唐贞观十九年）玄奘回到长安那一年开始，他便殚心译著，直到逝世前的一个月才停止，勤奋不懈地工作了19年。由于卓有成效的工作，他把佛经翻译事业推向一个新的高峰，在佛经翻译史上被称作"新译"时代。

玄奘在组织翻译佛经时，汇集了大量的人才，他们既是翻译家，又是佛学家。他的工作，还得到唐太宗和唐高宗两个皇帝的支持，太宗特为玄奘作《三藏圣教序》，唐高宗也为之作《述经记》。他病逝后，高宗说是"失国宝"。在他主持下，一共译出佛经七十五部、一千三百三十五卷、一千三百多万字。这字数相当于《格萨尔》的字数。玄奘在当时的条件下，能够翻译那么好、那么多，不仅在佛教史上，而且在我国的文化史上，写下了辉煌的一页。今天，我们应该学习他百折不挠、锐意进取的顽强精神，学习他给官不做，殚心译著的事业心和责任感，认真做好《格萨尔》的翻译出版工作，在我国灿烂辉煌的文化史上，增写一页光辉的篇章。

无论汉族，还是藏族，我国古代在翻译佛经时，不但有严密的组织，有一套科学的、完美的工作程序，对译者也有很严格的要求。

隋时释彦琮作《辩正论》，评论过去译者的得失，总结翻译经验，提出"八备"。就是说，只有具备他所说的八个条件，才能做好翻译工作。这里不妨引用他所说的"八备"，对我们认识翻译工作的重要性和严肃性，或许会有一些启示。八备是：

第一，诚心爱佛法，立志帮助别人，不怕费时长久（"诚心爱法，志愿益人，不惮久时"）。

第二，品行端正，忠实可信，不惹旁人讥疑（"将践觉场，先牢戒足，不染讥恶"）。

第三，博览经典，通达义旨，不存在暗昧疑难问题（"筌晓三藏，义贯两乘，不苦闇滞"）。

第四，涉猎中国经史，兼擅文学，不要过于疏拙（"旁涉坟史，工缀典词，不过鲁拙"）。

第五，度量宽和，虚心求益，不可武断固执（"襟抱平恕，器量虚融，不好专执"）。

第六，深爱道术，淡于名利，不想出风头（"耽于道术，澹于名利，不欲高衔"）。

第七，精通梵文，熟悉正确的翻译法，不失梵本所载的义理（"要识梵言，乃闲正译，不坠彼学"）。

第八，兼通中国训诂之学，不使译本文字欠准确（"薄阅苍雅，粗谙篆隶，不昧此文"）。[1]

我国古代总结、研究翻译经验和翻译理论的著述很多，对译者也提出了各种各样的要求，释彦琮在《辩正论》里提出的八条，可以看作是前人经验的高度概括，并非出于苛求。在上面所提到的《梵藏翻译概论》等藏文典籍，对译者也提出了很严格的要求。这些都说明，要做一个真正的翻译家，是多么不容易啊！翻译佛经是这样，翻译史诗也应该提出相应的要求，如果不是更高的话。

在古代，在封建农奴制度里，在那样落后的条件下，我们的前辈翻译家们经过长期坚韧不拔的努力，在翻译事业上取得了如此之高的成就，使我们现在回想起来，依然感到十分钦佩和景仰。今天，我们有党的领导，有优越的社会主义制度，有先进的科学技术，我们应该，也能够在包括《格萨尔》在内的翻译事业中，做出无愧于我们时代的新的伟大贡献。

《格萨尔》的翻译工作应该有组织、有计划进行

《格萨尔》的翻译工作这么重要，这么艰巨，而目前的人力又十分有限，专业人员很少，绝大多数都是业余的，处于分散的、无组织、无计划的状态。这种状况若不改变，很难适应工作需要。

如果说《格萨尔》的搜集整理工作要分两步走，那么，翻译工作也可以分两步来进行。

首先，各地分头翻译分部本，争取将所有的分部本全部翻译出版。青海过去翻译的资料本，亦可加工修改，正式出版。在这期间，可以选择一些比较好的藏文本，有组织地进行重点加工，争取成为范本，至少要成为重点图书。

这些译本，不可能十分成熟和完善。藏族有句谚语：先要有，后要好。一开始我们不应该求全责备，而要从实际出发，在现有的基础上，严肃认真，刻意加工，

---

[1] 转引自范文澜著：《佛书的翻译》。

尽最大努力提高译文质量。这种译本，可以起以下几种作用：

第一，向汉族和其他兄弟民族的读者宣传介绍《格萨尔》。

你老说《格萨尔》多么好，多么重要，可读者老看不到，尤其看不到好书，将会影响《格萨尔》工作的顺利开展。

第二，为研究工作服务，提供材料。

第三，积累资料，总结翻译经验。

第四，培养人才，扩大翻译队伍。

待藏文本《格萨尔》搜集工作完成之后，根据国家整理编纂的规范本，组织一批有较高水平的翻译家，还要吸引一些热爱并懂得史诗的诗人参加，进行翻译。这类译本，广泛吸收前人的成果，将代表我们时代史诗翻译的最高成就和最高水平。

这是第二阶段的工作，若干年后才能开始进行，这里想着重谈谈第一阶段的翻译工作。

要将几十种分部本、一百多万行、一千多万字全部译成汉文，并正式出版，这一任务是十分艰巨的。它的工作量有多大呢？大约等于翻译十部《红楼梦》。就难度来讲，比《红楼梦》更难翻译。《红楼梦》除了一部分诗词外，主要还是散文，而《格萨尔》几乎全是韵文。现在"红学"已经成为一种世界性的学科，全世界都有很多学者在研究《红楼梦》。但是，无论国内也好，国外也好，到目前为止，还没有一部大家满意的、经得起时间检验的、真正优秀的译本，足见译事之艰难。

如果加上各种异文本，《格萨尔》的数量就更多了（只要有条件，有选择地翻译一些异文本是必要的，不能算重复浪费）。要全部完成翻译出版工作，时间也不会太短。因此，一开始就要有一个通盘考虑，全面规划，加强计划性。否则以后会造成一系列的困难和麻烦。在当前，我自己认为应该注意这样几个问题：

第一，加强计划性，尽可能避免"撞车"，以免造成重复浪费。

本来，一部优秀的文学作品，尤其是像《格萨尔》这样的史诗，有几种不同的译本，并不是不可以的，在某种意义上讲，还是好事，可以进行比较研究，在翻译工作中贯彻"双百"方针，促进译文质量的提高。读者也可以各有所爱。但是，鉴于目前翻译力量和编辑出版力量都十分薄弱，很多书无人翻译，或翻译之后得不到出版机会，而另一方面，又出现过多的复译现象，必然会造成重复浪费。如果复译本的质量不比原来的质量好，更会产生一些不良现象，败坏文风和译风，影响《格萨尔》在群众中的声誉。

目前，《格萨尔》的出版工作缺乏统一的规划，而大多数译者又处于分散的、自发的状态。译文能否出版，决定权在出版部门，一般来讲，无论翻译、编辑或业务部门的领导，都不愿意搞无效劳动。在这种情况下，不可避免地会出现抢先出版的现象。

这样，不仅会造成人力物力上的浪费，更重要的是会降低译文的质量。如果不及早注意，很可能产生恶性循环。

避免重复，还只是一个方面，更重要的还是要提高译文质量。应该提倡对译文反复推敲，反复琢磨，精益求精，要学习古代汉族诗人炼字炼句的功夫，而不应该草率从事。

鲁迅长期从事翻译，深知其中甘苦。他曾说："极平常的预想，也往往会给实验打破。我向来总以为翻译比创作容易，因为至少是无需构想，但到真的一译，就会遇着难关，譬如一个名词或动词，译不出，创作时可以回避，翻译上却不成，也还得想，一直弄到头昏眼花，好像在脑子里面摸一个急于要开箱子的钥匙，却没有。严又陵说，'一名之立，旬月踟蹰'，是他的经验之谈，的的确确的。"[1]

在这里，加强翻译、编辑和出版工作的责任感是非常必要的。郭沫若同志说："在翻译工作上，责任感是非常重要的。在翻译之前，必须慎重选择，准备周到，在翻译的过程中，要广泛地参考，多方面请教，尽量地琢磨。所谓'下笔千言，倚马可待'，实际上就是马虎了事，不负责任。"[2]

郭沫若同志强调指出："在旧时代，人们受到资产阶级思想的影响，在翻译工作上你争我抢，把它当成名利双收的事情，这一种做法显然是错误的。在今天，我们来做这项工作，首先就要对得起作者，对得起读者。我们必须大家来商量，来计划，来进行，使我们的翻译达到理想的地步。互相校订是一个很好的办法，可以纠正错误，发现问题；我们也应该在翻译界培养批评和自我批评的风气。"[3]

第二，做好名词术语的统一和规范。

《格萨尔》的藏文本大体来讲，有统一的风格，文体也基本上是一致的。照理

---

[1] 《鲁迅全集》第六卷，第 350 页。

[2] 《谈文学翻译工作》。

[3] 《谈文学翻译工作》。

讲，它的译文也应基本保持风格的统一和文体的一致。但目前阶段很难做到这一点。可是，主要的名词术语应尽可能求得统一。目前，除格萨尔外，所有人名的译音都不一样，格萨尔的妃子珠牡这个主要人物的译音，有七八种之多，这给其他民族的读者造成很大的困难和混乱。还有神名、山名、地名、武器名称、马名（史诗中的很多战马都有名字），以及一些专有名词，都不统一。

只要大家都出于公心，顾全大局，互相尊重，友好协商，这些技术性问题并不难解决。

如果现在不及早抓这个工作，等几十本书、一千多万字全部出版之后，再去做统一和规范工作，将产生极大的困难。

有人说藏族诗歌没有格律，没有韵脚，这是不全面的。没有一定的格律、形式和音韵，怎么能成为诗歌？《格萨尔》有它固定的形式和格律，既不同于古典诗歌，也不同于民歌，它有鲜明的节奏感和音乐美，读起来朗朗上口，听起来和谐悦耳。在译文中怎样表现，是一个值得认真探讨的重要问题，从目前的译文来看，还没有摸索出一套比较好的表现形式。

有的采用旧体诗的形式，但它不足以表现《格萨尔》的质朴、明快。

有的用新诗体，但又难以表达史诗的精美、凝练。

用民歌体，又不能够表现史诗的豪放、粗犷。

我们应该通过翻译实践，逐渐找到一种适当的表现形式，并求得大体上的统一，让人一看就知道是藏族的《格萨尔》，有鲜明的民族风格和地方特色，同时又让汉族读者易于接受。

第三，加强评论工作，总结经验，不断提高译文质量。

翻译《格萨尔》这样一个篇幅浩大的史诗，在我们来说，是一件崭新的事情，我们还缺乏经验。因此，应该加强评论工作，开展讨论，互相切磋，总结经验，不断提高译文质量。早在 30 年前，茅盾同志就曾指出："有组织有计划地进行文学翻译工作，和把文学翻译工作提高到艺术创造的水平，是我们今后要努力的一个目标；而加强文学翻译工作中的批评与自我批评和集体互助，培养新的翻译力量，是我们达到这个目标的具体步骤。"[1]

茅盾同志又说："批评与自我批评，永远是我们改进和提高工作的动力，在文学

---

[1] 《茅盾文艺评论集》，第 132—133 页。

翻译工作中，译者和校订者之间，译者和编辑者之间，必须加强批评与自我批评，对自己的缺点不愿承认，对别人的缺点表示不关心，或妥协，都是一种不负责任的态度，骄傲自满，对一切批评不肯虚心倾听的态度，都是有害于工作的改进的。"①

从 20 世纪 50 年代到现在，《格萨尔》的翻译工作断断续续进行了将近 30 年，但没有能够开展对译文的评论，翻译工作者感到"冷落"和寂寞。今后应该像茅盾同志提倡的那样，开展对译文的评论，这样既可以帮助译者提高译文质量，还可以加强宣传，扩大史诗的影响，这本身也是研究工作的一个内容。

当然，评论译著是一件困难的事。鲁迅就曾说过："批评翻译却比批评创作难，不但看原文须有译者以上的工力，对作品也须有译者以上的理解。"②

难则虽难，但这工作总得有人去做，而且要认真去做，才能促进译文质量的提高和翻译事业的发展。

第四，培养新生力量，加强翻译队伍的建设。

做好分部本的翻译出版，这已是十分浩繁的工作，在此基础上，做好规范本的翻译出版，更是十分艰巨的任务。优秀的文学作品，往往会有好几种不同的译本。荷马史诗，以及其他一些史诗，在一些国家，曾出现过十种以上的不同译本。即使以后国家组织翻译统一的规范本之后，译文也不会达到尽善尽美的程度，不断会有新的复译本出现。我们可以设想，《格萨尔》的翻译工作不会在十几二十年内结束，它将延续到下一个世纪。因此，扩大翻译队伍，培养新生力量，是一个极为重要的工作。在充分发挥老一辈翻译工作者的指导作用和骨干作用的同时，我们应该吸引一大批有才华、有志气、热爱民族文学事业的中青年同志，参加这一工作。

同搜集整理工作一样，《格萨尔》的翻译工作也不是少数人所能胜任的，必须依靠集体的力量和智慧才能完成。过去翻译佛经时的一套组织形式、工作程序、译审制度，可以作为借鉴。新中国成立以来，我们在翻译第一部《中华人民共和国宪法》，翻译马列著作，翻译《毛泽东选集》，翻译党代会、人代会和全国政协的重要文献以及党和国家领导人的著作时，都采用过集体翻译的形式，积累了一套比较成熟的经验。史诗的翻译同政治理论著作的翻译不同，但基本原则和基本经验还是相同的，可以作为借鉴。

---

① 《茅盾文艺评论集》，第 132—133 页。

② 《鲁迅全集》第五卷，第 507 页。

我之所以专辟一章来谈翻译工作，其目的不是要对现有的译文作出评价，而是为了引起社会的重视，让有关同志都来关心和重视《格萨尔》的翻译，并从现在开始注意培养翻译人才，同时热切地希望有志青年投身到这一工作中来，树雄心，立壮志，翻译出高水平、高质量的作品，把《格萨尔》介绍给全国各族人民，介绍给全世界，使之成为全世界进步人类共同的精神财富。

国内外研究概况

历史上藏族学者对《格萨尔》的研究，已有专章论述。有些问题在别的章节里也涉及了。本章仅就国内外关于《格萨尔》研究的基本情况、主要成果和需要深入探讨的问题，作一个概括的论述。

国内研究概况

国内对《格萨尔》的研究状况大体可以分为两个时期：

（一）20 世纪 30 年代至解放前；

（二）解放后到现在。

最早向国内汉族和其他兄弟民族的读者介绍《格萨尔》的大概要算任乃强教授。任先生系四川大学教授，是国内研究藏学的专家。他着重研究康区的社会历史。20 世纪 20 年代末和 30 年代初，到康区去实地调查时，他发现《格萨尔》深受藏族群众喜爱，是一部"家弦户诵之书"，这引起他的兴趣，作了一番调查研究，回四川后，写了两篇文章，分别发表在当时的《边政公论》和《康导月刊》上。

任先生把《格萨尔》称之为"藏三国"。为什么呢？他在《藏三国的初步介绍》中是这样讲的："藏族僧民，以至任何使用藏文，或信奉喇嘛教之民族，脑海中都莫不有唯一超胜的英雄——格萨（即格萨尔——作者注）在。他是西康古国名'林'

的王族，故又通称为'林格萨'。记载'林格萨'事迹之书，汉人叫作'藏三国'。藏语曰格萨朗特，译为格萨传。或译格萨史诗，因其全部都用诗歌叙述，有似我国之宣卷弹词也。

"余于民国十七年入康区考察时，即沃闻藏三国为蕃人家弦户诵之书。渴欲知其内容，是否即三国演义之译本？抑是摩拟三国故事之作？当时通译人才缺乏，莫能告其究竟。"

接着他又说，"最近入康考察，由多种因缘，获悉此书内容，乃知其书与三国故事毫无关系。时人必呼之藏三国者，亦自有故。此书在藏族社会中，脍炙人口，任何人皆能道一二，有似三国演义在汉族社会中之成为普遍读物。汉人闲话，必指奸人为曹操，鲁莽人为张飞，故俗谓闲谈为'说三国'。藏人闲话，必涉格萨故事，故汉人亦呼之为'说藏三国'。"

在这篇文章中，任先生分六个问题，对所谓的"藏三国"即《格萨尔》的流传情况、卷帙概略、艺术特色等作了介绍，对史诗的主人公格萨尔与历史人物的关系，也作了一番考证。

关于史诗的部数，任先生根据当地有关人士的介绍，说共有25部，并列了篇名，讲了内容提要。除分部本外，任先生又得知境外有分章本流传，于是发了一通感慨：

"最近承庄学本君自印度购寄拉达克流行之格萨传。系藏英文对照本。于其序中得知此书德、法、英文皆有译本。乃我国尚无汉文译本，且尚不知其内容梗概，岂不可慨。"①

在腐朽黑暗的旧中国，出现这样的情况，是毫不足奇的。但是，半个世纪过去了，新中国成立也有30多年，遗憾的是，因种种原因，这种状况并没有根本改变。任先生现在已是92岁高龄的人。1983年我们专程去拜访他，向他请教，他又谈及此事，不胜感慨。任先生十分关心《格萨尔》的搜集整理和翻译出版工作，对我们年轻一代，寄予殷切期望。他诚挚地说，因历史原因，他们老一辈想做而没有做成的事，希望由我们这一代人完成，不要再推到下一代。

继任先生之后，一些汉族学者也写了一些文章，对《格萨尔》作了介绍。他们还翻译、介绍了国外研究《格萨尔》的论著。20世纪30年代和40年代，我们的祖

① 转引自中国民间文艺研究会四川分会编印：《四川民间文学论丛——〈格萨尔王传〉资料小辑》第一辑。

国正处于风雨如磐的黑暗时代，国民党反动派为了维护其反动统治，疯狂发动反共反人民的内战，把各族人民推入血泊之中，对包括少数民族文化在内的祖国文化遗产摧残、毁灭犹恐不及，哪里还会关心《格萨尔》的搜集和研究工作？任先生和其他前辈学者们微弱的呼声，被沉沉的黑夜所吞没。而许多藏族学者对《格萨尔》的研究成果又因语言等方面的隔阂，不为外界所知。

新中国的成立，为《格萨尔》工作开拓了广阔而美好的前景。20世纪50年代末和60年代初，是《格萨尔》工作的黄金时代。当时集中力量搜集整理，无暇顾及研究工作。但是，结合搜集整理工作，也作了些学术研究，取得了一定的成绩。主要表现在两个方面：

（一）写了一些调查报告，就《格萨尔》的主要内容、流传地区、部数、版本等方面的情况，作了介绍。如青海省文联写的《青海省关于〈格萨尔王传〉的调查、搜集情况和问题》[1]，四川民族社会历史调查组写的《关于〈格萨尔王传〉》[2]和徐国琼同志写的调查报告，提供了一些原始资料，有一定的学术价值和历史价值。这些材料既是对史诗的很好宣传，又为开展搜集整理工作提供了可靠的依据。发表之后，引起了有关部门的关注和重视，对推动《格萨尔》工作的深入开展，起了积极作用。

（二）写了一些论文，对史诗的有关问题，作了初步的探索。虽然数量不多，但有一定学术水平。由于这些研究文章都是直接参加搜集整理的同志写的，他们有实际的感受、深切的了解，所以他们的文章能结合实际，针对性强，对实际工作有指导意义，同时显得有血有肉，而不是空泛之论。

在这些文章中，黄静涛同志为《霍岭大战》汉译本（上册）写的序言，是比较有代表性的。虽然他只是为一本书作序，但涉及的范围比较广，他用马克思主义文艺理论作指导，对《格萨尔》的思想性和艺术性作了全面的分析和评价。作者首先对历来被人看不起的藏族民间文学作品给予很高的评价。黄静涛同志指出：

"藏族文学有书面的，也有口头的。书面文学，就其内容性质，似乎又可大致分为经典文学和世俗文学"，"如果说书面文学主要创作或翻译于上层知识分子及宗教学者之手，那么口头文学则是广大群众的创作。广大群众正是根据自己的社会生活和社会实践，根据自己对周围客观现实的理解，用这种口头的创作抒发自己的感

---

① 原载《民间文艺通讯》1959年第八期。

② 《四川民间文学论丛——〈格萨尔王传〉小辑》第一辑。

情和愿望的。他们的生活经验和聪明才智，使他们具有无限的创作才能和创作源泉，我们可以随时随地发现他们创作的故事、寓言、诗歌、童话、谚语、说词、舞曲、笑话……这些作品，大多出于群众独创，也有一些是对某些书面文学作品创造性的转述与演绎。但是，无论如何，藏族民间的口头文学较之书面文学是更加丰富，更加具有特色，更加具有艺术感染力和更加值得重视的。在这里，我们着重说一下《格萨尔》。"

黄静涛同志认为，"《格萨尔》是一部极著名的藏族民间史诗"，"是一部很有影响的作品。《格萨尔》的篇幅极为宏伟。据说多至三四十部，字数在五六百万以上。它的巨大篇幅、动人情节及在群众中的深远影响，引起了藏族学者的注意，也吸引了国内外很多人重视。我们的任务是在前人有益的工作基础上继续努力，取得更大成绩。"①

接着，作者对《格萨尔》的产生年代、主题思想、人物形象、艺术特色等方面的问题，作了论述，对于在青海这样一个多民族的省份如何做好民间文学工作，也提出了自己的看法。

这篇序，基本上反映了这一时期人们对《格萨尔》的认识，概括了当时的研究成果，对继续做好搜集整理，也有一定的指导意义。

粉碎"四人帮"之后，《格萨尔》的工作进入了一个新的阶段。搜集整理和出版工作的恢复和发展，推动了研究工作。据不完全统计，从 1978 年到 1985 年底，中央和地方一级的报刊上发表的有关《格萨尔》的文章有 100 多篇，超过了新中国成立以来到"文革"前的总和。从内容上讲，无论广度和深度，都比过去有了明显的进步，出现了初步繁荣的可喜局面。

这些文章，有这样几方面内容：

第一，从政治上拨乱反正，为《格萨尔》平反，恢复名誉，揭露和批判"四人帮"推行的文化专制主义、破坏民族文化遗产的罪行。

粉碎"四人帮"以后，各有关省（区）先后为《格萨尔》平反，恢复名誉，并把这一工作作为在藏族地区拨乱反正、落实政策的一项重要内容。1978 年 11 月 13日，中共青海省委在批转省委宣传部《关于为藏族民间史诗〈格萨尔〉平反的请示报告》时指出：

---

① 以上引文均见于《霍岭大战》汉译本（上册）序，上海文艺出版社 1962 年版。

"《格萨尔》是祖国的一部很有价值的民间文学遗产，是各族人民共同的宝贵财富。在揭批'四人帮'的第三战役中，认真做好〈格萨尔〉的平反工作，落实党的民族政策、文艺政策和知识分子政策，对于文艺战线拨乱反正，正本清源，调动一切积极因素，从而加快四个现代化的步伐，具有重要意义。"

围绕平反工作，各地报刊发表了一些文章。1978年12月3日，《青海日报》发表题为《还〈格萨尔〉一书的本来面目》的评论员文章，指出："《格萨尔》一书的彻底平反，是我省文艺战线拨乱反正，贯彻毛主席指示的'调整党内的文艺政策'的具体行动，是执行毛主席提出的'双百'方针、鼓励繁荣我省文艺创作的有力措施，也是对林彪、'四人帮'砍杀民间文学的有力批判。"

文章指出，"实践证明，把这部书打成大毒草，进行公开批判，显然是错误的。今天彻底为《格萨尔》这部书平反，恢复名誉，还这本书的本来面目，是完全必要的，大得人心，大快人心。我们相信，通过《格萨尔》的彻底平反，我省文艺战线，将会出现一个崭新的局面。"

《民间文学》1979年二月号发表编辑部文章：《为藏族史诗〈格萨尔〉平反》。文章愤怒声讨了"四人帮"破坏《格萨尔》工作的种种罪行，严正批驳了强加给《格萨尔》的种种诬蔑不实之词，指出：

"在'四人帮'批判《格萨尔》的文章中，有的对搜集、出版《格萨尔》的同志进行嘲讽，说什么'捡到了《格萨尔》这个破烂，如获至宝'。那么，《格萨尔》到底是一部什么样的作品？究竟是破烂，还是至宝？《格萨尔》是以口头和手抄本并行的方式流传在我国青海、西藏、四川、云南、甘肃、内蒙古等省（区）广大藏、蒙古两族民间的极其珍贵的史诗。它塑造了以格萨尔为首的许多藏族英雄形象，规模宏伟浩大，内容丰富多彩，史诗对于古代藏族部落联盟国家的全部社会生活，像人民的思想、愿望、道德、风尚等等，都作了广阔的、诗意的描绘。诗篇有惊心动魄的战争场面，有缠绵悱恻的爱情插曲；有为国捐躯的壮烈，也有失去亲人的悲痛；有奇异的神话，也有处世的格言；史诗情节曲折跌宕，叙事抒情，令人神往。或浓墨重彩，或淡抹轻勾，形象鲜明；或复沓吟咏，一唱三叹，诗意盎然。这部具有迷人的艺术魅力的史诗，简直就是一部古代藏族人民生活的'百科全书'。像这种类型的英雄史诗在世界上也是罕见的。"

第二，在遭受"四人帮"严重摧残和破坏之后，强调了重新开展抢救工作的重要性和紧迫性。

王沂暖教授在《〈格萨尔王传〉简介》一文中，对《格萨尔》的主要内容、版本、部数以及"文革"中遭受破坏的情况，作了比较详细的介绍。最后，这位一生从事藏族文学工作、年逾古稀的老教授发出热切呼吁："为了挽救这部伟大史诗的厄运，应当将现存的手抄本，妥加保护，尽快予以复制翻印；将散失掉的，重新收集回来；并应深入民间，进行搜集抢救，对《格萨尔王传》的说唱家的说唱，应进行录音；同时也要积极翻译、整理、研究，使大家都能看到它，欣赏它。"①

这些文章对肃清和纠正"左"的错误思想和流毒，帮助人们重新认识和评价《格萨尔》，促使各级领导关心和重视史诗的抢救工作，起了很好的作用。但是，总的来看，这类文章数量太少，分量也不重，没有形成一种社会舆论。尤其是从思想上、理论上对"左"的错误思想造成的严重后果揭露不深，批判不力，对继承和发展民族文化遗产的重要意义，阐述不够，致使在相当长的时间内，这种影响和流毒在藏族地区还严重存在。不少人依然用"左"的眼光看待民族文化工作，党的民族政策、文艺政策和知识分子政策不能很好地贯彻落实，包括《格萨尔》在内的民族文化遗产得不到应有的关心和重视。这就直接影响了抢救工作的深入开展。

第三，开展了学术研究工作。

随着搜集整理工作的深入开展，学术研究活动也逐渐活跃起来。1983年8月，在青海西宁召开了第一次全国少数民族史诗学术讨论会。这次讨论会是以《格萨尔》为主要内容的。1984年8月，在西藏拉萨举行了西藏、青海、甘肃、四川、云南、内蒙古、新疆七省（区）《格萨尔》艺人演唱会；1985年9月，在内蒙古赤峰市举行了全国第一次《格萨尔》学术讨论会。所有这些活动，对于扩大《格萨尔》的社会影响，提高说唱艺人的社会地位，推动抢救工作和学术研究的深入发展，都具有重大意义和深远影响。

这一时期的学术研究成果，主要包括以下几个方面：

第一，对《格萨尔》总的评价，阐述它在藏族文学史上的重要地位；

第二，对《格萨尔》说唱艺人的研究；

第三，搜集整理中的理论问题和实践问题；

第四，思想内容和社会意义；

---

① 见《民间文学》1979年二月号。

第五，产生年代；

第六，史诗的主人公格萨尔与历史人物的关系；

第七，民族风格和艺术特色；

第八，蒙藏《格萨尔》关系；

第九，介绍国外研究成果。

如前所述，过去在藏族地区，《格萨尔》和说唱《格萨尔》的艺人，在社会上是没有地位的，把说唱艺人视为"乞丐"，把史诗称为"乞丐的喧嚣"。国内大多数读者乃至学术界对《格萨尔》也缺乏了解。现在很多同志开始认识到它的重要性，并给它以很高的评价。

钟敬文教授主编的《民间文学概论》在论述史诗时，把《格萨尔》同世界上许多著名的史诗相提并论，以阐述英雄史诗的性质和特征。

毛星主编的《中国少数民族文学》用专章论述《格萨尔》，对它作了很高评价。书中指出：

"《格萨尔王传》是目前所知世界最长的英雄史诗，国际上已有法文、英文、德文、俄文、日文、印地文、土耳其文的译本，被称为东方的'伊里亚特'，它不仅是藏族和祖国文坛的奇葩，而且是世界文学宝库中的珍品。"[①]

中央民族学院副教授佟锦华、耿予芳同志编写的《藏族文学史》，也列专章论述《格萨尔》。书中指出："《格萨尔王传》是一部名闻国内外的伟大英雄史诗，同时又是研究藏族古代社会历史、宗教信仰、风俗习惯、经济情况、生活方式、语言文字等等方面的宝贵文献。在某种意义上，可以说是藏族古代的一部大百科全书。"

北京大学副教授段宝林同志在他编写的《中国民间文学概要》一书中，对《格萨尔》也作了很高的评价，并以它为例证，来论述英雄史诗的主要特色。

张紫晨同志在《民间文学基本知识》一书中指出：

"藏族史诗《格萨尔》是一部篇幅宏伟、充满神话色彩的民族史诗。……这部史诗有为民除害的鲜明主题，较强的人民性，描写了藏族和蒙古族的原始生活、宗教信仰，反映了奴隶制向封建制过渡的尖锐复杂的矛盾和人民对社会黑暗势力斗争的正义要求。它塑造了一个骁勇善战、正义果敢的巨人形象，以英雄格萨尔的战斗一生为中心，展现了广阔雄浑的历史画卷，其中对民族战争的描写壮阔有力，异常

---

① 见该书上卷第 425 页。

精彩。它是英雄的史诗，也是知识的宝库和人民生活的百科全书。它在卷帙浩瀚之中，凝聚着民族智慧的光芒，为世代所传诵。"[①]

1985 年 8 月，中国社会科学院少数民族文学研究所编辑的《格萨尔研究》集刊第一集正式出版。这一集共发表了 17 篇文章，还翻译了国外学者的两篇论文，在我们面前展现了《格萨尔》研究的最新成果。这是我国《格萨尔》研究史上第一个专业性集刊，它的问世，预示着《格萨尔》研究工作发展到了一个新的阶段。

《格萨尔》的研究工作虽然取得了一定的成绩，但是，面对《格萨尔》这样一部内容丰富、卷帙浩繁的文学巨著，在近半个世纪的时间里，国内发表的研究论文总共不过 100 多篇，数量应该说比较少，学术水平也不算高，至今还没有一部专著问世。在某些方面，我们还落后于国外的研究水平。这种状况，同我们的国际地位，同我们这样一个有悠久文化传统的文明古国应该达到的学术文化水平，极不相称。我们应该奋起努力，尽快改变这种状况。

怎样提高我们的学术研究水平呢？

在现阶段，我认为应从三个方面入手。

第一，加强史诗基本理论研究。

在我国，主要在汉族读者当中，史诗这种文学形式，还不为很多人所熟悉；在少数民族群众当中，史诗虽然流传很广，但理论研究跟不上，很多人尽管喜爱它，可是并不能充分认识它的重要性，有点"不识庐山真面目"。因此，加强史诗基本理论的研究，就显得十分重要。但是，长期以来，史诗研究在我国是比较薄弱的环节；对史诗理论的研究更为薄弱，几乎没有人全面地、系统地、深入地进行研究。从学术发展的方向看，今后应该从全局着眼，加强宏观研究，以马克思主义文艺理论和马克思主义的经典作家关于史诗的论述为指导，对柏拉图、亚里斯多德、贺拉斯、黑格尔的理论遗产，进行全面的、系统的、深入的清理、研究，并结合我国丰富的史诗，作出新的理论概括，建立具有我国特色的马克思主义的史诗理论体系。这在文艺理论建设上，将是一件十分有意义的事情。

第二，密切联系实际，回答和解决实际工作中提出的问题，促进和推动搜集整理和翻译出版工作。

理论联系实际，一切从实际出发，是我党的优良传统，也是一切从事理论工作和学术研究的同志必须遵循的基本原则。《格萨尔》的研究工作也不能例外。

目前，我们还没有弄清史诗的全貌，整个搜集工作尚在进行当中，因此，就全局来讲，在一个相当长的时期内，无疑应该将工作的重点，放在搜集整理方面。而我们的研究工作也必须为这一总的任务服务，提高搜集整理和翻译出版工作的科学性，避免盲目性，防止走弯路，确保国家重点科研项目的完成。

《格萨尔》的搜集整理，是我国历史上从来没有过的、规模空前的一次采风工作，存在着不少困难和问题，随着抢救工作的深入，还会出现许多新的问题。从事实际工作的同志，热切希望研究工作者总结他们的经验，从理论上给予回答，指导他们的工作，使抢救工作少走弯路，更科学、更顺利地进行下去。

但是，从目前情况看，研究工作脱离实际的现象比较严重，有的研究人员甚至看不起搜集整理工作，不愿做实际工作。他们远离实际，远离群众，避开实际问题，只作空泛之论，甚至对搜集整理工作中提出的实际问题和理论问题，采取不屑一顾的轻蔑态度，认为没有学术价值。

研究工作者和理论工作者，应该遵循党的教导，深入群众，参加实际工作，为完成抢救任务而多做贡献。在实际工作中寻找研究课题，并上升到理论高度，在理论和实践的结合上讲清问题。这样的研究工作，才有坚实的基础，才有生气，才有活力，才能得到实际工作者的欢迎和支持，也才能得到社会的关心和重视。只有这样，才能使我们的史诗研究工作沿着正确的道路发展、深入下去，不断提高。

如果脱离群众，脱离实际，为研究而研究，为写论文而研究，将会窒息我们的学术研究工作。

第三，开阔思路，不断拓展研究领域。

从纵向上看，《格萨尔》的研究有了很大进步，取得了可喜的成绩。但从横向上看，同其他学科相比，我们的研究工作还处于草创阶段，还是封闭性的。我们的思路还不够开阔，研究领域比较狭窄，理论素养较差，文学观念比较陈旧，研究方法比较落后，研究手段和技术设备更为简陋。为了尽快提高学术研究的水平，我们应该尽可能地开阔我们的思路，提高我们的素质，吸收新的知识和新的研究方法，充分利用和借鉴别的学科的研究成果，注入新的血液，加快学科建设的步伐，以适应形势发展的需要。只要我们改变封闭式的状态，采取新观念、新方法中对我们有用的东西，使之同这部古老而又充满艺术生命力的伟大史诗紧密结合，我们的研究工作必定能放射出智慧的光芒，使整个学科的面貌焕然一新。

国外研究概况

国外研究《格萨尔》，已有 200 多年的历史。《格萨尔》的部分章节，早已译成英、俄、德、法等多种文字，介绍给外国读者，国外学者在翻译、评介和研究《格萨尔》方面，做了许多工作，积累了很多资料，取得了较大的成绩。下面分别作一些叙述。

第一，《格萨尔》在国外的传播。

外国读者了解并开始研究《格萨尔》，是从蒙文本入手的。1716 年（清康熙五十五年）在北京刻印了蒙文本《格萨尔》之后，外国学者有机会接触到这一史诗。1776 年，俄国旅行家帕拉斯首先在《蒙古历史文献的收集》（圣彼得堡版）一书中介绍了《格萨尔》，论述史诗的演唱形式和与史诗有关的经文，并对史诗主人公格萨尔作了评述。1836 年，俄国学者雅科夫·施密德曾用活字版刊印了这个蒙文本，后又译成德文，1939 年在圣彼得堡出版。

1849 年，俄国语言学家波布罗尼科夫在卡赞出版的《蒙古——加尔梅克语语法》一书中，引用的大部分例句是北京蒙文本《格萨尔》。

1852 年，德国学者朔特在柏林发表《论〈格萨尔〉史诗》的论文。1856 年，他又在莱比锡发表了《关于〈格萨尔〉的论文》一文。这些可能是迄今为止我们所知道的国外关于《格萨尔》的最早的研究文章。

1856 年，俄国学者格里姆在《儿童和家庭故事》一书中，发表了北京七章本《格萨尔》的故事摘要。

1859 年，俄国席夫纳院士在圣彼得堡出版的《鞑靼的英雄史诗》论著中，将鞑靼的英雄史诗和《格萨尔》作了一些比较。

1871 年，英国旅行家沙乌在伦敦出版的《高鞑靼、叶克羌和喀什噶尔访问记》一书中，对《格萨尔》作了评介，并第一次提到了"格萨尔是罗马康斯坦丁堡的恺撒大帝在东方的名字"这样一个观点。

在这以前，外国学者评介、研究的，主要是北京蒙文本《格萨尔》，到了 19 世纪末叶，外国人已开始注意到藏文本《格萨尔》。

1879 年和 1881—1882 年，印度人达斯先后两次到我国西藏地方，搜集了《格萨尔》等大批藏文资料。从 1881 到 1905 年之间，他先后发表了许多有关《格萨尔》的论文。

从 1867 年到 1885 年，沙俄军官普尔热瓦尔斯基曾先后四次到我国内蒙古、新疆、甘肃、青海、西藏等地进行所谓的"探险"。1884 年 8 月，他到青海省玛多县的黄河源头，在那里获得一些《格萨尔》的手抄本。1888 年，他出版了《从恰克图到黄河源》一书，对《格萨尔》作了评介。

1885 年，沙俄军官波丹宁到我国青海地区"探险"，获得了一部分藏文本《格萨尔》。从 1876 年到 1899 年的 24 年中，波丹宁曾先后五次到我国西藏、青海地区进行所谓"探险"。回国后发表了许多关于《格萨尔》的文章。

1885 年，德国东方学家格林威德尔在《地球》第七十八卷中发表文章，在论述德国传教士弗兰克收集的《格萨尔》时，附和英国人沙乌的观点，认为格萨尔是罗马的恺撒大帝。

德国摩拉维亚传教士弗兰克是早期著名的藏学家。1905 年在印度加尔各答由英国皇家孟加拉亚洲学会出版了他在下拉达克从一个 16 岁的小姑娘口头上记录的《格萨尔》，书名叫《下拉达克格萨尔传》。该书有藏文原文、英文摘要，并附有介绍文章。弗兰克还发表了《格萨尔王传的春季神话》和《格萨尔王传的冬季神话》等著作。继俄国和德国之后，法国学者也开始注意并研究《格萨尔》。

1931 年，巴黎出版了法国学者亚历山大·达维·尼尔和锡金喇嘛云登共同整理、翻译的《岭·格萨尔超人的一生》。1933 年，在英国伦敦用英文翻译出版该书。1959 年又重版了一次。巴黎大学教授、东方学家石泰安解放前曾到原西康省（今四川甘孜州）邓柯、德格地区考察，并得到三部木刻本《格萨尔》，1956 年摘译成法文，并用拉丁字注音，在巴黎出版，书名叫《藏族格萨尔王传》。

1958 年，石泰安又在巴黎出版了题为《格萨尔生平的西藏画卷》的画册。

次年，石泰安出版了他的长篇专著《藏族格萨尔王传与演唱艺人研究》。

1959 年，西藏事件发生后，大批藏文资料传到国外，客观上促进和推动了国外对藏族文化的研究。60 年代，很多国家出现了所谓的"藏学热"。在这个热潮的推动之下，《格萨尔》的出版和研究工作，也发展到一个新的阶段。如不丹，由国家图书馆主持，出版了二十九卷本藏文《格萨尔》，并聘请法国东方学家石泰安撰写《导言》。这是国外规模最大的一次《格萨尔》的出版工作。在印度和蒙古等国，也出版了藏文本《格萨尔》。这些书籍的出版，不但扩大了史诗的影响，而且为研究工作提供了珍贵的第一手资料。

在 19 世纪末和 20 世纪初，国外对《格萨尔》的研究，主要限于一般的介绍和评论，所介绍的内容也很少，只是部分章节。有的则是简单的内容提要，说明在我国藏族和蒙古族地区有一部《格萨尔》这样的英雄史诗。20 世纪 30 年代以后，在苏联、蒙古和西欧各国都有一些人研究《格萨尔》，而且取得了相当的成果。由于缺少资料，不可能对国外研究《格萨尔》的状况作详细介绍，只能择其大要，作总的评述。

各个国家对《格萨尔》的研究，各有自己的特点，取得的成就也不尽相同。但就总体来讲，可以分为两大类：东方学派和西方学派。

第二，东方学派的研究。

这里说的东方，是指苏联、蒙古和东欧各国。十月革命后，苏联对《格萨尔》的研究十分重视，据有关材料介绍，在列宁格勒苏联科学院东方学研究所收藏了许多手抄本，其中有藏文、蒙文和布里亚特蒙文。在莫斯科和其他一些地方的研究机构里，也收藏了不少资料。苏联的学者，以这些丰富的资料为基础，进行了范围广泛的研究。1936 年，苏联出版了科津院士翻译的北京蒙文本《格萨尔》（七章本）。科津院士将翻译和研究工作结合起来，对该书的内容进行了深入的社会分析。

匈牙利的藏学研究有相当的基础，他们的一些学者懂藏文，20 世纪 50 年代，还曾来我国进行考察访问。他们把《格萨尔》作为藏学的一个组成部分，也进行了研究。但史诗研究，似乎不如其他领域，没有出现引人注目的成果，也没有产生有影响的专家。

在东方学派中，对《格萨尔》进行广泛深入的研究，并取得重大成果的，要算蒙古国的学者，其中的佼佼者又要首推策·达木丁苏伦。从某种意义上讲，他的研究成果，可以代表整个东方学派的水平。

策·达木丁苏伦（1908—1986），蒙古诗人、小说家、学者。

他生于东臣汗部马塔德汗乌拉旗一个牧民家庭。1924 年，在他 16 岁时参加蒙古人民革命军。1928 年开始发表小说，以后走上文学创作的道路。他曾任蒙古作家协会主席等职，现在是蒙古科学院院士。他在从事文学创作的同时，进行学术研究，撰写了两卷本的《蒙古文学概况》等著作。1957年在莫斯科用俄文出版研究《格萨尔》的专著《论〈格萨尔王传〉的历史源流》。这本书在《格萨尔》研究史上有重要意义，它不仅是达木丁苏伦研究《格萨尔》的代表作，也比较集中地反映了这一时期东方学派的研究水平和最新成果。

达木丁苏伦精通蒙文和俄文，也懂藏文，这是他研究《格萨尔》极为有利的条件。他在该书中，首先概述了在这之前国内外研究状况，然后对史诗的主人公格萨尔作了比较详细的考证。他明确指出，"格萨尔不是关帝，也不是成吉思汗"。同时，对民间流传的关于格萨尔的各种传说，他也作了比较详细的分析和探讨。接着，他论述了史诗的思想内容。

同当时和这之前的研究《格萨尔》的著作相比，《论〈格萨尔传〉的历史根源》一书有这样的特点：

一是作者力图用马克思主义的观点，分析《格萨尔》的主题思想和社会意义，着重阐明它的人民性。他在该书的扉页上摘录了两段话，用来概括史诗的主题思想，"格萨尔之使命，'令残暴者低头，为受辱者撑腰。'""格萨尔之遗训，'不要挥兵去犯人，但若敌人来侵犯，坚决抗击莫后退。'"他认为《格萨尔》具有反封建的内容和民主色彩，格萨尔是人民英雄，是"一位率领人民，反抗压迫者和反对侵略者的领袖"，在他身上寄托着人民的理想和愿望。达木丁苏伦指出，"人民把格萨尔看作是一个争取为人民谋福利的勇士"。他还肯定"这部长诗是人民的创作"，"编唱格萨尔和他卓越功绩的民间说书人，在他的性格中加进了为他所感到亲切的民主的特征"。

二是作者研究《格萨尔》，不是依靠第二手、第三手材料，而是直接阅读蒙文和藏文原文。需要特别指出的是，达木丁苏伦不仅深入地研究了当时他能找到的藏文本《格萨尔》，而且查阅了一些藏文文献，从而使自己的研究工作建立在坚实的基础之上。

他在书中全文引用了第四世班禅罗桑确吉坚赞和蒙古族喇嘛、学者松巴·益喜班觉关于《格萨尔》的通信。益希班觉的论点，有很多地方值得商榷，但是，我认为达木丁苏伦在这里做了一件很有意义的工作，这是第一次向外界介绍我国蒙古族和藏族学者研究《格萨尔》的成果。问题不在于益希班觉提出了多么重要、多么正确的论点，它的意义在于说明了这样一个事实：早在外国人了解、研究《格萨尔》之前，我国藏族、蒙古族学者已经在研究，并且积累了丰富的资料。

达木丁苏伦的研究工作还表明，即使要弄清《格萨尔》的基本情况，也必须首先熟悉和掌握藏文本《格萨尔》以及有关的文献资料，更不用说对它进行深入、系统的研究，如果离开原文，借助于第二手、第三手资料，那么，无论《格萨尔》研究也好，藏学研究也好，既不能深入，更不会准确。在这方面，达木丁苏伦为国外的《格萨尔》工作提供了一个很好的范例。

达木丁苏伦还广泛涉猎了有关的汉文资料，专门写了一章《中国史书中的格萨尔》，对史诗中描述的历史事实和格萨尔活动的地域，作了一些考证。

三是对蒙、藏《格萨尔》进行比较研究。达木丁苏伦既懂蒙文，又懂藏文，他有这个方便条件。在该书中，他把蒙文和藏文本《格萨尔》作为一个整体来研究，同时分析了它们的异同和相互影响。在《对〈格萨尔传〉各种传说的鉴定》《格萨尔诸传说的独特性》《〈格萨尔传〉的历史性》《藏、蒙文著作及民间传说中的格萨尔》，以及《住在西藏的蒙古人》等章节里，他从各个不同的侧面、不同的角度，对蒙藏《格萨尔》进行了比较，并试图指出两者之间的源流关系。在这个问题上，达木丁苏伦采取了很慎重的态度，在列举很多材料之后，提出了自己的一些看法，但并没有简单地、匆忙地作结论。

在发表《论〈格萨尔传〉的历史源流》之后，达木丁苏伦又继续进行研究，发表了不少论文。1981年在联邦德国召开的第三次中亚史诗讨论会上，他提供了一篇论文：《关于〈格斯尔〉研究的一些问题》。在这篇论文中，他首先指出，"《格萨尔传》的研究工作正在顺利进行"，"多年来，研究人员们不能知道关于《格萨尔传》方面的藏文原文资料，现在由于已经出版了藏文版本，这个问题逐渐得到了解决。"接着，他从词源学的角度，对《格萨尔》的源流，以及蒙藏两种本子的相互关系作了比较研究。他把《格萨尔》中的人物分为三组：第一组属原来的本名；第二组是绰名；第三组带有母系因素，也就是带上母亲出生的地名，可以是国家，也可以是部族。他认为这种情况"很可能是母系社会传统的反映"。这种分析，使研究工作深入一步。

在这一时期，蒙古、苏联和东欧一些国家的学者，也发表了不少有关《格萨尔》的研究文章。

第三，西方学派的研究。

西方对《格萨尔》的研究，要晚于东方。但从 20 世纪 30 年代开始，有较大发展。而在 60 年代之后，进入了它的全盛时期，在某些方面，显得比东方学派更为活跃。

在西方学派中，有两个人特别值得一提，这就是法国的亚历山大·达维·尼尔女士和东方学专家石泰安教授。从某些意义上讲，他们两个人的研究工作，代表了西方学派的研究成果和学术水平。

达维·尼尔曾两次来中国，在康区住了很长时间，到过传说是格萨尔故乡的德格和邓柯地区，并访问过自称是格萨尔后代的岭仓土司。在一位叫云登的喇嘛的帮助下，她直接听艺人说唱《格萨尔》，并记录整理，同时收集了一些手抄本和木刻本。她的可贵之处是能够直接深入到史诗流传最广的地区，与喜爱史诗的藏族群众接触，与说唱艺人接触，这样她的感受就不同于仅凭文字材料的研究者。

达维·尼尔回国之后，将她收集的资料，包括手抄本、木刻本和直接记录整理的艺人说唱本，综合整理成一本格萨尔故事，题为《岭·格萨尔超人的一生》，1931年用法文在巴黎出版。她在前面写了一篇很长的序，记述了她搜集整理的经过，也谈了她对史诗的认识和评价。

1933 年，英国人把它译为英文，在伦敦出版。1958 年，又重印了一次。

严格说来，《岭·格萨尔超人的一生》既非整理本，更不是翻译本，只是一个故事梗概，而且很不完整，很不准确，也缺乏文采和诗意。达维·尼尔按照自己的观点和好恶，删去了好多内容，把各种不同本子的内容杂糅在一起。她自己在《前言》中说：

"现在出版的这部史诗已经删去了令人生厌的累赘部分，英雄的主要事迹（？——引者）还是包括在内。我所依据的有我所得到的稿本，有我从别的稿本中的主要内容记下的笔记，还有在听各个弹唱诗人演唱时由云登喇嘛和我所作的记录。

"虽然弹唱诗人的演唱和稿本大体相同，而在细节上又有出入。当我发现有几种不同的记载时，我总是把看来最为流行的一种复述出来。"

问题就在这里。她的这本书是根据自己的理解复述出来的，这样的本子既不准确，又不优美，那是很自然的，它没有也不可能真实地反映《格萨尔》的本来面目。

尽管如此，《岭·格萨尔超人的一生》仍然有其历史价值，这是第一部比较详细地向西方介绍《格萨尔》的书。不少西方人士是通过这本书知道《格萨尔》，并引起了他们研究藏族史诗的兴趣。

石泰安教授是当代西方著名的藏学家，他是法籍德国人。

1911 年生于德国的施韦茨，后在柏林大学学习。为了躲避德国法西斯对犹太人的迫害，1934 年逃到法国，1939 年取得法国国籍，1940 年到法国远东学院工作。1946 年至 1949 年受远东学院派遣到我国进行实地考察。他也曾深入康区，搜集到各种版本的《格萨尔》，并访问了一些说唱艺人。1956 年在巴黎发表了《藏族格萨尔王传》一书，他还特意加了一个副题：《根据岭地喇嘛教的版本》。这是他根据搜集到的各种版本用散文编写的一部缩写本，主要内容是史诗的前面几部，即《仙界遣使》《英雄诞生》和《赛马称王》。由于缺少以后各部，即史诗的主要部分，因此也不能反映史诗的全貌。

1958 年他发表了《格萨尔生平的藏族画卷》一书，较系统地介绍了有关格萨尔的卷轴画。

1959 年他又出版了《藏族史诗格萨尔王传与说唱艺人的研究》一书。这是一部比较系统地论述《格萨尔》及其说唱艺人的著作，全书 639 页，内容比较丰富，可以看作是西方各国关于《格萨尔》研究的一个总结。全书分三部分，第一部分题为"资料与归类"，分析了有关的各种资料。

第二部分的标题是"英雄活动的地区和姓氏"，主要分析了"岭国"的地理背景和历史事件，探讨岭国究竟在青藏高原的哪一个地区。他提出了岭国是否来自"原始部族"这样的问题，还分析了史诗产生的年代。石泰安认为，《格萨尔》的上限可能是八世纪或十世纪以后，下限是十五世纪。

在谈到格萨尔的姓氏和格萨尔与历史人物的关系时，石泰安认为格萨尔就是古罗马的恺撒大帝。这种观点显然是错误的，是受欧洲中心论的影响，认为世界上最主要的英雄史诗都源于欧洲。但在该书的最后部分，他在分析了各种资料后，不得不承认《格萨尔》"必定起源于藏族"。他这样描述史诗的形成过程："尽管这些时刻更加深入理解这部史诗，但根据史诗内容并不是喇嘛教的，因此必定起源于藏族。"[①] 不过增添了直接由印度来的、间接由中亚来的佛教的影响，此外，又增添了外国民间文学，特别是伊朗民间文学的影响。它们起初生根于西藏，继而蓬勃发

---

① 石泰安这段话的意思是，佛教（即喇嘛教）是从外面传入西藏地区的，而《格萨尔》的形成要早于佛教的传入。

展，最终被吸收于史诗之中。

第三部分是"史诗构成与英雄人物塑造的因素"，着重介绍分析了说唱艺人的情况，从民族文物的角度阐述了史诗同宗教的关系，以及佛教对《格萨尔》的形成和发展的影响。同时，剖析了构成史诗的各种主要因素。

石泰安教授长期从事《格萨尔》研究，对于向西方国家介绍这部伟大史诗，做出了一定的贡献。石泰安是一位著名的藏学家，他对藏族的历史、文学、艺术、语言、宗教、天文历算都有广泛的兴趣，并做了一定的研究，发表了大量论著。他以渊博的知识做基础，从藏族的历史、民族文物、历史文献、社会风情和宗教信仰等不同领域，对构成《格萨尔》的各种因素作了探讨，这种研究方法是值得我们借鉴的。

法国巴黎大学高等学术研究院第四部（即历史与语言学专业）的藏学家艾尔费女士从音乐和语言角度对《格萨尔》进行研究，撰写了长达 500 多页的专著《藏族格萨尔王传的歌曲》，根据八位藏族艺人的录音资料，对《格萨尔》的文体、诗律和曲调进行分析研究，认为史诗充满了口述文体的风格，即：1. 丰富的用语（无论词汇的运用还是句式）；2. 严格的韵律（合于诗句的标准水平）；3. 平行诗节的近乎系统化的运用。她认为史诗音乐语言在风格上有极大的统一性，这些曲调的节奏易于适应诗句的格律。后来她又发表了《藏族格萨尔王传的音乐性》（载《亚洲研究丛刊》1981 年）。艾尔费女士从事的工作，开拓了《格萨尔》研究的新领域，对我们是有启发的。

除法国以外，美国、英国和联邦德国等一些国家，都有人研究《格萨尔》。近几年来，联邦德国对史诗的研究比较活跃，1978 年至 1983 年，波恩大学中央亚细亚语言文化研究所连续召开了四次国际性的蒙古史诗学术讨论会。在这几次学术讨论会上，《格萨尔》是主要研究内容之一。该研究所原负责人瓦尔特·海希西教授等人发表了不少文章，着重对《格萨尔》的各种问题和它与中亚史诗的异同作了探索。从 1983 年开始，他们对《格萨尔》在拉达克和巴基斯坦地区的流传情况作了考察，访问了许多民间艺人，搜集了大量资料。这项工作仍在进行之中。这对于了解《格萨尔》的产生年代、流传、演变情况，以及从事比较文学的研究，都是十分有益的。

这些国家的藏学研究机构，有一个特点：除了他们自己的研究人员之外，还吸收一批旅居国外的藏族同胞。由于有藏族学者参加，使他们有可能掌握第一手资料，深入研究藏文原文。这样互相配合，取长补短，使研究工作出现了新局面。

第四，简短的结语。

国外研究《格萨尔》，已有 200 多年的历史，取得了相当的成绩，也积累了比较丰富的资料。就研究方向、研究内容、研究手段和指导思想等方面讲，东、西方学派有相同之处，也各有特点。

概括起来讲，东方学派比较注重研究《格萨尔》的主题思想，阐述它的人民性和民主性，研究史诗所塑造的艺术典型及其社会意义。他们还特别致力于蒙、藏《格萨尔》的源流关系以及史诗在蒙古文学史上的地位和影响的研究。鉴于蒙古族与藏族过去都是全民信教的民族，史诗同宗教的关系，自然也是他们注意的一个问题。

西方学派更多地注重史诗的学术价值和认识作用，充分注意了民间文学的多功能性。他们把对《格萨尔》的研究，作为整个藏学研究的一个组成部分。迄今为止，我们还没有发现在西方国家中有专门从文学角度研究《格萨尔》的专家；也就是说，没有一位文学家和文艺理论家专门从事《格萨尔》研究。目前研究《格萨尔》的专家，几乎都是西方国家的东方学家，或从事人类学、民俗学、宗教学和历史学工作等的研究人员。因此，他们着重从历史、宗教、艺术、语言、风俗等方面入手，去研究《格萨尔》。

由于科学文化事业的发展，一般来讲，国外从事《格萨尔》研究的人，眼界比较开阔，研究方法比较科学，研究手段比较先进。他们能够从历史发展的长河，从广阔的文化背景着眼，多角度、多侧面地进行研究，路子比较多，领域比较宽，而不是简单地就事论事。因此，成果比较显著。所有这些，都是值得学习和借鉴的。

然而，我们也不应该忽视，《格萨尔》毕竟产生在我国，至今在我国藏族和蒙古族群众中流传，整个《格萨尔》的搜集工作尚在进行之中，国外对它的了解是有限的，他们所掌握的资料，尽管比较丰富，但总起来看，只是整部《格萨尔》里很少的一部分。到目前为止，也没有一部较好的译本。因此，要让史诗研究工作深入下去，提高一步，也有很多困难。而在这些方面，我们有自己的长处和优势。国外的研究工作，范围虽然宽广，但不免有些肤浅，缺少深度，有时还有猎奇、牵强附会以及想当然的现象。

我们既不应该妄自尊大，也不必妄自菲薄。正确的态度应该是，虚心地、诚恳地、认真地考察、学习、借鉴外国研究的一切成果，然后结合我国的实际情况，从

《格萨尔》的实际出发，扎扎实实地做好搜集整理和翻译出版工作，在此基础上，深入开展学术研究，同时和国外学术界展开对话和学术交流，把《格萨尔》的研究工作向前推进一步。

关于搜集整理工作

做好搜集整理和编纂工作，在今后一个较长时期内，仍将是整个《格萨尔》工作的重点。这是一项具有重大历史意义的战略性任务，也是开展学术研究、建立《格萨尔》学的完整体系的基础。如果抢救工作完成得不好，将使整个工作受到严重影响。对此，我们应该有清醒的、全面的、正确的认识，高瞻远瞩，全局在胸，统筹安排。

为了实现这一战略目标，有必要对有关的问题，作一个简要的叙述。

历史的回顾

前面已经提到，《格萨尔》产生之后，由民间艺人到处演唱，在群众中流传了很长一段时间。在有了藏文以后，才逐渐引起僧侣文人的注意，将它记录整理成文字。

最早的手抄本出现在什么年代？它们是什么样子？有多少部？什么人搜集整理的？因缺少必要的资料，现在还很难说清楚。不过有一点是肯定的，手抄本的大量出现，是在十一世纪之后，随着后宏期佛教的发展，得到广泛流传，这就是"伏藏"手抄本。那些被称作"掘藏大师"的僧侣文人，对手抄本的撰写和传播，曾经做出过重大贡献。

解放前，由于剥削阶级的偏见和宗教观念的影响，上层统治阶级和僧侣贵族对

《格萨尔》采取歧视、压制和反对的态度，用各种办法限制它的流传，贬低它的意义，尽可能地缩小史诗在群众中的影响。他们当然不可能去搜集整理和刻印《格萨尔》，这同他们对佛经的翻译、印制所采取的态度，形成鲜明对比。

解放前藏族地区有四所较大的印书院（均为木刻印刷），即西藏的拉萨印书院，西藏日喀则地区的纳唐印书院，四川甘孜的德格印书院，以及甘肃的拉卜楞寺印书院。

各较大的寺院也有自己的印书院或印经场，他们刊印了大量的佛经和其他方面的典籍，仅大藏经就由几家印书院同时刻印。一套大藏经有几百卷，要满满地装一大间房子。佛、法、僧三宝是每个佛教寺院所必须具备的，缺一不可。因此，各寺院争相刻印和收藏各种佛经典籍。一些贵族农奴主、土司头人和大户人家，为了积德行善，博取美名，也出钱刻印佛经，献给寺院，或藏在自家的经堂里。可是在一个很长的时期里，却没有一座寺院、一家贵族、一个头人出面，来搜集、整理和刻印《格萨尔》这部伟大的史诗。

但是，不论在任何时候，总会有一些特殊的现象出现。尽管僧侣贵族对《格萨尔》采取歧视和压制的态度，一些有识之士，却仍然发现《格萨尔》是一颗璀璨的明珠，他们利用自己的地位和影响，自己出钱，招集民间艺人，让他们说唱，然后雇人记录整理。

从现有材料来看，继"掘藏大师"整理"伏藏"本《格萨尔》之后，最早从事这一工作的是朵卡·策仁旺杰。策仁旺杰是原西藏地方政府的一位噶伦。传说他们家族就是松赞干布的大臣噶尔·东赞域宗（即去长安迎请文成公主的禄东赞）的嫡派子孙。这种说法不一定有什么可靠根据，但他家毕竟是一个名门望族，他的先辈中有很多人在原西藏地方政府中担任过要职，在贵族农奴主中，有一定的威信和影响。到了他的时候，官越做越大，成为三品噶伦。可是，在那剧烈动荡的年代，他在政治上不但没有什么建树，而且在风云多变的政治斗争中，几起几落，历经坎坷，险遭杀头之祸。

社会现象往往是错综复杂的，政治上的不得志，却使策仁旺杰在文学上取得了辉煌的成就。他才华横溢，著述甚丰。他创作的传记文学《颇罗鼐传》《噶伦传》和长篇小说《青年达美的故事》，在藏族文学史上有很高的地位，200多年来，流传不衰，至今在藏族群众中有很大的影响。

与此同时，策仁旺杰曾招集十几位当时较为著名的《格萨尔》说唱艺人，让他们说唱，然后让人记录整理。《霍岭大战》据说就是根据当时四个最著名的艺人演唱，记录整理而成的。据一些老人介绍，他们读过的手抄本后面，还有说唱者和记录者的名字，叙述了记录整理的经过。

这部《霍岭大战》流传很广，在长期传抄过程中，尽管有一些增删、遗漏和错讹，但可以看出是以拉萨整理本为蓝本的。同其他一些手抄本相比，这部《霍岭大战》结构完整，人物形象鲜明，语言生动优美，文笔流畅，错别字极少，可以明显地看出是经过高手加工润色的。"文革"前青海出版的藏文本，就是以这个本子为基础整理的。

当时在策仁旺杰主持下，究竟整理了多少部，现在已经很难考证。那些写有"后记"的手抄本本来就很少，大多数传抄者只抄正文，对说唱和记录过程并不感兴趣，仅有的几部在"文革"中也散失了，至今没有下落。

据一些藏族老学者分析，除《霍岭大战》，当时记录整理的，至少还应有《英雄诞生》《赛马称王》等前面几部。

在朵卡·策仁旺杰之后，有意识地进行较大规模的搜集整理的是第十世帕巴拉活佛。

上一世帕巴拉，即第十世帕巴拉活佛非常喜欢《格萨尔》，经常把艺人召到他的别墅里去说唱。在他别墅的壁画里，画的全是格萨尔、珠牡和三十个英雄的像，以及格萨尔故事。这些壁画一直完整地保存到1959年西藏进行民主改革时。

他的父亲比他更喜欢听格萨尔的故事。据说他曾对别人讲："我做了个梦，梦见格萨尔大王对我说，你要把我弘扬佛法、降伏妖魔的英雄业绩整理成文字，在藏族地区到处传颂。"可惜他不识字，就找了一些人记录整理。据说当时他们找了不少艺人，记录整理了一套完整的十八大宗、几部诞生史和其他一些小宗。其中一些手抄本解放前后一直在昌都地区流传。那一套完整的十八大宗，民主改革后就不见了。有人说没有丢失，可能藏在一个山洞里了。最近几年，有关部门一直在寻找，但无结果。

一般来说，寺院里不允许说唱和阅读《格萨尔》，更不允许大规模地组织人进行搜集整理。但是，帕巴拉是藏传佛教格鲁派的一位大活佛，在宗教界的地位仅次于达赖和班禅，居于第三位。在昌都地区他是最大的活佛，而且掌握着政教大权。他自己喜欢，他的父亲又说是得到"神"的旨意，自然就没有人敢反对。

帕巴拉父子主持的搜集整理工作，主观上可能只是出于个人爱好，但客观上对史诗的流传和保存，对扩大史诗在群众中的影响，提高民间艺人在社会上的地位，起了很好的作用。自那以后，昌都地区出现了不少著名的说唱艺人。扎巴老人就是昌都边坝县人，以后才流浪到拉萨地区。据他讲，他年轻时，昌都地区有不少著名的说唱艺人，演唱《格萨尔》的风气很盛。在较短的时期内，一个地区出现那么多说唱艺人，不能不说同帕巴拉活佛的大力提倡、热心扶持有一定的关系。

大约和上一世帕巴拉同时，拉萨的公德林扎萨①也很喜欢《格萨尔》，他经常把一些民间艺人叫到他家去说唱，并让人记录整理成文字。据扎巴老人讲，解放前他也曾到公德林家去说唱，当时还有别的一些艺人住在他们家。扎巴老人说，那时他刚从乡下到拉萨，讲得不好，名声也不大，所以只让他演唱，并没有记录成文字。公德林家究竟整理了多少部手抄本，这些本子又传到什么地方去了，目前也未查清。

一些土司头人，尤其是大牧主，也很喜欢听格萨尔故事，他们不但经常找一些民间艺人为他们演唱，而且也找人记录或抄写。在不少地区有一种习俗，认为在家里保存一部至几部《格萨尔》，可以"招福""消灾"。在过去，由于印刷技术落后，更由于上层统治阶级的压制和反对，《格萨尔》的各种版本非常之缺，偶尔得到一部，便视若珍宝，不惜用重金购买，有时一部书，竟要用一头牦牛，甚至几头牦牛去交换。这种习俗，对史诗的传播和保存起了很好的作用。

岭仓土司家自称是格萨尔大王的后代，凡是有关格萨尔的文物及史诗的各种抄本，他们都尽力搜集，妥为保存，并作为传家宝，世代相传。据说他们家不但搜集各种手抄本和木刻本，还经常雇人抄写，到处传播，认为是一种积德行善的行为，可以使他们家业兴旺，永享安乐。随着印刷业的发展，他们又自办小型印书场，专门刻印《格萨尔》。

根据我的调查，除民间艺人的说唱，《格萨尔》主要以手抄本的形式在民间流传，木刻本不多。解放前共刊印过七个分部本。它们是：

1.《仙界遣使》。

2.《英雄诞生》。

3.《赛马称王》。（以上为岭仓土司家刻印）

4.《大食财宗》。（德格印书院刻印）

①　德林扎萨是一个大贵族，扎萨的职位仅次于噶伦，属于小三品。

5.《卡契玉宗》。（八邦寺印书院刻印）

6.《地狱救母》。

7.《大食分牛》。（这两部均为昌都江达县瓦热寺刻印）

这里有几点值得注意：

第一，这些木刻本都产生在德格和白玉县一带（江达县解放前属德格县管辖），可能与岭仓土司的提倡、扶持有关。

第二，所有这些刻本都经僧侣文人整理加工，篇末都写有后记或说明。《仙界遣使》和《英雄诞生》的后记很长，很详细。

第三，这七部篇幅都比较小，全部加起来，只相当于一部《霍岭大战》。大部头均无木刻本。

第四，在西藏、青海和甘肃这些拥有大印书院的地区，竟然没有发现一部木刻本。位极噶伦的朵卡·策仁旺杰和贵为藏族地区第三大活佛的帕巴拉十世，也只搞了手抄本，而未能木刻刊印。

从这个小统计，我们可以再一次清楚地看到，千百年来，《格萨尔》之所以能够在群众中广泛流传，历久不衰，主要是靠民间艺人们到处吟诵，世世代代口耳相传。那许许多多名不见经传，处在社会最底层的说唱艺人，对这部伟大史诗的传播、保存和发展，确确实实做出了不可磨灭的伟大贡献。对此，应该有足够的认识，这对我们做好抢救工作具有重要意义。

巨大的成就，曲折的道路

许多做民族工作的同志，常常怀着美好的心情，回忆新中国成立初期那段幸福的日子。20 世纪 50 年代初，那个时候，我们新生的共和国，到处是一派生机蓬勃、兴旺发达的繁荣景象，各项事业日新月异，蒸蒸日上。

解放初期，青海、甘肃等地一些从事民间文学和民族教育工作的同志，已经注意到《格萨尔》，并开始搜集和研究。到了 1958 年，在新民歌运动的推动下，在广大藏族地区也进行了采风，抢救《格萨尔》的工作作为一项重要内容，被提到议事日程上来。中央有关部门对这一工作非常关心和重视，中宣部作了专门批示。

当时西藏还没有进行民主改革，甘肃、四川、云南的藏族地区正在进行民主改革，这一工作主要是在青海进行的。青海省委很重视，由省委宣传部直接领导，组织了一批人，专门从事这一工作。他们一方面派人到全国去搜集资料；另一方面组织人整理和翻译。已故著名藏族学者桑热嘉措、才旦夏茸教授等藏、汉族专家、学者，都参加了这一工作。

他们搜集到大量珍贵的资料，包括各种手抄本、木刻本，以及画卷、绣像、雕塑。另外还有一些宝剑、铠甲和弓箭等文物，传说是格萨尔和他的英雄们使用过的。其中最宝贵的应该说是各种手抄本。当时他们搜集到的手抄本和木刻本有50多部，除去各种异文本，共为28部。他们在搜集、整理藏文本的同时，组织人翻译成汉文。从1958年开始，到1964年"四清"时，全部翻译完毕（包括各种异文本），并印成资料本，约有1000多万字。这是一个相当可观的数字。青海的同志们在抢救史诗方面，做了大量工作，付出了辛勤的劳动，也取得了丰硕的成果。这样有组织、有领导、大规模地进行搜集整理和翻译出版工作，在藏族历史上是从未有过的。

正当抢救工作顺利开展的时候，"左"的干扰却越来越厉害。1964年"四清"时，《格萨尔》被说成是"坏书"，受到批判，整个抢救工作被迫停止。到了"文革"时期，对史诗的批判不断加码，愈演愈烈。凡是参与《格萨尔》的搜集、翻译、整理、编辑工作的同志都受到不公正的待遇；说唱史诗的民间艺人，统统被说成是"牛鬼蛇神"而遭到批斗；大量珍贵的资料，被付之一炬，或送到造纸厂，化为纸浆。这种损失，很难弥补。

在那"四害"横行，中华民族遭受深重苦难的岁月，《格萨尔》这部伟大的史诗，也遭到了一次前所未有的浩劫。

藏族文化史上空前未有的壮举

粉碎"四人帮"，迎来了社会主义文学艺术事业的春天。

《格萨尔》的抢救工作也进入了一个崭新的阶段。

鉴于"文革"期间《格萨尔》的工作遭到严重破坏，做好抢救工作的任务，更尖锐、更突出地摆在我们面前。为了做好抢救工作，中央和各省、自治区的有关部

311

门首先在政治上为《格萨尔》平反，恢复名誉。接着，进行组织建设，西藏、青海、四川、甘肃、云南、内蒙古、新疆等七个省（区）都设立了相应的机构。

1980年4月，在国家民委的关心和指导下，中国社会科学院少数民族文学研究所和中国民间文艺研究会在四川峨眉召开了《格萨尔》工作会议。1981年至1985年，又先后在北京召开了多次工作会议。这些活动，对总结经验，互通情况，提高认识，统一思想，协调计划，统筹安排，起了很好的作用，进一步促进和推动了《格萨尔》工作的深入开展。

1983年3月，在制定"六五"计划期间哲学社会科学规划时，将《格萨尔》的搜集整理工作定为国家重点科研项目。规划要求，在"六五"期间，集中力量进行普查和抢救工作；在"七五"期间，继续进行，将散失、流传在群众中的材料搜集起来，并记录整理民间艺人的说唱本，尽快弄清史诗的全貌，并在此基础上，整理出一套比较完善、比较全面的规范本，作为我们国家统一的正式版本。

1984年2月，中宣部发出《关于加强少数民族文学研究和资料搜集工作的通知》。《通知》在强调这一工作的重要性之后，明确指出："各有关省、自治区要加强国家重点科研项目《格萨尔》的抢救工作，并力争在几年内将其他一些濒于失传的有价值的民族文学资料全部搜集起来。"

同年二月，中宣部还批转了中国社会科学院《关于加强国家重点科研项目〈格萨尔〉工作的报告》，并批准成立全国《格萨尔》工作领导小组，从组织上加强对抢救工作的领导。所有这些，都生动地说明了党和国家对发展少数民族文学事业的高度重视。因此，这一时期的成绩，也比以往任何时候都更为突出。

第一，发现了一批民间说唱艺人。到1985年为止，全国共发现50多名《格萨尔》说唱艺人。其中比较优秀、能说唱多部的有二十几位；具有卓越的才能和非凡的艺术天赋的，也有十一二位。他们是扎巴、玉梅、阿旺嘉措、桑珠、玉珠、阿达、才旺居勉（以上西藏）、昂仁、次仁多杰（以上青海省果洛州）。他们被群众赞誉为"雪域国宝"。他们的确无愧于"国宝"这一光荣称号，是我们国家最卓越的人民艺术家。有关部门正在有计划、有组织地记录整理他们的说唱本。

这是一件非常重要、非常有意义的工作。20世纪50年代搜集整理时，有个很大的缺陷，就是没有认识到民间艺人的重要作用，只注意搜集文字资料，而没有记录整理民间艺人的说唱本。

第二，搜集散失在民间的手抄本和木刻本。据初步统计，西藏、青海、四川、甘肃、云南五个省、自治区共搜集到 30 多部手抄本，7 部木刻本已搜集齐全。还有几十部异文本。这些异文本也有很重要的学术价值。部数和总行数都超过了"文革"前搜集的数目。这是一个很大的成绩，是我们今后进行整理编纂、翻译出版、学术研究的宝贵资料，也是进一步开展《格萨尔》工作的重要基础。

第三，出版工作取得很大成绩。

前面已经谈到，过去《格萨尔》只有手抄本和木刻本。解放后，青海人民出版社出版了《霍岭大战》上册，印数只有 16000 多册。粉碎"四人帮"到 1985 年底，中央和各省、区的民族出版部门共出版藏文本《格萨尔》43 部，除去异文本，为 32 部，总印数达 200 多万册。按藏族人口计算，平均一个多人就有一本。这不能不说是一个了不起的成绩，一部文学作品，印那么多册，在藏族文化史上还从未有过。

以上事实，有力地证明了在短短的几年中，《格萨尔》工作确实取得了突破性的成绩，是藏族文化史上的一个壮举，在世界史诗研究的历史上也不多见，具有深远的意义。

艰巨的任务，灿烂的前景

尽管《格萨尔》的搜集整理工作取得了很大成绩，但就总体来讲，抢救工作远未完成。至今我们还没有弄清史诗的全貌，目前已经出版的藏文本大约只有 30 万行诗行，无论从部数或行数来看，都只占全部史诗的三分之一左右。更为重要的是，到目前为止，我们还没有完整地记录整理一位民间艺人的说唱本，因此，今后的搜集整理任务依然十分艰巨，十分繁重。

就目前来讲，《格萨尔》工作的重点应该是抢救。所谓抢救，包括两方面的内容：

第一，继续搜集各种手抄本和木刻本，防止散失和损坏。

第二，记录整理民间艺人的说唱本。这方面的工作量最大，任务最艰巨。如果这一工作做不好，我们就达不到预期的目的，整个事业将受到不可弥补的严重损失。

目前能讲多部《格萨尔》的优秀艺人当中，除玉梅等少数几位年纪较轻，其他都是六七十岁高龄的人，有的已经八十多岁，而且体弱多病。抢救工作确实要突出一个"抢"字，要有紧迫感和责任感。通过大家的共同努力和辛勤劳动，我们要为藏族人民，为中华民族保存好这一份珍贵的文化遗产，而绝不应该让这些宝贵的遗产在我们这一代人手里失传。如果真的因为我们没有做好工作而让它们失传，或者搜集得不全面、不完整，那么，我们将既愧对我们的祖先，也有负于后代子孙。

我认为，《格萨尔》究竟有多少部多少字，不是个理论问题、学术问题，而是个实践问题，搜集到多少部，就是多少部；有多少字，就是多少字。在这里，靠理论上的论证，逻辑上的推理，都无济于事。最有意义的，就是要扎扎实实地进行抢救工作。多搜集一部手抄本，多记录整理一部艺人的说唱本，就能为史诗增加一个新的内容，史诗的总数就多一部。

在这方面，西藏的同志做了大量工作，取得了显著成绩，也逐渐摸索出一些行之有效的办法。他们认为，首先应该采取"择优择缺"的原则，进行记录整理。

所谓"择优"，就是根据各个艺人的不同情况，首先记录那些他们自己最拿手、最精彩的部分。"择缺"，就是选择别的艺人不能说唱，手抄本和木刻本中没有的部分，优先记录。这样记录一部就多一部。

除了按照"择优择缺"的原则，进行记录整理，还可以选择一些有特色、讲得比较全的艺人，从头到尾，完整地记录整理几套，进行比较研究，并为今后整理统一的规范本奠定基础。比如说，扎巴、玉梅、阿旺嘉措、桑珠、玉珠、昂仁等优秀艺人，就可以分别整理出他们各自的说唱本，让其独立存在。

有的同志认为，既然有了手抄本和木刻本，就不用记录整理民间艺人的唱词；记录整理了一个艺人的，就不用再记录别的艺人的，否则就是重复、浪费。可实际上并不是这样。过去搞的手抄本和木刻本，都是自发的、盲目的，全凭个人爱好，缺乏统一性和完整性，没有也不可能从宏观上考虑史诗的总体结构，这就给整个编纂整理工作造成很大困难。

再就每个分部本来讲，过去没有现代化的技术设备，搜集整理后的情况也各不相同，有的文学修养好一些，有的差一些；有的记得认真，有的简单；有的只记了个大意或故事梗概。有的手抄本的质量要好一些，有的就差一些。有的连句子也不完整，前后不能衔接，甚至互相矛盾。所以，不能认为有了手抄本、木刻本，就不用再搞艺人的说唱本。

比如，《仙界遣使》有好几种本子，普遍认为是整理得比较好的。但扎巴老人讲的《仙界遣使》又有他自己的特点，语言生动活泼，通俗流畅，情节也很曲折，引人入胜。有些部分，是过去所有的木刻本和手抄本所没有的。

又如，《门岭大战》目前至少有五种不同的手抄本。四川民族出版社、青海民族出版社和甘肃民族出版社各出版了一部。西藏出版了扎巴老人的说唱本。我将这几部作了一个比较，觉得它们各有特色。但比较起来，我认为还是扎巴老人的说唱本要好一些。好就好在语言更活泼一些，更流畅一些，更加接近口语，故事性强，轮回报应之类的空洞抽象的说教少。

同样是艺人说唱的《门岭大战》，玉梅讲的，和扎巴老人讲的又有所不同。可见只要不是照着本子念，凡是真正的说唱艺人，总会有自己的特点。两个艺人讲的，不可能完全一样。除了个人特色，还有地区特色，从中可以看出流传演变情况。因此，搜集这些珍贵的第一手资料，是非常必要的，有多方面的功能。

民间艺人的说唱本，还可以补充、修正手抄本和木刻本的缺漏。如《降伏妖魔》之部是四大降魔史的第一部，在整个《格萨尔》里具有重要意义。但目前流行的手抄本，情节过于简单，语言也比较平庸，是四部降魔史中最差的一本，可以看出记录整理者的水平比较低。扎巴老人、桑珠和玉梅等人演唱的《降伏妖魔》，内容很丰富，情节曲折生动，语言优美流畅，篇幅也比手抄本多一倍多。扎巴老人的说唱本已记录成文字。其他艺人的说唱本也正在录音。

还有很重要的一点，过去的手抄本、木刻本，绝大多数都是经过僧侣文人加工整理的，在整理过程中，他们往往把自己的观点、情感、宗教意识和审美情趣注入史诗中去，改变了史诗的本来面目。木刻本《地狱救母》就是一个典型例子。在这一部里，大段大段地引用了佛经里的话，大肆宣扬"因果报应"的宿命论观点，同整部史诗所表现的积极入世、改变现状、改造现实社会和改造自然的乐观向上、奋发进取的精神相反，赤裸裸地宣扬宗教教义，鼓吹人生无常、苦海无边，极力劝导人们虔诚信佛，只有这样，才能脱离人生十大痛苦，得到大解脱，止恶行善，断除烦恼，解除无明。

从文风上讲，大部分唱词不是民间说唱体，而采用了"年昂体"（古体诗）和格律诗的形式，艰涩难懂，冗长枯燥。

由于受宗教迷信的影响，艺人们都不愿说唱《地狱救母》之部，据说讲完这一部，艺人自己也要归天。因此，我们至今无法听到艺人们说唱这一部。我曾多次将木刻本念给艺人们听，他们都说："这里讲得不对，我讲的和它不一样。"究竟应该是什么样？包括哪些内容？艺人们不肯回答，只是谦和地说：以后再讲。如果我们能完整地记录整理一两部艺人的说唱本，就可以知道史诗的原始形态；也可以同木刻本相比较，分析它们的异同。这样的说唱本，具有重要的审美意义和学术价值，不是可有可无，而是非有不可。

为了认真做好抢救工作，必须加强队伍建设，大力培养人才。

整个《格萨尔》的工作不是一两年、三五年所能完成的，需要长期坚持下去。没有一支事业心很强，又有一定业务能力的骨干队伍，这一工作既不能深入，也不能持久，甚至有虎头蛇尾、半途而废的危险。

这支骨干队伍，不仅要有一定的数量，而且要不断提高素质和业务水平。从以往的经验来看，搜集整理不只是个技术性的工作，而且也是一项科学研究工作。参加搜集整理的同志，不仅要热爱这一事业，有认真负责的精神，而且要有较高的文化素养。不但要懂藏文，还要有一定的文学修养；不但要懂得史诗本身，还应该懂得一点藏族的历史、文化艺术、宗教、军事、地理、民俗、天文历算等方面的知识。要具备这些知识，就必须加强学习。我们应该力求把每一个工作点，都办成培养科研人员的学校，做到既出成果，又出人才。我们相信，在当前从事搜集整理工作的同志当中，将会出现一批《格萨尔》专家，为建立和发展我国自己的《格萨尔》学的学科体系，做出重大贡献。

新中国成立三十多年来，《格萨尔》工作经历了一个马鞍形的曲折道路，这里面有许多宝贵的经验和深刻的教训值得我们记取。回顾既往，我们可以清楚地看到，什么时候国家安定、政治民主、经济繁荣、各族人民亲密团结，包括《格萨尔》在内的整个民族文化事业就得到繁荣和发展，反之，就会遭到挫折、摧残和破坏。

当前，全国各族人民正在为建设社会主义现代化事业而努力奋斗，各项事业蓬勃发展，欣欣向荣。我们应该十分珍惜这来之不易的大好形势，做好《格萨尔》的搜集整理和编纂工作，争取早日把一部最完整、最优美的史诗奉献给我们亲爱的祖国。这一工作一旦全部完成，不仅是藏族文化生活中的一件大事，而且将为我们中华民族辉煌灿烂的文化宝库增添一颗璀璨的明珠，在世界文化史上也将占一席光荣的位置。能够亲自参加这个工作，是多么有意义、多么值得骄傲和自豪啊！

没有结束的结束语

历史上往往会出现这样的情况：有些事情，从一开始就为人所注目，它的重要性，它的深远意义，大家看得清清楚楚、明明白白。因而能得到各有关方面，乃至整个社会的关心、支持和赞助，使这一事业顺利进行下去，得到圆满成功。

有些则不然。它的意义，它的全部作用和价值，往往要经过一个很长的历史时期，才能逐渐被人们所发现、所认识。其间要经历七沟八坎，重重困难，甚至做出重大牺牲。

当荷马和他的同伴——那些卓越的行吟诗人，在希腊半岛到处行乞，吟诵古老的希腊史诗时，有谁会想到，这部史诗后来竟变作具有"永久魅力"的不朽诗篇，成为"欧洲文学的土壤和源泉"？一代又一代的哲人、诗人和文学家，都吮吸过她的乳汁，来滋养自己。文艺复兴时代灿若群星的伟大的诗人、文学家和艺术家们，毫无例外地都受益于这部不朽的诗篇。

当埃利亚斯·隆洛德这位刚刚走出校门的穷大学生，身背行囊，孑然一身，在芬兰东部卡累利阿地区的穷乡僻壤艰难跋涉，搜集"鲁诺"——古老的芬兰民歌时，有谁会想到他是在从事一件具有划时代意义的事业？！隆洛德曾先后十一次采风，访问了数百名民间歌手，行程达 13000 英里。他以顽强的毅力，克服重重困难，终于完成了《卡勒瓦拉》的搜集和编纂工作。

《卡勒瓦拉》的问世，不仅是芬兰民间文学工作中最卓越的成果，也是芬兰复兴民族文化运动中最辉煌的成就。它的出现，犹如在漆黑的夜空，升起了一颗灿烂

317

的明星，不仅唤醒了芬兰人民的民族精神，激发了他们的民族自信心和自豪感，而且成为芬兰文学和艺术永不枯竭的源泉。

隆洛德自己也因此而获得了崇高的荣誉。一百多年来，他一直受到芬兰人民的尊敬和怀念。芬兰人民在反对异族统治、争取民族独立的斗争中，把隆洛德看成是自己的民族英雄，把他当作唤醒民族意识、激发民族精神的一面旗帜。

《卡勒瓦拉》也为芬兰文学赢得了世界地位和声誉，吸引了世界各国的学术界和广大的读者，促使他们重新认识和评价芬兰及斯堪的那维亚各个民族的历史和文化。现在，它已在全世界广为流传，被翻译成三十三种文字，还用上百种文字出版了简写本或片断。仅在我国，就出版了三种不同的汉译本。

《格萨尔》在自己发展的历史上，也走过了艰难的、不平坦的道路。它的重要意义，它在文学史上的地位和影响，并不是大家都理解、都认识的。新中国成立以来，尤其是粉碎"四人帮"以来，《格萨尔》工作取得了重大成绩，我将它称为藏族文化史上空前未有的壮举。但是，就整个《格萨尔》工作来讲，目前所取得的成就，只能说是万里长征走完了第一、二步，至多也只能说是走了第三、四步。大量艰苦细致的工作，还在后头。真是任重而道远。即使在今天，也不是所有的人都清楚地认识它的重要意义，真正关心和重视抢救工作。我们面前还有很多困难，真可谓举步维艰。后人很难想象得到，今天我们每做一件事，每向前迈出一步，都要付出多么辛勤的劳动，做出多么艰苦的努力。

作为一个藏族文学工作者，我热爱自己的事业，热爱这部伟大的史诗，我愿终生从事《格萨尔》工作。正因为这样，我热切地希望得到社会各方面的关注和支持，也希望有更多的有识之士，尤其是有志青年，献身于这一事业，怀着高度的使命感、责任感和事业心，以百折不挠的精神和顽强的毅力，将这一工作坚持到底，共同为继承民族文化遗产，繁荣、发展社会主义的文化事业，做出我们应有的贡献。

这也正是我撰写本书的目的和宗旨。果真能在这方面发挥一点作用，那就甚堪告慰了。

在本书的编写、出版过程中，得到各有关方面，特别是民族民间文学界的前辈专家、同行朋友和青海人民出版社的热心帮助和支持。在此，谨向他们致以深切谢意！

1985 年 12 月于北京